U0114037

世間的名字

唐諾

神
吟遊詩人

老人
小說家
英雄

世間的名字 目次

富翁。

在這個國中之國裡面，包括視覺的景物、味覺的食物、聽覺的聲音、嗅覺的空氣，到觸覺的生命感受，完全可控制，一切都是同質的、熟悉的，也就是富翁所說的規格化。家鄉是攜帶型的，跟著你到每一個你在的地方，甚至從這裡到那裡、串聯這些點成線成面的交通工具也是家鄉的一部分，你有自己的飛機自己的船，所謂的逆旅亦可不復存在，連時間空間都可以阻絕把它給遺忘掉。

富翁是我這輩子見過、談過話的人裡頭最有錢的一個，據說身家百億（百億，仿朱天文《巫言》小說中的一句話：「這還是錢嗎？」），他已從工作崗位退了下來，但渾身力氣，距離死亡還非常非常遙遠，於是想做一件公益的、事關家國福祉的更大之事，我是被熱心的朋友輾轉找去的，吃了一頓節制有禮但依然非常好的晚飯——這新一代的富翁靠的顯然並不只是忽然湧起來找上你的命運潮水而已，他們得有必要的知識準備和鑑賞能力，這個鑑賞能力原是對人的，聽得懂較複雜的話，辨識得出一定程度以內對的人和錯的人（但又不能真的太複雜，否則會失去力氣，就像女子網球界流傳的話：「要剛好聰明到可以學會雙手反拍，但又不能聰明到會想太多。」），然後隨著財富的大量累積緩緩及於物。後頭這部分就簡單了，難免要先繳點學費交點朋友，但基本上，我們活著的這個社會大部分是已成熟的市場，大部分的價值都已成功的層層換算成價格了，因此價值也是現成買得到立等可取的，只要稍稍描述得出來你要什麼。比方說我今天要請十來個平常不會吃太好，但很彆扭總會想到階級、想到環保、想到生態保育和動物權云云的學者文人吃飯，很簡單就有正確的人安排正確的菜單、地點和廚師；當然，要帶點惡意的嚇嚇他們那更容易，怎麼貴、怎麼稀罕食材、怎麼誇富荒唐怎麼來的菜單都現成印好在那裡，不必像當年基督山伯爵鄧蒂斯進入巴黎嚇人時還得一樣一樣自己費心布置；或者，還可以更精緻更馬基維里的，我要在謙和、尊重、高雅的大前提下仍保有一點驚嚇，像簽上我的名字一樣，在不經意中分別出你我，以設定談話的賓主基本位置和氛圍，這也是不困難做到的。

因此很明顯的，相沿甚久所謂的百萬富翁已錯誤到連作為象徵之詞都不行了。首先數字是錯的，「百萬」作為鉅大的、不可思議的、無法計算的貨幣計量的好日子早已不復返，看過電視上行政院勞委會關心您的廣告嗎？今天你一個窮勞工若肯忍受廿五年卅年杵下來不逃走（但逃哪裡？），你也就是個百萬元在手的非富豪了（當然你可能轉頭拿去繳貸款去還債務，但不是說只在乎片刻擁有嗎？），我猜這在使用韓鍰的韓國只會來得更早更讓人惆悵，好像連個童年好夢都被剝奪了；然後，「翁」這個字也不對，這個字年紀太大、身體太肥胖而且太悠閒有著不事生產的收租者況味，記憶著早年的經濟暨社會的活動方式，以及彼時一般人的想像，因此還要加上一層不堪回首的時間土氣。

四個字錯三個，只剩「富」這個字。

不過話說回來，今天要找一個替代富翁的一般性準確用詞還真是難，要讓他們自己認可那更難——當代的富翁在這上頭有種近乎神經質的敏感，喜歡保有著工作者的身分和稱謂，最好是把自己的名字直通通和自己創造的那個事業那個王國聯起來，就算不成傳奇，至少也是唯一的；次一級不創業的富翁也喜歡強調自己專業工作者的身分，證明自己龐大的財富累積得合情合理，並沒道德上的來源不明罪名。不用提富豪、鉅子云云，今天不是連CEO這個專業頭銜之詞都毀了、只會討來一頓好揍不是嗎？

就像那些搞叛軍、搞傭兵的強人喜歡稱自己是上校一樣，甚至明明軍事政變成功了，成為國家獨裁者都幾十年了，他還是一身粗布野戰軍服自稱上校——這裡，上校不是官銜而是戰士之名，意思是他還在火線上，他和部屬的關係一如昔日是兄弟、是死生相共彼此救援的夥伴，是仍然想同樣事情的人。

席間，富翁跟我們解釋他花錢花力氣這件事的純公益性、純利他性，我完全相信——這是一個明顯簡單的事實，他完全可以不必做，財富賦予他我們一般人難以想像的自由，讓他豁免絕大多數自然的和人為的災難，包括覆巢之下無完卵之類誰都難以遁逃的家國災難。富翁自己的用詞是，全球化底下的當前世界已是「規格化國家」，他不僅哪裡都可去，而且去哪裡都一樣。財富累積過了一個臨界點，攤在你眼前的世界圖像整個變了，財富不必再去購買通行證購買第三國護照，它自身即是開門的咒語，人類最森嚴、最令人頭痛無解的界線應聲消失，不只是國家移民法（一種最公然無視基本人權的律法），而是躲藏著的、宛如國家背後靈的種族和膚色。就像佛家講昔日世尊說不可思議法，生出強烈的金色光華掩蓋掉所有人的不同長相和膚色，抹平一切的差異，這裡有一種神蹟的、透明的、大家一起遺忘來路艱辛的平等，如今大家都是金色皮膚的新人種。

的確，如果不幸哪天兩岸又起烽火，逃不掉的是我們這些沒辦法改變皮膚顏色的人。

但規格化國家的說法不盡正確，或者說講太早了些，個別國家仍面對個別的難題掙扎中。惟我們確確實實知道，局部性的普世規格化已然夠用的建造完成並如變形蟲般伸展，我們或許可以試著換另一紙世界地圖來想像這全新的世界圖像，比方說四季飯店的全球分布圖云云。把一整個地球全然抹平其實是難以實現的烏托邦，既做不到也不需要，因為金色皮膚種族的人數並不多；然而在每一個國家，尤其是每一個國家代表性大城以及最美麗景觀所在，只準確無誤的取其一點並進行封閉性的改造，卻是可全然不受同於在地任何自然和人為條件限制的。這每一個「國中之國」的小點，我們如果像小孩時候玩連連看的遊戲那樣，一個普通人肉眼看不見的富翁之國就這樣從透明之中浮現出來。不管在印度孟買、東歐布達佩斯、高冷曾經讓一整個文明蒸發掉的南美安地列斯大山，或飢餓疫病仍在外頭肆虐的非洲大地，在這個國中之國裡面，包括視覺的景物、味覺的食物、聽覺的聲音、嗅覺的空氣，到觸覺的生命感受，完全可控制，一切都是同質的、熟悉的，也就是富翁所說的規格化。家鄉是攜帶型的，跟著你到每一個你在的地方，甚至從這裡到那裡、串聯這些點成線成面的交通工具也是家鄉的一部分，你有自己的飛機自己的船，所謂的逆旅亦可不復存在，連時間空間都可以阻絕把它給遺忘掉。

執迷現實、實人實物實事的朱天心看不下任何憑空想像的小說，包括武俠小說，怎麼樣都進不去那種有兩組道路系統、兩種旅店、兩個平行存在不相交駁空間的世界，其中一種路上走著的全是武功高強的人。如今她要不要修改自己的看法呢？以下這番話是大經濟學者克魯曼引述過的，顯然他也認為這已是「現實」了：「今日的富人已形成自己的虛擬國家……。他們建立一個自給自足的專屬世界、有自己的醫療體系（私人醫生）、差旅網站（私人飛機、旅遊俱樂部）、不同的經濟。……富人不只是更富有，他們在財務上已變得像外國人，他們建造了國家中的國家、社會中的社會，以及經濟中的經濟。」

當代富翁如此抗拒一般性的、階級性的稱謂，我想，正因為這個金色皮膚的新人種、這個富翁共和國已成，基於某種不言可喻的道德心理，他們甚有默契的不張揚它，如同共同保護一處祕境、一紙寶藏圖，也保護自己的存在；還有更內在心理層面的，他們是否也意識到這樣一個全然沒差別、沒個性的規格化天地少了點什麼，轉而要強調自我、強調自己已所剩不多的獨特性呢？

我一位熱心於替大老闆、大富豪辯護的老朋友，多年來如一日的理由總是，商人是有風險的、會失敗的、會破產的、會化為黃粱一夢的，試圖以這個遍存的事實（的確是事實）來證明這樣一個階級、這樣一個新人種和王國並不存在，只存在於我們妒恨或腦袋不清的心裡——這當然是個很體貼但全然不對的雄辯。個人會失敗，但王國可長存，尤其是當這樣一個王國是非人的、階級性的存在時，這不是人類從來都是這樣的最基本歷史經驗嗎？個人的失敗當然不等於王國、階級的存廢，個人的失敗不過意謂著你有可能得而復失、被取消其公民資格被流放出來而已。階級的上下流動性從來都是存在的，只是歷史的不同時刻有著森嚴開放不等的面貌罷了，其控制性和人們的可忍受性和道德認知成反比，人類歷史上哪有不死的國王（不管他殺或自己死）？甚至哪有不衰頹不杳逝的血統和家族呢（即使是人類歷史唯一的特例、日本萬世一系從未更替石上生青苔的天皇一族）？所以秦始皇那個正整數無限數列的帝王之夢只是個動人的笑話而已，波赫士曾寫過一篇美麗的猜測文字，講萬里長城，驚異於曾經有這麼一個國王，想蓋起圍牆把自己的王國給完完整整封閉起來，但即使如此，時間仍從他手上逃逸出去，以至於他仍得派人去追回，去飄渺的海外仙山尋找，登高丘，望遠海，銀台金闕如夢中，秦皇漢武空相待——

事實上，當這樣的王國愈是不依賴特定的個體、愈超越個人的存在，它便愈堅固愈少可撼動可利用的缺口，因為它至少可不隨某個人必然的老衰而跟著失智失憶，它不會因為某個人的必然離去（被殺被放逐、退位或死亡云云）而週期性的陷入混亂。人通常代表著不穩定、代表變數，法人則是超乎一切愛別離苦生老病死輪迴之外的，一個並沒有國王的王國，你要消滅它，一定少了很多方法很多可能性不是嗎？

如今，富翁退休了，就他個人而言，意思是他不會失敗了，已取得這個富翁共和國的永久居留權了，他搬進去了，帶著他乾淨潔白且不可侵犯如修院處女的百億財富，這些錢全是完稅的合法的。

但這樣子他快樂嗎？——我個人不會這麼問，我其實很怕這種溢於言表的、自我感覺良好、寓心理於哲理的追問方式，總覺得有酸溜溜的一股窮人味。

我真正覺得有趣的是，這看起來已經是個烏托邦了，名額有限資格嚴選的隱密性烏托邦，在這裡面，很多好心腸且睿智的哲人為我們描繪的至樂境界，已幾乎完全實現了。不止是佛陀偏於外在的、物質性揭示的，那種諸如地鋪金砂、空氣中滿滿香氣、風吹特殊品種的樹發微妙音之類的，這哪需要花什麼錢，找個夠格的設計師就OK了，甚至現成的商品型錄裡都有；而是過去我們一直相信得背反、揚棄物質，得仰賴於個人的道德，乃至於更困難的，某種人心智的、精神的精純智慧、洞視和覺悟才有可能獲致的，包括像老莊所言不為物累不為形役，至人入水不濡遇火不燃，人世間的戰爭飢饉瘟疫等等苦厄乃至於榮辱得失皆不及於你，人無力改變的長相形貌（莊子描述過很多諸如此類怪樣子的人）、家庭出身、國籍人種皆困不住你，眾生在這封閉小世界裡有我們難以置信、舉凡政治學者社會學者人類學者民族學者信誓旦旦皆曰不可能的齊物平等（儘管它同時又是最勢利最等級的），高興起來化為直上九萬里逍遙的大鵬（一架波音747也不過就是個錢而已），再歧視再惡名昭彰排外的國家如日本都像設了自動門般敞著歡迎你。畢竟我們這些偉大的哲人都是窮人，而且是古昔時代戰亂悲苦時刻身無長物的窮人，他們無法想像今日世界財富累積到某個臨界點，它會質變成何等威力強大而且不容易失去的東西，它可以喚醒並驅使多少科技、法律乃至於整個體系的靈魂為自己服務；他們也無法預見今日世界這句最重要、最一針見血的話：「富人不只是更富有。」

也許我們可以換個角度來想想如何摧毀他們，拿走他們的錢——為節省時間集中焦點，我建議體制內的做法先不用去想，因為這個金色皮膚的新人種正是現存體制的演化產物，他們不只是合法的（法律較容易修改），還是合理的（學理的辯駁和更替可就不容易了），不信你去問問任一位夠好的經濟學者，他們能建議的，除了最末端的稅制，像西歐那樣讓有錢人拔毛般多繳點稅，還有希冀工會有較強談判力量（但工會為何不斷式微呢？），剩下的便是道德呼籲了不是嗎？要做道德呼籲我們誰也都會，不必先弄懂經濟學理不是嗎？

希冀有那種劫富濟貧的俠盜羅賓漢蒙面俠蘇洛？或出手更狠的那種黯夜的正義復仇者（不幸的是，蝙蝠俠原來就是個最有錢、但還不大會善用金錢威力的小男孩人物，他的公義也不包含經濟）？還是來一場健康的、打爛眼前這一切大家重新分配的革命？或等待一個像三〇年代那樣的經濟大蕭條，神蹟般把他們的財富瞬間蒸發掉？

我們姑且不論這些異想天開可不可能，以及這些鉅大財富的擁有者有多強大的防禦、預先消滅威脅的力量和配備，最根本的關鍵在於今日世界財富收存形式的改變（不以珍寶或貨幣的窖藏，那通常意味著你已經或打算做壞事），以及相應於此種種配套保護機制的發明。如今財富不僅是虛擬的、簿記的形式存有，而且還是記名的、認得主人的。我們可以想像一種煞風景的故事：話說水手鄧蒂斯處心積慮終於登上了基督山島，並循圖找到那個富甲天下的寶藏，但箱子裡卻是一張禁止背書轉讓的鉅額劃線支票，於是這個滿心復仇怒火的可憐鄧蒂斯遂只能像在車上撿到支票的計程車司機送到警察廣播電台去，他當不成伯爵，只是新聞花絮裡好人好事的三分鐘主角。

革命分子一樣拿不走它，因為這樣的收存和保護機制是超國家的，你打算做當年希特勒都沒敢做的事揮軍瑞士嗎？至於宛若天譴的經濟大衰退大蕭條可以比革命更不是夢，事實上它此時此刻就在我們眼前發生，我們也已看到了我們想望的圖表了，列舉出全球頂尖首富們一夕間各自消失了多少個億的美元，但有差嗎有任何有意義的改變嗎？有一本書叫《大蕭條的孩子們》，多年之後重新省視三〇年代這場經濟天火焚城的歲月，一開頭便是一份調查報告，一個個訪談曾走過浩劫的人們。奇特的是，正像當年摩西分開紅海，恰恰好有一半人回憶起來生不如死，另一半人則幾乎毫無感覺，這說明什麼呢？說明大蕭條並不是上帝的正義新工具，它只是純純粹粹的人禍，它不僅不集中懲罰闖禍的人，它還是不均勻不公平的，像剝洋蔥一樣，真正受難的、被摘除的仍是那些最外圍最沒力量抵抗的人們。

富人不僅僅只是更富有而已，如此的財富積累也不再是以慳吝守財的笨方式完成，於是他們甚至懂得慷慨，讓世人都看得到的戲劇性慷慨（他們深知財富的複雜力量和如何極大化的利用），就像我們已一再看到誰誰慨然捐出了他一半甚至更高比例的財富，仍絲毫不動搖他的富翁共和國公民資格。這意味著，那種患得患失、財富自我懲罰如手銬腳鐐的守財奴病毒已不復在這些人身上作祟，不會損失的根本前提賦予了他們各種損失得起的自由；這同時也意味著，我們昔日哲人的睿智勸誡很抱歉全落空了，《聖經》所恫嚇蟲子會腐蝕它、小偷會覬覦偷取它，乃至於莊子帶著你活該口氣所指出盜匪上門正好整個搬走的古老美好日子已一去不復返。

晚餐桌上十來人，信不信如果我們大家把口袋皮包全攤開來，富翁絕不會是現金最多的一個，他甚至是不帶錢的不是嗎？真不公平我們任何人都比他更是扒手的目標。

因此，有意義的問題不在於富翁個人究竟快不快樂（就算很神經很自尋煩惱也是他專屬心理醫生的事，犯不著由你我同情他），而是得根本的回到烏托邦這東西來——廿世紀以後我們緩緩知道了，烏托邦其實有種種無解的大麻煩，其中最沒辦法避免的是，這個世界裡頭不會有真正的事發生，烏托邦裡的時間只重複不進展，呈現著所謂「永恆當下」的景觀，因此它安詳舒適一如墳場，或更精確如達蘭道夫說的，這只是個偶爾還有一些事發生的墳場。人要長期待在這裡頭不瘋掉有點難，這個世界的生命姿態基本上是睡眠，所以它只合適於死去的人，以及一部分的老人，並不包括那些躺不住的、精神奕奕的，猶有事要做，只有死亡才能真正打斷他的老人。

壞脾氣的小說家馮內果便是個這樣的老人。他有回想起自己死去的親姊姊，以及她想必所在、宗教者（最早一批烏托邦者）允諾的永恆光照天國，同情但不無揶揄的說，老姊她現在一定努力「學著如何在強光底下睡覺」（那些宗教的虔信者要不要趁活著習慣睡覺不關燈呢？）。馮內果自己，一九九六年底以七十四之齡寫完了《時間地震》這本書，宣告他這一生要講的話已全部講完，一切到此為止，但不過幾年時間，小布希揮軍伊拉克，硬把整個美國扯回黑暗、蒙昧和原始，老馮內果躺下去又爬起來，重新開筆破口大罵——

好脾氣的小說家卡爾維諾甚至更進一步的說話，在他過世前最後一本書《帕洛瑪先生》裡，彷彿預言了他忽然襲來的死亡：「即使當個死人，也準備要做一個滿懷怨氣的死人。」

我喜歡「做一個滿懷怨氣的死人」這個說法，尤其是它帶著卡爾維諾一生的文雅、沉著和恢宏時。由此，我也覺得自己聽懂了地藏王菩薩的滿懷怨氣本願，地獄不空誓不成佛，原來是他需要這個工作，如賈西亞・馬奎茲所說人得有一件主要在做著的事，他拒絕沉睡。

富翁要聽聽我們大家意見、頂好還能說動我們與他同行的這樁海峽兩岸幸福工程的工作，可否讓他逃出這個圍城也似的沉睡烏托邦呢？不一定，要看。我的意思是，如果你只帶著公益之心而來，那它仍只能是「偶爾還有一些事發生」的其中一件而已，仍只停留在那個舒適的墳場裡，你必須下決心把自己的生命位置真的移出來，而且肯跟自己承認（偷偷的、不公開講出來沒關係），地獄不空誓不成佛，不是這個工作需要我，而是我需要這個工作。

慈眉善目不咒罵的公益之心有各種難以及遠及深的限制，它是業餘的，很難做複雜的、需要專業知識和技藝要求的事；它站在某個道德優勢的高丘之上，很難下來做激烈的、善善惡惡是非分明乃至於不可以大事化小小事化無的事；它通常帶著某種生命結論前來，很樂意做但很不願意想，很難做需要動用心智、需要高度思維、眼前仍未明朗的創造性之事。最麻煩的是，它太自由了，有太多垂直性的退路以及平行性的其他選擇，總是在第一個第二個第三個困難才來時，它會瀟灑的後退而不是頭破血流的衝決它，或轉頭去做其他一樣隸屬公益的事，捐錢、賑災、蓋學校或醫院、到海灘撿寶特瓶云云。這裡，人丈量自己付出犧牲的多寡，優先於事情本身，這裡頭沒有了成敗利鈍，沒有輸贏，就只能是高尚的玩玩而已。

人生命中那件主要的事是沒有義工的，即使它全然是利他的，人必須視此事為唯一，而且時時計較事情的成敗輸贏，讓它為真；當他同時也說超越成敗這句話時，不過是意識到事情本身必然的困難重重，並保衛自己時時可能受挫的信念，這是一句只跟自己說的嚴苛之語，跟自己再一次強調，沒有退路，不能挪移，就是它了，如此而已。

但富翁能這樣嗎？他會意識到這次當然比他當年創建一己的電子王國更麻煩、牽涉更廣更深嗎？他的身體、精神、思維暨行動方式是否已太習慣於那個舒服的烏托邦？——今日世界和耶穌活著那會兒已有兩千年之遙了，今日的富翁們簡單用財富鋪好進入天國的坦坦大路，但要有錢人離開天國，可能比要駱駝穿過針眼更難。所以新聖經的格言是：「你若不能回轉小孩的模樣，斷是逃不出天國的。」

說句洩氣的話，幾百億財富，對一個人是太多了，多到生命邊際效益早趨近於零，但對所有人而言又太少了，分不到什麼也買不到什麼。

正因為這麼難，席間，我難免會頗珍惜富翁此時此刻專注認真如推銷員的模樣，他也知道在我們這邊世界大家耳熟能詳那首佛斯特的名詩嗎——

這種的樹林是如此可愛，深邃又深遠
不過我還有未了的承諾要實現
在我入睡之前還有幾哩路要趕
在我入睡之前還有幾哩路要趕

拉麵師傅。

一家做得下去的拉麵店需要川流不息的顧客，爐子煉獄之火般永不熄滅，甩麵水讓兩腳站立之地永遠濕漉漉的，接近我們所說的水深火熱，各等各色的人壅塞大聲講話還在門外排隊，工作跟打仗一樣，不，跟打仗不一樣，士兵要戰火完全停歇才清理戰場並把大部分工作留給大自然自己分解，拉麵店是一邊打一邊得搶時間收拾滿桌油膩狼藉的盤碗，夢在此地匆忙、費力、狹窄而且揮汗如雨。

「五行」這家拉麵店在柳馬場通這道小街上，但比較容易找到、也比較符合京都旅遊者正常行走的方式是，你從那個美麗如美術館的錦市場錦小路通進去（錦市場你總是要去的不是嗎？），差不多在中點處你便會走到和它垂直的柳馬場通，你朝北望，才幾步路之遙，會看到一個高高掛起的「麵」字，這就是五行了，黑色拉麵之家。

但記得別一大早，拉麵店是晚睡晚起的動物，總是過午才開市，早起的鳥沒拉麵吃。

五行並非黑拉麵的始作俑者，這相當一陣子了。餐飲世界一直流傳著一個戲劇性但其實不盡正確的講法，說最名貴的食物都是黑色的，因為符合此說的算來算去也就只能兩種，一是魚子醬，另一是松露，你總不能把木耳、中國人的豆豉和日本人的丹波黑豆云云抬高身價硬收進去——但純粹黑色的天然食物真的不多，可能因為黑色本來就不是有機的、生之色澤，生物通常只使用於皮毛一層，利於躲藏。物理上黑色是光的單行道，不讓任何光線反射回去顯現出來，這樣的持續吞噬不返不太像總必須有所選擇、有所排斥，因而形成往復彼此交換依賴的生命運行形式，而像是個洞窟，或就是死亡了。死亡的不祥一直是很迷人的，它不斷堆積厚度和深度，最後，會通往哪裡呢？以至於時間進到那裡一定有不同的模樣和意思不是嗎？波赫士曾指給我們看這句拜倫的詩：「她優美的走著，就像夜色一樣。」

事實上，如今我們眼前大多數的黑色東西反倒是人工的，一種很方便就挪借過來的陰影、厚度和深度。流行事物的製造者這方面總是極敏銳的而且沒顧忌的，最早的流行小說書寫工廠創造者大仲馬（他僱用一堆人掛他名字寫小說）有一部小說便叫《黑色鬱金香》，書中有北邊的某荷蘭人成功育種出純黑色的新品種鬱金香，遂引發了寶貴球莖的跨國爭奪。我小時候熟讀他的《基督山恩仇記》不足，像發現寶物般在書店裡找到這部只聞其名想像一堆的小說，但至今我仍記得孤獨念完書那一天，包括周遭景物細節、空氣、光線和自己的心情，不太是失望，而像是被你信任的人背叛了，像誰死掉了一般，比我外婆的喪禮還凝凍還啟蒙。

熾熱進行了已近二十年的日本拉麵現代化戰爭，生之歡愉在滿出來時當然也向著死亡處試探。大致來說，黑色拉麵可有三種：一是純噱頭純配色的，並搭上廿世紀末排毒養生云云的全球性偽科學健康神話，在和麵時揉進了號稱活性碳的備長炭粉末，給那些又要吃又貪生怕死的人；一是平行輸入於義大利，麵條滴加了墨魚或台灣政治人物逃生用的抹黑汁液，這倒是有動人、難以言喻微妙香氣的（當然只限於墨魚）；另外一種則處理湯而不改變麵，我猜最原初是由最深色的醬油拉麵演化而來的，關鍵很簡單在於只濃其色而控制其鹹度，因此燒焦它即可。

五行的黑色拉麵是第三種，它也有黑色醬油拉麵，但看板拉麵用的是特選的黑色味噌——你如果正好坐在鍋邊位置，會看到年輕的拉麵師傅先在熱鍋中敲進一小方豬油（一種極香又最健康禁忌的東西），將黑味噌燔祭般點燃，一部分香氣瞬間從火焰中竄升起來，這時拉麵師傅消防員般一大瓢精心熬製的高湯澆下去，再來就是標準作業了，滑入甩乾的麵條，鋪上叉燒、魚板等配料，完成。豬油和味噌，除了使用它們內在的香氣和外表的色澤之外，還有效利用了其存在形式；它們共同形成了一層黑色薄膜，阻斷了火焰和香氣的逃逸，像控制住反應速度一般，讓高湯在看不見的燃燒中持續的、溫柔的、一分一分的釋放出甜味，黑得非常聰明，更重要的，黑得非常有道理，知其白守其黑，簡明的奇想底下，是扎實的老工匠技藝，以及對使用食材的完全理解。

五行這家新拉麵店的最戲劇性之處，我以為是它的來歷或說前身，焦黑的新五行係變身自純白的老博多一風堂——這麼說很多熱愛日本拉麵的人就完全懂了也放心了，包括台灣的名小說家駱以軍。這家創業已廿三年（麥可・喬丹的背號）、和豚骨白湯幾乎是同義辭，不只店名就連三個招牌字（深濃古篆隸趣味的現代字）都美麗得日本第一的一風堂，曾在多年前東京惠比壽的某個寒冽的秋天夜裡，以一湯匙的第一口「白丸原味」麵湯，暫時拯救了駱以軍一家於異國逆旅，我是現場的目擊證人，但這事留給駱以軍自己說，反正他遲早會自己寫出來不是嗎？

一風堂的老板叫河原成美，我自己心中拉麵師傅的原型。他永遠綁著頭巾，身著粗布工作服，踩著作業用的長統橡膠雨靴，瘦長豹子似的身軀保持著勞動者的彈性、速度和隨時可投入的待命狀態，只有沒離開過工作第一現場的人才能這樣。兩眼永遠有焦點因此生出一種逼人的神采，可以想見生起氣來會瞬間非常可怕（他那些可憐的徒子徒孫們啊！），但我們比較常看到他笑起來，瞇著眼連帶的皺起眉心、眉毛八字下拉的非常開心還帶著不好意思。河原成美有老職人專注不放的硬脾氣和嚴厲，但不是現代表演業介入後那些和拉麵無關的種種怪癖添加物，他如今的地位和身家可能不容易估量，但他怎麼看什麼時候看都還是個拉麵師傅。

在進入拉麵戰爭的話題前，我們先說日本拉麵有一個非常不容易的特質，來自於所有拉麵師傅的某種信念和自我規範——基本上，日本拉麵的價格非常恆定，只分站著吃和坐著吃兩級制，至於名店和一般混日子的店並沒差異，不像台北的牛肉麵，有神經病上萬元一碗的，也有評比獲獎後昏了頭馬上抬高價格拋棄貧賤朋友的。也因此，對於吃麵的人來說知識的確才是力量，比方說你置身於大東京萬軒店家構成的拉麵迷宮中，資本主義萬用嚮導的價格系統幫不了你，你有更多錢而且願意更花錢，事實已證明你可以毫無知識毫無鑑賞力就買對更好的筆、更好的錶、更好的服飾、皮包、汽車、珠寶和房子，但無法引領你進入某個流滿動人高湯的應許之地，保證你吃到一碗好拉麵。仔細想想，如今世界這樣子富貴不淫的事真的不太多了。

這是我比較熟悉而且熱愛的世界樣態，一本好書和一本爛書基本上訂價一樣，你不必先累積上億家產才能讀賈西亞・馬奎茲的《瘟疫時期的愛情》（但哈利・溫斯頓的一條鍊子非如此不可），事實上我們有充分理由懷疑，全世界究竟有幾個億萬富豪曾讀過它。

為時二十年，從薩摩藩的桀傲鹿兒島到拓殖的冰凍北海道，還旁及食材、煮法都不同的沖繩，全面開打的這場拉麵戰爭，理論上是一場很容易失控、甚至會變得很令人討厭的戰爭。只因為拉麵是一種很簡易、很開放的食物，它甚至還是組合的，可拆解因此可無盡替換的，湯、麵條和配料不僅各自獨立，而且都是人類在拉麵專業之外的其他料理世界和尋常生活中熟悉且已累積更深奧技藝和成果的，馬賽魚湯可不可以用做麵湯，當然可以，鱘魚魚子醬可不可以黑珍珠般鑲嵌於一碗拉麵的冠冕頂上，好像也沒說一定不行，於是戰爭打起來，不論是想像力、專業技藝到美學，原來的拉麵師傅很尷尬並不一定有多少優勢可言，且時時陷入兩面夾擊之中，一邊是技藝可能更硬更精純的各種專業廚師，一邊則是更狂野更自由的素人。事實上今天我們回頭看這場戰爭，三十六反王，七十二煙塵，果不其然誰都進來了，帶著各自的創業招牌神話故事，也帶著各自獨門的湯、麵條和配料食材，有計程車司機、俳優、政府官員、電子工程師、宅男、極道大哥、壽司師傅、義大利麵主廚、生猛海鮮的香港人、原法國餐館的料理長——

就連戰爭的形態也是我比較熟悉而且熱愛的那個世界的樣子。在文學的書寫世界裡，當然有著森嚴、數十年不懈的思維和技術，但同時也有極寬敞極親切沒有圍牆阻隔的那另外一面，業餘的、人生走到某一刻心血來潮的好書寫者和宛如天外飛進來的好作品，文學史上代代不乏。這樣的專業世界有一整面開向而且牢牢繫於人們經驗的、人皆有之的、日復一日的「正常」世界，這使它混亂，但多很多神奇的可能。

然而，當拉麵什麼都是，也等於說拉麵什麼都不是，如安博托・艾可講的，全然的自由和不存在這兩者，有差別嗎？因此，拉麵究竟是什麼？它最終退無可退、不可讓渡的底線有沒有？在哪裡？或反過來問，當拉麵這樣一個品目、一個單獨被辨識的形式泯滅了，這究竟是輕煙散入五侯家的「歸建」於其他各個、各國各地域的既有料理領域中（如煨麵之於江浙菜），只是分類學的轉換實則並沒有喪失任何東西？還是真的有某些東西砂子般從我們指縫流走了？

所有人，包括吃麵的和煮麵的，我相信答案會嚴重傾斜向後者。因為，就像詩的拉麵師傅艾略特講的，形式刺激著內容。因此，當拉麵的形式在戰爭的失控中被摧毀，當拉麵變得什麼都是也什麼都不是時，我們失去最多的，可能還不是既有的，而是未來才會有的，那些現階段我們尚未擁有、還沒成為拉麵的東西，那些今天還沒開的拉麵店。

戰爭中，得有人來保衛形式。

但保衛者幾乎在第一時間就會發現自己又置身於一個我們極其熟悉的大煩惱之中——我們相信它堅持它，卻說不出來它是什麼；我們保衛它，卻不確定防線該在哪裡。而且，由於會意識到形式重要性、挺身成為保衛者的，通常是原有的、安身立命於斯的老拉麵師傅，因此現實中還一定多跑出一層尷尬來——話語既然不清，很容易被看成是某種守舊、某種保守、某種權威的濫用和既得利益的護衛（當然也有一部分的確如此）。在新就是好、就是傳播焦點的時代大意識形態空氣中，有時候就算人家不講出來，你自己都覺得面目可憎極了。

諸如此類的事發生不止一次，我曾在一次電視的拉麵比賽中看到，一位年輕的參賽者用了松坂牛的沙朗，兩面焦香三分熟小心翼翼置放於原來叉燒肉的地方，當然好吃極了，評審也是人一樣吃出各種夢幻表情（如今每個人都必須學會的美食表情），但沒人心存感激給高分，事實上一位老拉麵師傅還愈說愈氣——這不是拉麵，拉麵應該是叉燒、筍乾和蔥花，頂多加個蛋或一小方魚板。

拉麵當然可以不是叉燒、筍乾和蔥花，但拉麵應該是什麼？——這樣永遠揮之不去的大哉問在我們耳際響起了〈公主徹夜未眠〉的動人詠歎調：沒有人知曉它的名姓，我們每一個人都難逃一死，所以遠遁吧黑夜，熄滅吧星辰……

我以為真正救了拉麵，沒讓它在廿年戰火中灰飛煙滅的是，拉麵始終是一種家常的、每天的、結實吃飽的食物，而且他們又睿智的（或鬼使神差的）把它的價格限定在六百到一千二日円（以當下的物價水平）這區間，這個價格限定與其說是界線，不如說是一枚釘子般把拉麵牢牢釘在它庶民的、街町的大地之中。

拉麵世界有它極輕盈自由的一面，就像文學書寫，不止理論上什麼食材皆不排斥，而且煮一碗拉麵乃至於開一家店都用不了多少錢（書寫者如福克納說的，真正需要的只是筆、紙、香菸和一點點酒。當然，後兩者也可以不要），但這樣的平坦開放土地易攻而難守。神話的輕盈，如卡爾維諾說的，很快會撞上每天生活沉重無夢的另一面，人們第一次上門，可以只吃神話就飽足，但第二次來他就要真的吃麵了；夢可以是獨一無二、由你編碼你說了算的，但湯熬得夠不夠、麵條有沒有勁、叉燒好不好吃云云則是硬碰硬乃至於有事物自身邏輯的，時間拉長，選對好的胡椒、醬油和哪邊生產的海鹽井鹽岩鹽比加對神話重要多了。

六百到一千二的價格限定，進一步蒸發掉夢的胡思亂想多餘成分，濃縮出夢樸素、辛勤、真實不欺、因拉麵而拉麵這部分；驅走了表演者，留下了拉麵師傅——我們看哈利・溫斯頓的珠寶店，皇宮一樣門口站著警衛，店裡四時清涼無汗如佛家的不思議之國，店員永遠比顧客多，也通常比顧客優雅美麗，夢在此地有無盡寬敞舒服的空間可伸展可徘徊；但一家做得下去的拉麵店需要川流不息的顧客，爐子煉獄之火般永不熄滅，甩麵水讓兩腳站立之地永遠濕漉漉的，接近我們所說的水深火熱，各等各色的人壅塞大聲講話還在門外排隊，工作跟打仗一樣，不，跟打仗不一樣，士兵要戰火完全停歇才清理戰場並把大部分工作留給大自然自己分解，拉麵店是一邊打一邊得搶時間收拾滿桌油膩狼藉的盤碗，夢在此地匆忙、費力、狹窄而且揮汗如雨。

如果我說真正的小說書寫師傅也是像這樣子工作的，人們相信嗎？

還有深夜人們酣睡不上門時。我記得河原成美有回幫電視節目評鑑名古屋（原是吃烏龍麵的城市）拉麵激戰區的各家名店高下，抵達一家他最熟悉的白湯拉麵館時他忽然衝向後院，然後甚滿意的點點頭，因為他看到要看到的十幾筒瓦斯——河原成美解釋給我們聽，熬湯的火每天廿四小時一刻也不能斷，才能溫醇沉厚不生異味，不儲備足夠的瓦斯，必是不合格的。

一九九四年有好事之人異想天開在新橫濱自家土地上蓋起了拉麵博物館，花了好幾年時間吃遍了彼時全日本的重要拉麵店，挑揀出各亞種（豚骨、味噌、醬油、鹽云云）的王者各一家進駐，讓買票進博物館的人既飽以歷史知識，也可以實證的飽以口腹，是個踏破鐵鞋的貼心安排，一風堂正是這第一代豚骨白湯的龍頭。這算是日本拉麵一次總歸戶總整理，也是拉麵現代化的一個大分水嶺，把拉麵戰爭從地方街町方圓之地的爭奪上達成全國性的規格，也才讓東京真正成為誰都非來不可的拉麵首都。往後十五年，更新、更好、更特別、更胡作非為的店家沒間斷過的冒出來，王朝如日出日落更替，吃麵的人也從數十年如一日的親切老街坊，搖身變為挑剔、好事、人人毒舌評論的陌生人，無情如天擇。

這十五年求新求變時光一風堂做了什麼？店內幾乎沒大動作可言，基本上它只開發了一款新麵，加進來一小團味噌把白湯染紅，名為「紅丸新味」，我吃過一回，並不覺得有任何超越原味之處；然而，相對於風雨不動如沉睡的一風堂，我們卻不斷看到河原成美在電視上有著華麗不可思議的演出，比方一碗只用起司和西洋沙拉食材、他自己形容要做成滑溜如舞姿的新麵，比方另一次在輸不得的最終決賽他居然放棄自己最強的豚骨，完全用牛肉牛骨來熬製新湯云云。他無堅不摧的完成唯一的電視冠軍三連霸，還登上「麵王」之位，重點不在他擊破的都是一線的超大物拉麵師傅（比賽有比賽的運氣成分），而是說明他的每一碗新麵都成功通過了最嚴苛的嘴巴檢驗，但他在想什麼呢？他辛苦開發出來卻只在電視上煮一次是為什麼？他不知道這可以賺到更多錢和市場風騷嗎？他不察覺一風堂已成標準答案需要新的魅惑新的神話傳頌嗎？

這用商業邏輯很難解釋，但我們從書寫志業的位置可能看得懂。小說家阿城講，書寫者應該寫得更多發表得更少，不要把練習本拿出來，惟河原成美卻是把已證明成功的作品收回抽屜不見天日，擁護他的吃麵之人都替他急壞了。

一直到多年之後的「五行」正式在東京開店才算有了個著落的答案，但菜單上仍只列著三款麵而已，黑味噌、黑醬油和鹽味。

京都六月天紫陽花開如蝶的季節，夏天在這個千年古都躡著腳走，先進來的不是暑氣，而是雨水，下鴨神社前的糺の森綠得鋪天蓋地但透亮，沁潤的碎石子地、青石板有著安定人心的涼爽色澤，即使太陽照下來也不刺眼。

我想望的答案不全然在這碗精采的黑色拉麵裡，而是櫃台埋單時年輕的河原成美弟子遞給我的一份無料小冊子，是的，我想像的答案理應有更豐富的形式、更多樣的材料以及更多的顏色，如果你關懷的真是拉麵而不是急於ㄍㄧㄥ出某種風格的話——小冊子封面大筆寫著「河原成美四季の拉麵作品錄」，裡頭照片帶文字說明共十二碗麵，名字依序是「誕生」「生きる」「友」「向暑」「知新」「春かすみ」「涼風」「麵王」「神無月に誘われて」「GENKAI TAICHA」「12 in N.Y.」和「花の東京ど真ん中」，最後那兩碗其實是同一碗麵的雙重變奏，是十二月粉雪飛舞的紐約和花開東京這兩座世紀大城的遙遙相望，主食材是牡蠣，拉麵裡揉進了三陸地區的牡蠣殼細粉及其大海荒波香氣。每一碗麵都註記著其完成日期，從二〇〇二年六月二十六日到二〇〇八年二月二十日止，我算過，參差不齊的平均每六個月完成一部書一幅畫，不，一碗麵，沒真的停歇過片刻，可能也沒任一個以創新為號召的拉麵師傅像他這樣不懈，這樣富想像力。

這是河原成美的拉麵畫展。

然後便是他二〇〇八年夏第十三碗麵首次公開發表的訊息，地點設在他東京銀座的五行店裡，現場供應兩百杯賣完為止，價格稍特別但算合理的訂為兩千日元——時間恰恰好就是第二天，但我沒立刻掉頭回旅館收行李跳上新幹線，我們在京都有自己的預定行程未了，有已付了錢的旅館，有自己的時間表，這樣擦身而過的事，你知道了就可以了。

不急的，一定還有十四、十五、十六……。晚年的波赫士說他不再相信成功和失敗，河原成美是否也這樣呢？我想，如果我們有一件可以做一生的事而且夠認真的話，會漸漸聽懂波赫士這句話的。

少尉。

有一天再沒有預備軍官了呢？有一天大學只是基本學歷不再無條件代表社會菁英和希望？甚至有一天我們養不起也不打算養這麼多兵讓軍人徹底回歸專業自己玩呢？——沙林傑在他《麥田捕

手》裡的著名天問是：「公園池塘結冰了，那些野鴨子怎麼辦？」多年之後，我們這一代的問題毋甯總是變成：「那些野鴨子全不見了，公園的池塘怎麼辦？」

我最近忽然想起這事，當然是有情境的，某種觸景傷情——台灣軍中現在還有少尉嗎？由什麼樣的人，通過什麼樣的升遷方式，來佩掛這所謂一條槓的最底層軍官軍階呢？還是像大隆鳥、像長毛象劍齒虎般只留下名字滅絕了？

在此之前，先來說說少尉為什麼會是一條槓，在我們習焉不察之前它本來總有個意思吧——我自己是如此聽說的，也以為應該是正確的。這發生得很早，早在台灣才剛剛有黑白電視機看《勇士們》影集桑德斯班長和漢利排長那會兒，某個博學多知之人（每個小鄉小鎮總都有那麼幾個不安於每日生活、踮腳瞻望遠方鴻鵠的人，很多傳說、神話乃至於宗教便由這樣的人開始）解釋桑德斯和漢利領子上的老K和槓給我們小鬼聽，其實軍人的高高低低軍階並不是任意的、個別的抽象符號，它們就跟目前可見絕大部分的象徵符號一樣，最原初都是實物，而且是一組連續性的實物；它們的真正意義也不在個別實物裡，而是通過這組實物的奇妙相遇和聯繫，顯示於它們構成的整體圖像和彼此關係之中。當然，彼時台灣的知識水平和其表述方式較簡單直接，就說是彎曲的樹根（士兵和士官）、樹幹（尉官）、樹梢開出的花朵或停歇其上的一隻鷹（校官）、和更抬頭的夜空星星（將官）云云。

這是詩的手法了，清泉石上流，鳥鳴山更幽。你說，官拜少校和一朵滿滿盛開的花有什麼關係呢？你回想一下你當兵時那個什麼也不懂、作威作福的營長副營長哪來如此柔美的意象，沒錯，答案並不在這朵花裡，而是從樹根、樹幹、花朵到星星，就像是魯迅〈秋夜〉這篇美麗短文一開頭所做的那樣，這是人由近而遠、由上而下、緩緩抬頭的目光一路所停駐看見的，由此構成一個高低層級秩序、有為者亦若是的隱喻。只是比較奇怪的是，它們居然是夜間的、晴朗日子的，二月天清冷星光下一樹枝梗蒼老多節瘤、花開紊亂披風的老梅，沒有任何武勇的、乃至於殺戮的、如子路頭插公雞毛的誇示，倒像是不寐夜裡一個安安靜靜的夢。這是怎麼一回事呢？他們最原初究竟是把軍階設計這樁歷史任務交給了什麼樣的一個人？而這忽然心起憂思的傢伙後來又是如何說服頭頂上的那些好勇鬥狠、半點也聯不上黯夜星空的人呢？

我自己，就跟那年代大部分的大學畢業生一樣，曾是樹幹最底部的少尉軍官，或正確的說，曖昧的、疑似的、等待戰爭發生才算數的「預備」少尉軍官。受訓完成後抽籤先發配鳳山衛武營，然後移植到更南的屏東龍泉，在那兒用等待耗去了近一年半的年輕生命時光。龍泉，聲名赫赫宛如一柄倒插南方大地的古神兵，但其實是頗荒涼、只一截街道的小鎮子。

在這看似連續的、等距的層級秩序中，我們實際上知道，其間不可能是均勻的。最困難是由上校躍升為少將這決定性的一階，果真像得掙開地心引力般才能讓有限生命的花和鷹化為亙古的星圖；然而，真正涇渭分明的其實是上士到少尉這一階，它幾乎就是斷裂的（尤其在不打仗、沒軍功可破格晉升的狀況下），分屬於兩個獨立的系統，上士再往前，不是少尉，而是歧路死巷子般的士官長，他們可以比基層的尉級軍官領多點錢，而且遠比一般的尉級軍官受敬重（只限於軍中時日），但仍掙脫不開滿身泥土的樹根那一層。據說彼時金馬戰地的八三一軍中樂園，便如此硬切割成軍官用和士官兵用兩種。

老士官長是另外一種故事，不是冷戰，而是昔日真實戰亂流離的最後族裔，我當兵時有幸趕上他們垂垂髦矣的存在，總是心存感激，很多不知道怎麼辦的狼狽時刻，總是靠著他們一句話、一個動作、找個誰交涉，忽然六〇迫擊砲準準打進目標區了，老卡車能發動了，壞掉的槍械零件復原了或更神奇有了新的，像老魔法師梅林一樣。我們的關係很奇怪到近乎蠻橫，他們的年紀遠比我們大（介於父親到祖父之間），資歷、貢獻、能耐和價值更是不成比例，但「國家」卻認定我們是位階較高、下命令告訴他們怎麼做的人。這個極不合理的關係總是靠著他們的謙卑自持，以及對國家莫名其妙近乎迷信的信任才真正成立。日後，我們都目睹了，這個他們信任的國家還會進一步背棄他們羞辱他們，口出惡言的人裡頭，一定也有如我這樣讓他們伸手幫過的少尉軍官。

如今回想起來我們這些少尉預備軍官真是闖入者，一年兩次排山倒海而來——我們的拙於軍事技藝和冒失，我們在其他心智知識的較豐碩靈動以及自然而然顯現的桀傲不馴，我們的社會聯繫，我們不一樣的時間感受及其計算方式，我們在意的、拚死護衛東西的不同（我們沒有升遷，甚至並不在乎每個月領錢多少，我們真正想的只是放假請假和每天平安無事）云云。我們根本是完全不同的另一種人，以完全不同的圖像去理解軍隊，並持續的、堆疊的把訊息攜回外頭世界來，形塑成社會對軍隊的基本看法或印象（公平的、不公平的）。我們莫名其妙進入到這個仰望星空的層級系統之中並參與實際運作，但係以某種被判有期徒刑兩年（好像還褫奪了公權）的囚犯身分而來。他們正常的連續性生涯，於我們毋甯更像是封閉性的個人囚室，或說動聽點，像是古來詩詞歌賦動輒哀怨罵人的所謂「戍邊」，不知何處吹蘆管，一夜征人盡望鄉。不再戰爭，沒死亡高懸人頭頂，軍旅可以不過是一種職業選擇，奉命移防派駐彷彿是單身赴任，我現在回頭想，在軍隊緩緩變身為大企業的長段時間裡，是不是因為我們這些業餘的闖入者，反而才暫留了某種古老的戰爭氛圍、感情暨其神話？我們藉由著自我生涯的戛然截斷、生活的連根拔起、親人尤其是女友（或未實踐未成形的女友）的伸手不可及，重塑一種較安全的生離死別乃至於某種不由自主命運，儘管實質內容和規格縮水甚多，但我們年輕的敏感、脆弱多汁和對茫茫未來的一無所知，很輕易的補足其間的差額，讓它跟真的一樣。

日後，我聽小說家阿城講他們文革時插隊下鄉，我能仰靠的就只是這個記憶，去想像那種巨大國族名目底下，這樣一大群四體不勤、彼此壯膽、可能連闖了什麼禍都不自知的年輕學生，衝進到人家百年千年不易的農村之中究竟是何光景，會生出什麼樣的故事，大時代浪潮底下有哪樣難以言喻的內容細節和日後說不成的記憶。

我們必定得著某些寬容——這是現在回想的，不是當時，當時你只覺得四周滿滿是敵意，你絕大多數時間是被欺負被折磨被不當人任意使喚壓碎在最底層的。這樣的寬容不只表現在個人身上，事實上軍隊的體制亦相應的做出了讓步，奉國家大政之名，他們把少尉這一塊割讓出來如同租界，好裝下並單獨處理這一波又一波如《聖經》裡命名為「群」的鬼魂（「因為我們多的緣故」）的預備軍官。至今我仍記得民國六十九年九月那晴朗的一天，我們受完訓從步兵學校放出來，那真是某種奇景，整個鳳山市忽然爆出了兩三千名清一色的少尉，市街上店鋪裡車站內外放眼全是閃亮新發於硎的一條槓，都裝不下溢出來了，空氣中蒸騰著劫後餘生的狂歡氣味。

我們並沒忘記開玩笑，想想這些少尉要帶多少兵，這個國家還能打仗嗎？

受訓半年（後來進一步縮為四個半月）就慷慨授階少尉，那麼那些被操足四年整整才當上軍官的正期官校學生自己人怎麼辦？他們於是人性的被往上擠一階，從兩條槓的中尉作為旅程的正式起點。於是，長達數十年時間，少尉幾乎和預備軍官畫上等號，你看到一條槓時不是看到軍人，而是大學生，是文弱而且胡思亂想不好管理的讀書人，是定期而來定期飛去的雁群。少尉有完全不同的來歷，不同的生態，不同的去處和時間終點；形態上它仍是那一小截樹幹，但基因不同永不生長，或說不在此處生長，它開不一樣的花，化為不一樣的鷹，瞻望不一樣的星空。

我想起少尉前在步兵學校受訓時，同隊同班排頭的輔仁大學哲學系老兄（奇怪我居然還記得他名字、長相和家住高雄），在填寫那種例行的、派公差用的個人資料問卷時，嗜好那一欄寫的是「思考」，擅長那一欄則是「同情」。

然而有一天再沒有預備軍官了呢？有一天大學只是基本學歷不再無條件代表社會菁英和希望？甚至有一天我們養不起也不打算養這麼多兵讓軍人徹底回歸專業自己玩呢？——沙林傑在他《麥田捕手》裡的著名天問是：「公園池塘結冰了，那些野鴨子怎麼辦？」多年之後，我們這一代的問題毋甯總是變成：「那些野鴨子全不見了，公園的池塘怎麼辦？」

這個令人寂寞的問題，是我人重新站在35°C高溫龍泉街邊，看著街道消失那一頭等屏東客運晃過來時浮上心裡的——我難免有片刻錯覺，忘記了汩汩流走的時間，以為自己仍是廿六年前那名好容易又騙到四五天假、心急如焚想早一分鐘坐上屏東客運、早一分鐘搭上國光號或任何野雞巴士、早一分鐘讓泰山收費站前那一段跳動路面把人從瞌睡中叫醒的年輕少尉。漫漫回家長路，車進泰山，感覺上就等於到了。

整個廿六年之後，我這才是第一次又重回龍泉這裡。對我個人而言當然是驚心動魄的，每一步都像踩在滿是記憶裂紋的玻璃之路上，但當然也曉得沒人會察覺沒人會理睬你，包含你對眼前所有人、所有一切的滿懷善意和親密之情。整個世界平穩得像睡著了一般，只除了一名年輕的冰店老板，他隔街對我半帶玩笑的大喊：「老大，吃冰啦！」又補一句：「請你啦！」我只好跟他揮揮手致意。

龍泉是個滿奇怪的地方，它靠著兩個大軍營建立起來，一個是較著名的海軍陸戰隊，一個是我昔日所屬的普通陸軍，都負責訓練一批批的新兵，以至於誰都可以簡單估算出來，真正的龍泉住民沒多少，但被命運忽然拋擲到這裡、並屢屢相信自己已被某種黯黑力量抓住這輩子再難逃離這個小鎮、遂像生於斯長於斯也必將終老於斯的人卻高達百倍千倍。亞歷山大・赫爾岑曾如此回憶一八四八年到一八五五年稱之為「七年長夜」的俄國沙皇尼古拉二世的恐怖統治：「活在當時的人總以為這條黑暗甬道註定是沒有盡頭的。」

日後，會在外頭世界一再講起龍泉、稱頌它的名的人也是這些人。廿六年來，我從沒遇見過講起龍泉的龍泉人。

龍泉有沒有變呢？我想，這不如這麼來問，願意而且可以靜靜等你廿六年的東西會有多少，包括你各種關係的親人在內？所以說但凡還有一點點記憶的悸動蛛絲馬跡，你努力的保持感激之心即可——榮民醫院那一片森林模樣的大芒果樹差不多全砍光了，完全符合著「改變總是從砍樹開始」這一可厭的發展公式；市場斜遷對街，因此我幫他們揮毫貼牆上的「餃子一元，蛋花湯五元」的小吃店自然也沒了；往靶場路上那兩家有人思念家中慈母時花錢造訪的小旅館一樣拆掉了，當然老紅磚牆上那斗大兩句「鼓舞士氣，調節身心」的經典廣告標語亦成千古絕唱。街角的德生中藥行幾乎是奇蹟的從時間洪流中存留下來，陰涼的藥櫃子前坐著個乾淨清爽的少婦，不可能是的，但仍讓我有片刻衝動想請問她。廿六年前這家中藥行的小女兒念某護專，每個週末返家隨身扛著個巨大古箏，因此算準那一班屏東客運幫她拎上拎下遂成為我們搜索連士官隊的處心積慮大事，小我一梯、高雄來的蔡排長乾脆稱病抓藥，居然被她父親也就是想望中的岳父大人把脈出肝病來——

老實說，廿六年之後，對我個人而言這裡還有的，尚遠遠不及朱天心那篇用氣味封存記憶、也用氣味釋放記憶的〈匈牙利之水〉寫下來的多。

細節可以無休無止一直衍生下去，每一幢房子、每一家店、每一個人、每一棵樹、每一分線條和氣味，記憶就算抵達了盡頭，人也還有各種你投諸的情感攜著你向想像飛去，只要你願意像普魯斯特那樣。但我知道不太一樣的是，這裡不僅僅是似水流年的單純時間消逝問題，而是整塊過去時光被挖起的問題，我的龍泉記憶，正如一整代人當兵的記憶，正處於一個更大的時間流砂之上，這已經發生了，而且還會進一步發生。張愛玲曾聰明的說她祖母會死去兩次，一次是她祖母肉身的死亡，再一次則是張愛玲自己也死去時，那是記憶僅存附著物的灰飛煙滅，連死亡這件事都死亡，成為根本沒發生過。

大學畢業成為少尉預備軍官的時代已結束，沒意外發生的話，很快的我們連服兵役是男性國民應盡義務這件事也落日般取消，沒人寄兵單給少尉，也沒人寄兵單給二兵——天國降臨，地獄一空，得救的我想不只是接下來一代代的年輕男生，一定還包括一代代的年輕女生。她們不必莫名其妙苦苦等候兩三年（奇怪吧，國家曾是每一樁戀愛最大的障礙物拆散者），不必被強迫悲傷並猶豫要不要移情別戀算了（年輕不安定時日很自然的情感離合被冠上了某種道德罪名），不必在某個禮拜天認屍般隻身趕去數百公里外像龍泉這樣一個一輩子不會再相干的荒涼之地，去見一個面目全非智商陡降渾身野獸氣味不曉得自己怎麼會喜歡他的陌生男子，還有，得忍受更久，結婚後總持續個十年左右，丈夫和他那一堆酒友，半小時之內必定像被吸入黑洞般開始又一件一件搬出他們當兵的往事，從不會因為你知我知而省略，相反的，每講一次就更加詳盡一分膨脹一分，當災難的、受苦的記憶跨過邊界讓位給想像，便得到某種歡快的自由，傳說由此開始，一個個神話和宗教也由此開始。

然而日後未經歷這一切、得救的年輕男男女女不會知道他們得救。災難有一個很簡單的悖論，那就是災難發生後參予救災的人會成為英雄，但阻止災難發生讓它消弭於無形的人沒人會知道會感念。這裡的確有一個思維的斷層，語言無力飛越，當事實無法被說出來，或者說出來無人能解，聽見的人總讓它從記憶滑開無法存放，它很快就不再是事實了，而是某個人的夢境了。

是我夢見自己成為一名少尉？還是某個發配龍泉的步兵排長靠在大芒果樹打了個盹作了個大夢呢？波赫士也許會喜歡這樣子想。莊周夢蝶的故事他常放手上把玩，我讀他寫斯維登堡這位聰明、詭異、反覆出入天堂和地獄、但沒人記得他的神學家一篇文章：「我想，這一切部分的歸因於斯堪第納維亞的命運，凡是發生在那地區的事情都好像只是個夢，都彷彿發生在水晶球裡似的。比如，北歐海盜比哥倫布發現美洲早了好幾百年，好像什麼事都沒發生過似的。寫小說的藝術本來起源於冰島的中世紀北歐傳說《薩迦》，這一創新卻沒有流傳開來。我們可以舉出一些本應成為世界性的人物——例如卡爾十二世，可是我們只想到了其他的征服者，而他們的武功戰蹟也許遠不及卡爾十二世。斯維登堡的思想本來應該引起世界各地教會革新，但由於斯堪第納維爾命運使然，僅僅是個夢而已。」

在另一篇文章波赫士還告訴我們，十六世紀初，羅德維科•阿里奧斯托這樣幻想，一個勇士在月亮上發現了那些已從地球上消失的東西，如：情人的眼淚和歎息，被人們消磨在賭場裡的時光，毫無意義的計畫以及得不到滿足的欲望。

還有預備軍官少尉不是嗎？認真想下去，我真的並不認為這比用「冷戰」這樣的歷史事實解釋荒謬，它更加貼近更加真實的記錄了我們的情感本身——也許會有一天，人類世界好到肯如此告訴我們，這段歷史其實是由歐洲人開始人類所作的一連串不醒噩夢，為期數百年之久，亡靈從地下復活，開出死人指甲做成的戰艦，最終在諸神傾頽的黃昏時刻，有人在大地之上畫了一道虛擬的線，中止了殺戮，卻堅持夢境為真，於是我們每一個人仍得交出生命中的兩年時間給它，陪這些人繼續作夢。

少尉預備軍官的消失，我想到彼岸中國大陸也正發生著差不多的事，當然他們這事有較多不得已的成分。大陸一胎化的這一代，意謂著沒有兄弟姊妹，接著沒有堂兄堂弟表姊表妹，往上沒有叔伯姑舅，當然也沒有了旁支的姻親云云由此類推。消失的還不只是這些稱謂和這些人而已，這是完全不同的生命基本圖像，是人和他者、和世界關係劇烈（但靜悄悄沒感覺）的改變，像《紅樓夢》這樣牽牽扯扯的小說會變得很奇怪，人類學者比方說在超卜連島研究的親屬關係和社會網絡構成會搞不懂這要幹嘛，《禮記》這樣精緻的歷史記憶會更進一步密碼化。二〇〇八年四川一場大地震，讓我們親眼看見了這不再是人太多、人命不值錢的國家了，而是個再死不起小孩的社會，電視鏡頭直擊下，這大概是我們所見過最直接哀慟、最讓人絕望的災難現場畫面了。我們說，具體事物的消逝很少是單獨的、乾淨的，它其實比較像《白鯨記》最後那一幕的捕鯨船沉沒，漩渦般把周遭東西一起捲入海底，還包括幾隻來不及的海鷗，只有那個「就叫我以實馬利」的興高采烈傢伙，藉著棺材改成的浮子逃了出來，留住了這個故事。

也許會和平吧，都已經這樣子了兩岸和平還不肯來嗎？

所以我個人的龍泉少尉記憶有什麼關係呢？這部分毋甯只是世界回復了「正常」而已不是嗎？儘管它已牢牢鑲嵌於你只此一次的生命中成為無可替換。我對龍泉的最後印象是，幾乎沒有變動的便只有這兩座軍營，芒果樹每年更換新葉，屋頂用新的建材翻過以至於連時間的毛邊汙漬都沒留，太陽下像睡著了；而最大的改變是，你清清楚楚察覺出這兩個軍營變小了，不再統治這個小鎮子。形態上龍泉並沒擴張也沒蓋起大樓長高，它只是打開來了，鎮民總是比昏昏欲睡的軍人先察覺此事，店家不再只做軍人生意維生，它變得更像台灣任一個這種尺寸的小鄉小鎮，也就是夏鑄九教授惡言長掛口上那種醜怪、毫無特色、全長一個樣的小鄉小鎮。如同此時此刻你在外頭世界再說起龍泉這名字，已經沒什麼人會制約的馬上想到海軍陸戰隊了，可能是啤酒，電視廣告鋪天蓋地龍泉好水做成的好啤酒。

還有，我們搜索連士官隊緊鄰圍牆外的那道大水溝依然乾涸蓬生著半人高芒草。廿六年前某一個晚上，我們連上一名逃兵便在這水溝中躲了一整夜，在我少尉時日所處理的六七次逃兵事件中這是最奇怪的一次，算時間我們以為他早逃到烏雞國去了，至今我仍不解那一刻究竟發生了什麼事，他毅然翻出圍牆，身上有車錢，客運彼時也未收班，是什麼把他絆在水溝裡一步也跨不出去？那樣必然以秒計算如刀割的漫長無邊一夜他想了什麼？

我仍像廿六年前一樣的屏東客運、一樣的路線搖搖晃晃離開，這的確是太陽底下一個白花花的夢境。

棋士。

他瘦削，有一頭太桀敖不馴的頭髮，戴著一副太大的眼鏡（很長一段時間還是那種大四方黑框的），舉手投足拘謹得近乎僵直，他說話時會神經質的結巴，然後垂著眼簾，下巴用力下拉出兩道法令紋，幾乎每個字都打斷，都像一手需要認真思考的棋，都是得預想其以下變化並承擔其後果的棋。是，這是個浸泡在自己心智世界的人，以至於當他抬頭發現自己人在現實人生時，反倒像個闖入者。

羽生善治這個用中文寫出來念起來都感覺滿好的名字，對台灣絕大多數的人應該毫無意義，但它對我個人而言，卻是我生命中難得遇見的神奇事物之一，就靠著這個，我學會了下日本將棋，也是靠著這個，我每個星期六晚上得撐到星期天凌晨三點半不睡，收看每週一次NHK的圍棋將棋報導節目。

但這個該死的NHK，就跟所有不必為自己行為結果負責的公家單位一樣，常常冷不防的改播其他爛特別節目——太多次的生命經驗告訴我這極可能是個很不祥的訊息，顯示某事某物正處於衰頹、杳逝、等待替換之中，我指的是棋，不是NHK或其身後的日本政府，後者不是我關心的。現實裡，我們當然知道耗時間而且耗腦子下棋這事，和我們當下的生活方式和社會配備有多少扞格之處；而且，長期以來日本的圍棋將棋之所以能在現代化世界找到棲身之地，靠的是各大報社不假思索的支撐，每一種職業棋賽的頭銜都直接和某一家報紙緊緊相繫，而報紙不正是眼前這一波世界變動受創最深的行業之一嗎？

人們不再下棋的世界，只剩上帝一個獨奕，以萬物為棋子。

生命隨機無序，「我」莫名其妙出現並存在，有些事你幸運趕上了，有些事你趕不上望穿秋水像李太白詩感慨係之的那樣。羽生之於將棋，正如麥可・喬丹之於籃球，他不是當代最好的一個，因為這每一個再破爛的時代相對都有不稀奇，他直接就是日本將棋史上最好的一個，過去，現在，如果由我來說，我會說包括未來。波赫士說未來什麼事都可能發生，但願如此。

日本將棋有所謂的七大頭銜（至今仍是），包括「龍王」「名人」「棋聖」「王位」「王座」「棋王」以及「王將」，始終沒人一統過。平成八年（一九九六年）初當時，年廿七歲的年輕羽生剛奪下「龍王」，已史無前例手握六個頭銜，挑戰他此生最好的對手也是不世天才棋士的「王將」谷川浩司（既生谷川何生羽生），七番勝負的棋結果只下了四盤完結，意思是日本將棋這萬世一時，大家提著心等它降臨的最華美一刻，並沒有伴隨著想望中淒絕壯烈的場面，尤其是第四盤羽生不利的後手棋（這四盤棋我當然都打過譜，下將棋的人誰不是呢？），居然只用了八十二手而已。就在「平成八年二月十四日」這個隆冬日子，羽生挾起「金」，雪花般無聲無息的落在「三二」的位置，谷川的王棋倒下，大業於焉告成，如夢似幻。

羽生長得很好玩，他的長相其實像是模仿了小說，照公式來——他瘦削，有一頭太桀敖不馴的頭髮，戴著一副太大的眼鏡（很長一段時間還是那種大四方黑框的），舉手投足拘謹得近乎僵直，他說話時會神經質的結巴，然後垂著眼簾，下巴用力下拉出兩道法令紋，幾乎每個字都打斷，都像一手需要認真思考的棋，都是得預想其以下變化並承擔其後果的棋。是，這是個浸泡在自己心智世界的人，以至於當他抬頭發現自己人在現實人生時，反倒像個闖入者。

對喜歡棋的人來說，日本將棋其實是很值得學、值得一探究竟的棋，九九八十一格的不大棋盤，其變化當然不及圍棋，但將棋幾個獨一無二的有趣規則設計，使它在這狹窄壅塞的空間裡出人意料的複雜，尤其是勝負攤牌的終局時刻，它大概是人類所有棋賽中最激烈最危險的，爭逐的永遠只是一手棋的先後手而已，充滿了速度感。吳清源說圍棋有時會進入一種雙方豁開來的加速時刻，黑白棋子像兩列對開的火車般轟轟然前進，將棋則幾乎每一局棋都以這種方式收尾，在速度最頂峰時戛然結束。

有關將棋的獨特之處：其一，將棋不分黑白或黑紅，棋子是呈斜坡狀的楔子形，以前銳後豐的方向來表示棋子（暫時）的歸屬和效忠對象；由此，其二，將棋的棋子沒有真正的死亡，毋甯像只是俘虜（奇怪滿口甯死不屈武士道精神的日本人，怎麼會洩露國族機密也似的做出如此識時務的棋奕規則？），你所吃下的對手棋子反而成為最及時最不受運動限制的最好用武器，可在任何時候任何位置直接投入戰局核心一點（稱之為「打」），像是空降部隊，或甚至就是轟炸了，棋盤遂失去了所謂前方後方的界線，成為三維的、立體的渾然一體戰場，因此它不像中國象棋那樣棋子愈下愈少且容易出現雙方師老兵疲的無趣言和（將棋的和局只出現在偶爾雙方誰也無法退讓的幾手棋循環泥淖時，他們如波赫士說的用具體數字來指稱無限，稱之為「千日手」，就算連下一千個又再一個夜晚也還在原地循環的意思），而是愈到後面雙方手握的有效兵力愈多，閑置如迷路的棋子愈少，愈容易形成前仆後繼的慘烈焦點會戰，這也使得將棋成為所有人類棋奕中最難以防禦的一種棋；其三，將棋的棋子容易變身，只要挺進到對手三格以內，斜行的「角」化為「馬」，直行的「飛」化為「龍」，小駒（「銀」以下的小棋子）翻過面來成為大駒，威力丕變，下法也變得不同。西洋棋也有類似的設計，但只限於一步一步慢慢爬行的兵卒，而且得抵達最後一格如柏拉圖所說好東西只在路的最末端才顯現，惟人壽幾何世事如棋不會停下來等你，因此這唯一的階級流動在實戰中絕少用得上只像個好夢。將棋不同，一局棋下來少說總有十幾枚棋子變身（稱之曰「成」），高速運行的「飛」和「角」只需一步棋因此幾乎每戰一大早必發生，日字形移動的「桂」只需三步棋，即使最慢的「步」其實也只需四步棋而已，因此棋的如此變化是常態，是在棋士的掌握估算之中的，每一枚棋子的價值、路線和死角計算方式亦隨之變動不居，未來的可能性亦因之呈冪數增加，這使得將棋的雙方強弱之勢不像中國象棋那樣直線式的翻轉不易、損失一車一炮難以彌補只能拚命求和，而是波濤洶湧不定，浪頭隨風轉向，拔趙幟，易漢幟，棋局可在任一手變色並不斷交換優勢。

在已知的人類棋奕發明中，依其變化和深奧程度，我個人的排行是——圍棋，將棋，象棋，然後才是棋子造型和名稱最美麗也最實相的西洋棋。西洋棋壅塞呆笨，魅力在於棋子本身，其中最有趣的有三，一是魔女般八方縱橫的皇后，怎麼會要她成為普世最強大的一人呢？一是城堡，它不是人，而是人工建物，卻能直線飛行，一直到今天我們才看到了宮崎駿的動畫《霍爾的移動城堡》；另一是斜行的主教，斜者邪也，記憶著歐洲宗教者實際參與爭戰冷血殺戮的千年不堪回首歷史。

在將棋世界，尤其是現代的將棋世界裡，羽生善治讓滿天下棋士望風披靡，是不可思議的嘖嘖怪事，得在技藝上遠遠超越當代人一大截才可能。理論上，圍棋遠較有機會卻至今沒發生，因為現代圍棋已成功估算出先手的價值，執黑子先動手的人得貼返四目半或五目半，意思是先下後下已沒差別了（只有心理上、氣氛上的偏好），這就是現代平衡棋的產生，公平，但也因之少了煙硝味，如著名的熱力學第二法則所揭示的完全均衡等於沉睡不起反應不再變化，我自己一直懷疑當代日本圍棋力量的弱化（已遜於中、韓）和日本棋士太早、太適應平衡棋有關（高川格、石田芳夫、小林光一云云，當年這些帶頭棋士都是避免戰鬥、只想快快定形在官子階段討個一兩目便宜、安全抵達終點的刻薄沒想像力棋士）；將棋始終無法真正公平解決先下後下的難題，其輸贏無法數字的量化並折算，這一永恆的不均衡狀態逼迫後手的一方必須追趕、必須激烈、必須想盡辦法挑釁製造衝突把局面弄亂，長期來說，將棋的力道和想像力係來自於劣勢的後手棋，儘管它仍是不成比例吃敗仗的一方。所以，羽生善治霸業之難，關鍵便在於他得在一半（以上）機率的後手棋仍保持贏棋，又無法像象棋或西洋棋靠堅壁清野不進反退的和局來挨過，這意味著他得超越一整代人幾乎一手棋的力量，讓人想到平衡棋出現之前凜若天神的吳清源圍棋，「滿天下先相先」，再找不到任何一人和你在同一層水平上，或者該說你奇怪的單獨拔升至當代沒人可企及、其實並不供應不存在的位置，它不是相對的更好，而是突破了某些我們外行人看不見的限制，這是不是神蹟呢？對愈懂愈會下棋的人，這愈是神蹟。

已故的古生物學者古爾德是我喜歡的人，我個人以為他是達爾文學說的最好詮釋者和說故事人。他有回浪漫的站在曼哈頓第五大道和三十八街交口處大樓二十五層憑窗眺望，感動萬分的看著數著眼前宛若人類追尋建物高度歷史化石層的摩天大樓群如詩如畫——派克羅大廈（一八九九年，三八六英呎）、都會生活高塔（一九〇九年，七〇〇英呎）、屋勒渥斯大廈（一九一三年，七九二英呎）、克萊斯勒大廈（一九三〇年，一〇四八英呎）、帝國大廈（一九三一年，一二五〇英呎），然後是彼時無恙尚未還原為煙塵的世貿雙塔（一九七六年，一三五〇英呎）。古爾德寫下來：「這種精益求精、百尺竿頭更進一步的後果，可能帶來『進步無可限制』的錯誤印象。正確的結論應該完全相反，每一項新的競爭嘗試都有嚴重的限制。人類也許可以抵達天上，但是建築物就像樹木，永遠不能抵達天上。每一次的升高，都代表工程的奇蹟，利用科技突破極限，然而增加逐次縮減，就像運動的進步，在人類接近右牆生理極限時就會呈現尾端一樣。一九〇九年都會生活高塔是以前高度紀錄的兩倍，最近幾次冠軍增加的高度都只在上次紀錄保持者的百分之十以下。」

所以《聖經》的著名巴別塔故事是個犯錯的寓言，把上帝描述成一個驚慌的、不懂建築工程原理乃至於事物極限的外行人，祂壓根無須變亂人們語言來阻止此事，因為事物自身的極限本來就會無可逾越的擋住他們，除非祂已知曉此一結果另有憂慮，比方說人們集體追逐單一極限的太快到來沮喪，以及因此不划算犧牲掉的多樣、繽紛生命可能云云。真相是歌德所引用的德國古諺：「天意不讓樹木高得抵天。」

甚久以來，我一直無法妥善解釋自己一個童稚味十足的心理，因為羽生而學將棋，因為吳清源而下圍棋，因為費德勒而看網球，因為愛因斯坦而讀物理學，因為波赫士而讀詩，還有賈西亞・馬奎茲（或直接就是《一百年的孤寂》）之於小說，李維－史陀之於人類學神話學云云，我總是因為目睹著某個神奇的人、神奇的事物從而進入某一領域展開學習。在識字伊始的童年時這或許很簡單很自然，一彎馬頭星雲一隻雷龍或一紙史蒂文生的金銀島寶藏圖，就足夠把無盡的太古悠悠歲月或一整個冒險世界拉到你眼前來。啟蒙的核心是眼前世界的一整團丕變，那會兒你既沒心思也沒足夠能力去分解它、不知道此一世界如此華美同時也必有的遲鈍、沉悶和步步艱難，通常你也可以延遲個幾年才會鼻青臉腫的撞上這些，原來恐龍除了它懾人的身軀和謎一樣的名稱分類，以及想像中彼此的追逐廝殺而外，這裡頭還有一堆地質學、生物學、化學乃至於最無趣的統計學你得老老實實學會，這條路你才能持續往前去（人類世界的侏羅紀專家於是百分之九十九以上中止於十二歲）。但到得現在這年紀和人生，你其實已經知道了路有多長，這樣究極成就的人距離你所在有多遠，即使只是模仿，都不是你這一生來得及模仿的；更何況你心知肚明，這些緊緊抓住你眼睛的神奇名字和他們完成的神奇事物（不只高低，還包括其獨特的美學樣態），又都是最不可學的，人類世界架設好的學問道路最終不會通到他們那裡，他們在某一個沒人知道的時間地點岔向一個我們還不知道的地方。

每星期天凌晨收看一次將棋實戰解析（日語的），偶爾擺出棋盤一步一步重現羽生善治和谷川浩司生命中百次對戰的某一局，或在長程飛機火車上成功解開號稱初段程度（出版社善意騙你的，感激就好別當真）的詰棋，這絕不會使你變成羽生善治如棋盤中「飛」化為「龍」，怎麼會不知道呢？

我係由波赫士的一番話猜測到自己的一部分心思，這是他晚年講的：「我覺得我讀過的東西遠比我寫出來的東西要來得重要多了。我們都只閱讀我們喜歡的讀物——不過寫出來的東西就不一定是我們想要寫的，而是寫得出來的東西。」

說得對，是為了看懂，多看懂一些，而不是成為。如果萬事萬物都要「你成為」才算數的話，那我們眼前的世界圖像也未免太荒涼了，所以波赫士補了這句重話：「我認為當代文學的罪過就是自我意識太重了。」

棋的世界有一種說法，有嘲諷味但我相信也是經驗確實捶打出來的：「看棋加三級」，意思是理解者鑑賞者的要求並沒像創作者那麼嚴苛，下得出羽生那樣的棋和看懂、欣賞、讚歎羽生那樣的棋中間可以有相當大一段寬容的差距，如同我們作為一個讀者和作為一個書寫者之間的差距，世界的基本樣貌係揭露在我們位置較高的眼睛裡，而不是顯示於侷限於我們較低下的手裡。

然而這個差距終究是有限度的，眼睛和手之間仍有著亦步亦趨的關係，我不以為可以無限拉長乃至於脫離。而且，人手比起人眼也有它強的地方，我們眼睛可看到的其實是二維的一層表象，人手摸索的卻是三維的、帶著厚度和重量的實體，包含著視覺難以觸及的材質構成、隙縫死角、彈性和溫度；眼睛的一覽無遺容易結論式的把我們留在當下，但手的觸摸需要解釋、需要思維和情感的支援，因此總會把我們帶離開當下，進入到已消逝的豐饒時間中，也惟有在此還原的時間過程裡，我們看到的不是已渾然一體、彷彿理所當然到只此一途的完美成果，每一個岔路、每一處轉折、每一次抉擇以及每一種被捨棄、未實現的可能必須有夠長的時間才裝得了他們並展示給我們。由此，所謂的神蹟不是一句話、一個媒體標語就講完的不可知現象，諸如羽生善治完成將棋歷史第一次的一統霸業，而是由微塵般那一手棋、那一局棋所危危顫顫構成，它有一部分是可理解的，難以理解的那部分至少也是有來歷有線索的，可以想像可以猜測，便是在這個線索戛然斷掉的柳暗花明之處，才真正是讓人低迴不去的神蹟所在。納布可夫的用語是「妙不可言」，這個詞暗示了形狀——外行人所說的神蹟通常是糊成一片的一整團，內行人所指的神蹟如納布可夫那樣是準準確確的那一個點。

我也嘗試用古爾德、尤其是他《生命的壯闊》一書來解釋自己對神奇的人、神奇事物的此一童稚嚮往——作為一個古生物學者，古爾德習慣的時間單位總是百萬、千萬，乃至於億年，時間視角接近於不仁上帝所在的位置，有些我們不忍心、不甘心的事如殺戮如死亡如滅絕，對他而言是正常而且非討論不可的東西。《生命的壯闊》正面處理極限的問題，萬事萬物皆有其無以逾越的演化右牆，就像摩天大樓沒辦法抵天，人的百米賽跑紀錄不可能推進到零秒，太陽會燒完自己，小說會寫完所有它可寫的東西；古爾德進一步指出，眼前我們有太多事物其實已貼近了這個極限右牆，他甚至告訴我們檢驗的方式，當事物靠近右牆時，其再清楚不過的徵象是，推進的速度暨其幅度的縮減，快〇・一秒、多一公分、高一英呎云云，以至於競爭者之間的彼此差距亦跟著縮減，人們的最佳表現難分軒輊，就像你吵不清是威利・梅斯的接殺漂亮還是安祖・瓊斯，他們一樣在中外野全壘打牆邊完成神奇的表演，他們也一樣已抵達棒球守備的發展右牆。

棋的世界，封閉穩定，百年不見規則有任何深刻有意義的改變破壞，其間數不清有多少奇怪的腦子每天每刻窮其變化，還沒被找出來的奧祕已經很少很少了。即使是最難、理論上右牆最遠的圍棋也清清楚楚呈現著古爾德告訴我們的不祥徵象，今天，超一流的棋士如張栩如山下敬吾和一名日本棋院尚未晉段的小鬼院生對局，最多只能讓出兩子；這不自今日始，半世紀吳清源上達巔峰無人之境，被問到比他昔時十四歲稚齡赴日拜入瀨越憲作門下，棋力究竟推進多少，吳清源的回答讓所有人悵然若失，不到兩子之力，沒更多了。

沒有先知，沒有啟示，我們能仰望誰？今天，當我們耳中再次響起馬克斯・韋伯的世紀慨歎，我們不止聽出了和我們並沒兩樣的童稚嚮往，可能也有著另一番的體認和感同身受。韋伯原來沮喪的是人類歷史除魅終點的理性鐵籠，再沒有神奇的人、神奇的事物來拯救我們，但神蹟的消滅毋甯來自更硬、更深處的演化右牆，大家都抵達牆邊了，沒有人忽然以五秒跑完一百公尺，那種〇・一秒和一公分的進展方式讓所有人所有事顯得平凡而且讓人不耐，以至於我們感覺人類歷史只在原地打轉，神奇被騙術的、裝置的新奇所取代，未來彷彿消失了。

這也許才是這些難得一現的神奇之人、神奇事物真正作用於我們之處——他們忽然飛越出和一整代人的間距，彷彿把這面已抵住我們鼻尖的右牆再往右大大一推，拓出一整片讓人呼吸暢快、眼前一亮的空間來，有某種活過來的喜悅，我們跟著下下棋、投投籃乃至於自不量力的也提筆寫首不會給人看的詩，不過只是想親身證實它為真、享受享受它而已，就跟家裡的貓總會跳上新的紙箱新的家具蹲一蹲一樣。台灣（一定不止台灣）的小說書寫者很多人應該還記得賈西亞・馬奎茲《一百年的孤寂》出現在眼前那一刻，「原來小說還可以這麼寫」，這個「還」字又神奇又辛酸疲憊，來路迢迢，真是道盡一切。

極限讓人有一種幽閉的、缺氧的窒息感，逼視它如同逼視完全無光的黑暗一樣，其實也很容易是荒謬的，意義總是在它必然到來那一刻皮之不存的跟著全數死去，以至於人們囚徒般必須去想牆外還有什麼，必須去推演、發明出永生般的無限來。但無限怎麼裝填呢？怎麼實質的擺設它占領它成為你所有？像太空人阿姆斯壯那樣只能在月亮上插支死死的美國國旗有什麼意思呢？因此波赫士以為無限只是個概念，又說無限其實是個誇大之詞，無法賦予足夠的想像讓它不真的只是空無。波赫士喜歡的思索方式和描述方式是古希臘人的N＋1，任何一個數總跟著一個大它1的數存在，所以他還處女座般的斤斤計較，《一千零一夜》這個書名正確的意思是一千個夜晚又再多一個夜晚，這個伸頭出來的一個夜晚既是實實在在的一個夜晚，卻也是個意志，充滿了再往前去的能量和動感，如枝葉末梢的卷鬚迎風試探，「我要永遠愛你再多一天」——極限有沒有被取消呢？這多出來的一天究竟是允諾還是我們人造成的呢？至少死亡被延遲了，或被暫時擱置一旁了，我們還有機會重新找尋岔路，也可以好整以暇的坐下來等。

羽生善治便是日本將棋這不眠的一千個夜晚之後又多出來的1，The One。從大山康晴、到中原誠、到一時混亂割據的米長邦雄和高橋道雄等人，再重回谷川浩司，將棋好像大河一條般可以潤滑的、平穩的、催眠的朝它自身終點緩緩流去，可是誰曾料到會有這樣子現身的羽生善治呢？誰曾真正猜到這個戴大眼鏡的怪怪少年並不是下一個谷川浩司，而是一個非連續性的、天外飛來的神蹟呢？行到水窮處，坐看雲起時，好文章好句子得重新起頭如本雅明說的像開始一篇新的文章，有了羽生善治，棋的眼前世界頓時線條全變了，人心頭跟著一振一輕，看棋下棋忽然成為非常舒適非常暢快的事。

二〇〇八年下半，就棋士年齡而言已逐漸不年輕的羽生似乎又要對抗時間超越自己生理時鐘的右牆。他剛在巴黎下贏「龍王」挑戰的第一局，後手九十二步棋，幾乎不防禦、驚險但優美如滑翔。如果順利，這將是他又一次五冠王，七減二的五冠王。

也許是真的，也許未來真的什麼事都可能發生也說不定。

書家。

眼高手低不見得是壞事，一如人的生物構成位置，它也是每一門技藝的正當狀態，但兩者有亦步亦趨的穩定間距關係，你把手的位置拉高，眼睛自然就更浮上來穿越過各種蔽眼的雲層及遠及細，你可以在每一個書家的每一個字每一豎一捺裡看到不同、看到彷彿第一次看到的東西，即便他們那一刻想的只是努力寫得像昔日王羲之的蘭亭集序。

小說家張大春這幾年其實已偷偷改了行，成了個寫五言七言格律詩的老詩人，中年轉業從不是簡單易明的事，一般來說一定有什麼特別的事（通常是不幸，就經濟學而言）發生，張大春倒是興高采烈的，從一開始日寫十詩到現在穩定的每天早上三首——這一點使他更加像個詩人沒錯，靠感懷、靠靈光如那隻笨兔子般一頭撞過來只能偶一為之，或者該說即使有天外飛來的激情乃至於現成字句，較妥善的方法仍是讓它再沉澱成記憶才寫出它。好的文章這裡跟好湯好醬汁沒太大不同，放置個一夜讓味道可以真正融合一體，太薄太鋒利的部分會變得溫潤柔韌，而且過濾掉偽裝的魯莽和衝動，或波赫士所說「純屬偶然的激情」，避免書寫者自己日後用幾十年時間來羞慚贖罪。終究，書寫不是特技表演，重要的是你寫出什麼而不是幾分鐘寫出它來，除非像曹植那樣不寫會死（那首煮豆子如廚房一景的七步詩只是逃過一劫的一場脫困飛車追逐戲，並非什麼好詩，要看他的好東西你還是得回頭讀〈洛神賦〉）。所以詩人艾略特、納布可夫都紀律的每天早晨固定時間寫詩。寫詩是工作。

有一點我猜，張大春的轉行寫詩，部分是因為之前他鬼使神差的重新提起毛筆寫字，先行一步的書道在此扮演了一定的催生和引路角色，畢竟，費事費時而且消耗原物料的毛筆書寫拿來寫小說怪怪的，除了太長太累，各式現代標點符號更是想起來就駭人，除非下定決心只寫舞鶴《亂迷》那樣一氣通貫形式的小說。但即使這樣舞鶴所使用的字詞仍構成困難，這研墨提筆、面對著潔淨美麗宣紙的人都曉得，如今有些字有些詞有些句型乃至於句型背後的思維方式表達方式好像很不容易用毛筆字寫出來，或者寫著寫著文字就跟著毛筆尋路走了如跟從識途的自主老馬。不是不能，而是不宜不適；不是技術上真有什麼做不到的地方，大造字停歇之後中國人仍使用毛筆千年之久，理論上今天我們所知的任一個字都被毛筆寫過才得以留下來，包括「凹」「凸」這兩個造型最異質如開玩笑的字（是哪個木匠造的字嗎？），而是某種美學上（可能遠遠不止美學問題）的彆扭。改動一下小說家維吉尼亞・吳爾夫的話是，如今毛筆字似乎已變成太大的字了，只合適寫那些我們已懷疑、已不信、持續流失之中的「巨大而簡單的東西」，但再鑽不進我們現實生活中低下的、細微的、幽黯的縫隙和死角。

然而，司馬遷當年獨力寫下那麼一大本上天入地、連雞鳴狗盜引車賣漿之徒都記下來的《史記》該怎麼說？沒怎麼說，事過境遷桑田滄海罷了，你永遠無法伸手握同一支毛筆兩次——司馬遷當年使用的大概就是毛筆沒錯，但不寫紙上，而是還更麻煩更窄迫還更厚更重的竹簡，工具會不會限制、暗示思維呢？我總想像他奮筆直書時身後那一片竹林子，碧翠如煙，但多蚊子多蟲虻，事實上，他原來扮演的便是志得意滿大漢王朝的擾人牛虻，竹子長得很快，趕得及太史公腐刑後的有限餘生。

「買得輕舟小如葉，半容人坐半容花。」今天驀回首，我們發現毛筆字並沒跟上來，它在轟轟然前進的歷史時間某一個點停了下來，如今我們拿它寫什麼字好呢？除了暫忘汩汩時間也暫忘自我的臨帖和抄經而外，你如何聯繫它和此時此際的自己呢？你要如何通過它說你自己想講的話？這裡，自我遂也得改裝一下整理一下，某些毛筆可接受的說話格式，某些字詞的美學選擇，所以就寫詩吧，把絮絮叨叨如流水的小說化為崢嶸岩石般的詩。事實上，前引那兩句詩就是張大春在旅途寫的，贈朱天心以答謝她無酬領路的日本京都之行。原來是完整的四句七絕，以張大春（彼時）柔美如蘭葉的趙孟頫體寫在質感良好的和紙之上，但原詩被收存得太好遂因此找不到了（這種事人過中年天天會發生），至少你需要時它絕不會現身就跟某些人某些記憶一樣。我記得的這後兩句，依稀仍看得出張大春的心意一角，他把彼時京都之旅同行的一家三口（小女兒張宜尚在無何有之鄉）的名字全嵌入詩中，仍有妻子葉美瑤的「葉」，兒子張容的「容」，全員到齊，站成一排頂禮致謝，這是我們極熟悉的詩趣；還有，「半容人坐半容花」這種照花前後鏡兩面相映的句型也是我們很熟悉的，一寸相思一寸灰，也無風雨也無晴——

另一件頗有趣的事順便交代一下，張大春跟上時代的已改用電腦輸入寫文章，不再使用稿紙和硬筆，這早於他重拾毛筆好些年。

當我們說毛筆並沒跟上來，說它在歷史時間的某一點停下來，意謂著毛筆字跟我們的關係已改變，它成為獨立於我們生命之外的一件事，你得另外安排時間、安排心情和意義才可能寫它。因此，儘管我們生活中仍有落日，仍有久違的朋友來訪，仍有親密的人死去，但已難以想像會再出現像王羲之的〈喪亂帖〉或顏真卿的〈祭姪文〉這樣直寫胸懷、純純粹粹的毛筆字了。在無可挽回的悲傷和寫出它來的毛筆字之間已多了一個轉折，因為毛筆已不再是第一時間的、最趁手的、直接抓到的工具，你得有意識的跨過這個斷裂，原來心無旁騖的情感遂無可避免的滲入了表演的成分，觀者也由特定的、單獨的個人，轉換成為多數的、局外的、觀賞的一般人，一如它期待被鄭重的裱裝高掛起來，而不是一紙私密便條、一封書信完成告知任務後被收存於私人抽屜之中；也就是說，它已幾乎是純視覺的，一門表現藝術了，書寫者的身分不是親人而是藝術家，或至少那一刻他是。最極致的例證可能是中國大陸掌權當局對待毛筆的有趣態度，在飽含著歷史未來清晰主張和意志的漢字簡化大政策裡，毛筆字和寫它的書家被單獨的寬容，他們不僅可以仍寫重重疊疊、沒明天的繁體字，還可以更加昨天的寫線條更繁複、筆劃更多的大篆小篆。這樣的特許，恰恰說明了毛筆字已可完完整整封閉了起來自成天地，在這裡，文字只是造型和線條，至多再攜帶一點氛圍性的情感（某種因時間已停止喪失了其意圖和動能、風景畫般的透明安定情感），它已不參與當下的思維，即使其文字（曾經）是激越的、極度悲慟或憤怒不平乃至於危險的，像人生自古誰無死留取丹心照汗青，或橫眉冷對千夫指俯首甘為孺子牛，但書寫者、觀看者的注意力已移開或說設定於他處，我們對待這些字遂有點像對待戲裡電影裡的演員，由他唸著他的台詞，我們並不必表示贊同或反對。

事實上，很多臨帖的人寫過上千遍的〈鄭羲下碑〉或〈聖教序〉云云，並不知道它內容究竟說些什麼，或知道了也不關心沒想過，更多時候他的記憶毋甯像保留於手而不是心或腦，他總是制約的寫完這個字就自然知道下一字是什麼以及該怎麼寫。

有關簡體字，小說家阿城曾信手指出像「艺」這樣簡化的字站不穩。的確，當年革命疾如星火催促歷史時間的簡化作業，最顧不得的便是美學考量，但我不免會想，簡體字急就章到事實上並未重新造字，甚至沒重新創造出任何新的線條和造型，字的「元件」都是原有的、取用的，大致不出三種方式，其一、直接用行書體替代楷體，其二、在形聲字的聲符這較難寫的半邊改用筆劃較少的字，其三、以聲音相繫的假借字也找更簡易的同音或聲音相似的字云云。因此，簡體字的站不穩，關鍵極可能並不全然在於字本身，而在於它還沒有足夠的時間找到平衡自己的方式，更麻煩的是它極可能永遠也無法站穩自己，因為在此同時毛筆也已從我們生活現場離開了，不再陪著簡體字走它的未來演化之旅。

根本來說，漢字從不是四平八穩風雨不動的文字，它平衡的祕密是毛筆，像走鋼索的賣藝人手中的棒子，不僅用來站穩正楷字，連跑起來飛起來的行書草書也靠它不掉下去。純粹就文字造型而言，我們可以說漢字極不穩定不均勻，字的筆劃或太多太擠或太少太稀，字的長相或太長太瘦或太寬太扁，有的則是上下的頭腳輕重麻煩，更多是左右兩邊的大小疏密差異，以及更精細的，撇捺鉤點的斜向和橫豎的直向相互糾纏無序云云。這樣嚴重的不均衡無法只從線條結構布置一次的、統一的解決它，這得靠毛筆（或你可以倒過來說，這樣字的不均衡是毛筆所促生的，或至少因為使用毛筆的特殊均衡方式才得以存在，造反取經元一人）。毛筆不是只處理幾何性的線條布置而已，它同時處理筆劃本身的厚薄疾徐短長以及各種轉折接榫處的微妙意向變化（不是只呆板的、固定的、好計算的45°、60°、90°云云）；甚至它可以根本不在單獨一字找尋均衡，可放棄統一每個字的大小短長，而用另一個字或下面更多的字來扶起、來扯住、來延長、乃至於寬廣的放鬆它安撫它如把奔馳的牛羊野放於大地成為安定無垠的大風景云云，這是我們在行書草書慣看的已成常識，但其實更有趣的是你在每一幅看似工整、一字一字斷開獨立書寫的美麗楷書都可以精巧的察覺出來。如此多樣的、複數的、動態結構的均衡方式，復因為同時進行於字與字之間，遂隨著每一次書寫的文字不同聚合聯繫而再變化，成為隨機的，而且不完成的。寫字的人就我所知總有一種煩惱，你永遠無法齊頭的把每一個字寫得一樣好看，芸芸字海中總會有那麼幾個字釘子戶一般頑強的杵在那裡，你好像怎麼寫它都不對。至於哪些字難看難寫多少因人而異，像我的老師小說家朱西甯，他平生最痛恨的字之一就是他比誰都得常寫的「寧」字，理由和阿城說的幾乎一模一樣，單腳站不穩（可是單腳如稻草人的字不是還有很多嗎？要不要試試「弋」字？），於是，他的方式是躲開它一輩子避不見面，以「心」「用」構成的兩腳「甯」字來替換。麻煩是，眼中釘還會更換會輪替，有時你下定決心花三個月半年拔去這個，奇怪另一個原來馴服的、自認為可寫得好看的字忽然又不對勁了，開始翻臉折磨你。

說來，漢字在漫長如夢的歷史裡並非完全沒近乎完美的均衡時刻，儘管很短暫，那就是秦朝一統的書同文小篆，筆劃粗細一致，線條方向角度固定，幾乎就是幾何構成而且每每對稱如鏡像，看得出來它完全是由上而下制定的、管理的，而非真正自然演變生成的，現實生活現象不可能如此乾淨平整一治不復亂（一種極糟糕的歷史幻想）。因此，除非你進一步把文字根本性的符號化字母化，用人為概念重編碼，徹底放棄掉漢文字直接描繪世界、存留豐饒物象的造字核心，否則這樣過分簡單的規則是應付不了真實世界層出不窮、想都想不到的各種需求，更應付不了新東西、新想法、新概念會不停冒出來的未來。這段歷史的事實是，如此乾淨高雅、夢一樣的文字碰上了偌大天下初次一統的種種瑣事得匍匐救之，包括六國百年戰亂和秦法森嚴管理大量出現的囚徒奴隸，六鼇骨已霜，三山流安在，這樣花開一樣的文字於是跟著秦始皇所有的奇異大夢「只開了一個早晨」，小篆讓位給線條拉直、幾何結構瓦解、可快速粗魯書寫如布衣平民大袖飄飄的所謂隸書。隸書這個相傳因為登錄管理低賤奴隸而生並命名的新文字，更替了王朝尊貴的、一絲不苟的、用來封禪泰山獻祭天神的文字，單是這樣的故事本身即隱喻的、啟示的存留夠多的歷史記憶。就實際書寫而言，小篆太像個完成品了，不僅文字本身，彷彿美學表現這部分亦已一併完成，兼帶著普遍文字和個人藝術品這兩面，後代能參與騰挪再書寫的空間窄迫得可以，很難找出新的可能，只能玩賞的橫移到金石之上。但話說回來，相傳出自李斯之手的泰山刻石可是真漂亮，他一個人就把這個文字的書寫推到演化右牆不留餘地，文字的開始和結束幾乎在同一刻發生，以至於直到今天我們仍不免狐疑，該不該把小篆從篆字裡單獨拉出來視為文字公產的一個階段？還是其實是政治權力強大運作底下所隱藏的一個卓越書家的個人書寫、的大夢一場？

李斯稅駕苦不早，上蔡蒼鷹何足道。君不見吳中張翰稱達生，秋風忽憶江東行──可惜了，李斯不是個刺蝟型的、除了一手好字其他什麼也不會的書家，或者說時代太早，寫字這件事尚未被獨立的辨識，他得借助於一個終究不由他說最後一句話的巨大力量，他狐狸般的博學多知還是保護不了自己。

李維－史陀在他一篇談攝影的文章中指出，好的、可視之為藝術創作的攝影作品只出現於照相機才發明出來的早期時日，當時照相機的簡易和處處斷橋般的功能空白，需要人的技藝進來才能銜接才能克服；當工具自身太銳利太無所不能，人除了動動手指頭之外能做的就很少了，「終究，人手比起人腦仍是太簡單的器官。」一筆這個東西亦復如是，我們如今使用的各種硬筆（有機會可找家日本的超大型文具店去見識見識，無聊的日本人什麼樣的鬼筆都想得出來），不必考慮墨水（多寡、濃淡、潤澤或乾枯云云），不必考慮紙張，不必考慮筆鋒。筆和紙張的接觸永遠只是那一個點，不管字的本身如何曲折纏繞，這個點是固定的、不變形的，甚至於改變握筆的方式和角度也破壞不了它（只要墨水還下得來），於是，寫字的人能處理的只是字的「形狀」，相同線條所構成的基本樣子，那些指掌之間的豐碩技藝全派不上用場。

我想舉一個有點不倫不類也有點悲哀的例子，那就是棒球裡的變化球，今天你終究得承認，不管就全世界，或者就台灣一地，懂變化球基本奧祕的人已遠比懂毛筆的人多。棒球投手的威力包括兩部分，一是力量（即球速），另一則是路線的變化遊走，前者受制於人的生物構造，很容易到達極限，儘管有各式各樣現代化的輔助（食物、藥物、器械、訓練方式等），但棒球百年，球速並未有顯著的加快趨向，一百英哩上下的時速仍是右牆，今天我們談起速球，代表性的名字也仍是早已含飴弄孫的諾蘭・萊恩，或已沉睡於永恆、快一百年前只留黑白畫面的「大火車」渥特・強森，也有人堅信半世紀前黑人尚未獲准打大聯盟的「書包」佩吉才是史上球速最快的投手。因此，這一百年來讓投手這個行業仍活得下去、仍有目標可追求的奧祕，其實集中於「指掌之間」，集中於那五根手指頭和一顆球的鬆緊不定微妙接觸，藉由各種奇怪的握球法、藉由手指的分別或彈或扣或壓或讓它消失不生作用，來產生鬼魅般球的行進軌跡，最終還正確的泯滅了直球和變化球的界線。然而，這些指掌之間的技藝因何而生而成立呢？答案在於棒球那道縫合著兩塊馬鞍形牛皮的紅色凸起封閉曲線，也就是說，在於百年或更早前人們無法（或不鄭重其事的想到）平滑、無接縫的、射出成形的處理這顆原是供人遊戲的小白球。這顆純就工業技術來說原始、落後、明顯有缺陷、宛如出土古物的球在廣漠時間裡安然不動，數不清的人手握過它丟過它，不一定要先知道原理弄懂流體力學，人們從實踐中、從每天的摸弄、從夠長時間總會禮物般降臨的偶然不斷累積技藝找出各種投它的新可能，時至今日，儘管生產技術一日千里不知到哪裡去了，這顆球卻愈想愈完美彷彿大小、輕重、材質、外形樣貌無一可更動「增一分太腴減一分太瘦」，當年誰這麼厲害發明出這麼剛剛好的東西來呢？完美的當然不是物質性存在的球本身，我們真正讚歎的是建立在這顆不平坦的球上、和它業已完全融合為一再切割不開的「球／技藝」。這顆球沒有了，這些技藝也就消失了，所有那些以各種速度、各種軌跡、各種鬼一樣角度乃至於飄飄如蝴蝶翻飛而來的華麗變化球全滅絕並被遺忘如同沒存在過——你能想像或忍受大聯盟瘋了要換一顆光滑如彈珠的球來打嗎？那是世界末日吧。

技藝最原初時總是面向著某種缺陷某種困難而來，因此總有其實用性的要求，並和特定的實物存在著千絲萬縷的聯繫，但我們或可不必太呆笨或太犬儒的看待它（比方說一切都是功能性的，藝術云云只是煙霧只是假象，只是某種落後時代的產物），某一部分技藝留在原地打轉，某一部分卻切線般飛出去，找到了自身的出路，找出了一個原來並沒有的空間和演化之旅，創造出獨立的美和價值，並蜿蜿蜒蜒回歸到總體，成為人認識世界、描述世界、建構世界的新位置新途徑和新材料。我年輕讀書時我的老師告訴過我，人因為雨雪而發明了傘笠，但有了傘笠，「人就可以和雨雪相嬉戲。」

硬筆取代之前，幾千年時間裡毛筆一直是中國人第一線的生活用具。因此，書寫技藝的核心暨其起點是實用，而實用的要求總是方便、快速、有效率云云，並且和彼時人們的其他生活配備、人的生活方式取得最不磨擦的配合，以最自然最舒服、讓人最不疲憊最耐久的方式為之。這和今天已喪失實用性、成為一門封閉獨立藝術的毛筆新處境完全不同，我們知道，純粹的藝術不受這些實用邏輯的限制，比方說時間的節約便通常不是需要考慮的因素，藝術工作者甚至可以刻意的延遲、拉長、打斷時間來看看會發生什麼不一樣的事；我們也實際的一再看到，舒適自然通常不會是藝術工作者熱中的作業方式，他甯可嘗試各種彆扭的、違背人基本生理心理限制的、乃至於痛苦折磨的方式，以期找出新的可能，或至少一步到位的先建立起某種創新的、前進的、符合人們想像的姿態。此外，舒適自然也太透明太融入了，人不容易感覺自身的存在，這讓強調個人的當代藝術家更不會喜歡它不是嗎？

今天，我們感覺多少有點不自然的毛筆基本書寫要求比方說懸肘無依託的運筆，比方說豎直筆桿的握筆方法，其實是幾千年時間裡最舒適最實用的書寫方式。小說家阿城喜歡實物的追究考察此事，在千年以上的漫漫時光中，沒有桌几，沒有柔軟吸墨的紙張，基本上人們係以左手拿木簡竹簡（以及東晉王羲之父子彼時麻質的厚硬黃紙）、右手執筆的凌空書寫方式進行；此外獸毛做成的柔弱筆鋒，不只含墨極有限而且會向著用力的方向折彎變形，因此在書寫過程中你得同時不斷的迴收修護筆鋒，並讓墨汁均勻的、360度每一面都用到的盡其最大效益，一次沾墨可寫成最多字。如此，毛筆的豎直便成為最完美的方式，不是表現內心正直人格高尚的無上命令（把毛筆豎直是簡單的生物行為，不用先學好高等倫理學或做完百件善事才能學會），而是如同圓心般可四面八方的處理筆鋒和筆劃；它不是靜態的直立，而是動態的回復並重新開始的原點——毛筆指掌之間的微妙技藝，最原初便在這樣的基礎上進行並不斷發現，中國後來的歷代書家推崇二王父子，五體投地到那種地步（他們的字或已不遜二王父子），他們看到的可能不只是字美字不美的成果而已，而是字背後到他們這對父子手上大成的書寫技藝，隨著你自己書寫技藝的進展不斷得到啟示，像有人領著你走路一樣（我自己讀波赫士就有這樣的感覺），你每個轉折、每個困難、每一處歧路，一抬頭便發現他都已想到了、處理過了，而且悠閒的在燈火闌珊處等你。比方韓愈（你當然可認定他鑑賞力不足，這相當程度也是事實）便對王爸爸過度柔媚過度現代感的字有意見，我自己對兒子王獻之有名的「一筆書」也覺得可以再想，事情未必全然如是，那樣連續的、一個邏輯一種去向順勢到底的寫法有拘束性，有時你得打斷它、離開它、像本雅明所說的重新起頭才不會被某種因果鐵鍊困住，才能寬廣的展開來，只是「正、反、合」是不夠的，那仍在原地而已（所以黑格爾的歷史哲學仍是窄迫的、誇大的、隧道症似的）。但王獻之的確「一次沾墨寫成最多字」，把筆鋒、墨汁和力量藉由指掌間的微妙曲折收放使用到某種極限，像因風滑翔一樣，它必定是快速的，但不衰敗不墜落不讓人感覺匆促狼狽勉強，就像昔日麥可・喬丹告訴我們的奧祕，飛起來容易，真正最困難的是如何降落下來。這的確是最服膺實用邏輯的，王獻之在實用的此一硬實大地上開出燦爛的花朵，後世寫快跑草書的書家總會時時想到他，心知肚明最困難的部分他已經發現了並且解決了，這種知性的感動我以為是人生命中最動人、最持久、最感激莫名的心悸經驗，還在單純的美的鑑賞之上，但它只找上也擁有足夠技藝並發現困難何在的認真之人。

然則今天我們不是已經自由了嗎？再沒有昔日的實用幽靈在背後催趕我們追躡我們不是？我們不是可以回復成一管毛筆、一個字、一張紙的全然乾淨寬闊狀態？一定要這麼說也沒錯，但在我們這個喜歡把萬事萬物全賴給自由（不足）問題的稍嫌沒志氣時代，我們往往更欠缺更亟需的不是自由，而是其知識和技藝。幾千年來加諸毛筆之上的實用要求，固然多少規約著技藝的進展方向，也多少禁錮了某部分想像力（在阻絕過濾更多胡思亂想同時），但根本上，毛筆之為物仍是一切的中心，實用的要求並不破壞、並不異化毛筆書寫技藝的堂堂進展，它毋甯是個更多出來的、更嚴苛的要求，逼迫書寫往更難更深處挺進。而且話說回來，幾千年來中國人也許在政治主張的自由有所不足，但在寫毛筆這事上他們絕對有充分的、乃至於遠勝我們今天的自由。自由的多寡，從不是中國這項書寫技藝長河的困境所在和解答。

事實如此絕無誇大。就相關器物工具來說，唐宋以後桌子有了，筆和紙張的相遇角度起了微妙的改變，也鬆了開來，允許人做各種不同握筆方式的嘗試，然而由於人的生理構造關係，能做得到的握筆方式總是有限的，今天我們能想到做到的、乃至於還沒想到的、各種彆扭痛苦折磨的方式其實都有人試過了，包括像清人何紹基那樣立馬彎弓、不動指腕而用全身力量來寫的所謂「回腕」方式（有意思的是，他自己曾累壞了感慨，古人大概不會用這麼辛苦的方式寫字。像拳擊手一樣每寫三分鐘一回合就得坐下來休息按摩補充氧氣）。柔軟吸墨的宣紙也出現了，允許寫字的人往墨色的濃枯光譜變化上試探，這是一輩子寫小硬紙單一墨色的二王父子的未知領域，字的大小也同時解放了，不再受制於小竹簡小紙張云云。總的來說，在工具的限制上，唐宋以後的書家還遠比我們自由而且有利，我們有的他們都有，而且就寫字一事上品質遠比我們專業精良，原因很簡單，我們今天的桌几、紙張乃至於毛筆大體上是遠離寫字的人製造的，服膺的是工業、商業的普遍邏輯，不像彼時係直接因應著寫字者的需要、甚至瞄準各別書家一人的特殊要求「訂製」的。尤其是毛筆最重要的筆鋒獸毛這部分，鹿羊狼兔各自性格不同，沒有什麼最好最貴的筆，只有最嵌合你書寫技藝、最知道你要幹什麼那支筆。是，就跟齊白石晚年使用多雜質的劣石一樣，他要的不是萬年億年大自然耐心蝕雕的柔順風景，而是大自然的另外那一面，暴雨暴風洪水冷熱快速切割撞擊、崖岸巨岩瞬間崩淪如刀起刀落那崢嶸的另一面。

另一個歷史事實是，在幾千年實用的、安分的時光中，總屢屢有不實用不安分的字，像宗教性的、誌功性的、留下歷史一刻凍結時間的碑銘文字就是，這是我們所謂的神聖文字，因此不僅不服膺、通常反而會刻意的逆向一切實用邏輯，不如此不足以掙脫平凡讓它熠熠顯示出來乃至於帶著神聖威嚇力量，比方說著名的「天發神讖碑」看起來就是這樣寫的。也總有更多不實用、不安分、像聽得見某種魅異笛聲起身而去的人，每個時間每處地點每簇人群都有這樣謂我何求的瘋子，像鍾繇可以為了寫字去盜墓，像二王父子，除了養養鵝、在東廂房躺著吃零食睡午覺、偶爾幹點小奸小壞的事而外，彷彿漫漫人生就只是寫字不管其他。在歷史文獻中，那種蘇東坡所調笑的寫壞丟棄的筆頭、練字的廢紙堆積如垃圾山的例子比比皆是，甚至眼前無筆無紙時也照樣寫字，想像自己手中握著筆以廣闊天空為紙作書，寫只有自己看得見的字，這後來還被認為是練字的最佳方式之一：也就是說，你跟整個世界的關係就是字、就只剩字了，如羅蘭・巴特講萬事萬物對他而言無一不是訊息。

阿城指出，歷代大書家，若不是大地主如董其昌，就是門閥大姓如王羲之，這樣連經濟問題都解放、這樣全然自由的閑人，也是我們今天做不到的；而更難以獲致的可能是，彼時最高權力者的皇帝本人就是鑑賞家，甚至還是第一流的書家，這最遲可從唐太宗李世民開始，他喜愛王字成痴後人皆知，但可能沒那麼多人知道、看過他也寫一手好字到堪稱歷代帝王第一（阿城曾驚歎「真不知道他是什麼時候練的」），武則天的字也很好，儘管總是滲雜了幾個她自己造的字，宋的每一個皇帝更幾乎都是頂尖書家，不只宋徽宗而已。這一傳統一路下達清的康熙乾隆，入關的外族沒兩三代就納入，可見其強固如磁鐵的吸引力。

自由，對一般沒要幹什麼的人來說，通常只是某種沒人管、沒有苦役催逼的閑適狀態；自由要動起來、要由這樣靜止形態轉變成點火爆炸的力量，總是要在撞牆、鼻青眼腫的時刻。對寫字的人而言（也不止對寫字的人），你不積累足夠技藝，無法發現真正的困難無法碰觸到某種迫人的極限，自由是沒辦法「使用」的，硬要亂用就只是個難看而已。

如斯毛筆字處境下，我們回頭來問，夜深忽夢少年事的今日張大春來得及嗎？他有沒有機會在書道一事上做到像他在小說上同樣的奪目成就？他可否寫出某種時間碑銘意義的張大春之字來？

曾經就有人如此帶點莽撞外行、也帶點討好的問起「張大春體」，我一旁聽著，張大春的回應意外的沉靜，彷彿不知語從何起。他邊說邊想，像進入自省的零落回答大意是——好的字那麼多，你看、你學、你跟著哪個字這樣寫那樣寫都來不及了，哪還有什麼自己的體不自己的體的問題……

我想起昔日孔子回應子貢的話，看似無情，但卻是確實不欺的，因此其實是讚美——吾與汝，不及也。這個「與」字可以解釋為同意，是的，你是真的來不及了；也可以解釋為一起，我跟你一樣，如今我們都來不及了。

一方面，毛筆書寫這門技藝來到我們手上，路可能已經走太遠了。日本最後的大數學者岡潔曾指出數學原理發現的極限問題，今天你光是學會並掌握這門學問堆積如大山的成果到達其邊界，可能就要花掉一輩子的不懈時間了，因此數學家光努力已不夠，還需要有兩樣東西不可，一是天才，另一是長壽，「這兩樣我很幸運都擁有，但也就能走到這裡而已。」我與汝，我們都沒辦法逆轉時間回到小孩的模樣重新練字，先就輸了整整幾十年；我們還是有太多分神的事，毛筆字仍不在我們造次於是顛沛於是的第一順位上；我們尋常寫字用的是硬筆和電腦說不清何者更壞事，更多時候有些字你已經不敢那樣寫了，因為人們已經認不得了，曾經最會看各種行草各種鬼畫符之字的文學編輯亦已普遍失去這個能耐，遑論一般人，你只能依教育部、依國文課本指定的那樣一筆一劃呆笨的來，否則天天都會鬧出並留下白紙黑字的各種笑話，連鼎鼎大名的小說家福克納都赫然成為「福充納」——

另一方面更為不祥的，我以為毛筆書寫這門手藝或許已用完了一切可能。大造字早已停止，楷字的定形再一眨眼也兩千年了，文字自身的演化也已終結，方寸之間，每個字就那麼幾筆還能怎麼伸展怎麼變化？歷經了這麼多了不起的傢伙反反覆覆寫過並沒留什麼餘地給我們。我以為，到得宋代米南宮、黃庭堅、蘇東坡、范仲淹等人已看到這門技藝美好如夕暉的右牆了，明清之後，從這個角度來看，是毛筆書寫極不舒服的大突圍時期，他們或者跨越二王到更稍前的楷字曙光時刻，如波赫士所說的「學習粗獷」，撿拾文字之美尚未定形之前各種一閃而逝被遺棄於當時的碎片；或乾脆更遠，先拋卻楷字，寫更線條或更趨近於原實物造形的字，乃至於倒過頭來從刀法、從時間風雨剝蝕的效果引入新的美學可能；也相應的在工具上尋求配合變化，嘗試在毛筆、紙張、墨等等的不同物質屬性上挖掘並橫向挪移云云。基本筆法的大亂從明清就如火如荼開始了，惟不同於我們今天的是，那時候作亂的是訓練有素的人，是正規軍，造反得有線索有焦點有板有眼，而且並不弔詭的，也因此造反得更多樣更富想像力，更讓你即便不同意也心知其意可以寬容歎息。

現實裡我們都曉得，要作亂也需要本事得講究技藝，否則上不了梁山，只能是市街的混混流氓——洩氣點說，在毛筆書寫這事上，我們今天連作亂的餘地都所剩不多了。

但我仍會說，這有什麼關係呢？如張大春所講的美好的字那麼多，一個字一個字看目不暇給，不會因為你自己寫不出來它們就不存在；而且你愈看得懂它們，就愈看不完也愈新奇。在這層意義上，日曆式的時間註記是無關宏旨的，一個字帶著渾身光亮跳到你眼前來，誰管它是唐宋還是二〇〇八台北。

我們可以只看自己喜歡的字，但我們不見得能寫自己喜歡的字（比方說我自己經常很討厭自己的字，軟噹噹的毫無氣力毫不精神），我們只能寫自己寫得出來的字。眼高手低不見得是壞事，一如人的生物構成位置，它也是每一門技藝的正當狀態，但兩者有亦步亦趨的穩定間距關係，你把手的位置拉高，眼睛自然就更浮上來穿越過各種蔽眼的雲層及遠及細，你可以在每一個書家的每一個字每一豎一捺裡看到不同、看到彷彿第一次看到的東西，即便他們那一刻想的只是努力寫得像昔日王羲之的蘭亭集序——事物的熠熠發亮不是因為它的製造日期，而是來自於它在正確的位置、你想望的位置，這是吳清源說的，當棋子置放在正確的位置，你會看見它通體發亮。

重新老老實實寫字的張大春會是一個好的字的鑑賞者，也許他此時此刻已是了，我的意思是，來日方長（你看，換個位置換個期待，這會兒我們又有足夠時間裝滿希望不是？）他會是個更好的鑑賞者。

日前，畫家陳丹青應張大春之邀，特別來台擔任張大春一手促成的文藝營書畫組的授課。晚餐桌上朱天文抓住時間，請問他同行畢卡索的話是否屬實——畢卡索描述過他作畫時的特殊生命樣態令人神往，他說那是某種純淨的安適時刻，你進入畫室，面對著畫布作畫，人甚至會變得像是植物了，心思專注不動但同時完全自由無拘，可以自在的流到任何地方，想這個人那個事，但不相擾也不會破壞安寧，好像自己在一個稍高的位置——

陳丹青點頭說確實如此，他說他甚至一面作畫一面講電話，事後看這塊地方還可能畫得特別好，也記得是跟誰、講了什麼話；但陳丹青看著朱天文補了一段話，說他畫抽象畫就不是如此，那就激烈了，你會和畫布持續處於一種角力對抗的狀態，你會跟它吵架，會三字經出口，會連東西都砸過去。所以畫家都很長壽，畢卡索就是；但那些先鋒派的、突圍式的畫家則通常活不太久，像他們動輒破毀割爛的畫布。

永遠和自己稿紙角力吵架的小說家朱天文心知其意但仍覺不可思議，問我做何感想，我努力回想，好像便只有臨帖寫字時庶幾接近這樣，還有一人打譜擺棋時。我記得小說家馮內果講過他一位友人吸食海洛英（或古柯鹼）的經驗，說那是他這一輩子唯一一次不感覺有所謂「生之負擔」的全然輕鬆完全自由的一刻，所以太恐怖了如女妖歌聲終身不敢再靠近一次；寫字時沒戲劇性、幻境性的甜美到這樣，但你的的確確感覺自己肩膀總算可以鬆開來放下來（你往往這才發覺它原來還是緊繃的、使力的），生命的苦役暫時卸除，儘管你也知道這並未結束，待會兒收好筆墨棋子你仍得好好活下去。

Oh, my friend, We're older but no wiser. For in our hearts the dreams are still the same.這是張大春我們喜歡的一首歌〈那些日子〉。寫字是舒適的、輕鬆的、自由的，是偷來的時刻，也許這才是張大春的真正祕密，像他小說〈將軍碑〉偷來奇妙時間的老將軍一樣，夠他可以如此不理人不理世界、一株植物般拿著毛筆地老天荒的一直寫下去。

醫生。

看守生死的界線，不等於就是人生命和死亡的詮釋者指導者，一如哨兵不自動等於哲學家，這樣的誤會對雙方大家都不好。醫學，最終是一門專業手藝；醫生，是修護者而不是建造者。不要惑於語言的暗示性，修護工作不見得比創造工作不高貴，事實上，它更綿密更時時發生，要談公益性，它也更能實質幫到更多急切的人更富光輝，因此，更需要專注不是嗎？

格雷安・葛林，這個人類小說史上最世故最多疑的書寫者之一，很奇怪的，筆下反而會出現一種信念超級堅定、入水不溼遇火不燃的全然正面人物，當然，如果只是這樣當某種神像擺著，葛林也就不是葛林了。小說進行中，葛林，通過筆下的敘述者，會一刻不停的從各種角度攻打他、詢問質疑騷擾訕笑挑釁，但和二流的、只會把美翻過來變成醜的、好像不把人擊碎就不會寫小說的書寫者不同，葛林會一再跟他辯論下去，不會有終極性的輸贏就跟我們人生現實一樣。然而，最特殊之處在於，我們感覺到葛林其實期待被這樣的人說服，期待被善說服——葛林才是真的在跟善辯論，而不是天下烏鴉一般黑的揭發惡（我們現在還缺小說狗仔隊嗎？）。這一點，使葛林遠遠超過乍看有點像他的後來奈波爾，奈波爾蝗蟲過境式的筆下，善是沒層次沒內容的，善只是外殼只是神話偽裝，換句話說，善其實是不存在的，善甚至只是更壞的惡。這方便很多敗德者行惡者，給予他們（包括奈波爾自己）合理化的心理治療，把自身該負責的道德抉擇改換成某種普遍的、無可抵拒的「人性」，行惡不再會失敗。奈波爾正是這樣二流小說家的佼佼者，求不仁得不仁，我真的想不出他還怒什麼，是妒恨還有人比他更壞嗎？

我唯一對葛林的如此正面人物有意見的是，這樣的人在葛林筆下常常是醫生，左派的醫生，像《喜劇演員》中那位為信仰而死的馬吉歐醫生，或像《一個燒毀的痲瘋病例》中在剛果痲瘋病院忙得要死、根本沒空談信仰的柯林醫生云云。我對醫生榮膺這樣善的代表人物有意見，儘管我大約知道葛林為什麼做此選擇，或說我自以為知道——我們和葛林實際年歲有相當差距，但我們和葛林仍處於同一種醫生的「歷史世代」，一種傳統支配勢力崩解、身分界線混淆、醫生這一社會角色空前（可能也絕後）膨大的曖昧世代。

我自己的人生裡，第一個知道的縣長就是醫生，全宜蘭縣最大醫院（位於羅東）的院長、國民黨籍的陳姓醫生；第一位縣議長也是醫生，宜蘭市這邊最大醫院的院長，邱姓，當然也是國民黨籍的。那是民國五十幾年的事，台灣還普遍貧乏，貧乏的不只是金錢財富，還包括知識、教育和視野，而縣長和縣議長，已是當時民選的最高兩個政治職位了。

當時，我想是普遍的，醫生有三大清晰形象，其一當然是很有錢，其二則是慈善，其三是地方社會的領袖人物。這三點相安無事構成一平面，我們並未察覺出其間清楚的矛盾，這三點怎麼會不矛盾呢？

太陽照好人也照歹人。這些好人歹人依正常比例分布於每一種行業，因此有善心的醫生一如有善心的水電工這不足為奇。但今天回想起來，很難說服我的是，其他各行各業的好人總是個人行為，奉個人之名而不是行業之名，為什麼獨獨醫生有著集體的、先驗的慈善之名呢？更難說服我的是，除了極少數的特例之外，包括絕大部分有慈善之名的醫生仍是非常非常有錢的，不是比一般人有錢，而是完全不成比例不成規格的有錢。這些財富怎麼累積起來的呢？豈不是每天每時取自於彼時所有貧窮的人？而且還是生了病的窮人不是嗎？還可以再加一項，生了病而且你極可能還認識他、知道他經濟景況的窮人，根柢的說，這就很難不是掠奪了，而且有趁火打劫的味道，買賣雙方處於完全不對等的不公平地位——是的，我們總是在最不健康、腦袋最不清楚、一刻也不能忍的狀態下進行醫療交易，連時間都好整以暇站在醫生那一邊，你怎麼可能有一分一毫勝算呢？就像老笑話裡那個抱怨拔牙太貴、才幾分鐘就收你那麼多錢的病人，他得到的冷靜回答是：「如果你不介意的話，我可以慢慢拔。」

我小學某次月考錯過一題非常不服氣，題目是鋼琴依發音原理屬於哪種樂器，我答的是像風琴這樣的簧樂器，但正確答案是小提琴、吉他那樣的弦樂器。你掀開鋼琴蓋子，的確會看到一條一條綳緊的琴弦，但你要到哪裡掀鋼琴蓋子呢？——民國五十三年到民國五十九年，我讀書的宜蘭力行國小全校沒一架鋼琴，音樂課就得動員幾名男生去抬來學校僅有的兩部老風琴之一，到今天我仍記得那個重量，以及琴身兩側搬運用凹槽勒進指節處的疼痛感卻又絕不可鬆手。鋼琴在哪裡呢？在初中高中的學校音樂教室裡鎖著，還有醫生家裡，尤其是生有女兒的醫生家裡。誰家吹笛畫樓中，斷續聲隨斷續風——

民國五十幾年的鋼琴必定是舶來的，除了貨幣匯率不同，還要大筆加上萬里飄洋而來的當年運費（尚未有大型的貨櫃輪），就像我們後來在比方賈西亞・馬奎茲《瘟疫時代的愛情》書中烏比諾醫生那一段所看到的，換算成今天的價格，應該還是比私人飛機略為便宜才是。

那個年代，資本主義的理論一如鋼琴，即便有少量進口台灣，仍是鎖著的、珍稀的、私有的。我們沒聽過亞當・史密斯「看不見的手」，不知道自利自私為最大驅力的商業邏輯，我們對世界時時心存善意，我們被教導要感謝各行各業的人。感謝農夫種稻子給你吃，感謝郵差風雨無阻送信到你家，感謝學校老師花力氣揍你教你做人做事的道理，感謝縣政府兵役科的公務人員寫兵單給你報效國家，當然，最要感謝莫名的永遠是醫生救你一命勝造七級浮屠——這裡，我們便看到醫生蓮花般從各行各業中熠熠浮現出來了。必要時你可以收不到信，可以不要讀書當文盲，但你得活下去，醫生這行業最特殊之處，便在於他掌管著人命，攔在通往死亡的岔路口，這遂有點像碰到比較優雅的、一襲白衣的搶匪綁匪，要錢還是要命？當時我們聽過太多有病沒錢醫的人，也聽過太多誰家生場大病動個手術（其實可能只是我母親生過的盲腸炎或我外婆生過的膽結石）傾家蕩產的故事，但人命無價不是嗎？人家救你一命這不已經是恩同再造的最大慈善嗎？民間故事中，這種時候如果你是個美麗女子，總是要考慮以身相許的，難怪很長時間裡，有這麼多心存感激的父母一心要自己女兒嫁給醫生。

也難怪很長一段時間，不會有人認真去追問當時的醫療價格，相對於當時的物價當時的所得，必定是極不合理的。想想，當時能看病的人相對稀少，醫生的家產卻能如此快速的、大量的累積，我們還能有什麼其他的解釋？當時的醫生遂也因此較為悠閑，有時間去搞搞政治，選縣長或縣議長。

哲人告訴我們，人生老病死，不管你是富人窮人，是國王是賤民，時間一到在死神面前大家都是平等。儘管這類的哲語你只能大略的、善意的聽，不堪太仔細想下去，但沒錯，帝王公侯將相也會生病也會死亡，這是人類歷史裡醫生這一行業的永恆背景，打造出他最特殊的、應該說僅此一個的歷史位置——這是個無法禁止無法取消的行業。秦始皇當年焚書，允許留下來的書只有農藝、卜筮和醫學三類，但我們曉得，換另一種意志，另一種偏狹意識形態的統治者來，比方說要獨占宗教解釋的羅馬教廷，或認定宗教是鴉片、徹底無神論的極左政權，卜筮這一項反而會第一時間被銷毀，這正是歐洲中世紀和中國大陸文革期間真實發生的事。也就是說，在人類歷史的權力和意識形態交織火網中，每一次都安然躲過掃射的其實只有農藝和醫學。但農人散落在田地裡，是遠離權力核心的，真正能在掌權者窄迫臥榻永遠保有一席之地的，只有醫生。

在中國，「醫」這個字最早出現於秦代，小篆字成醫，由三個部分組成：左上角的医是個醫藥箱或櫃子，放著一支箭矢代表彼時的簡易醫療工具，最早的醫生大概只能對付外科性的傷口膿瘡云云，用箭矢來刺破傷口清洗；右上角殳是作業圖，醫生手持某種工具的樣子；下方的酉當然是酒，用來麻醉或消毒。醫字最早也可寫成毉，說明醫巫同源，醫生原是巫師的一種，但人命關天裝神弄鬼不起，因此除魅得特別快，毉字的早早廢棄不用沒幾個人見過，恰好說明醫生這一行很快取得自身的獨立性辨識性。畢竟，除了極少數入了魔到喪失疼痛感的虔信者，人生了病還是會務實的、有效的求助於醫生，吾之有大患唯吾有身，肉體的事哲學家神學家能幫忙的極有限，所以波赫士才說光一次牙痛就足以讓人否定萬能慈愛天主的存在（沒必要把牙齒創造成這樣吧）。我認得的一兩個號稱可幫人驅魔趕鬼無病不治的教會得道人士，自己生病時仍馴服的到大醫院掛急診，我相信梵蒂岡的老教宗也是這樣做。

由此悠悠數千年時光，儘管醫生的位階始終不高，但安全、衣食無虞而且很不虞，又可靠近權力中心，更重要的是，有封閉性的專業空間，權力不會動輒干擾它還有求於它會出錢資助，人可安心的把一生職業乃至於志業交付給它。這對生活於階級流動性嚴重不足的彼時一般人而言，已經是夢一樣的生命捷徑了，因此，的確會吸引到庶民階層的聰明者、秀異者，就像我們一直到今天還看到的，台大醫科始終是大專聯考的不動第一志願。

我自己親祖父便是選了這道捷徑的人。日本殖民台灣彼時，積極的、有志業可能的行業是全然禁錮的，政治當然不能碰，商業工業未成規模，仍屬政治的轄區，便只有醫學彷彿若有光的算是一個窄門。事實上，我祖父是個更心急的捷徑者，他沒留台灣累積財富，趕在一戰後就去了日本順利歸化成皇民，並終老於該說異國還是母國。我腦中唯一一次閃過他存在的，是有回人在東京步行過青山那一大片日式墓園時，是啊，人間到處有青山，我這個得其所哉的祖父名叫謝日照，日本天照大神的縮寫，姓名是預兆還是巧合？或也是某種提醒遂成為言志？

我們很容易從台灣、從自己舉目四顧的真實經驗讀懂葛林。因此，不是善等於醫生，沒那回事，而是在那樣傳統支配權力崩解的特殊歷史時刻，醫生「恰恰好」有機會扮演某種關鍵角色，尤其當社會改革或革命力量起自民間時，長期被封閉成死水一灘的民間缺少很多東西急需很多東西，而這往往是醫生現成擁有的，我們說的當然不是鋼琴，而是財富、權力關係、社會位置和聲望，乃至於起碼的知識準備和視野云云。這樣的醫生數量不需要多也不會多，只有其中有一兩個醫生再自備一點不屈的正義感和慈悲心就夠了；或者也不必，換成得隴望蜀的生命更大野心，不想只以一個更有錢的醫生身分終老，帶點賭徒冒險家性格的也行。

我們那位始見滄海之闊輪船之奇的孫中山先生不正是這樣兩者皆是的醫生嗎？

所以葛林是寫實的，他寫的不是醫生，而是就那一兩個醫生，名叫馬吉歐或柯林的特殊醫生。即使是到這樣的歷史特殊時刻，「正常」的醫生總體圖像仍不是如此，他們既得的、損失不起的東西太多了，因此總會更保守更噤聲的躲進權力的羽翼裡，像我們宜蘭的當時縣長和議長，或者可敬些像賈西亞‧馬奎茲的烏比諾醫生，他內心的天平可能稍稍傾斜向自由黨，但除了他那隻飛到芒果樹上放肆大喊自由黨萬歲、扯蛋的自由黨萬歲的鸚鵡之外（同樣的口號才剛害死了四五名醉漢），烏比諾醫生幾乎是超然物外的，他那幢有陶立克式柱廊、有音樂廳（鋼琴蓋著馬尼拉布閑置一角）、有三千冊藏書私人書房的涼爽大豪宅，裡頭沒有霍亂、沒有內戰、沒有飢餓和貧窮，自由黨人來保守黨人來，都不干擾他規律的生活，不干擾他每天午睡和服用各式藥物食物養生。事實上烏比諾醫生還公開講，自由黨的總統和保守黨沒什麼兩樣，只是自由黨的總統更不講究穿著罷了——

話說回來，為信仰而死的馬吉歐醫生是誰殺的？他死於海地的祕密警察唐唐・麻酷特之手；而站在這批戴墨鏡、黑衣黑褲黑呢帽死神模樣祕密警察身後指揮一切的人，正是海地當時的恐怖統治者老杜法利耶，海地人稱他「爸爸醫生」，他原來真的是一名在鄉間行醫的醫生，而且他還不是小說虛構人物，是真人。

如果我們期盼傳統支配權力結構的瓦解，是朝向所謂的自由民主方向開放，那我們頂好別希冀醫生能陪我們走太遠，別在這道仍伺伏著各類凶險的迢迢長路上持續扮演舉足輕重的角色，是的，最好用後即棄，如舊俄時代所說的「多餘的人」。這麼說，不是惑於海地的革命抗暴歷史，當年領導解放的醫生搖身化為更恐怖的終身獨裁者；也不是讀小說的人忽然神經質起來，以為今天高貴的馬吉歐醫生（如果成功不死）仍會詛咒般成為明天的「爸爸醫生」。恰恰好相反，家國大事，我們正是無法奢望奇蹟，不可以賭偶然的特例，得慎重的回歸事物基本面來。醫生這門特殊的行業特殊的手藝，很難不扞格於開放的、不確定的、複雜的、空氣中（必須）浮漾著各種埃塵病毒的自由。這是本質性的衝撞，好醫生和好的自由主義者幾乎不共容。

這麼說吧，醫生工作，最原初也是最核心的，原是任務性的，任務的目標是搶回人命，英勇的攔在死神往往間不容髮的利刃之前。要完成如此明確、艱難而且和時間賽跑的任務，首先，人必須專注，不能複雜、不能懷疑、不能對生命有太多哲學式的辯證或文學式的猜測想像，因此，即使經手過最多的死亡之事，醫生的根本生命圖像總是簡單的；其次，他的工作必須有效的、精密的編組起來，層級分工不僅森嚴，而且潤滑無間，由上而下的指令得依循最短距離抵達，因此不能採用曲線形態的辯論說服，而是直線式的權威權力，這遂使得醫生這個行業自成天地的構築成一個封閉的權力層級系統，甚至還普遍保有更古老的（依馬克斯・韋伯）家長制、師徒制支配；再來，醫院是個特殊任務的執行場域，會妨礙此一任務的各種雜音雜物，理論上再細微都得合理排除，不管它們在外頭世界的存在如此必然或必要。想想，人在這裡連正常情感的表述都受到限制了（探病有時間限制，加護病房只能隔著玻璃眺望，手術室絕不可闖入云云），更不用說抽菸嚼檳榔不是嗎？

有趣的是，再糟糕再無能的爛醫院，仍僵而不死的保有這樣的基本樣態，甚至更沒彈性更沒道理可講的用力護衛這基本樣態——我所看過最美好的醫院畫面，是很早很早以前我女兒出生時的台北榮總，當年聚集著一堆焦急準爸爸的待產室有一處室內小空間，是全醫院唯一特許抽菸的地方，我在那裡靜靜坐過三四個鐘頭，前前後後被「借」走四支香菸，我們彼此不識但知道同在一個命運的岔路之前，因此，討菸的人討得坦蕩，給菸的人給得自然，更好是一旁沒菸癮的人亦慷慨含笑看待，世界大同。

也就是說，這不是一個正常人的世界，而是一個人處於生命特殊時刻的封閉世界，是一個生命戒嚴時刻的封閉世界，習慣生活於其中的人，很容易覺得外頭正常人的世界是髒亂的、沒是非沒秩序的、甚至是不知死活的。

如果有人忍不住試圖把這樣的封閉世界移植出來會怎樣？那當然是災難乃至於浩劫。憂心當代自由處境的人都已警覺到，如今自由主義最難纏最滑溜溜的敵人之一，便藏身在醫學裡，或更焦點的說，藏身在愈演愈烈的所謂當代健康神話裡，這個健康神話便是一個複製作業，以活命為最高乃至於唯一的生命判準，如果不打斷它阻止它，其直線盡頭處便是把整個正常人的世界改造成一間超級大醫院。

這則醫療健康神話有一個獰惡的先驅者，可一直追溯到二次大戰前的納粹。彼時極左極右的兩大自由威脅，極左的布爾什維克其核心，如本雅明指出的，其實是古老的宗教神學（本雅明比擬為躲在唯物史觀木偶裡的侏儒棋奕大師），而極右的納粹則是一個提前出現的醫療健康瘋狂神話，由於尚未有足夠的醫學成果比方說基因學知識的支撐，納粹只能乞援於更古老的種族學，形成最現代到最原始蒙昧的怪誕結合，一個人類之前並沒見過的新怪物。

儘管醫巫同源並在廿世紀初的歐陸再次匯合，但左翼革命的思維是全然傳統的、延續的，它宗教式的得喚起人們較高貴的信念的情操，行動的前提比較困難，革命者必須先有所覺悟而且還必須獻身必須犧牲，就像最早俄國那些得毅然放棄自己親王貴族繼承身分和家產的知識分子；左翼的世界觀「原是」（在未奪權成功之前）民間的，人得去發明去創造一個新形態的世界，革命遂像一場壯闊悲愴的史詩大戲。極右的納粹則壓根沒有革命不擊碎世界，它只是拿一個既有的封閉世界樣態來壓迫人改造人，因此只能是一齣恐怖但極度乏味、全無想像力的驚悚劇而已；納粹完全是統治者掌權者的思維，行動方式完全是官僚的、行政作業的，屠殺五百萬猶太人是「淨化」，是必要的醫療性人種消毒殺菌工程，就連著名的「水晶之夜」暴動，也是典型的警察系統在後，黑道流氓負責當手術刀的配合性控制性暴行。做一個納粹主義者遠比左翼革命者簡單，他最舒適的是，人不需要改變自己，要改變的是那些跟我們不一樣的、妨害我們生存的人；不需要放棄所有，而是要保護當下所有，他是得到而不是失去。納粹是最狂熱的秩序擁護者，他的允諾因此不可能有集體性的解放，而是個人躲在這個層級秩序裡的節節拔昇；根本的說，納粹沒有未來世界的圖像，它的未來就是當下的無盡延伸，當下的純淨化。納粹因此也不談自由，自由一旦被普遍性的談論主張，便稀釋到所有不配生存的猶太人、無產階級乃至於攜帶病菌病毒者身上，這不是會散播瘟疫瓦解秩序嗎？我擁有權力，我自然就有足夠自由，自由彷彿是某種零和性的財貨，你們愈少自由，我就愈多自由。

但其實這多麼「現代」不是嗎？即使納粹已敗亡快一世紀了，我們仍然不斷看到諸如此類的思維、主張和行動，尤其是那些奉資本主義自私自利為生命最高指導原則的人，以及那些除了一己生命再沒更有價值東西可保衛的人。

是的，健康醫療神話並不隨納粹敗亡，二次大戰後，它只是變得更有學問也更聰明了而已，因此也更富耐心。醫學和相關科學的進展，尤其是先心理學、後基因學這兩則偽科學神話的成形，使它有能力拋開恐怖醜怪的種族主義，並且用醫生來替代警察，不至於嚇跑最容易擁護它卻又最膽小怕事的中產大眾，還可以有效的把它的對手化整為零，從種族性階級性的集體打散為孤立無援的個人；新的健康醫療神話也學會不去正面對抗挑釁已深植人心的自由觀念，它只是繞過自由、擱置自由、暫時延遲自由而已。是的，你仍是自由的，但要喝酒要吃紅肉要熬夜工作這一切總要等你病好出院後才行；是的，你當然有不可讓渡的言論自由，你當然可以當個異議者，但你是不是也有心神耗弱乃至於失常的症狀需要治療呢？是的，我們不是限制你監禁你處罰你，我們只是治療你，這是為了保護你不受傷害，也保護其他人不會被你傷害——

這樣《發條橘子》式的、《飛越杜鵑窩》式的恐怖故事也許離我們還遠了些，我們可以暫時相信還不至於發生在我們身上，但我們的「正常」生活會起什麼樣的變化呢？我們曉得，自由需要寬容，而寬容有個極不舒適的核心，那就是忍受，忍受那些對你無害但和你不一樣、你不相信甚至你看不順眼的事物。健康醫療神話對寬容最大的摧毀便在於，它把原來只適用於醫院，只適用於病弱者這特殊世界的嚴厲檢驗標準拿到外頭世界來，用最現代的科學儀器來偵測追蹤最微量的影響，徹底改變了所謂「無害」的意義。如此，自由的最後底線，以撒・柏林所說的消極自由或本雅明所說的私人房間，便完全被穿透了，你不能再說我關起門來不影響別人這句老話了，如今我們可以科學的一樣一樣證明給你看，你打個呵欠，唱首歌乃至於只是一動也不動的存在，影響的微粒仍持續奪門而出，如一隻蝴蝶輕輕的拍了拍翅膀。人甚至連處置自己身體的自由都沒有，也找不到一種無關別人的自毀方式，你當然不能抽菸，因為不僅有二手菸，現在還有所謂的三手菸；你也不能肥胖，因為他們已經精算出來了，這會加重多少社會醫療成本，有損那些苗條人士的權益；你很可能不能不洗澡，就跟你不整理家居環境一樣，氣味加病菌會通到空氣傳遞——

必要的話，無所不能的心理學還可以再補一刀，宣告這樣的行為其實就是某種病徵。在醫療神話的世界裡，病患軟性的等同於褫奪公權的罪犯，你必須交出一部分行動的自由。

在如此緩緩把世界改造成一間大醫院之前，先發生的是人的不寬容。史家房龍以《寬容》為名的書，告訴我們寬容多麼珍貴難得，寬容不是自然的產物，不存在只衛護自己身體和生命的自然叢林裡草原上，寬容是人文明的發現，而且通常是巨大災難後的痛苦覺悟，比方說經歷了幾世紀的宗教戰爭和相互屠殺迫害，大家才一身殘破在廢墟大地之上坐下來，懂得要忍受不一樣名字的神，不一樣的崇拜方式，以及不一樣的生命圖像和嚮往。寬容是大毀滅後才出現的美麗彩虹，作為人不再彼此憎恨、彼此讓出生存空間的歷史盟誓。

如今這得之不易的文明之物又快速流失中，毀壞總是比建立快。在醫療的神經質世界裡，的確很難有寬容之存活餘地，異質的東西通常是威脅的、有害的、帶菌的，寬容因此只是放任、延誤、不知死活、小病不醫云云，醫生會婉言勸戒你或厲聲斥責你。我們也都看到了，如今出現了一種奇怪的社會身分，甚至還演變為一個職業，稱之為「檢舉達人」，這和人路見不平的油然而生正義感不同，他是主動的窺伺告密，是我們曾經最看不起的那種人，自以為在維護自身權益捍衛社會秩序，社會也給了他一件正義的外衣，還提供獎金，掌權者當然張手歡迎這樣的人，這是過去只能做不能說的祕密警察公開化、除罪化和普遍化。

終究，人類文明的世界不是單一目的的世界，事實上，所謂的文明，正是人對大自然生存鐵鍊的掙脫和超越。吾之有大患唯吾有身，人類文明的很多價值是外於、平行於、而且不免扞格於生存目的的，很多文明的成果，也是人暫忘一己的身體，使用它、消耗它乃至於輕重不等的毀損它，這才成其可能；說得更白一點，身體終究會衰竭，死亡會而且必須到來，我們可以適度的遲滯它，但幅度是極有限的，而且邊際效益愈來愈小，很快會趨近於零，甚至已一再呈現出負值，衍生出一堆痛苦無解的副作用來，包括個體自己，包括家人，還包括社會整體。有人選擇不顧一切的非活下去不可，守財奴般護著身體不敢動；但也有人選擇使用自己的身體和生命，天生我材，試圖讓它的價值極大化不虛此行。前者我們知道的人並不多，代表人物是活了據說八百歲的彭祖（但比起某一株紅檜仍不算什麼）；後者我們就熟悉了，幾乎所有了不起的人都在這邊，你還會知道他的姓名、生平和他做到的事，某些成果你更時時心存感激。

那些熬夜、抽菸、把自己身體心智當柴火燒的了不起小說家也都是後者，「小說家拆掉自己生命的房子，以此磚石，來建造小說的房子。」

要讓世界保有、延續並更開向這樣文明豐碩的世界，哪裡來哪裡去，我們頂好讓醫生回去他原來的醫院世界，這才是他真正的技藝擅長之地。在這裡，他可以幫助那些只想活下去的人，也可以幫到那些使用消耗自己生命的人，讓此事更成其可能而非阻止他。後者儘管像是牴觸了他的基本所學和認知，但有機會讓醫生upgrade自己，讓醫學的技藝更富層次更開展也更人性（這三者往往是同一件事），庶幾對應得上生命的豐碩樣態。

這應該是做得到的，醫巫同源，歐陸的宗教者便先一步做到這樣的事。宗教者曾經伸頸到廣大的世俗世界，幻想把世界打造成封閉天國，闖了滔天大禍，如今他們退回去了，知道他們昔日的年輕導師「凱撒的歸凱撒，上帝的歸上帝」是睿智的教誨，更是不容逾越的界線，除了極少數像台灣的長老教會，近一兩百年來他們謹慎、節制、中規中矩。

看守生死的界線，不等於就是人生命和死亡的詮釋者指導者，一如哨兵不自動等於哲學家，這樣的誤會對雙方大家都不好。醫學，最終是一門專業手藝；醫生，是修護者而不是建造者。不要惑於語言的暗示性，修護工作不見得比創造工作不高貴，事實上，它更綿密更時時發生，要談公益性，它也更能實質幫到更多急切的人更富光輝，因此，更需要專注不是嗎？就像葛林筆下那位讓他都折服的麻瘋病醫生柯林。

秦檜。

我們差可想像何以印第安人以為抽菸代表和平，殺戮追獵也是某種不斷加速不斷升高到兩眼充血發紅的激情，抽菸是那隻好蝗蟲，可釜底抽薪的打斷它，大家一起坐下，把手中的戈矛換成菸管，人心鬆開，戰馬野放低頭啃著青草，時間緩步下來，激情會衰竭如同冷卻掉、得一而再再而三重新啓動的馬達，這樣，人的理性才得到空間，人也才能從附魔的、滿心憤恨滿目仇敵的狀態解放出來。和平是理性的，只有激情停竭後才出現，如雨後盟誓的彩虹。

二○○九，對我們這個族裔的人，看起來是最不幸的一年，會到浩劫的地步嗎？

印第安人認為抽菸是和平的象徵，抽菸的人大概都相信此事為真，而且必定有其生理根據，儘管醫療體系站穩我們的對立面不願科學的證實它（事實上，他們做的是完全相反的事，動輒發布一些先有結論的含混統計數字，把未經證實的猜想當科學報告，把複雜的病因歸於單一，把個案誇大成普遍性云云，已是一門標標準準的偽科學了），但沒關係，我們幸福抽一根菸的確確實實感受真的是這樣沒錯，它讓我們心神鎮定，血脈流暢，胸中的塊壘隨一縷輕煙消逝，就連眼前這個頗令人討厭的世界都變得好一些、宜於人居一些了。這樣的感受如此穩定、普遍而且一致，以至於不可能是某一個人、某一次抽菸的特殊幻覺，它必定有著生理性的共同基礎，比方說尼古丁什麼對人神經系統的某個作用云云。

進一步說，幻覺只能是個體的，人個體性的幻覺要能轉變成集體性的某種癲狂（就像今天的反菸正義人士們），其根本的前提是激情，激情是某種返祖的、純生物性的現象，它取消差異和個性，吞噬個體，把獨立的人打回原始的生物形態，成為「群」，就像非洲草原上一起奔跑、一起驚懼而起、無個別思考行動的野牛群羚羊群，或甚至沒有大腦只有神經叢、憑集體本能鋪天蓋地飛來的蝗蟲群。《聖經》福音書正確的把「群」（「因為我們多的緣故」）視為附魔現象，其中最有意思的是，群鬼之一（或代言人）對耶穌的解釋告白裡，明顯的透露出一種被集體綑住無從掙脫無從救贖的悲傷，儘管知道眼前的人是耶穌、是神之子都救不了他，最終只能絕望的集體赴崖投水而死，杜斯妥也夫斯基的爭議性名著《附魔者》用的說的就是這個故事；但更有趣的可能是昔日經典恐怖片《大法師》的最後一集，把原先無來由、無道理可講的附體惡靈提昇為群體現象，準確的用非洲的蝗災來象徵並解釋，其說法是，不思不考的蝗蟲不斷藉由拍擊翅膀來傳遞同一訊息，而且這一單行道式的連鎖效應，又因為翅膀拍擊的「共振」現象，讓此一訊息更集中更放大，讓集體癲狂更呈冪數的加速並強化。你唯一能阻止這個不斷擴張的附魔現象，便是想辦法打斷這個連鎖，電影中的驅魔者於是不再是唸經灑聖水、自己也深陷某種宗教激情的梵蒂岡神父，而是一名腦筋保持清楚的黑人科學家，他想找到或配種出一隻不一樣的蝗蟲，一隻會遲疑、會不跟著拍擊翅膀、不被集體催眠的蝗蟲，讓集體訊息的鐵鍊戛然中斷於牠這一環。他寄希望於這隻彷彿有獨立意志、思考能力和嚮往的新蝗蟲，如果能生養出更多跟牠一樣的後代，除魅救贖便成其可能。

很多藥物，乃至於非藥物的種種意識形態皆可誘導、強化這個激情，酒是其中最普通最常見的一種；但菸正正好相反，香菸會抑制激情。不止菸對人生理的舒緩鬆弛作用，基本上，抽菸總是某種行動的休止符，是線性時間的暫停，其姿態是後退的、坐下來的、閑適漂流的，人吸菸和人深呼吸大體上是同一件事，而吐菸則接近某種深深的喟歎，而且你還看得到它飄散、透明、消失（也就是所謂的二手菸）。我們差可想像何以印第安人以為抽菸代表和平，殺戮追獵也是某種不斷加速不斷升高到兩眼充血發紅的激情，抽菸是那隻好蝗蟲，可釜底抽薪的打斷它，大家一起坐下，把手中的戈矛換成菸管，人心鬆開，戰馬野放低頭啃著青草，時間緩步下來，激情會衰竭如同冷卻掉、得一而再再而三重新啟動的馬達，這樣，人的理性才得到空間，人也才能從附魔的、滿心憤恨滿目仇敵的狀態解放出來。和平是理性的，只有激情停竭後才出現，如雨後盟誓的彩虹。

二〇〇九這場近乎集體癲狂的反菸戰爭要如何才能中止呢？我是說真的，絕沒一絲反諷玩笑之意，最好的辦法其實是兩邊大家一起坐下來抽一根菸，如睿智的印第安人那樣——很可惜，他們不會願意這樣。

和平看來是不大可能了。

國內的自由主義大師錢永祥，他早不抽菸了，但正確的知道如今新版的菸害防治法是多荒唐的一次立法（恭喜台灣又收集到一次世界第一了）；然而，同時也深諳現實之難的錢永祥跟我說，抽菸的人其實自己應該有態度有做法有回應。是的，憲法太遠，自由人權云云的價值更遠，莊嚴存在的它們不會自動跑來支援你，現實世界仍是某種以力相向的角鬥場域，你不自己想法子殺出一條血路來，斷斷是走不到那裡去的。

話是沒錯，而且就被不義迫害者來說，抽菸的人數其實也夠多，真要糾集動員起來造反是有力量的，但怎麼說好呢？這其實正中抽菸者的要害——我們光從命名一事就可以看得出來，抽菸的歷史這麼悠長，人數這麼多，但抽菸的人始終沒有一個穩定的、可辨識的社會名字，不成其為一種身分，這不僅說明抽菸的人是如天上星海中砂那樣個別的、散落的存在，也揭露了抽菸者某種特殊的心理狀態。這說起來奇怪而且矛盾，對抽菸的人而言，除了空氣，你很難找到另一種比香菸更重要的東西，必要時，他可以忍受不飲不食乃至於不眠不睡，但很難忍受不抽菸，甚至，在最達觀、最天塌下來有高個子頂著、凡事不預想未來明天下一刻的抽菸者身上，我們仍能時時看到一種有趣的憂慮，不必等到沒菸可抽彈盡援絕（事實上這一刻他可能還正抽著菸），只要他意識到自己口袋裡的香菸已低於某個安全數量，人就開始不安、分神、四下張望，唯恐錯過宿頭的看哪裡可有補充下一包菸的地方；但另一方面，抽菸者又以為抽菸一事是最不重要、最不值一提、最不該耗用公共資源認真談論的東西，他謙卑的把香菸的重要性封存於個人，甚至願意用個人的惡行惡習來解釋它安置它。抽菸的人總週期性的一定會碰見一些善心的人、好為人師的人以及白目魯莽的人，會碰到醫生、宗教人士、學校老師、貞烈自持的女性同胞以及在報紙上投書在電視談話節目Call-in習慣的人云云，即使抽菸者的長相再孔武有力凶神惡煞，即使抽菸者在心智層面的所學所知遠勝過他的勸誡者，實際上我們看到的總是，抽菸者會低頭、有風度的熄菸領受，並耐心聽完他不知道已聽過幾遍、背都背得比你熟的陳腔爛調。在我們眼前這個誰怕誰的世界，很少有比冒犯抽菸者更安全無虞的事了，你要不要拿類似的一番話語去對喝酒的人、開車的人說說看？抽菸的人根深蒂固有著某種道德負疚感，儘管只是傷害自己卻同時感覺對別人對社會有所虧欠，接近某種神學思維，這種心理特質早在未有二手菸概念、早在醫療健康神話建構起來之前就是這樣。也就是說，抽菸者的基本道德負疚感係來自自省，來自他對周遭他者存在的感受，而不是反菸運動的成果，事實正好相反，反菸運動之所以能如此順利打不還手罵不還口，是建立在乃至於利用了抽菸者的如此心理前提。

我們該如何稱呼抽菸的人呢？基於最基本的美學理由，我個人不接受「癮君子」這個爛名字，不是因為它帶著揶揄，而是因為它的難聽難看以及程度太差；日本人把抽菸者稱為「愛菸家」，這又太超過了，顯得有點噁心，而且不準確，抽菸者和香菸的關係不是激情，而是某種杳遠的、透明的、但聽流言不信的友誼，如波赫士所說的那樣。我個人無法單獨為抽菸者命名，只能最簡單的暫時稱之為「菸槍」，放入括號。

年輕時候讀過《孫子兵法》，最記得而且至今耿耿於懷的兩句話，是將有五危、率兵作戰的五大弱點之二，「廉潔，可辱也。」「愛民，可煩也。」意思是，清廉、有潔癖的將帥，你可以利用這點不斷的抹黑他挫傷他；善良、對人保有同情的將帥，你更可以利用這點騷擾他挾持他，就跟綁架犯敲詐犯控制人家的妻子兒女予取予求那樣。如果說這個世界有什麼我個人深惡痛絕無法原諒的東西，這就是。

納布可夫有和我很類似的想法，他好幾次正色的說，他最痛恨的是人對人的欺詐、殘酷和折磨。不是因為這不是真的，而是因為它真的時時在發生。我們知道，人心的一點善念、一點堅持常常是很難得又很脆弱的，像初生的生物，絕大部分無法通過充滿敵意和掠食者的嚴酷世界存活過來，我們能希冀的是，就跟生物護種的人海戰術老策略一樣，希望它們的數量能夠大，能有一小部分艱辛的活下來；對人善念的最大傷害，便是有人倒過頭來利用它行惡，這就不是一次性的傷害了，而是某種汙染、某種人心的沙漠化，再沒健康的土壤可生長出健康的東西。人可以冷漠，但人不可以冷血。

話說回來，二〇〇九新版的菸害防治法有什麼不一樣的、里程碑式的意義呢？純粹我個人的體認是，我把它看成是一份戰爭宣言，它已超越了某個臨界點了——就像電視上那個偽善或腦袋不清楚的老好人告訴我們的，我們已不打算再勸導你們容忍你們了，我們不再相信各位可自我道德管理，我們更不打算跟你們辯論講道理，從這一天開始，我們直接把各位看成犯罪者敗德者，我們會日以繼夜無所不在的監視你們舉發你們追擊你們，每逮到一次最多可罰你一萬大洋，罰死你為止

———

我對戰爭的一部分定義是，戰爭開打之日，意味著道德凍結之時。

事情真的可以不必發展到這個地步的。我們說過，過往這些年來的持續香菸管制經驗也證實，抽菸一事真的是很容易管理的，耗費的公共資源也極有限（設幾個毒氣室般的吸菸室需要多少錢

呢？而且通常還是商家願意自己埋單的不是嗎？），行政單位自己心知肚明，就別說勞工、少數族群、外籍配偶、乃至於動物權的街貓街狗等生命攸關的嚴肅議題（皆緩慢不盡如人意的、但確實朝進步開放的大方向走），抽菸者比起開車停車的人、性交易的人、賭博的人、丟垃圾排放廢水的人、抗議拆遷抗議興建停車場變電所通訊基地台的人都更溫馴更配合，至今，我們的衛生署沒因此被包圍過，董氏基金會沒被放火（抽菸的人哪個身上不帶火的？），基金會那名囂張到極點的執行長敢如此公然大肆狂言居然沒出任何事，就這些年我們對台灣社會抗爭習慣的了解，這已經是神蹟了。

其實應該珍惜抽菸者的理性、和平、自制。

有一種書、一種書寫、觀察暨思考方式，書寫者把自己假設為比方說火星來的人，取得一個陌生新鮮的視角，好避開人過度熟悉過度融入所產生的盲點，看清真相。今天，如果有個火星人來到台灣上空，極其可能得到一個結論，這個小小島上最該死最殺人放火抓妻抓子惡貫滿盈的必定是抽菸的人，否則島上的人為什麼願意犧牲掉這麼多得之不易、維護保衛不易的最寶貴東西，以換取那個看來什麼也沒做、只靜靜抽著菸的人的滅絕呢？我所說的這些被棄之不惜的珍貴東西族繁不及備載，包括人權，包括自由，尤其是核心部分的言論自由，包括我們對是非對錯真相的認識和堅持，包括最起碼、符合比例原則的法令公正性和社會正義，包括我們個人一長串的根本信念價值，比方和善、尊重、寬容、同情云云，還包括我們個人的文明教養，從思維、言詞到肢體動作。

抽菸一定比戰爭還可怕，火星人會看到，比方說所有和香菸但凡有一絲一毫關係和聯想的兒童玩具皆當禁絕，包括那種其實沒什麼銷路的香菸模樣糖果，但我們的小孩可以大量擁有各式玩具槍飛機軍艦大炮並在電動玩具的模擬實境從小練習殺戮；抽菸一定比賭博還可怕，火星人會看到，比方我們的政府不僅持續開放還持續做莊主持各種賭局，還花錢做大量電視廣告，花錢加碼提高彩金，唯恐你不願意進場；抽菸一定比各式各樣的色情都可怕，火星人會看到，比方說我們的電視新聞報導可以追著飯島愛（願她安息）和小澤瑪莉亞跑，可以廣告小電影色情片，當然內含那種「東市買駿馬西市買鞍韉南市買轡頭北市買長鞭」式的SM性愛乃至於更刺激更瑜伽更多人參與的，但香菸廿四小時封鎖，沒分級沒深夜時段沒鎖碼等任何特許；香菸也一定比各種凌虐、肢解、血肉橫飛的殺人還可怕，火星人會每隔幾天就完整觀賞到比方傑森或佛萊迪威風凜凜的一個人一個人屠宰，只要殺人時嘴上不叼根菸就行了；香菸還比安非他命搖頭丸古柯鹼海洛英云云可怕，火星人必定也看到了，我們的法務部長多溫柔的呼籲吸食者勇敢站出來，承諾不入罪不罰錢，口氣和禁菸廣告完全不同不是嗎？最終，香菸也比鬼、比惡靈僵屍狼人吸血鬼更可怕，火星人會相信，我們的小孩夢裡出現這類玩意兒仍能幸福安睡，但千萬不要夢到一包菸、一個菸灰缸（一種忽然消失在台灣的東西）、或一個抽菸的人，這種惡夢會把他們嚇哭驚醒，造成創傷和人格成長的扭曲——

汝不可殺人，不可偷盜，不可貪戀鄰人的妻，不要當賭徒酒鬼毒犯和發動戰爭的喪心病狂，但只要你承諾不抽菸，也許我們都可以重新考慮，是這樣吧，不是這樣嗎？

我們所說對最基本是非對錯認知的棄守，從一件事就可看得出來——所謂的科學報告，居然可以告訴我們，你從空氣的擴散作用中，不小心吸入一點點稀釋的、飄散的菸味（得正名為二手菸，以強調它的存在感和巨大濃烈），比起直接的、一口一口持續的抽菸危害更大。為了恫嚇不抽菸的人，為了刺激出他們集體起來撲殺抽菸者，就連這樣違反最簡單常識的謊言都能講出口，他們還有什麼不敢說不敢動手腳的呢？

透明的空氣中有太多東西了，我個人是個不開車、喜歡走路的抽菸者，我（相信包括所有的抽菸之人）隨時隨地願意進行這樣的實驗——找兩個車庫大小的相同密閉空間，分別關入十個老菸槍和一個開車的人，前者不間斷的抽菸，後者保持不讓汽車熄火，一小時之後打開來會得到什麼？十個眼睛喉嚨有點不舒服的人和一具屍體不是嗎？我個人是個還不錯的推理小說犯罪小說讀者，知道怎麼用汽車廢氣自殺或遂行謀殺，但從未看過可以用尋常香菸殺人的詭計。如何？要不要考慮毒性和比例原則把汽車先給禁絕掉？或至少規定車子只能在負壓式的密閉空間裡開？

我個人抽菸多年，得失寸心知，高三那年因此背了個大過，老實說無怨無悔，一刻也不覺得自己做了什麼有人格汙點、不敢見人的壞事，我知道自己只是違犯了「規矩」，並沒有違背了「善」。我相信人對自由的基本認知和主張，最終每一個人有他私密空間的底線，不必也無法跟社會集體、跟任何人交代你做什麼不做什麼，儘管總是有些多疑的人、幽黯的人、偷窺癖好的人、心懷不軌的人不死心的持續侵入，倒過頭來善意的指責我們，或惡意的指控我們。

不必交代，這是權利；而無從交代，是因為相同的行為，嵌合在個人的私密空間裡，往往有著難以說明的不同意義和潛能，就像抽菸一事，有人可有可無說戒就戒（小說家阿城說這得是相當殘酷的人），但比方說對小說家駱以軍、對導演侯孝賢而言，或對自言「抽菸抽得跟一根煙囪似的」的美國壞脾氣小說家馮內果，抽菸小事，卻牽動著某些冒險不起、不可損失的重要東西，他們的不能也不願，無關意志力強弱，也無關醫學知識，生命的損益平衡表不是尋常他人看得懂的。事實上，覺得自己不該活過八十歲、真倒楣還得在人生晚年忍受小布希當總統的老馮內果，曾經揚言按鈴控告美國各大菸商：「你們不是一直說抽菸會罹癌，會這樣會那樣，會讓人早死嗎？怎麼我還活著！」

我所認知的自由因此也同時是個沉重的東西，它意味著道德抉擇和跟著而來的道德責任。絕大多數時間裡，我並不會說自己是個抽菸者一如不會說自己是個呼吸者性愛者吃飯者，勉強我只會說自己是個恰好有抽菸習慣的自由主義者（加上主義這兩字總讓我有點不安和惶惑）。因此，抽菸對我個人而言，也就沒道德豁免權沒道德假期，它仍時時受到自我的管束——抽菸多年，我唯一敢說的便是，我，跟很多我所知道的抽菸者一樣，努力做個有道德的抽菸者，不在窄迫的密閉空間抽菸，不在人群簇擁時刻抽菸，不在上風處抽菸，方圓幾米裡有小孩時也不抽菸（俯首甘為孺子牛）云云。一直以來，這一來自內心的無上命令，總是比當時的法律要嚴格，也遠比法律規定更體貼更講道理而且有效。

我得說，我在抽菸者之中絕不特殊，如果大家還願意說實話講道理（馮內果說：「在一個不講道理的世界講道理，總令人疲憊不堪。」），在諸如此類發生於生活第一現場、參與人數眾多、現實界線模糊且死角處處都是、法律的直線執行力量一進去就扭曲變形僅供參考的麻煩問題，比起色情、賭博、喝酒乃至於扔垃圾排廢水，台灣這些年真實的經驗顯示，抽菸不抽菸的問題幾乎已界臨解決了，這真是不容易做到的，往後我們真正需要的，不是法律更強力的介入，這反而會破壞它，而是在這樣道德自律的基礎上，再多一兩年的耐心，輔以宣示性的勸誡和確認，把所剩不多、如《聖經》所說一百隻裡總還迷路走失的那一隻笨羊趕回來就大功告成了。

法律真正的莊嚴不侮當然不來自於多數表決，它有更根本的東西得服膺，歷史經驗一再告訴我們，沒內容沒深度的多數可能是暫時，也是可操控可挾持的，多數更可能是暴力，如小彌爾所說最壞的一種暴力形式。所謂的惡法至少有兩種可能層次，一種是背反了亙久的、有深厚人性基礎的道德；另外還有一種，就是法律比這樣的道德嚴酷，這是道德的破毀，更糟糕是把道德轉變成壓迫人、折磨人的凶器。人類的文明史，其實也是道德和律法相互消長的緩慢可貴過程，道德自律的成分愈高，我們的世界就愈文明，律法的管束愈森嚴愈無所不在愈帶著報復性，我們便愈回轉野蠻。俱往矣，這一切。野蠻的二〇〇九，對抽菸者而言，老印第安人不在了，和平已不可能，只剩戰爭。

怎麼樣的戰爭呢？也許有人計畫著更全面更積極更壯闊呼群保義的戰鬥形式，我個人的想法比較接近舊俄時代一個人挑戰彼時沙皇黯黑恐怖統治的亞歷山大・赫爾岑，以撒・柏林口中十九世紀最偉大的自由主義者，他採取一種綿密不懈的、輕靈的游擊戰，一種他稱之為「我的哥薩克人小小戰爭」的自由不羈形式，呼嘯而來呼嘯而去，隨時隨地，無休無止，周旋到底。

道德自律在新版的菸害防治法已毫無位置毫無意義了，這絕望之餘也給了我個人一種大勢已去的坦然和輕鬆之感，如卸下了重擔。這一年開始，我可以而且決定做一個完全自由的、不道德的抽菸者，各種時間各種地點各種可能。法律仍允許的地方當然抽敞開來抽，不必再顧慮身旁有誰；法律不允許的地方更要抽，只要小心不被逮到，或更正確的說，逮到也無妨，只要他們無法法律規格的證明。我、抽菸、時間、地點，這四個短暫如煙飄逝的要素不僅非齊備不可，而且要牢牢扣在一起方能罰錢，我知道你知道法律也知道這技術上有多少漏洞，嚴格來說，法律自身根本毫無執行能耐，它只能煽惑起人民相互監視彼此出賣，因此抽菸的人得有抵賴、不怕吵架、你奈我何的準備，橫眉冷對千夫指。

有一種又回到高中校園青春歲月的感覺，青青子衿，悠悠我心，但為君故，沉吟至今。最困難的部分，也許是怎麼扮演好一個野蠻人吧。幾十年慈眉善目慣了，已相當程度內化於心，不是那麼容易說變臉就變臉，因此得先對著鏡子練習，練習板起臉孔，練習憤怒，練習不講理，練習不同情不體貼，練習惡言必反之——

是的，呼嘯而來呼嘯而去，隨時隨地，無休無止，周旋到底。

騙子。

每個騙子的人生都有著某種懷舊的生命情懷，尋尋覓覓——我不必問都猜得到，整個九〇年代在大陸如巡迴演唱歌手的林同學，曲目戲碼仍是他在台灣的那一套，結合直銷和戀愛，永遠坐不暖席，永遠一兩名陌生女子隨侍左右，永遠有接不完打不完的電話（謝天謝地有人發明了手機，真不知道以前那些日子怎麼活過來的），永遠又像先知又像投資代表般準備把外頭廣大世界、外頭某一個黃金國給引進到這個不知有漢遑論魏晉的小城小鎮來——

我那位浪跡大陸各省超過十年的林姓老同學回宜蘭了，這回好像打算就此長住下來。這應該算是失業轉行而不是什麼倦鳥知返落葉歸根那一套，還有什麼比一個騙子必須回到熟稔他的老家更不智更不得已的呢？更何況是宜蘭這麼一個窄迫的、三面山一片太平洋封閉起來的小小沖積平原？就像你在日本國鐵火車票上看著總會笑起來的那八個漢字，怎麼看都是詛咒不是？「中途下車・前途無效」——

如今，我聽說他每天晚上大剌剌的坐定在就那兩三家鵝肉店海鮮攤日本料理小館子喝酒，固定班底的酒伴是幾名意圖再明顯不過的在地人渣（借用名小說家駱以軍的專利名詞），有中低階的爛警官，有搞不出什麼局面的小角頭小混混，當然照公式來也少不了兩名既是員工又算眷屬的風塵女子云云，這當然仍是一具等著傻蛋上門、不幸白不幸的羅網，但美學樣式已變了，詭計讓位給暴力威脅乃至於更不堪的仙人跳什麼的，原來那名事了拂衣去、你驚覺上當時已杳如黃鶴雲天高遠的騙子，正緩緩過渡向你奈我何、有種上門來討的流氓了。

真的很不一樣了，跟我的記憶。以前這傢伙幾乎是不喝酒的，喝酒只是工作，嚴謹得很。即便叫他出來的只是我們幾個天知地知你知我知、大家不幸從六歲就認得彼此的無害老同學，他還是不改其志的永遠遲到而且還一定早退，喝酒永遠是帶著抱歉的淺淺一小口，就跟他坐椅子的方式一樣，沾著而已；他也絕不多講話更不參與集體回憶漫長童年（他的職業不方便保留回憶）彷彿是個透明人，你想起來找他時，總發現他又摀著嘴在店家櫃台那頭講電話（那會兒還沒手機這東西）；還有，有一半以上機率他會隨身帶著一或兩名年紀裝扮都和眾人格格不入的陌生女子，不是意外的老，就是意外的小，幾乎不重複，所以也就用不著認真介紹記名字云云，這樣的掃興行徑我不曉得是否刻意，但的確產生很實質的效果，那就是方便他隨時告退脫逃。

年少夜市攤的荒唐酒酣歲月裡，他是唯一一個我從未見過他醉酒的人，也是唯一一個我從未見過他掏錢埋單的人——後者我完全可以諒解，因為我們並非他的作業對象，「我可以請你，但這樣的話我就必須騙你錢了。」不是這樣子嗎？

有這麼一個來自某新兵訓練中心的老笑話，一名教育班長問他的同僚：「032那個兵以前是幹什麼的？為什麼他每次打完靶都會把槍上指紋擦得乾乾淨淨？」——顯然，騙子的工作是廿四小時全年無休的，最起碼比起我們這些有正常工作、善良守法的公民。我實在無法相信這是意志力使然，除非天賦異稟武林奇葩，人的意志力通常是一年生的草木，總是禁不起季節偷換會凋謝枯萎，你得想辦法搶在意志力消失之前，讓它成為一種生活習慣才行，並小心在顛沛造次和休假時刻別破壞它。然而饒是如此，也沒什麼一治不復亂這種神話，時間永遠比你陰險有耐心，會抓住每一次縫隙攻擊你；而且時間沒有身體，如過隙的白馬永遠光鮮如新，你有，你會變成四十歲五十歲六十歲，你會愈來愈受不了疲勞，會愈來愈容易生病而且不因傳染甚至無須原因，以及遺忘，就連已成反射動作的生活習慣都會遺忘。

你遲早會想跟大家一樣，舒服的、靠著椅背坐下來，跟著大家一起你一嘴我一語講童年往事，一起大口喝酒，不懼酒後說出真話，不以為周遭有危險伺伏，不醉不歸。

全世界的騙子都禁不起衰老，但被命運拋擲、生在台灣的騙子還有一個搶在衰老之前一定先來的致命不幸，那就是台灣終究是個太小太小的島，而且還一路不回頭不停歇的變小。騙子這行業，非常浪費土地非常不環保，他是火耕者，是遊牧民族，是蝗蟲過境，無法停駐在同一塊土地太久，每一塊土地最好只一次性使用。

笛福寫那名生龍活虎女騙子的精采小說《摩爾．法蘭德絲》，出生於英倫三島，才剛剛成為寡婦、進軍這門古老可敬行業的法蘭德絲，一開始就發現這個真理：「看到這種情形，我決定非遷居不可了，到人們不認識我的地方去，甚至於換一個名字，假使有這種需要的話。」

可能更精采的另一部小說，吉卜齡的短篇〈The Man Who Would Be King〉，那兩名分別邂逅於火車上、深夜找上門的英國騙子德雷佛和康寧漢，一樣開門見山的說：「一言蔽之，我們已走遍全印度了，絕大部分還是用兩腳走的，……我們的結論是，對於我們兩人而言，印度還是太小了。」

吉卜齡這篇小說，我是先看到電影的，片名莫名其妙譯為《大戰巴墟卡》，讀大學時在如今已屍骨無存的景美戲院，當時這戲院已是半廢墟狀態，二十塊錢一包長壽菸的價錢看兩部，開獎一樣你永遠不會先知道今天播映什麼，演德雷佛的是彼時腦袋已禿、並持續奮力擺脫〇〇七情報員龐德形象幽靈的史恩．康納利，康寧漢則是數十年如一日的永恆綠葉米高．肯恩。

這兩個興高采烈的殖民地騙子，因為職業需要，不僅踩遍整個印度半島，還幹過全印度所有的行業。就防禦一面來說，他們發現印度愈來愈難混愈透明了，殖民地政府愈來愈完整愈逐步控制住每一行業每一方土地；就異想天開一面來說，他們想到了一個此生唯一還沒扮演過的職業，那就是國王。於是他們讀了書、翻了資料還察看了地圖，發現這個世界仍有一處而且僅剩這一處寬廣乾淨之地，那是阿富汗東邊、海拔動不動六七千公尺以上的折曲高山地帶，地球的屋脊，相傳只有幾千年前年輕的馬其頓瘋子亞歷山大大帝東征時「統治」過，但忽然被死亡阻止於印度河畔的亞歷山大再沒回去過，去聖邈遠寶化為石，這兩個有趣的騙子瞄準這個歷史悠悠空白，決意去那兒當國王。

心意已決的這兩個騙子，臨出發前之所以夜訪作為通訊記者的「我」吉卜齡本人，除了再確認基本的地理歷史資料，更重要的是兩人簽署了一紙也是盟誓也是嚴格自我規範的合約，需要有個第三者見證——內容重申他們成為國王的心志，並保證彼此攜手同行不離不棄；更重要的是兩人話說前頭，壯志未竟之前，有兩件誘人的事絕不能碰，一是酒，另一是女人，不管「黑色的、白色的，或者褐色的」——

日後，寫騙子的小說愈來愈多，隨著道德約束一寸一寸的從小說書寫領域退去，但我個人以為，這兩部一長一短的騙子小說仍無可撼動，崢嶸的立於兩極。笛福以他銀行記帳員的筆法，仔細的、拍照存證般的記錄這一個不自覺被命運潮水推過來推過去、卻又毫不猶豫出手抓住每一個機會每一絲可能每一筆財貨、野草般踩不死的女騙子一生，事實上每隔個十頁廿頁，這位可敬的女士總會查帳般回頭清點自己的財富，現在有多少英鎊現款、多少金銀器皿、幾枚戒指、幾只金錶，以及幾塊絲帛衣料云云；吉卜齡則是小說歷史上最後的大故事者，他從不怕說大話不怕吹牛，就像《山海經》裡那些怪山怪水怪人怪物怪事，它們不是全然虛構的想像的，全然的虛構不僅騙不了人而且像賈西亞・馬奎茲說的非常難看，你仔細看，所有這些不可思議的事物幾乎都有一個實體的、堅硬的、信而有徵的核心，日後我們也的確可以一樣一樣找出來，原來就是這座山這道河這隻動物這種果實，它們只是被說的更大、更奇怪、更嚇人、更繁華如夢令人神往而已。納布可夫最喜歡說所有的藝術就像蝴蝶翅膀般都是精密美妙的騙術，小說前身的傳說故事尤其如此，傳說故事的欺騙是匿名的而且是自由添加的，比日後冤有頭債有主的藝術創作更不懼拆穿，反正拆穿了你也找不回去騙子是誰，沒有刑責，沒有道德負擔，甚至不會傷害到誰，傳說故事本來就是騙子的理想國不是嗎？

不是有這麼一種騙子的說法嗎？「他是個滿口謊言的騙子，特別是他講實話的時候。」

我們來看一下吉卜齡怎麼為他的騙子故事收尾，他描述戴著黃金皇冠的德雷佛從懸空的繩橋摔下去：「翻轉著翻轉著翻轉著，兩萬英哩之深，他整整在空中下落了一個半小時才掉入河中，我看到他的屍體就卡在一方岩石上，那頂黃金皇冠滾落在他身旁。」——好心奉勸你別去找哪裡有一座海拔兩萬英哩的高山，也不必花力氣去計算重力加速度一個半小時九十分鐘五千四百秒究竟下落多少距離，和兩萬英哩符不符合，更不用奇怪何以康寧漢有如此驚人的遠視能耐，像莊子寓言故事裡的奇人，可以穿透重重山嵐如見秋毫之末的看見兩萬英哩以下的一具屍體以及更小的皇冠。吉卜齡本來就是個騙子，如果他沒成為詩人小說家的話，或更正確的說，尤其是他已是桂冠詩人、諾貝爾獎加身的小說家時。

先知不會在自己家鄉成為先知，騙子也很難在自己家鄉行騙，因為人們認識你，太認識你了。所以先知穆罕默德垂垂老矣才回到故鄉，那是他偉大生涯的最後一站，也就是耐心等所有看過你生下來、看過你一路長大過來的人皆已死去、故鄉實質上成為他鄉之時——你怎麼可能會是神會是先知會是任何你自我描述的那個人呢？少來了，我跟你們家、你爸媽當鄰居多少年了，我還抱過你替你換過尿布洗過屁股，十歲那年我記得你偷摘人家桑椹還被告到學校去，被你們老師揍得好幾天哭著不敢去上課，你不是那個阿南仔（或鐵牛或肉丸或天賜、福來……）嗎？家鄉總是太小太透明，每個人都知道所有人的所有事情。家鄉的真正危險不是騙子，而是八卦，住著一群記憶力超強的人，左拾遺右補闕，就像田納西・威廉、像福克納筆下那些窒息得令人想衝出去、哪裡都好的鬼域般墳場般美國南方小鎮。

然而，真正的問題不是家鄉，而是人們認識了你，記得你長相、知道你名字、摸清了你某一部分底細云云，所謂的「家鄉」不過是個方便好說的代稱而已，別犯這種唯名論的錯誤。一處異鄉停留的時間久了，但使主人能醉客，也照樣會一分一分的家鄉化，讓你逐漸分不清是家鄉是異鄉。我們前面所看到法蘭德絲警覺到危險，打包出發到下一個人們不認識她、可以再改名換姓的新地點，其實當時她人早已遠離自己出生和被收養成長之地了，她所謂的危險，不過是擔心當地人們有可能發現，她並不是個有錢有資產的寡婦（只剩四百六十鎊，一些十分華貴的衣服，一塊金錶，幾顆並不很值錢的鑽石，還有三四十磅沒有賣出去的布料），在英國當時結婚等於賺錢的沒出息社會風氣裡，這會讓她無法騙到一個有錢的新丈夫。甚至，笛福一開始就告訴我們，所謂的摩爾·法蘭德絲從頭到尾就是個化名，但假名黏住真人久了，久假不歸也就是真的了，一樣會循路招徠真實的危險，日後，英國警方果然一直捕風追緝著一個從不知道長相、不清楚來歷，只曉得人稱「蕩婦法蘭德絲」的狡猾慣犯。

因此，除了機長空姐船員乃至於賠錢的台鐵高鐵員工之外，騙子極可能是花最多時間在交通工具上的人，有點像鯊魚，不能停，一停下來就很快窒息而死。

真正救了台灣這一代騙子的，我相信是海峽兩岸的解凍開放，跟英國當時的廣大北美新殖民地之於法蘭德絲一樣，忽然掉下來一個作夢都想不到的全新運動空間。整個廿世紀九〇年代，我個人所知道的台灣騙子，包括正職的、業餘的、打工的、伺機轉行的，乃至於本身工作或志業就帶著高度騙術色彩的，幾乎全去了大陸，如同搭乘同一班歷史加開的富貴列車。林同學當然也是這股浪潮中的微塵一粒，整整十年，大家喝酒聚會偶爾講起他，總聽說他又轉進太原或成都或東北大連云云，此時此際他也許正在某節火車車廂裡，打著盹，或沒事看著外頭漫天大雪；我們開玩笑說他像台灣的過氣歌手，熱潮如海浪，第一批打上岸的總是垃圾，一時誰也分不清誰是誰，誰都可以放膽吹噓自己是來自寶島的第一紅歌星，反正一個省一個省唱過去，反正大陸就可以這麼大，等一圈輪完了再回頭，可不是又全新的好漢一條？

我們這些鄉愿的老同學，打心底的為他慶幸，還舉酒遙遙祝福他——連我（老同學中最犬儒的一個）都不免暫帶僥倖的相信，這也許會是他生命中最好的一段時光吧，也許他自己都開始認定此生就是中國大陸了，像納布可夫筆下的普寧教授，滿意的看著自己的美國新房子，恍惚到好像自己真的就生於斯長於斯跟眼前的大樹一樣，從來就沒有俄羅斯祖國，沒有過革命，也沒有流亡，沒有內戰迫害和那些個披星戴月的日子。我甚至期盼他能有餘裕有心情可以開始計畫自己的晚年，不怎麼真實都可以，對一個總是朝不保夕、生命能見度有限的騙子而言，這可能是幸福的徵兆，甚至可以救他——

如果你不是通過傳聞、通過類型小說或電影等神話載體去認識一個騙子，那你將很難誇張他的真實能耐和聰明。笛福的《摩爾・法蘭德絲》最有趣的地方就在這裡，除了線條有點拉直，過程中多了些上帝聖經的宗教體悟，基本上笛福是貼近的、老朋友也似的看著法蘭德絲，如同我們之於林同學，而這位被傳聞誇大為英倫首席女騙子的法蘭德絲究竟有何神通之處？我們看到的永遠就那幾招——她持之以恆的一直假扮自己是個有錢的貴婦，好獵取一個有錢丈夫（法蘭德絲於是結過五次婚，嚴格上來說皆不算成功），這是她唯一可稱為騙子的行徑，但對有同情心的人來說，毋寧更像只是一個女人的可憐自衛術而已不是嗎？另外，她能做的只是順手牽羊式的行竊，偷人家店裡的布料、偷公園裡落單有錢兒童的項鍊、偷旅店酒客的錢包行李云云，需要的不是聰明，而是某種手眼協調的快速反射，皆是日後電影中、小說裡的騙子壯夫不屑做、我們作為一名觀眾讀者也絕對看不到的事。

我跟林同學從國小到國中同校七年半，日後他跟了出嫁姊姊去瑞芳，我遷居三重再轉台北市，我們兩家原來只隔一條不到兩米寬的巷道，不想知道他家的種種都不行。在民國五十幾年除了小孩生產過剩其餘一切嚴重不足的年代，宜蘭沒有幾家父母真的在逼小學階段的小孩讀書的，因此學校成績好壞，基本上就直接是先天資質的顯現。我記憶中的林同學，穩定在前段三分之一處，也就是中等稍上之資。他的麻煩但也是他日後真正的騙子資產，是他唇紅齒白、哭兮兮的瘦弱，有一點天予不取、不欺負他太對不起自己的味道，因此，我們這幾名老同學的交情，其實是從保護他、為他打群架開始的。

屠格涅夫的名著《羅亭》（另一部也可視為騙子小說的經典之作），寫最後兩名恩怨風雨的老朋友在雪天逆旅的驛站相遇（又是交通工具），感慨的引述翻譯過來平淡無奇的俄羅斯老俗諺：「是的，我們全都聽天由命——」；納布可夫在被問到他每十九年就飄洋遷居的一生時，難得動情的彷彿把《羅亭》的老友對話接了下去：「在英國，我曾同格雷安・葛林一起吃午飯。我也同喬哀斯一起吃過晚飯，同羅比－格利葉一起喝過茶。孤獨意味著自由和發現。一個荒島也許比一座城市更有勁。不過，我的孤獨，從整體來講，沒有多大意義。這是環境使然——船擱淺了，潮流反覆無常——」

正如我們再怎麼翻書回頭確認，也找不出法蘭德絲究竟在她生命的哪個時間數學點正式成為騙子，在日後台灣一波一波湧起來的潮水中，林同學商校念完先幹了幾年好推銷員（他的業績動不動全公司第一），再順勢轉入所謂的多層次傳銷；另一道也在台灣經驗裡的支流是，他們一群寓戀愛於公益的年輕男男女女，成立了一個宗教意味的、假日跑跑孤兒院養老院並募集捐款的團體。推銷、直銷、公益和戀愛，全都帶著浮誇、吹噓、洗腦和買空賣空色澤，活過那段歲月的台灣人都知道或說記得，這兩股潮水一會流，不必然但多麼容易把人不偏不倚的推過去，最終擱淺在一方名為騙子的岩礁之上。

我從來無意輕忽人在巨大命運潮水中俯仰的自由意志，和一次次道德抉擇暨其責任，我真正想說的是，騙術很少是獨立的、創舉的聰慧發明，它有很大一部分只是人對當下自身所在命運潮水順服、僥倖、揩油的結果，就像法蘭德絲的行騙和行竊基本上是同一件事一樣，也因此，當潮水轉向，原來的騙術也就跟著失去憑依不成立了。要叫一個只比社會平均聰明程度高一點點，又耐心不足、慾望遠遠大過他能力的騙子，與時俱進的一次又一次更新他的騙術，我們可能就弄錯人了，如果有這樣的人，他的名字應該叫托爾斯泰，叫狄更斯、福樓拜、納布可夫、葛林或賈西亞・馬奎茲吧，我們說，即便在這樣以創造為名的睿智領域裡，能一再更新自己、如狐狸千智的人物仍屬少數，像張愛玲，聰明銳利如此，她一生只能寫同一趟命運潮水的小說，不是嗎？

潮流反覆無常，但騙子不死——從電視上、從報紙上、從日常生活經驗裡我們感覺的好像是這樣，但其實不然，不是老騙子不死，而是新的潮水總是帶來全新的另一批騙子；不是個人的騙術苟日新又日新，而是騙子已然替換過了。原先的騙子哪裡去了呢？如果沒腐爛掉，他們只能搭車離開，找尋他們熟悉的、如魚得水的那一種昔日潮水，去某個他們這一招半式依然行得通的地方，人類社會的發展從不均勻，惟零亂無序中仍多多少少存在著某種線性時間表。

也因此，每個騙子的人生都有著某種懷舊的生命情懷，尋尋覓覓——我不必問都猜得到，整個九〇年代在大陸如巡迴演唱歌手的林同學，曲目戲碼仍是他在台灣的那一套，結合直銷和戀愛，永遠坐不暖席，永遠一兩名陌生女子隨侍左右，永遠有接不完打不完的電話（謝天謝地有人發明了手機，真不知道以前那些日子怎麼活過來的），永遠又像先知又像投資代表般準備把外頭廣大世界、外頭某一個黃金國給引進到這個不知有漢遑論魏晉的小城小鎮來——

總的來說，我對騙子此一行業其實是悲觀的，不是基於我對這門特殊行業有多少了解，而是證之我長年關心的書寫創作領域，事關本質問題。波赫士和納布可夫的看法有些許不同，他以為所有的詭計總遲早會被拆穿，拆穿的極致不只是詭計的破解而已，而是詭計根本的不被當成存在過，人們看到的只是光天化日之下一具顏色極難看、平凡到你不會想再多瞧一眼的黑鳥屍體，完全不知道它曾是夜間那隻渾身幸福奪目光采的青鳥。愈到晚年，波赫士愈不信任這類靈巧的、書寫潮水式的書寫技藝，就像華美的包裝紙只是短暫的、幻惑的增加內容物品的價值一樣，他甚至很委婉的勸告大家不必勉強發明新的隱喻，不必焦慮新詭計的產出，不必太追逐作品是否通體完美，那種增一分太肥減一分太瘦的完美暗示存在著某個所有要素高度相互嵌合依賴、極其脆弱的結構，通常是對當下某個特殊潮水太順服的結果，因此也就最容易被變動不居的時間第一個摧毀，像古生物學者一再告訴我們的，愈是適應完美的生物體，愈容易在下一波滅絕。問題甚至不必等到滅絕來臨，一個犧牲可能性、不留存未來餘裕和沉著力量的作品，對夠銳利的閱讀眼睛，其實當下這一刻就是乏味的，支撐的時間不超過一聲驚呼讚歎的時間。我們去外雙溪故宮博物院看那些個白玉鏤雕、一層套一層的九連環玉球不都是這樣嗎？

詭計遲早會被拆穿，波赫士這話如果有什麼挑剔的餘地，那必定是其中「遲早」這個用詞。過往，詭計發明的悲劇宿命已經是，一個全新的詭計，得是人絞盡腦汁加聰明加時間加機運的艱辛結果，但詭計的拆穿卻可以是一瞬間完成的事，就像昔日來自馬其頓蠻族的年輕亞歷山大直接用劍斬破那個號稱無人能解的什麼什麼結一樣。如今的現實是，新詭計的發明已抵達右牆了，尚未被發明出來的詭計究竟還有多少存量（隨便去問個寫推理小說的人吧）？而除魅卻仍冪數的加速度進行，人們破解詭計的能力不斷在增加，還不斷發明出新工具來，從交通到大眾傳媒到網路，整個世界不斷變小、夷平而且持續透明，就像《青鳥》第三幕的夜間世界夜之宮一樣，不斷被侵削被壓縮被曝曬在光之中，「我的『精靈』都嚇得不敢出去了，『鬼怪』也逃走了，還有大部分的『疾病』也都病倒了……」

可憐的林同學一定沒想到如今的中國大陸變得這麼小。昔日的北美十三州殖民地夠法蘭德絲終老還可以傳之後代子子孫孫永寶用，但今天物理空間更大的中國大陸卻僅夠他消耗十年；而且，驀然驚覺印度太小的德雷佛和康寧漢翻翻地圖，仍找得出有那一道海拔七千公尺的人跡較稀之徑可以不改興高采烈而去，林同學的地球上已再沒祕境了，只能摸摸鼻子甚沒出息的回轉親友熟人仍健在的宜蘭夜市。從結果來看，這天降十年原是祝福，最終卻成了詛咒，讓一個無計可施早該轉業的騙子整整擔擱了十年，更蒼老更疲憊更所剩無多，只有我們這些見過他年輕時模樣的，才可能從他五十歲禿鷹般的面容裡，在某個光影、某個角度、某個一閃而逝的神色裡，依稀恍惚看到那個膽小、怕打雷、清秀有病的少年朋友。十年只是個夢境吧，只能供他在自己心裡的某一面牆壁上多刻幾個記錄戰果的正字，人民幣、女同志、酒店夜店云云。但一個騙子的麻煩是，誰聽你吹噓這些呢？正常的老人家一回憶起當年之勇都只被嗤之以鼻，更何況是這個說謊幾十年的老傢伙？

如果說我對這樣一個騙子橫行的世界尚有什麼不舍尚有幾分悲傷，那必定是因為騙子總比八卦好。基本上，騙子和八卦，一如我們說通膨和蕭條，這兩者是相互消長替換的（當然不會完全，仍可犬牙交錯的同時存在，如經濟學者發現原來菲律普曲線會移動），一個騙子無所遁形的透明社會，不會是日月光華、大家爭相扶老太太過街的理想國，而是一間八卦的巨大溫室。騙子當然比八卦好太多了，騙子多少需要一點才華，本質上只能是點狀的、個體的存在，八卦則除了殘酷敗德和人皆有之的一張嘴之外，什麼都不需要，它從來就是個群體現象；騙子只騙你一次人就跑了，八卦會水蛭般黏住你並持續追獵你，要跑的反而是受害的你；我們看騙子受害者的眼睛基本上是同情的，八卦受害者感受的目光卻往往是訕笑的、窺探的、淫穢的；最糟糕的是，一個騙子知道自己是戲裡的歹角，而且負有刑責，八卦則很容易逸出司法的稀落大網，不痛不癢，而且就像我們天天看到且必須忍受的，他們還可以相信自己做的是挖掘真相（「人民有知道真相的權利。」）、摘奸發伏，真的一樣擺一張正義使者的可厭嘴臉。台灣現在已成功發展出一套神奇的道德辯證術，那就是四下指控別人是偽君子，當滿天下人都是表裡不一的偽君子，我這個真小人於是就從倒數第二名忽然拔昇為新的道德楷模，道德制高點了。立志當真小人，這真的是一個好奇怪的人生大志。

也許很快的，我們會開始懷念那個還生產得出騙子的社會吧。

好，最後吉卜齡那兩名向著皚皚雪山而去的騙子究竟下落如何？簡單的說，他們走到了這個世界之頂，利用現代來福槍和在地部落間千年的恩怨情仇，還真的成了國王甚至成了神，用當地的窖藏無用黃金量身打造兩頂夢寐的皇冠。但德雷佛的心思起了微妙的變化（傳說故事的第一個宿命不詳），他打算轉業從良真的世世代代統治這個王國，擴張這個王國，夢想有一天能夠謁見尊崇的英國女王，雙手把這個奄有整個中亞的王國獻在女王膝前；他也因此違背了合約要給自己找個生養子嗣的皇后（第二個宿命不詳），但當地傳說被神直接碰觸身體的人必死無疑，於是婚禮上驚懼的皇后咬了德雷佛一口，流出了鮮血，神不會流血，只有騙子才會，至此詭計拆穿，國王帶種的走上繩橋，從兩萬哩高處飄落下來——

康寧漢呢？康寧漢沒死，受盡折磨一身殘破的康寧漢掙扎下山，他感覺德雷佛一直引領著他，牽著他的手走過每一段積雪破碎的山路。康寧漢撿了德雷佛的頭骨，還有那頂扭曲變形的皇冠，半爬半走的在某個深夜又尋回吉卜齡家，說完這個故事。

要了沒喝光的威士忌，還有一點零錢，「我在南方還有些要事得馬上處理。」這是坐不暖席的騙子猶如昔日的最後一句話，追送他出門的吉卜齡只聽見他搖頭晃腦的歌聲——

人類之子昂首步向戰場，
攫取那一頂黃金皇冠，
他血染的旗幟獵獵飄揚而去——
誰追隨他一往直前？

老人

在文字未普及、人的記憶和經驗不方便鉅細靡遺書寫下來存放於身體之外的這一段頗漫長人類歷史時光，一個個老人其實就等於一本一本活著的、但必須餵養他才行的書，當然也跟我們今天的書一樣，良莠不齊，不保證都能做出有益的建言。

二〇〇九年，李維－史陀終究還是過世了，活了整整一百年還出頭（一九〇八年生），令人不敢置信的居然抵達了另一個千禧年才死去。一個人類學者活這麼久好嗎？總覺得哪裡怪怪的，好像跟他的工作有點不相容。

我們知道，人為的時間分割會製造出某種魔幻效果，某種時間神話的海市蜃樓，往往會不自覺改變我們人的情感狀態甚至思維，即便在理知上你完全知道這是不實的，是某種唯名論的謬誤——我說的是，當你死在一個新千年的最開端，你不會也不被期待留給世人像卡爾維諾那樣一本薄薄的、但每一個字都雨點般晶瑩的《給下一輪太平盛世的備忘錄》，不發生在世紀之末，也就缺乏了那樣的時間霞光以及跟著而來的全部觸景情傷；我們可能會代之以另一種諸如此類的不同圖像，尤其當他是李維－史陀時，一個廿世紀最了不起（該不該加「之一」呢？）也最華麗（這不必加「之一」了）的人類學者，在他生命的最後時日才跋涉到他陌生的但已完全不再屬於他的廿一世紀、一個遠得要命所有一切才待從頭開始的新千年，反省時刻已告一段落，人們睡眼惺忪的重新投身於工作，但他這個人的時間已完全用完了，死亡親切的就亦步亦趨緊跟在身旁。一個如此聰明、知曉這麼多人類奧祕（很快會轉成為祕密）的人，卻只能袖手旁觀了，這不免讓人感覺荒謬，也有點不知所措，彷彿正正好把人類學的基本焦慮給倒置過來。一直以來，人類學者（或許也是為著爭取補助快點下來）總把自己的工作描述得迫不及待，描述成時不我予，每延遲出發一年，就又有哪幾個部落會不見了，有哪幾種儀式被遺忘，有哪幾種語言已死亡云云；他們用拾荒的方式和節奏進行工作（李維－史陀說過：「我們是史學領域的拾荒者，從垃圾箱裡篩選出我們的財富。」），但懷抱的卻是急救醫生也似的心急如焚（一面對可用的時間和浪費掉的時間之間的不相稱關係，我無法不覺得心如火燎。」），這個荒謬的時間差的最具體產物之一就是馬林諾斯基死後才被公開的那本另類人類學名著《嚴格意義的日記》。

說真的，對像我這樣依賴一般性公眾傳播的平常人而言，大約有整整十五年時間裡很容易搞不清李維－史陀究竟是死是活（已死的究竟是拉康、艾宏還是他？），尤其台灣的報紙連《紐約時報》那樣送君一程、一路好走的訃聞版面都沒有；在此同時，我們倒是一再被告知這個那個影星名模又離婚了、偷情了、生小孩了、吃了頓晚餐了乃至於為他家小孩添購了什麼名貴行頭云云。如今我們已徹底的習慣把荒唐化為普遍真相來平靜接受。《聖經》裡寫摩西最好的一段話出現在〈申命記〉最後頭，是老摩西終於站上了毘斯迦山頂那一幕，感覺他滿平靜的，對耶和華帶著報復性甚至挑釁的不讓他進入迦南地似乎無所謂了，也不再對他的以色列子民們說什麼話，只單純的看著近在咫尺、具體攤開在他眼前的這一整片土地（「基列全地直到但，拿弗他利全地，以法蓮、瑪拿西的地，猶大全地直到西海，南地，和棕樹城耶利哥的平原，直到瑣珥。」），他的族人即將奔赴進入只有他一個人被留下來，新的領導人也已經揀選出來了。經上寫摩西死時（年一百二十歲）「眼目沒有昏花，精神沒有衰敗。」依然這麼銳利的眼睛和腦子會看到什麼想著什麼呢？他真的會相信這片土地就只是流奶與蜜嗎？還是說正因為流滿著牛奶與蜜，這片土地才一定隱藏著誘發著不毛沙漠沒看過的凶險、罪惡、爭戰殺戮以及腐蝕分解人心的東西？往後幾千年這片土地幾乎一無寧日發生的事，他此刻意識到嗎？——摩西據說葬在摩押地，伯毘珥對面的谷中，但不是我們今天，而是早在寫經當時：「只是到今日沒有人知道他的墳墓。」

李維－史陀認真的講過：「人必須活著、工作、思想，並且敢於正視自己不會永遠活在世上。

有一天，這個地球將不再存在，到了那時人們所做的一切都不會留下來。」是的，敢於正視自己，不會永遠活在世上，一切都不會留下來。

多年以前，其實李維－史陀當時已是個八十歲老人了，在談到他的第一本書《親屬關係的基本結構》，負責問問題的笛第爾・艾瑞本假設性的詢問：「您如果在今天重寫那本書，您將會怎麼樣寫您的開頭呢？」李維－史陀的回答是，「首先，我不會重寫它，我老了，早已學會謹慎從事，任何題材廣泛的綜合性大課題的研究任務我都不會再承擔了。」跟著，他又講了這一段話：「我從來沒有說過可以把人類所有經驗歸結成幾個數學模式的話。認為結構分析能夠解釋社會生活中每件事的想法本身就有些蠻橫無理——我從來不作此想。相反，我認為，在用人的尺度來衡量標準時，社會生活以及圍繞社會生活形成的經驗，基本上是以隨機的方式展現的（這就是我主張尊重歷史的原因所在，就因為它有著完全的不可預見性）。我想，在經驗的龐然混雜物裡面，請原諒我用了這樣的語彙來描述，無序統治著一切。所有的東西被分割成一個個具有內在肌理的孤島。」

無序，統治著一切。聽見李維－史陀親口講出這句話，當時可算是救了我一命——我完全可復原那時候的自己，一切歷歷如在眼前。我讀他的《憂鬱的熱帶》，以為就算置放在文學裡用最嚴格的專業文學標準來讀，仍然是最好的散文之一；《野性的思維》（一個很不妥的譯名）對我的實質幫助可能更大更持續，尤其是他神話構成的「修補匠」說法，提醒、證實並且擴而大之我原本就相信但既說不清楚也不免膽卻的事，那就是人的思維材料更根本來說是既有的、現成的、使用過的，不僅數量有限，而且是具體的，包含著「顏色、氣息、口味、聲音和質地等等」以及每回使用必定留存下來的形狀、弧度和刻痕，這讓我不必硬生生把自己扭曲變形抽空，好擠入狹窄且單面向的傳統科學概念世界裡，能夠讓科學較恰當而且不專橫的回到它該有的角落，不妨礙事物的完整，不妨礙鑑賞，不妨礙質的認知、分辨、掌握、感受以及提昇（我以為這是最重要的，如果人類歷史有所謂進步的話）；我也帶著愉悅的惡意讀他的《圖騰崇拜》，光是瓦解佛洛伊德《圖騰與禁忌》的性幻想就覺得值回書價；我也讀他的《遙望》和一些散落的文章，以為很少有以專業學術為一生職志的學者能夠如此準確而且言之有物的洞視一般人的、經驗的硬實世界，不會把實存世界描述成一個我們完全不認識而且無法存活的樣子，不必倒過頭來把實存世界看成「例外」，其中我尤其喜歡他對沙特、對一九六八年五月的法國巴黎學潮、以及他對現代藝術銳利而且一無所懼的批評。但我心知自己真正的麻煩所在，那就是他的四大卷神話學，我始終不知道該怎麼讀它們，這個感覺非常非常詭異，甚至之前之後從未有過，你這麼信服這個人的種種，以為知道他站在什麼位置、用何種目光看世界，已經差不多可亦步亦趨跟上他的思維，甚至猜測得出他的下一句話，知道他對某些事物、某些特定問題會做出什麼反應、給予什麼樣的回答和建言。話說回來，你對他累積的理解，難道不是正為著這一刻作準備，好開心進入到他「生命中最主要做著的那件事」？但怎麼回事就在這最關鍵的一步路忽然斷了，你彷彿看著他隻身走入到那個巨大而且輝煌誘人的世界，說著你聽來熟悉卻完全聽不懂的語言，也不曉得他為何要說這些話，最核心的訊息古怪的被全然封錮起來；而且這個他認真打造起來的世界，如此結構嚴謹如此堅硬如此厚實，不可能是虛構不可能是遊戲，但它是真的嗎？我幾年時間在他的神話學裡左衝右突，第一次相信（也就只這麼一次）卡夫卡噩夢般的土地測量員K是真的，你真的會發現自己置身於一個萬事萬物如此具體卻又鬼一樣捉摸不定的世界裡。

無序統治著一切。這句話叫醒了我，讓我兩腳著地的回到我知道怎麼打交道的世界——是啊，其實我讀過很多更飄忽不定將信將疑的東西，像波赫士的《阿萊夫》或本雅明的《歷史的概念》，當你曉得了它的邊界和限度，尤其當你察覺到其中書寫者確信的東西及其意圖，你就可以無懼的知道怎麼想它以及該想什麼，跟著書寫者一起漫遊冒險試探（李維－史陀自己如此說：「我不想欺騙自己，我的論證遠未到使每個人都信服的階段。」）。

說人類學者和長壽格格不入當然是一種不假思索的印象，但此一不可靠的印象倒並非完全沒根據，我猜想大概是這麼來的——一方面，人類學的實地考察要求，的確是費力勞苦而且帶著各種已知未知的凶險，其中還包括最不可測、就連我們身體都全無記憶的病毒免疫問題。李維－史陀曾指出，人類學者的實驗室不建立在舒適可控制的現代文明社會裡，而在最遠方的蠻荒不毛之地。今天我們曉得了，人類歷史上不同文化、不同社群的接觸，就算在彼此最善意的狀態下，純生物性的瘟疫惡疾還是難以防堵，這於是在體力和對諸種惡劣環境適應力忍耐力的要求之外，還得再加上身體的復原療癒能耐，給了人類學者相當程度的年齡限制；另外一方面，人類學者面對的初民式部落，通常保留著較多所謂的「自然」生活狀態，以現代文明的標準來看，人的壽命一般非常短，比方說李維－史陀年輕時第一次實地考察的巴西雨林，當地初民部落的人們平均壽命只能到四十幾歲，換句話說，老人非常稀少，所謂的老年幾乎是不存在的，遑論單獨構成一個深刻有意義的研究題目，因此，人類學者研究人的青春期，研究婚姻，研究家庭家族的構成和親屬關係的展開，到這樣的年齡階段差不多就可以停了。

李維－史陀驚人的長壽，可能馬上讓我們想到人類學界對他的慣用批評：「書讀得太多，實地考察太少。」他自己也完全承認這是真的，說自己毋甯更像個圖書館員，他四大卷的神話學，使用的幾乎全是已採集回來堆積如山的美洲大陸材料。

人有一個特別長的童年，這是生物演化途中動人的意外，從生物的一般標準說，人是太早被生出來（因為大腦的大小和母體的骨盆大小演化成不相襯），人的初生嬰兒其實仍處於胚胎狀態，這個原本是脆弱危險（對幼兒而言）而且辛苦（就母親而言）的童年，改變了親子的關係，也延遲了人進入求偶生殖的生物時間，不必一頭就綁入沉重的生物傳種鐵鍊之中，可以遊戲、學習、胡思亂想的精緻開發思維（所以我們今天要不要把生命演化允諾的悠閒自在童年還給他們？）；而人獲得這樣愈來愈長的老年則完全是文明的產物，物種的存續原來並不需要老年，也不必有這個階段。生殖傳種的責任結束，緊鄰的就是死亡，因此，那種喜歡用純生物性理由解釋人類行為，相信所謂「大自然智慧」從而無視人類文化建構深刻意義的人，很容易得出某種殘酷荒唐的結論（比方日本東京市長的石原慎太郎便公然狂言，那些過了更年期已停止排卵的女性，活著是浪費。奇怪怎麼不包括同階段的男性如他自己呢？）。

人的老年要成立，我個人以為它仍是一種人類自身的道德自省（當然你也許可以追溯回人類獨特家庭結構所衍生的情感和不忍之心，惟起源絕不等同於結果），但光是如此仍是危險的搖晃的甚至復歸虛無，它還需要進一步的支撐——首先，它得解決經濟性的障礙，要養得起既不生育也無法自給自足的老人，這意謂著人類必須在生存資源尤其是糧食的獲取越過「由紅翻黑」的決定性界線，不僅要有所剩餘，而且是穩定的、長期的、普遍的剩餘；其次，它頂好能為老年的存在辯護，能發現老人自身的價值，這很難有生物性的理由，我們仍只能訴諸人類文明的建構。基本上，人肌肉筋骨乃至於內臟器官的衰竭快於心智，在心智也終歸於渙散消亡這一段時間間隙中，老人唯一的優勢便在於他時間老夥伴的身分，這是確確實實的經驗和記憶，以及多多少少結晶出來我們習稱為「智慧」的生命俯瞰性、總體性結論和感歎（因此，人類有關時間、記憶、智慧的擬人樣貌，總是以老者的形象出現），語言則是他最方便好用、且極可能是唯一的工具。他可以告訴很多事都是初次遭逢的年輕後來人們，祭祀該如何正確的、不冒犯天地神明的進行，作物的生長哪個階段需要什麼、該把勞動集中於何事，餵養小孩幾歲該給予什麼該小心什麼，人跟人衝突的可能代價和結果會如何、應該如何權衡的處理化解，哪些事的中間步驟是必要的或是徒勞可省略的，哪些徵兆是重複出現的、可信的、分別暗示著程度不等的吉凶，凡此種種。尤其在文字未普及、人的記憶和經驗不方便鉅細靡遺書寫下來存放於身體之外的這一段頗漫長人類歷史時光，一個個老人其實就等於一本一本活著的、但必須餵養他才行的書，當然也跟我們今天的書一樣，良莠不齊，不保證都能做出有益的建言。

作為一種文明產物，老年的成立於是總是緩緩的、凌亂的、長期的，也一定得經歷一段珮妮蘿普的織布機那樣織了拆、拆了織的進退掙扎時光，在中國，比較有趣的事發生在周代——周代的中國人「忽然」而且音量極大到有點不自然的全面談論孝道，把老人急劇的推高到一個崇隆無比的社會位置，而且不是概念的、原理的談論，是體貼的、宛如編寫照顧老人須知手冊、SOP式的談論，包括每天每時現實生活的種種細節。舉凡老人的食物不僅優先，而且還得是滋養的、鬆軟好入口的、有活絡血氣功效的；衣服要能保暖又輕柔不割人，最好當然是昂貴的絲織品；出門要乘車（日後漢代皇帝迎枚生，還小心在車輪綑上蒲草以避震，是最早的輪胎）、要有人小心翼翼的伴隨攙扶，甚至連影子都不可以踩到；居家尤其得留心的是人最脆弱、可能一躺下去就不起來的夜間睡眠時光，因此每天晚上如送別，每天早上還先得關心問安證明沒死云云。優遇不只發生在血親家庭中，所以國君遇見老人要有禮，要懂得上前請益，要認真聆聽教訓；犯錯的老人也有種種寬容，包括律法的減刑乃至於赦免不問（我們現代法律只明文寬待未成年者）；更特別的是，做錯事情的國君可當面指責可翻臉背叛（如果你自己不在乎生死的話），至少允許人掉頭離去棄之不顧，孔子孟子都這麼做，但對家裡冥頑不靈的老人，你除了嚎啕大哭如橡皮糖般賴著他不放之外，什麼也不能做，什麼辦法也沒有。

你不覺得這很奇怪嗎？李維—史陀（討論亂倫禁忌究竟是生物本能抑或人為法則時）曾如此指出：「如果說這是自然的，那麼，我們無法理解為什麼人類社會始終為這個問題困擾不休，為什麼要花那麼大氣力來實施這種法則。」這裡，我們只要再多考慮一個疑點即可，那就是從生物性、從繁衍護種理由來看比老人更重要的幼兒問題，在此同時並沒得到相同規格的強調，沒有一一羅列「正確」的餵養照顧方式，我們是不是可以這麼想，幼兒的餵養照顧是自然的、長期的、人皆如此的，不像老人，這是人類新的、普遍經驗不足的問題，甚至在思維上仍有分歧並未取得共識。

事實上，我們還可以把事情想得更險惡一些，如卜洛克小說裡那位長得像花崗岩的愛爾蘭幫角頭老大米基．巴魯所感慨的，「我們愛爾蘭人有深惡痛絕叛國者的長遠傳統，但這也顯示了，我們愛爾蘭的歷史裡一直不間斷的有人叛國不是嗎？你怎麼可能有這一面而沒有另外那一面呢？」——文字的直接證據顯示，至少到稍前的商代，老人已有專屬的造字，「老」字象形的用一個披著長髮、樣子有點狼狽的人形來表達，「考」字是另一個老年之字，它在象形的長髮老人再補上一根助行的拐杖，更加步履蹣跚去日無多，這說明至少可推前到商代，老人已分類的、隔離的、單獨的被辨識。惟總數量來說，和老人相關的文字只寥寥幾個，和幼兒的「子」形相關文字則非常多，兩者的比例懸殊，數量多寡通常直接說明了它在人現實生活裡的分量和範疇。如果我們進一步從其內容實質的來看，子形的字除了有關懷孕生產那幾個相關文字（「身」、「孕」、「育」、「毓」、「冥」等）感覺有風險有痛苦之感而外，通常充滿著難以言喻的歡快疼惜之情，比方「好」字，，一個母親加一個小孩，這就是最確實最沒人有異議的美好了；「舉」字，，則應該是父親了，高高的把小孩舉在、或讓他騎在自己頭上；「乳」字，，母親抱著小孩的授乳圖像，是的，餵母奶最好；「嬰」字，，這是幫小孩打扮好的樣子，在小孩的長髮上裝飾的是美麗的、稀有的、在當時直接就是貨幣的海貝，不惜工本；然後是這個有趣的字「孫」，，小孩手臂上再舉著、懸掛著更小的小孩，這是個數列般往下推想的字，毋甯是對未來的不可遏止想像和希冀，子復有子，生生不息，如天上星如海中砂——

相較於俯拾可得的小孩之字，老人有什麼呢？有這個可怕的字「微」，，一個長髮的老人，加一隻高舉著棍棒的無情之手，這個字最合理的解釋是棒殺老人或驅趕老人讓他自生自滅，像當年日本電影《楢山節考》拍的那樣，像非洲草原上獵食動物天天發生的那樣。

微字這個殘酷的直接意指後來消失了，轉注成為幽微不明、不可見不可說的意思，基本上和人類對老人的道德自省進展同步同方向。

今天，不管有多少人指證歷歷告訴我們，世風如何日下，人心如何破毀，世界已變成什麼個鬼樣子，但除非集體滅絕乃至於李維－史陀說的「地球不再存在」，否則我仍然堅信有些東西不會消失，或正確的說，不會比人的存在先消失，人不會全體的（至於個別的人會做出什麼樣的事你不會驚訝了）、全面的返祖，回轉純生物的模樣，那些動輒把人類文明建構講成一陣煙一場夢可輕易勾銷的人，要不是輕佻，就只是懶，懶到不願意花一絲心力去理解、去修補、去維護自身的存在和處境。所以有關老年問題的歷史風險，我個人最不擔心的其實是它道德支撐這部分，當然，細膩的、微調的、因時因地的討論會持續也有必要發生（比方安樂死的問題，比方要不要不顧一切只讓他心臟不停止跳動的問題），但最根本來說我們沒有另一種人道如八十幾歲時的老波赫士所說人除了是個人道主義者還能是什麼（千萬不要認為波赫士是天真的說出這話，他毋寧是向著那些在文字語言迷宮中迷路的野心勃勃年輕思維者講的，是如同他自言，「這是我積一生的經驗才能說出來的話。」），我們可能會降低對老人的優遇規格，我們也可能一時一地一事的違抗這樣的道德命令，但負疚的、帶著罪惡感的，僅止於此。

一直以來比較麻煩的是經濟性的生存資源問題，嚴格來說，人類世界從沒有任何一刻真正的、全面的、不遺棄任一隻老羔羊的解決這件事，偌大地球，總還有貧窮的死角，總還有停滯在自然生存狀態的死角，總還有水旱不時天災人禍糧食短缺人人自保救死都來不及的又冒出來地方，在我們可預期可規畫的未來也仍然會是這個樣子。但也許我們該火上加油的為這個古老問題添加幾個新面向困難，一是看來我們這回是真的走到了地球負荷的極限之地了，老馬爾薩斯幽靈會從百年沉睡中以較正確、較無法馴服的樣貌復活，十年廿年內原物料（亦即最根本最實質的生活資源）的不足和騰貴將是一切的前提；另一是醫療健康單獨的、專業的、依循自己節奏和速度的持續進展，人的老年長度仍在增加，但我們誰都知道，要讓一個九十歲老人活著，比起要讓一個七十歲老人活著，會如何冪數的增加多少人力和物質資源耗用；如果犬儒一些，我們還會想到，托二次大戰後資本主義大獲全勝及其大泡沫之福，我們這一代擁有著人類歷史上人數最多的最有錢老人，有一段時間我們以為這會是穩定的趨勢，會只增不減（人數以及財富），但今天我們比較願意相信這只是人類鬼一樣歷史的一個局部的、暫時的現象，甚至還是某種短視、謬誤、誇大加不正義派生的偶然結果而已，持續時間不超過一個肥皂泡泡吹脹到炸開的時間。也就是說，經濟層面的老人問題，仍會回頭襲擊我們以為已大致脫困的所謂文明進步國家，也許不是那麼怵目驚心打死他餓死他的殘酷樣貌，但會是一種更難纏更動輒得咎的困局。

生命終究是有右牆的，人必須活著、工作、思想並且敢於正視自己不會永遠活在世上這件事。納瓦荷人的創世神話有兩次說到這段話，一次是年輕力壯的凱歐狼，另一次是由垂垂耄矣的「使人年老死去之怪」：「如果年老的人不死去，疲憊的人不躺下來休息，我們哪裡還有土地留給後來的人？他們要到哪裡種植玉米？建造屬於他們的荷根屋？」——這段話終究還是得再一次被說出來，惟最好由已疲憊的老人自己來說，讓它帶著一絲光輝和餘溫，千萬不要留到由年輕的、離死亡還很遠的人來講。

應該是年老的蒙田吧（很顯然我的記憶力也疲憊了）？他指出人幾乎是天性一樣的容易妒恨之心，會對著眼前的人，甚至會甚無意義的射向之前的、上代的人，但人很少妒恨下一代，通常人會真誠的、無私無我的期盼下一代尤其是那些還沒出生的人活得比我們好。

經濟面的麻煩比較明確也比較迫切，很快會水落石出人人都知道。我自己比較關心的是老人的價值問題，那個曾經作為人類經驗、記憶和智慧載體的老人，讓他得以衝開生物限制理直氣壯活下去，但我們今天極可能已永遠失去他了。

波赫士兩次寫了同一篇小說，讓老年的波赫士和年輕的波赫士直接碰面（非採取這樣戲劇誇大的形式不可，可見單向的回憶是不夠的，也可見遺忘仍是我們記憶的核心）。由於兩次都是極簡極短的短篇文字，因此只像是兩人（？）在時間大海中輕輕一觸，波赫士沒讓年輕的自己好奇追問，也沒讓年老的自己（其實老的才是當下才是主體才是召喚者）多交代什麼，如此難得的會面，卻如此平靜無事欲言又止。

難道波赫士想的是跟我類似的事嗎？我曾認真想過，如果讓此時已超過五十歲的我和卅年前二十歲的我（就直接是民國68年底的我吧，大四，《三三集刊》末期，重大影響我的人都健在或還未遇見，賭氣般開始拚了命讀書，莫名其妙覺得自己飽受誤解無家可歸，但奇怪心思仍純潔堅定，太純潔堅定了，等等）相遇，這樣的近乎擦身而過極可能是最善意的狀態了，我想不出來這一老一少會談些什麼能談什麼，除了像好萊塢時空交錯電影那樣，給年輕的一個耶誕禮物，一個魔法般的名字Yahoo，讓他在日後股票上市時進場賺點錢，但更有可能的是幾年之後年輕人讀到了斯威夫特足本《格列佛遊記》馬的演化王國這烏托邦的一段，恍然大悟知道了這個怪字的真正出處，卻更搞不懂有何預兆是何訊息。

我會喜歡那個廿歲渾身長角、眼睛乾淨容不下砂子的年輕人嗎？覺得他還算聰明、可教、有點機會一如我的老師朱西甯先生對待我的那樣？我真的一點把握也沒有；我大概確信的是，有關今天我以為重要的、精密的、最有意思的想法，我完全說服不了這個年輕人，可能要讓他保有信任耐心聽完都有所困難，但凡要超過陌生人、無關係的人的規格多認真談點什麼，但凡想比明確清晰的文字語言再深入一點什麼，大概就是不歡而散了——這的確讓我有點驚訝，因為這往後（其言是過去）卅年，我的人生乏善可陳，也不感覺想法有何劇烈變動，更完全沒有那麼「was blind but now I see」的戲劇性天啟和懺情，我一直以為自己始終只在同一道路上順勢的、合理的前行而已，也許正因為是這麼一點一滴的，才這麼難以明說，難以用僅止於此的文字語言負載完全不一樣的感受、鑑賞和體認。

李維—史陀在《遙望》書裡的卷首，引用過一段巴斯卡的話，看來也是老人話語：「當我們仔細思考的時候，我們就不會得到任何令人滿意的結論。」

你知道嗎？在達爾文和華萊士一起拿出同樣的演化理論之前，法國人拉馬克曾有一個美麗的遺傳主張，以為後天學習的經驗是可以遺傳的。古爾德說這是人類最美麗的遺傳說，美麗到不像是真的，也果然已證實不是真的，每個人都還是得重新開始，從時間的零點老老實實的開始。但作為達爾文最真摯信徒的古爾德細心補充，達爾文的生物演化太緩慢太細微了，它們仍在進行，卻已無法說明也無法干擾人類歷史的進展，人類歷史的進展是文化性的，廣泛的通過教導和學習來留存後天的生命經驗成果。古爾德說，這完全是拉馬克式，而不是達爾文式的。

大致上原則上是如此光明沒錯，幾年前我寫《閱讀的故事》一書時也仍不改其志這麼想。當時碰到的巨大死亡是卡爾維諾的猝逝，儘管滿心惋惜，但當時我的語調仍是歡快的，我說的是：「從這個角度來想，我們會想到人類世界的『浪費』，浪費到令人心疼的地步。我們人窮盡一生認真學習的成果，總在生命的終端復歸於空無，聰明如卡爾維諾，博學如小彌爾，縝密專注如康德——」，但「人類終究成功建構起來他的基因之海，在記憶未被死亡悍然抹消之前——尤其在人們成功創造出文字，進而發明了書籍之後，原先藉由口語、藉由音波傳遞的脆弱存放方式，改由對時間浸蝕力量有著堅實抵禦能力且方便複製的白紙黑字來守護，至此，我們可放心讓愛因斯坦或卡爾維諾死去沒關係，只要記得讓他們在告別之前把所思所學寫下來，用一本一本書籍好生保存並廣為流傳，像翦徑或開黑店洗劫過往旅人的盜匪強梁，一丈青扈三娘，或做人肉包子的孫大娘。」

很抱歉，當時我沒有真正注意到書和老人是互換的，有了書，我們便不需要老人了。

我也沒有真正注意到，在人完整的、矛盾並存的所思所想（惠特曼說：「你說我自相矛盾？我當然自相矛盾，因為我心胸開闊。」）和局部的、拘束的、且必須清理矛盾到一定程度的書寫之間，其實有多少必須吞回去的東西，有多少是難以用言之有據言之成理的語言文字以及書籍形式說出並存留的？我應該更正視這點才對，因為即使我不算真正進入老年，但這卻是我書寫天天碰到的事，書寫時你總得花過多的時間在思索「怎麼說」，而不是「怎麼想」，像納布可夫講的，我總要攪盡腦汁，包括洗澡時、散步時、失眠時、面對潔白到令人生氣的稿紙時，有時幾天幾夜想不出那一個就在那裡的「該死的句子」——

我更應該注意到，巴斯卡所說那種「不會讓人滿意的結論」。最讓人無奈的是，往往人到思考時間太長太仔細的老年，還得拿自己此時「不會讓人滿意的結論」，去對抗自己年輕時已駟馬難追的「讓人滿意的結論」。尼采斷言耶穌幸好死得早，否則他一定會在日後追回自己幾乎統治了世界，讓以億為單位的人們認定是福音、是拯救的教義；而卡爾・馬克思，也在晚年告訴我們，他絕不是個馬克思主義者，但他知道嗎？近半世紀以來很多人連中年一度讓人滿意的馬克思都不要了，切香腸一般把馬克思斷在他尚未野心勃勃介入現實社會之前的青年時期？

當然，時間的流水進行，不保證必定是正向的結果，人除了心神會昏憒，肉身會腐朽衰老之外，行為也會墮落，思維也會走上歧路云云，但這些都不是今天才發生的不是嗎？今天真正特別的是，就像本雅明早先說的，我們已走到一個生命經驗空前貶值的時代了，且沒回頭的進一步走入了一個老人不再有價值的時代了。我們已大致成功的讓世界轉換成另一種樣貌，不僅在體系的運作上不再需要老人的參予建言就能順利且更順利的運轉，也全面性的在價值、美學、品味、鑑賞等等的每一處生活選擇上年輕化、當下化，我們不再信任捉摸不定的時間甚至有點瞧不起它，我們不無道理的察覺出來，對未來保有過多的想像和希冀只會妨礙我們當下的行動。

就連小說書寫世界亦復如是。這個最與時間為伍，原本最蒼老、最仰賴人精緻的生命世故的書寫形式，很久以來，我們總把書寫的高峰認定在書寫者的中壯時期，即使最偉大的小說家已少有偉大的老年作品，包括昔日的托爾斯泰，也包括今天仍活著的米蘭・昆德拉。此時此刻，我唯一的好奇的人只剩仍在哥倫比亞的賈西亞・馬奎茲，「我老了，早已學會謹慎從事，任何題材廣泛的綜合性大課題的研究任務我都不會再承擔了。」我腦中響著李維－史陀這番話，不曉得還能等到賈西亞・馬奎茲什麼樣的新小說，更不確定是死亡先來還是小說先來。我當然保有一定的狐疑，究竟是真的沒有好的老年小說，還是只因為我們一直用年輕的判準，年輕人的感受、思維和期待去讀它們、評價它們？

這是我未來最大的好奇之一。我給自己描繪出當下未來的老人世界圖像，有點像人們所說的烏托邦，他們將安適的也安靜的活著，如同「還算有點事發生的墳場」，這樣熱騰騰世界不願打擾他們的狀態，我以為一定會有不同於當下世界、不合宜不令人滿意的有趣東西發生才是，「無聊厭倦是孵化經驗之卵的夢幻鳥」，如果本雅明的這話仍然有效，在這個世界已變得如此快速急躁、已連童年都岌岌可危，也許他們會是人們想像之鳥的最終棲息之地吧。

我當然也知道自己很快會加入到這個世界，因此，這樣的好奇有一部分會轉換成為人類學式的工作，實體的、細節的、和自身的存在亦步亦趨。很奇怪的，我居然有點興奮，有點迫不及待。

男高音。

義大利真是個有趣的國家，人們快速講話、大聲唱歌（但算帳找零錢非常慢），你不免懷疑，這麼多美麗的少女，這麼多帥到不行的少男（有機會請注意一下義大利的男子排球國家代表隊），卻願意這麼快這麼無所謂的吃胖自己，是不是因為他們需要有一個更厚實共鳴的胸膛、一個更沉著積蓄聲音力量的腹部？他們是否以為一個美麗及遠的聲音更重要且更是生存之所繫？

昔日的義大利大導演，學電影的人普遍較折服於費里尼，目眩神迷於他華麗無匹的影像本身，天馬行空簡直不知道怎麼來的；不學電影的人則通常喜歡狄西嘉，真實的人真實的悲喜，也較能轉述給別人聽再溫暖哀傷一次，二十幾歲時的朱天心看了他的《單車失竊記》，動容的說：「要是年輕時看到這部片子，我一定會去當共產黨。」彼時朱天心口中的年輕，大概指的是十七歲之前；彼時在台灣說當共產黨，則是生死一拋，這輩子就此跟眼前這個國家這個社會這個人生決裂的意思。

今天影像充斥，拍的、畫的、記錄的，甚至屢屢大言要取文字以代之，但倒是很久沒聽到過人們提起費里尼和狄西嘉了。我自知總被朋友們看成是這樣一個大影像時代的懷疑論者，比我年輕許多的小說家駱以軍曾經非常委婉的勸誡我，其實《海賊王》什麼的很好看，應該是真的，而且當一隻抵擋巨大車輪的老螳螂也不是什麼體面的事。但波赫士講得很對，每一種閱讀吸收還是有其時間表，有些書有些電影你還是得趁年輕時看，過了一定年紀你就進不去了，你很自然會考慮到很多事，歷史的、現實的、人心的；你也會一眼洞穿很多事，不容易假裝同意作者不成立的前提和催眠，假裝不來那種必要的迷醉乃至於角色扮演，因信才稱義，你不先穿上那種彆扭的衣裝頭飾怎麼進得了狂歡會場呢？我想，當隻螳螂確實可笑，但假裝自己年輕，跟得上，氣喘吁吁學年輕人昨天今天明天變幻不定的把戲，記一堆隨風而逝的名字，講自己不相信的話，做那些只有年輕身軀和體能才做得出來的動作，其實也滿悲慘的，還很容易運動傷害。我冷眼看過許多上一代、這一代的人這樣，可以列一紙清單，所以，謝了。

狄西嘉有部三段式的電影就叫《昨日・今日・明日》，其中〈昨日〉拍的是二戰後殘破的義大利，女主角蘇菲亞・羅蘭是市街大聲叫賣私菸的小販，被逮到就得入監服刑，但義大利有一條舉世聞名、曾引發學術爭論的體貼法令，女犯人懷孕到產後半年這段時間不入獄，是犯罪的產假，這裡，狄西嘉趣味盎然的正視此一莊嚴的法律進入到民間社會第一生活現場的突梯模樣，還有人們體認它利用它的始料未及方式——滿滿生活智慧的蘇菲亞・羅蘭便把它當自己的護身符，不躲不藏，每回警察持拘票上門，她就得意的拍著自己又鼓起來的肚子，把拘票扔回去，要警察耐心等待如同等彌賽亞再來。

她的丈夫馬斯楚安尼，可想而知，除了負責在家帶樓梯狀的一堆小孩，於是有一個更沉重的夜間任務，他得保持自己沛然莫之能禦的性能力和慾望，不斷吃補品、健身體，務必在每回大限到來前讓老婆再受孕——一而再、再而三、三而六七八九，夸父般的馬斯楚安尼終有力竭倒地的時候，他說什麼也不行了，闖了滔天大禍般只能一邊低頭聽各種最難聽的罵，一邊傷心目送盛怒老婆帶著吃奶的最小女兒入獄。

但就在這段等待的休養生息日子裡，聖母瑪莉亞，某一天他發現自己的性能力奇蹟般恢復了，他狂喜的必須把這天大消息立刻讓獄中老婆知道，於是他帶著另一名男性小販，街坊裡嗓子最好叫賣聲最高亢清亮的一個，走到監獄高牆外迎風的制高位置，趁夜色如水唱起傳送的情歌來，歌詞由馬斯楚安尼現編並一旁提詞，大意無非是家裡一切安好小孩很懂事誰誰又長牙了汝勿懸念云云，當然，最要緊的是我又可以了，我如此迫不及待，就等你回來——

我們就讓鏡頭停在風的盡頭，停在牢房裡蘇菲亞・羅蘭恍惚的笑容上面。

義大利真是個有趣的國家，人們快速講話、大聲唱歌（但算帳找零錢非常慢），你不免懷疑，這麼多美麗的少女，這麼多帥到不行的少男（有機會請注意一下義大利的男子排球國家代表隊），卻願意這麼快這麼無所謂的吃胖自己，是不是因為他們需要有一個更厚實共鳴的胸膛、一個更沉著積蓄聲音力量的腹部？他們是否以為一個美麗及遠的聲音更重要且更是生存之所繫？二次大戰後，也就是我們的民國四、五十年，按理說監獄應該都有了那種探監會面的正常程序暨其配備才是，也就是隔窗用電話式的對講機淚眼漣漣、一起伸手壓在玻璃上咫尺天涯什麼的，為什麼舍此不用、非找個男高音唱起來不可呢？

把這疑問擴大一下便成為——今天，我們已有了傳送、擴大、調節聲音的各式工具，要讓它傳給誰就是誰，要讓它傳多遠就多遠（你該聽過太空梭和休士頓太空中心的星際對話聲音吧），那為什麼人還需要苦苦練習更大聲更有力的唱歌講話呢？

每回我看到義大利的三大男高音到台灣演出，總會想到狄西嘉電影的這一幕。如此，三大男高音壓軸的同聲慷慨對唱高潮，畫面就滑稽起來了，好像看到在他們遙遠家鄉的街市上，三個大聲叫賣兼吵架、搶顧客誰也不肯讓誰的熱血男子一般。事實上，很多追尋名牌東西不惜追回義大利原鄉的人都有類似的驚愕經驗，原來夢的盡頭處，並不是一個想望中的時尚王國，極可能只是在地一家美麗一點的、也稍稍醒目一點的舒適店家而已，在資本主義大神的魔杖點中他們之前，這些技藝精湛但節奏悠閑的老工匠，已這樣畫了、雕了、編織了、裁剪了、釀製了、敲敲打打了幾百上千年，也一邊大聲講話大聲唱歌了幾百上千年。

這裡，生物體發聲的大小遠近，還是大大不同於日後的機器裝置，不是某一個轉鈕或按鍵而已，它牽動太多東西了，量變的每一分幾乎同時都是質變，甚至你會發現你面對的是一個截然不同的世界——我喜愛的古生物學者古爾德曾精采的討論過，為什麼在現實世界裡《格列佛遊記》的巨人國和小人國是不可能存在的，生物體的大小和我們生存的此一世界有著我們想都想不到、切也切不開的各種依賴關係和解除不了的限制。像螞蟻大小的生物體，支配牠行為和生命形式的不是引力，而是我們人這樣大小的生物體往往可忽略的摩擦力和表面張力，所以古爾德有趣的說，如果人長得像螞蟻一樣大，他就只能過螞蟻那樣的生活，而不是格列佛所看到那樣依比例縮小的人的生活。他將無法穿衣服，更糟糕是就算穿上了也從此脫不下來（摩擦力的緣故）；他也無法洗澡，水滴會像一顆一顆轟擊他的砲彈而不是均勻的、融解的、可浸泡其中的流體（表面張力）；就算他順利洗了澡，也千萬別想清爽俐落的擦乾自己，他會從此黏在大毛巾上（摩擦力）；他無法點火用火，因為一個有意義的火苗太大了，那直接就是爆炸自焚，只能用做對小人國統治階層絕望的抗議；他顯然也沒辦法讀書，因為適合他尺寸的書根本無法翻閱（仍是摩擦力），等等等等，以此類推。

人類在漫長的演化路上發展出生物界最精巧的發聲器官，但彷彿帶著隱喻的，這些愈是得精細準確操控不同部位某一絲肌肉和某一塊骨骼才得到、愈屬於人類所獨有的特殊聲音，總致命的愈難放大愈不可能及遠，就像一名棒球投手或網球手一樣，你要追求旋轉變化，就得損失球速和力道；最快速的球總是單純的「直球」，一如真正能及遠的就只能是寥寥那幾個其實其他動物也能的元音而已。在古代中國，最及遠的人聲大約是所謂的長嘯，一種單音的、無內容的、高頻的聲音，沒事喜歡在山野林間發這種動物聲音的首推魏晉南北朝時的那些狂士，世事蜩螗，他們本來就是一群懷疑、挑釁、衝撞、棄絕人類文明建構和社會秩序的人，返祖的嚮往那種 born free（其實不真的是）的動物生命形式，空洞的嘯音由此獲取了某種否定的意義。後代喜歡這麼叫的還有李白，恬靜的王維一生至少叫過一次，一人獨處時不免會進入到某種狀態忽然獸性大發起來，獨坐幽篁裡，彈琴復長嘯，深林人不知，明月來相照——

從聲音大小遠近的觀點重新來看，那一個盛唐夜裡寂寞襲身心裡有事的王維，其實心思有著時間性的變化是吧，有某個東西逐漸膨脹起來，人的六尺之軀都要裝不下了，彈琴然後長嘯，彈琴和長嘯這兩件事並非平行對等，中間有一個過程。中國的古琴共鳴箱不大，聲音淙淙切切只能及於近身的人，朱天文說得對，古琴可能不是表演性的樂器，它是人用來整理自己心情彈的，頂多只限於極親近的人，因此可能洩露出較複雜較彎彎曲曲的心事來。像子路這樣巨大簡單胸臆、總夢想有歷史大舞台可施展身手（甚至偷偷歡迎戰爭和災難的發生）的人便有點不恰當不過癮，他過度用力的彈奏像在折磨那具可憐的琴，強迫它發出它不該也無能發出的聲音，琴音裡極不協調的殺伐之聲讓他的老師孔子忍不住皺起眉頭來了。

是以，在沒有機械裝置可任意放大聲音的漫長時間裡，人類的歌唱技藝便源生於並因應於這樣的基本生物限制。如此森嚴的限制，逼迫人必須更細緻、更分解的面對聲音這東西。不止概念性的理解，還包括實地的、實體的實踐掌握；不止聲音自身的大小高低遠近，而是隨著聲音大小高低遠近的每一分改變，如何牽動聲音自身色澤的變化、情感的變化、負載內容的變化，以及歌者和聽者之間關係的變化等等。當然，了不起的歌唱技藝可以克服一部分這樣的矛盾，意即在及遠的聲音裡仍試圖保有曲線形態的變化，不是音量的單純放大而已；或者讓柔婉細膩的聲音仍可能危危顫顫的穿透過伸手可及之地，讓某些稍遠的、不識的、但與你做同一種夢的人有機會聽見（我們常常有這樣接近悖論的不屈不撓期盼，總設法要自己相信那個真正理想的、完全知道你在說什麼的聽者，係存在於某個不可知的遠方）。但這限制仍是真實的、嚴厲的、彈性非常有限的，因此絕大多數時候人仍須取捨，或更正確的說，隨著每一次聲音的大小遠近變化都得時時取捨。你每把聲音多拉直一分好讓更多人聽它，同時也就多拉直一部分的感情和心事，有一部分彎曲纏繞的、拉直不起來的東西就放不進去了，你只能把這部分重新擱回自己心裡頭，放棄向大範圍的人揭露；或者你努力的、精準的說出自己最私密的情感和心事，但你得甘心它傳送得不遠，很快的就會被周遭毫無顧忌的聲音所吞沒，或很快消失在空氣中被堅實的山壁攔住被柔軟多孔隙的草葉和大地所吸收，只能及於周遭有特殊耐心的、肯安靜豎直耳朵聆聽捕捉的那幾個人，或最終只剩自己孑然一身聽得到，如同耳鳴或心跳。

說真的，這其實才是我自己對聲音限制最感好奇的部分，向著誰說話？可以容許說出什麼樣和什麼地步的話？我們常試圖辨別的所謂公領域和私領域，與此有什麼關係？在他的後期小說《緩慢》書中，米蘭・昆德拉便不留餘地不給我們希望的把這兩端切開來，一邊是全世界、是「一大群看不見的群眾」（「公眾的不可見性！而全世界又是什麼？那是一種沒有臉孔的無限！是一種抽象的東西。」）；另一邊，他忍到整部小說的最結尾才說出來，「沒有聽眾」。較完整的引文是這樣子：「沒有明天。／沒有聽眾。／求求你，朋友，請你快樂一點。我隱約的感覺到，我們唯一的希望就寄託在你快樂的能力之中。」

相形之下我們是不是樂觀了一點，一種愚魯的樂觀不是嗎？我們仍願光譜般的理解辨識，並相信聲音可以是有效的，幸福仍是可能的。畢竟，在實踐而非概念推演的硬世界裡通常有一個好處，你不會也沒有能耐走到任一個極限處，你會複雜而且務實的走走停停和它周旋，就像本雅明在別的地方講的，人通常不真的是要一個答案，答案的價值是純認識的，在生命現場的真實困境通常「沒有用」，人要的只是闖過眼前這一關如何讓生命可以繼續進行下去，因此，其結果通常是一系列的豐碩技藝、策略和發明（比方說可較自由調整共鳴箱大小的各式樂器，比方說用沒內容的鼓聲排列乃至於揮舞的大旗來替代人聲和語言，指揮散落的、聽不見命令的、殺紅了眼的戰場士兵），每一樣都不具足、都無法一勞永逸、都只針對當下某一種迫切需求，甚至彼此矛盾衝突也無所謂，我們不是連天上諸神都容許他們這樣子存在嗎？而且，有點弔詭但我們不方便在這裡解釋的是，那時候，人類沒有任何一種簡單霸道的工具，可能讓聲音大到、及遠到昆德拉所說的全世界都聽見，把人化為沒有臉孔的無限，一定也就不至於在另一端萎縮到讓所有親近的、實體的人全消失不見。

更重要的可能是時間，長達幾百萬年多到不知道怎麼辦的悠悠時間。人跟同一個困境相處幾百萬年時間，其結果的形態不可能是個單一解答，而是演化，呈樹枝狀展開的聲音之路演化。演化，一如達爾文一開始就講的，它從不以全體物種、以全世界為單位，而是局部的、在地的緩緩展開，同一個困境在不同的現地會呈現不一樣的面向和要求，一如在多山多谷多回聲的瑞士山區和密密麻麻吸收聲音的熱帶雨林總是不一樣，也會得到完全不一樣的成果。而且，演化更有趣的是，它不會死死抱著原始的困境不放，它總是很快岔生出去，每一次、每一層進展的成果穩定下來成為新技藝、新策略、新發明的豐饒土壤，以至於原始的困境通常只扮演著最開始的驅動力量，一顆巨大雪球核心裡再看不到的那個小石頭。

今天我們其實滿難想像的，但不妨異想天開的想像一下，如果比方說東非矮小的阿法南猿露西女士，在三百萬年之前就有了麥克風並子子孫孫永寶用的傳諸後代，今天人類如此豐碩、多樣、精緻的樂器發明將會是怎麼樣一種光景？有多少甚至根本不會出現？——很多網球迷都看過這令人難忘的一幕，幾年前費德勒天神般統治男子網壇，並成功衛冕了溫布頓，他那些有意思的瑞士鄉親決定送他兩個禮物，一是乳牛一頭，另一是他們拿出瑞士特有的阿爾卑斯長號，為費德勒在山谷中吹響，像告知所有散落在山區的牧民親友，甚至上達天聽，這大概是那些年費德勒所收到最美麗的賀禮。

阿爾卑斯長號，吹管的長度可達四公尺，得放置在地上，人在這頭聲音射出在那頭，像一具聲音的大加速器，它至少可追溯到五百年之前，原是在地牧羊人用來召喚牧群、有大事發生時用的，但它也演變成一種樂器，在節慶時、在歡快時、在他們的子弟成為網球之神時開開心心的吹起來，今天，瑞士當地還有阿爾卑斯長號節，舉辦長號比賽和表演欣賞；和這個巨大的阿爾卑斯長號配合，山區牧民也發展出著名的「悠雷調」，這是一種高頻假聲的特殊歌唱技藝，也指的這種唱法的高聳入雲山歌，源自於人們隔著偌大山谷相互呼喚的吆喝聲音，因此像中國的長嘯一樣，它本來是沒有歌詞的，只是類似「悠—雷—依」的無意義聲音，但美麗阿爾卑斯山的巖壁、積雪、樹林、草地和流水柔和了聲音的高亢銳角，讓它長了翅膀也似的悠揚而且迴蕩，去而復返，既是人聲，也是山中回音，把一整個阿爾卑斯山化為聲音的大共鳴箱、聲音的保鮮設備、聲音的長留徘徊不去原鄉，from glen to glen, and down the mountain side——

老金像獎電影《真善美》中木偶戲的〈孤獨的牧羊人〉就是悠雷調；還有，老台語歌手洪一峰的〈山頂的黑狗兄〉也直接抄自悠雷調。

人聲不足，所以得靠樂器；樂器不足，所以人們得進一步察覺、研究、利用、調整並發明聲音和其所在實體空間的複雜關係。歐洲千百年的劇場和教堂便是這樣的聲音人造空間發明，它得精密的計算（包括數學演算也包括實踐的不斷修改微調）聲音的大小、速度、距離和角度，以及更重要的，諸如石頭、木材、玻璃、幃幕等各種不同建築材質和聲音的微差吸收反射關係，不僅讓聲音符合物理原理的得到共振強化，而且更要協調美麗，否則你怎麼可能相信自己聽到的是天籟，是神強大又柔和、既是無上命令又是關愛備至的話語呢？因此，那時候的建築師（或僅僅只被稱之為石匠）難混但也博學多能多了，至少非得真的通曉音律不可，而不是蓋好以後再搬一套玄理禪學來大讚歎大歡喜一番。這是多年不務正業的小說家阿城極感興趣的東西之一，他實地的走過聽過，說巴哈寫的樂曲，其實是特定性乃至於訂製的，如早年的裁縫工匠，就是為那一間教堂，為那一具管風琴，甚至設置在就那個位置的那一具管風琴（有些管風琴日後被不再知道音律的教會執事人員魯莽的移了位置），巴哈當然禁得起任何時間任何地點的演奏，但你回到他寫曲當時所設定的就那間教堂再聽一次，阿城說：「那聲音就對了，完全對，也完全不一樣。」

幾百萬年，所以當然已不是聲音的單純大小高低遠近而已了，但話說回來，也一直就是聲音的大小高低遠近。

有麥克風和沒麥克風，對唱歌的人而言，這其實是兩個完全不一樣的聲音世界，我們這一代人可能正好是站在這兩個世界陰陽交界重疊部分的人，某種程度而言，我們可能還是從彼岸一路走到此岸的人，我們也多多少少親身經歷並感受到兩個世界歌唱方式的不同要求暨其不協調——原來那個沒麥克風的老聲音世界，唱歌是一門帶著深奧氣息、你總帶點敬畏之心看待它的專業之事，我們會用「會不會唱歌」這樣童稚的語言來說，意謂著這裡有門檻、有一個非比尋常必須跨越的界線，唱歌是少數人的事，不僅天賦異稟而且還得長時間的學習訓練；而在今天這個遍地是麥克風的新聲音世界，我們最多只用到「唱得好不好」來彼此評比一起進KTV歡唱的朋友。我們也時時察覺，如今那些以唱歌為業的歌星歌手，其實並不見得比你自己、或身旁哪個朋友同事唱得好，他們或是比較美麗帥氣，或是舞跳得好，或是腿比較長，或是種種千奇百怪的原因，或直接就是上帝點名的所謂運氣而已。也就是說，所謂歌唱專業指的不再只是聲音一途了，更不再是個人一己之事，它已是複合性的、集體性的、是一整個完整的工業，有太多太多東西遠比聲音重要，也比聲音先一步抓住人眼睛，一如光速遠快於音波。在這裡，唱歌的人需要做的不多，只要馴服的嵌入此一集體作業中，小心別破壞它就成了，一如在現代錄音室裡，你只要輕聲的、控制的、不暴露缺點的唱，不必得分只要避免失分，你有一整套神奇的聲音處理配備和一堆技術嫻熟的操作人員撐腰（所以麥克風只是個代表性、隱喻性的說法），你得相信它如同相信你的神。

要不要調查一下，如今專業的歌星每天平均用多少時間在純聲音的技藝追求上頭，真的會多過他們打扮一隻眼睛的時間嗎？

從彼岸到此岸，我們最能從義大利這三個涉河而來的男高音察覺出兩個聲音世界的種種不協調，尤其當他們從俗的唱起麥克風時代這些彎彎曲曲的、夜半私語的、小情緒小心事小承諾的歌時——他們總是唱得太大聲，不像只說給你一個人聽，還包括你的女伴、你身後某個更美的陌生女子乃至於全世界，像個不忠實心有旁騖的情人；他們的聲音也太直線太爽快，像一道嘩嘩奔流的大河，沒有足夠的河灣可供你駐足徘徊，讓白日夢般的心思停歇浮動，讓夜色降臨，像個既不切實際又不夠貼心的情人。還有，就以已故的帕華羅蒂為例，據說上帝曾親吻過他的嗓子讓它黃金一樣，但上帝很顯然忘了同時親吻他的頭髮、他的容貌和他的身材，以及他的青春。還好他是從彼岸挾著已成的巨大聲名而來，如果有一個此岸的帕華羅蒂從頭開始，你相信這樣一個禿頂、肥胖而且上了年紀的奇怪傢伙，有可能單靠黃金一樣但不合時宜的嗓子取得成功嗎？他極可能連開口讓我們聽見的機會都沒有不是嗎？

但我們也可能聽出來一些東西，如果我們願意沉住氣靜下心。不是粗魯狂暴嘶喊這樣破壞意涵、抗議否定意涵的聲音，而是某種更光朗更乾淨更讓我們整個身體吐氣揚聲打開來的奇妙東西，生活中我們偶爾會見到類似的東西，比方說太陽光穿破厚雲層呈現的一道強勁光柱模樣，讓我們好像可以循此上昇窺見到天堂一角，而且忍不住相信天堂的存在為真；我們也得以從那些蜘蛛絲般黏纏、明知道多半是我們自己沒事硬想出來卻拿它沒辦法的小悲傷小傾慕小言情裡掙脫出來，其實當下是爽快的自由的，自戀自憐真的是最煩別人也煩自己的沉重東西——只是這個光亮上昇的聲音，裝在麥克風時代的小小歌裡，總有點狼狽、有點施展不開的感覺，關鍵時候總是差那麼一點點。

我們這麼說，儘管構成對帕華羅蒂體格的不敬，但這裡想指出的是，麥克風的確根本的取消了聲音的及遠限制，也確確實實帶來一系列的、連鎖反應的解放。簡單來說，我們不必因為求取聲音的及遠能力，無法兩全的必須犧牲掉其他東西。唱歌的人也不必把自己的身體當巨大的共鳴箱，得不顧一切擴張它，讓腹部更有力，讓胸膛更寬廣，以至於悲傷逾恆的茱麗葉看來並沒有影響她的好胃口，絲毫不見清瘦，而且絕命時刻仍如此中氣十足。

基本上，這個解放很符合現代的普遍平等思維，如同唐・麥克林講的「the voice that come from you and me.」——你和我，意思是人人，所以大家都開心，不必先篩選，不必怨天尤人得擁有天賦的好嗓子，清亮、寬廣而且嚴重偏向高音，只因為波短頻高的高音才能最不被阻攔的射向遠方。這當然很不公平，尤其對那些聲音低沉動人、半夜光聽聲音很容易愛上他、比方我的老朋友蔡琴這樣的人（謝天謝地她生在一個有麥克風可輕輕吟唱的年代）。這樣的不公平最像今天依然如此的ＮＢＡ，每年一度ＮＢＡ的選秀大會，誰都知道他們優先考量的總是球員的先天條件而不是高中大學這階段的既成籃球技藝（還早得很！），其中特別敏感的是身高，ＮＢＡ有句令人氣結、帶著濃濃達爾文主義意味的名言：「只有身高是我們教不來的。」是的，投籃、控球、腳步、視野乃至於對球賽的判讀能力云云，擁有龐大教練團和百年訓練經驗暨配備的ＮＢＡ球隊自信他們每一樣都教得會學得來，甚至心志層面也有專家，獨獨你永遠沒辦法把一名五呎七的球員訓練成七呎二。最初的技藝曙光時刻，大家只能比天賦；然而到了技藝究極的最終時刻，人繞一圈回來又只剩比天賦了。

麥克風也讓巴布・狄倫和約翰・藍儂成為可能，或周延點說，站上舞台用他們單薄尖利的嗓子唱歌成為可能；在沒麥克風的年代，也許他們只能滿足於、專注於當一個寫歌給別人唱的人。

有趣的是，我另一位不以唱歌為業但極擅長在萬名群眾面前拿起麥克風慷慨講話的從政朋友鄭麗文，聽我提到有麥克風沒麥克風的問題，有點大夢初醒也有點好險之感的嚷了起來：「對嘛，當時他們用什麼聚集群眾煽動群眾？他們怎麼革命？」

所以說，是根本改變了聲音的處境，人的最終解放，便是從這道始終必須交代聲音大小高低遠近的演化之路釋放出來，我們的注意力從這裡移開，我們不必再為聲音距離障礙的每一分突破傾盡所有竭盡所能，更遑論不回頭的為它犧牲，這樣一道精純的聲音演化之路便得停止了——歷史的慣性也許不會戲劇性的說煞車就煞車，它仍會前衝一小段距離，就像今天仍有人學習像沒麥克風時代那樣的唱歌，但也就是這樣了。

惟演化和單純的解答不一樣，演化在回應根本的困境同時，會在進展的過程中一再發現新的目標，生出新的可能以及想像力；也就是說，有很多目標、很多的可能和想像力並非一開始就存在的，它是人前進到一個新的位置才看得到，或者說才被發明出來，一如同一塊靜靜躺著的石頭，在我們尋常人眼中和技藝精湛的老石匠眼中有著完全不一樣的圖像，納布可夫便曾極其鄭重的指出這個差異，賦予想像力以堅實的技藝基礎。因此，當我們從這道不回頭的聲音之路撤退回來，愉悅的拿著麥克風用「你和我」這樣素樸的嗓音愛怎麼唱就怎麼唱同時，那些曾經出現過也部分被人掌握過、觸及過，純粹聲音的高遠目標、種種繁華的可能以及想像力便也復歸殞沒了。有足夠歷史演化經歷的事物從不乾淨、單純的消失，歷史不更換零件，它像《白鯨記》阿哈船長捕鯨船皮廓德號的沉沒，總是一場漩渦把周遭東西一起捲入，包括附近天空中的幾隻倒楣的海鷗。

比方說人類一度如繁花盛開的新樂器發明，那樣的花季還會循環重來嗎？

然而，那個純粹的、高遠的、彷彿連結天地光柱般的美好聲音，究竟是人特殊技藝的發明，只對那些人有意義？還是一開始就存在於普遍的人心？就像維吉尼亞・吳爾夫說的，它本來就是我們正常夢境的一部分，我們不記得它，但我們不真的遺忘它，因此當我們不經意瞥見它一角時，儘管是模糊的蒙塵的，仍會心跳加速的認出它來？

如果這真是我們普遍夢境的一部分，那真的就有點可惜了。

近兩年，英國人給了我們兩次特殊的驚喜。我指的是保羅・帕茲和蘇珊大嬸，比起仍一身光鮮神采飛揚自信的帕華羅蒂，他們有更糟的頭髮，更糟的容貌，更糟的衣服和身材，更糟的肢體動作，事實上，手機推銷員的保羅還有一口更糟的牙齒不是嗎？所有麥克風時代唱歌的人能有的錯誤他們全都有，而且錯到一種地步，但所有這一切，一如我們看到現場評審和觀眾的表情變化，在他們的歌聲才出口那一剎那間全消失了，只剩下聲音，一種久違了、令人感動難言的聲音。是的，不必美麗、不必舞蹈、不必有演奏樂團的輔助和掩遮，更好的，甚至不必有所謂的「情感」（有機會可以讀讀嵇康的〈聲無哀樂論〉），就是純純粹粹的聲音而已。當然，這世界不會真沒有人比他們唱得好，因此，真的觸動我們的，也許正是這樣其他什麼都沒有、僅此一個的聲音。

有很多人說這跟作了一場好夢一樣。是的，說得再準確不過，這的確像一個夢而已——夢是無羈的、不必條件的；夢也是殘留的、碎片的心事；還有，夢是不連續不累積不下集待續的。莊子美好的莊周乎蝴蝶乎終究不真的如此，我們仍然確確實實的生活在大白天裡，生活在一個已完全不同的聲音世界裡。

但話說回來，偶爾作個好夢還是很好，不是嗎？

編輯。

人類的思維，包括每一種想法，每一個念頭，每一次夢境，管它多細瑣、多奇怪、多私密、多不合時宜，乃至於多幽黯恐怖邪惡，你在世界其他任一個領域任一個角落就算不危險，也無不撞得鼻青眼腫，便只有在書籍這個世界中，每一種你都有機會找到實踐的可能，有機會碰到某一個還肯一試，並負責編好它、送它到讀者面前的傻編輯；也就是說，除了你自己容量有限又時時遭受遺忘威脅的記憶力之外，如果說這個世界還有一處可容身可收存可展示的地方，並鄭重相待，那必定是書籍了。

我離開編輯工作已超過三年時間了，據說這正正好是台灣出版界受創最重的幾年，當然跟我的離去毫無關係，甚至我也不是（該不該承認呢？）預見如此風暴的到來先一步睿智的跳船走人——如果一定要修改記憶吹諸如此類的牛皮，那我會選擇吹得更大也更科學、更統計數字。我應該這麼宣稱，你看我人不在出版界這段期間，人類每一年死亡上千萬人，而且全球的氣候愈來愈不穩定，沒見過的大型天災一個跟著一個，這難道不都是真的？名經濟學家克魯曼曾啼笑皆非的告訴我們，現在很多所謂的科學報告，玩的便是這種拙劣的統計把戲，畢竟偌大紛雜地球上要找到所謂同向進展的獨立現象太容易了，它們亦步亦趨，卻彼此一點關係也沒有，它們唯一的函數關係是巫術。

在出版界的哀鴻遍野聲中，我比較憂慮的是仍英勇留在災難現場朋友捎出來的一句話：「你的兩千冊大概消失了。」

這麼簡單、還帶著奇怪數字、密碼般沒人聽得懂的說法，還真像災難的聲音不是嗎？我得負責的翻譯一下——這原是我很多年前講過的一句話，在被某報某讀書版面問到何以選擇從事出版這並非太有出息的行業時，我說出版有一點很吸引我，我稱之為「兩千冊的奇蹟」，我不曉得其他哪個行業能不能有這樣的好事。

首先，兩千是什麼？兩千，或應該用阿拉伯數字的2,000（阿拉伯數字看起來比較科學、比較數學演算不是嗎？），指的是單一的某一本書，從出生到死亡，總共只賣出兩千冊的意思。在台灣（也只限於台灣），如果你綜合成本和收入這兩端的所有數字做一次不留餘地、不帶情感的精密演算，來找尋不賺錢也不賠錢的所謂損益平衡的那一個點，大致上會落在兩千冊到三千冊之間，略高於兩千，也就是說，一本只賣兩千冊的書會讓出版社賠一點點錢。由此，兩千這個看似不祥的數字，便有著波赫士所說的「魔幻般的精確性」了，它其實就是一本書能不能出版、夠不夠資格在資本主義大神暴虐統治的書市存在的關鍵數字，是每個書寫者各種千奇百怪夢想的當下現實，也是過去這十多年我作為一個編輯像三個頭的地獄怪犬看守的門戶；簡單說，兩千，正正好就是編輯工作光與暗切開來的那個點，不是書寫之夢而是編輯之夢的底線。

可是，兩千冊不是會賠錢嗎？是的，會讓出錢老闆賠一點點錢。然而，最有意思的就在於這「一點點錢」，正正好是因為這曖昧的、不大不小的差額，才讓編輯的專業技藝和心志有意義，也才讓編輯像一個人而不像一枚螺絲釘的存在有意義。作為一名編輯，我們還是有些特殊小技巧小招數的，包括各種無害的乃至於善意的哄騙方法（有騙讀者的，也有騙老闆的，後者也許更實用），也許做不到讓某一本納布可夫或福克納的偉大小說大賣十萬冊，但我們也不妄自菲薄，這幾百本的差額還周旋得起，而且會讓我們更精神抖擻起來。

樂觀來說（編輯的最內心處很奇怪的總有一絲不講理的樂觀，在他長年沮喪的、怨言的、灰撲撲的、宛如現代社會職業輸家的外表下），所謂的兩千冊藏著還算合理的一個如意算盤，比方講你主編一套十本以兩千冊銷量為底線的書，想當然耳不至於剛剛好就全賣兩千冊，總還會多個零頭甚至有個一本兩本衝出去上看四千五千冊，依大樹法則平均下來你不就平衡不賠錢了嗎？萬一萬一上天垂憐居然還有其中一本瘋掉了，莫名其妙賣到一萬冊以上，這下子可不連下一套十本都當場有著落了？就連那幾本你處心積慮想出版、但怎麼看都沒一千五銷量的書（比方亞歷山大·赫爾岑的《我的過去與思想》）都有機會了不是嗎？悲觀點來說，攻擊不成還能防禦，我們可以用較差較省的方式工作，包括只用電話不約作家在咖啡館談話云云，好讓成本得以下調，這部分，感謝台灣出版界多年來沒真正好過的工作環境，恰恰好是台灣編輯最會的，訓練好得不得了。

終極悲觀來說，如果這一切全歸於無效，你最後最後仍有戰國時代彈劍而歌（「長鋏歸來兮——」）的馮諼故事可講；你是賠了錢，但是你順利無礙的為公司為老闆買到了更珍貴的「義」。放眼過去，誰會不同意呢？台灣這些有錢當老闆的人真正嚴重匱乏的總是這個義字不是嗎？你也可以用現代語翻譯過來，就是社會正義、道德關懷以及企業形象——可惜這麼準確的好故事你只能講給自己聽，用來解消自己賠錢的那一點點道德負疚，無法真正靠它來說服老闆取得加薪，那只會更激怒他。真正在這種時刻有效保護你的，其實正是這曖昧的、不會死人的小小紅字差額，微罪很難舉，只會被瞪兩眼罵幾句，通常它得一而再再而三累積多回才質變為你解職歸去的死罪；也就是說，你如果不僥倖的、踏實的讓自己心思保持澄明（比方說依最簡單的報稱關係，你怎麼會奢望你那麼討厭他、天天傳他壞話的老闆會傻乎乎喜歡你？），作為一個編輯，你的空間、你的自主範圍還是比資本主義應允你的大一點點。這個大一點點，可能是虛幻的無謂的，但有機會是很珍貴而且實質的，就像在醫學救人的世界，你的全部技藝和資源可能只讓一個人多活十分鐘或兩年便復歸死亡，這搶過來的時間有可能只是徒然延長或增加痛苦，但也可能整個改變了這次死亡的意義和感受，包括亡者和生者，讓這個死亡可承受可收藏。惟每一個編輯都相信或說應該相信，你讓一本書印製出來但很快消亡，即使它賣不到兩千冊，仍然和它從沒出版、從不見天日是不一樣的，你永遠不會知道它風媒花種籽般會去到哪裡？觸到了誰？啟示了什麼？阻止了什麼？我自己總試著從這樣一處所在去想像它，那就是讀達爾文、讀波赫士、讀葛林等了不起思維者書寫者的回憶文字，總會看到一大堆在他們年少啟蒙或生命關鍵時刻扮演重大一擊的書，其中很大一部分今天只留著一個書名、作者名和一條沒內容的註腳，再不會有人出版它們閱讀它們了，但少了它們，《物種源始》會少掉一個動人的實例呢？還是會損折一角？或是讓當年惴惴不安如闖禍的達爾文喪失勇氣，從而把某一句某一段最重要的話給吞回去？我自己每多見到一本這樣已化作春泥的書名，便多一分相信懷抱這樣的希望是正當的。

我們在曖昧的出版世界，曖昧的其中一部分意謂著人的獨立自由——

好，兩千冊知道了，而奇蹟在哪裡？奇蹟在於——你隨便走進去一家便利超商、一家大賣場、一家百貨公司或Mall，放眼周遭這些爭奇鬥豔的如花商品，然後給自己一個假設，如果它們，從一包麵、一瓶可樂或鮮奶、一部電腦到一輛貴死人的豪華雙B轎車，從出生到死亡，只能賣出去兩千個單位；或更進一步說，在最原初的生產時刻，生產者已經知道了，整個世界就僅僅只有兩千個人需要它會購買它，想想還剩幾種仍會留下來？還有哪些人們仍願意費心去研發它製造它運送它並好好展售在你眼前？你很容易發覺自己正站在一個荒棄的、空無一物一人的、只有回聲的大倉庫裡，就像那種人類忽然浩劫毀滅電影裡的噩夢一幕。

書的最大奇蹟是，就算全世界只有兩千個人需要它，它居然還成立，還會被寫出來印出來。

然而，如此貧窮的、寒傖的生產面奇蹟和我們一般人何干？它如何進入到現實世界，轉換成為我們一般人可參與可享用的華美奇蹟呢？——這樣說，今天你在台灣拍一部電影（別想那種有地球浩劫大場面的，要花一大筆特效後製成本的），成本很難低於四五千萬台幣，而一本書的正常成本，不花稍但也不寒酸仍可用四五十萬元完成，沒錯，大約就是一百比一；因此，仍用購買者這一端來說，一部電影至少需要三十萬人次觀眾的情熱進場支撐，相對於書的只要兩千多名傻讀者（書價略高於電影票價，因而人數比還略低於百分之一）。華美與否的核心奧祕，便在於這個「四千萬元／四十萬元」、「三十萬人／兩千人」的一百比一黃金比例。

最終這個社會是否忠實的每生產一部電影便相應的出版一百本書，基本上可以是無關宏旨的，這取決於我們投注在這兩件事的個別金額大小不同，一個社會（比方說印度寶萊塢）願意花更多錢拍電影，便可以大大縮減這個產量比例；真正難以改變、幾乎無法撼動它分毫的是，你得說服三十萬人和只要說服兩千人永遠是完全不同的兩件事，這像站在兩個完全不同的力學世界，從一開始就意謂著不同的話題選擇、不同的內容構成、不同的講話方式、不同的道德考量，乃至於完全不可同日而語的企圖心、可能性和想像力。事實上，這裡存在著一個常識性的社會鐵律讓人沮喪：說話對象的多寡和說話內容範疇的大小，基本上是一個急劇的、放大的反比關係，你設定的說話對象每擴大一分，你的內容便得相應的收縮三分五分，而且只能有一個走向，那就是朝著更簡單、更保守、更安全無害處陷縮。

有玩過尋找公約數的遊戲嗎？這是我剛學會因數分解的自閉童年用來自娛的。為了延長演算過程，我總是盡可能挑選那種可充分分解的大合成數，比方說72（$2^3 \times 3^2$）和54（2×3^3），這兩數的最大公約數是18，相當大，令人興奮，但一旦再加進一個64（2^6），這個最大公約數便當場墜落也似的，只剩下最基本的2了；如果再來一個45（5×3^2），答案就抵住牆壁成為1了——這個陰魂不散的1每回都來得這麼快，像《三國演義》裡說司馬懿的兵，除非作弊，你很難希冀四、五個不同數的最大公約數不得出這個1。多年之後我曉得了，這個1其實就是社會的主流聲音，全世界最無趣的東西。

三十萬人的最大公約數又會是什麼？能是什麼？

這些年來，由於工作和交友不慎的關係，我常常會碰到一種年輕人，他們從事影像工作，藏身廣告界賺很好的錢，但若有所思以至於隨時鬱鬱寡歡的樣子，總想著哪一天能放手拍一部電影，誠實的、盡興的、只聽從自己內心聲音的好好拍一部電影。通常他們影片內容早想好了（可能廿五歲前），甚至就連演員誰演誰（通常就是身旁參與作夢的男男女女友人）都談好了，但哪裡有四千萬台幣呢？這類故事通常有幾種不同的結局，惟每一種都讓人不免難受。最常見的是這個夢想成為某種地平線般永遠不會實現的東西，從此凍結在原地，以至於像個道德藉口，一種定期的贖罪儀式，帶著它更理直氣壯、什麼反省也不必的在廣告世界賺更多錢，過更好的生活；另一種是這個夢想怪物般持續的在人身體裡膨脹，但在現實中卻又沒出口，因此成為生命中沉重無比的負擔，他可能看似和前者一模一樣，繼續在廣告世界賺更多錢也過更好的生活，但人卻像化身博士般裂解開來，白天是傑柯博士夜裡是海德先生，這兩端的車裂拉扯力量很容易影響人對世界、對生命本身的基本看法，他的眼光總是陰鬱的、不信任的、仇視的、虛無的（依個人心志的抵禦力強弱而定）；當然，也會有那麼一兩個人多年後終於把電影給拍了出來，四十五歲人拍廿五歲時的東西，一部分自己出錢一部分用別人的錢，但並不因為宿願得償，這個「四千萬元」「三十萬人」的魔咒就會放過你，所有實質的困難在這一刻才正式開始——

在這樣一再重演的勵志故事裡，如果要選出其中一項我最在意的，那就是「停滯」——你知道，一部電影的負載量通常只到一篇短篇小說的程度，還遠遠構不成一本書，這樣規格的念頭其實是不間斷襲來的，像風吹花開一樣，尤其在人比較年輕易感的時候，你若不當下抓住它實現它，不出一年兩年它就正常的消滅了或說沒用了。你讓它結石般擋住在那裡，阻斷你跟世界、跟時間流水般生生不息的俯仰潤澤關係，新的、更好的（理論上，25歲到45歲應該是一道不斷向上試探的生命曲線不是嗎？）念頭就折箭般進不來了，因為這樣而把自己凍結在廿五歲某一個晚上的偶然夢境裡如化石，並不是一種好的駐留青春方式。

我們任誰都年輕過瘦削過，我回想當時我們是怎麼跟這一個個夢境、這一個湧上來的念頭相處的？對於我們這些活在文字、活在「四十萬元／兩千冊」世界的人，在這階段簡單的從書包裡掏出現成的一支原子筆和筆記本，用兩個收攏起野馬般心思的黃昏（年輕時通常會選這款比較有悲傷味道的時刻書寫，像波赫士說的年輕時總喜歡「黃昏、郊區和哀傷」，又說：「我年輕時喜歡假裝自己是哀傷的，而且大部分時候我會得逞。」）就完成了；慎重一點的話，你會放在心裡幾個月，等長夏到來，一夥人買張最便宜的火車票，悠悠坐到台灣最南端的屏東去，當時還寫小說並廣受期待的老朋友丁亞民的父親任職屏東糖廠總管庶務，會借給我們一間木頭地板的美麗日式宿舍（很多人搬出去住水泥公寓了），我們花一個禮拜寫完它，剩下來的夏天日子就愛幹什麼幹什麼的全屬於自己所有了——

即便活到現在這般年歲了，心中積存著這麼多未竟未解的、像散落一地需要打掃的房間也似的資料、念頭和疑問，我仍然不信任那種閉上眼睛、幾天幾夜靜坐著一動也不動的思考方式，我以為冥思處理較多的是道德性的麻煩和抉擇而不是認識和創作。時間長短不是問題，人思維的速度有時候快得跟光一樣，而且還像穿過隙縫才形成集束有勁道的光，它最生動的時刻是在人的活動中、在人的持續操作實踐裡，一個念頭召喚出其他念頭，一個念頭點起燈一樣照亮其他念頭；你要思維如大江大河滔滔不絕，就先得讓自己活成一條河流的模樣才行。思維這麼苦的一件事，如果說它還有什麼讓你感動莫名的一刻，就是這麼一種快得像一閃而逝、卻又長得安穩得一如永恆的心思清澈澄明狀態，彷彿勒住了時間的馬頭，又像置身在死亡面前，據說在那樣一個剎那，放心足夠你想完全部事情，來得及完完整整的、每個細節不遺漏的回憶你的一生。

話說回來，人的這些生生不息念頭，如果說每一個都得花四千萬才能實現出來，我想，不待那些最精算錢財的有錢人對你嗤之以鼻，就連我們這些習慣低估金錢價值的人都覺得不自在不怎麼合理不是嗎？說說看你認為有哪個短篇小說值四千萬？契訶夫的？海明威的？莫泊桑的、波赫士的？（它們要不就完全超越金錢價值，要不就很便宜，總之不會是四千萬。）但四十萬一次，儘管仍不便宜（台灣這些年讓人語塞的道德數學是，這可供多少貧困學童吃多久的營養午餐云云，當然是真的），但顯然就有各種正當不正當的機會了，就一個編輯的實務來說，你可以把它藏放在好幾本必定有兩千冊以上銷量的書裡如同把一片葉子藏在樹林子裡，波赫士告訴我們但丁也是這麼做，但丁為了寫出自己最心愛的名字貝雅德麗齊，才寫出《神曲》這部偉大的詩劇，把這個名字藏放在七十幾個名字之中；你可以言之鑿鑿斷言這本書，其實有大好機會賣得不錯，用你的編輯專業欺負你的老闆，事後損失你的一點信用和犯錯額度，加上一個懺悔無奈的表情，資本主義市場，判斷失誤誰沒有呢？你也可以試著哄騙你的讀者，你深知一般而言讀者只用三五分鐘決定要不要買這本書，你也太清楚這短短三五分鐘他能注意到的是哪些，封面？顏色？書背介紹文字？目錄？等等等等；你當然更可以棄絕所有詭計，堂堂正正的跟老闆據理力爭，我所知道會從事出版的人通常還保有一點講道理的空間，也多少還記得「理想」「意義」「價值」這些古老的東西，你不提醒他，他真的是會遺忘的；同樣，你也可以堂堂正正面對你的讀者，這絕不會讓你丟臉還會無形的累積一點敬意一分信任，即便這次他敬謝不敏。而偶爾社會氣氛對，偶爾誰也不知道怎麼搞的像是諸天眾神全到齊，也會有令你不敢相信的好事發生，像當年一個來自東歐沒人知道他是誰的小說家，一本奇厚無比而且不容易看的小說，一個長而拗口的書名，便忽然在台灣綻放開來的賣了遠超過十萬冊，至今仍波紋蕩漾，這就是米蘭・昆德拉的《生命中不能承受之輕》。這類的事不是只發生一次，而是每隔一陣子總會在你意想不到的書籍角落冒出來。

說真的，一個編輯，如果一年不試個一兩本看起來不到兩千冊的好書，我以為這必定是個很不怎樣的編輯，因為沒困境沒折磨，你的編輯技藝必定很快退化趨於單調，也不會有任何想像力可言；更進一步說，一個編輯，如果看來戰功彪炳沒在書市失敗過，每一本書都賺錢，我更相信這必定是個失職而且可替換的編輯，因為這意謂著你只敢挑揀容易的書，你膽怯的遠遠躲開人類思維、創作的邊界。嚴酷的勝負場上，比方說大聯盟的職業棒球，如果你看到打擊率百分之百的球員，那必定是坐板凳只代打一兩次的龍套球員；如果你看到守備率百分之百的球員，那代表他不僅很少上場，而且守的極可能只是一壘這樣最不重要的位置。

一個偉大的小說家、書寫者，也一定會有失敗的作品（有些我們看不到，只是因為他寫完不拿出來），深入困難之地，深入到沒人走過之地，怎麼可能會不迷途會不失敗？

正因為這樣，書籍這麼個寒傖的行業，會在其末端呈現著如此繁花盛開的驚人模樣，我想不出來有其他任何一個領域，能如此深如此廣同時如此多樣如此精密——人類的思維，包括每一種想法，每一個念頭，每一次夢境，管它多細瑣、多奇怪、多私密、多不合時宜，乃至於多幽黯恐怖邪惡，你在世界其他任一個領域任一個角落就算不危險，也無不撞得鼻青眼腫，便只有在書籍這個世界中，每一種你都有機會找到實踐的可能，有機會碰到某一個還肯一試，並負責編好它、送它到讀者面前的傻編輯；也就是說，除了你自己容量有限又時時遭受遺忘威脅的記憶力之外，如果說這個世界還有一處可容身可收存可展示的地方，並鄭重相待，那必定是書籍了。

世事維艱，你對這可厭的世界知道得愈多，你愈會認為這是奇蹟沒錯。當然，此一奇蹟的成立，還有一塊絕不可或缺的拼圖，那就是另一側的需求面，掏錢買書的讀者大爺。在台灣這麼一方小島上，很長一段時間，就跟信守著承諾一般，只要書還算認真，就算深奧一些專業一些，讀者這一邊總會期期艾艾的推出個兩千人左右出來負責買書，有時聚集得很快、有時淹漫過季節歲月需要個兩年三年，但你總可以耐心等到他們，這是「兩千冊的奇蹟」最好的部分，令人振奮，拉住你不向虛無處墜落。

究竟是怎麼構成的兩千人呢？作為一個編輯心生感激之餘也不免會時時好奇，我模糊的想法是（出版界沒什麼能力詳加調查追蹤），如果我們想像這是個同心圓模樣的構成，最核心處是一簇準確的、一定會買的讀者；再光暈般圍一圈跨界試探、一樣有足夠閱讀能力、你相信他仍會讀完全書的讀者（比方學經濟學歷史的人也會要讀本好小說）；然後是一大圈「假裝」的讀者，他們也許還沒足夠能力和必要知識準備念完這本書，但偶爾心生善念想讓自己變好一點、變聰明一點，每隔一段時日會花錢並逼自己振作一下。更多時候，這是一群仍願意相信有所謂「好書」的讀者，並相信正在讀一本好書是光榮的一件事，尤其一不小心被身旁認識不認識的人看到時。這樣的讀者其來久矣，事實上我們年輕時還做得更誇張更噁心，流行存在主義當時你會隨身帶本祈克果或尼采的書並很自然的讓封面一角亮在胸前，注意到每個迎面走來的人微微一睜的眼睛；最後，最外圍那一圈則是一群錯誤的讀者，買錯了，供給和需求之間發生了誤會，這部分的書只被購買但不真的被閱讀，它的意義是純粹經濟性的。

很抱歉，就跟任何政黨都無需爭取核心鐵票一樣，出版界裡，負責行銷的人員貪婪的注視著最外圍的錯誤讀者，代表性的話語如年輕時意氣風發的詹宏志說的：「在他們還沒搞清楚時把他們全騙進來。」但編輯興味盎然的比較是第三圈的假裝讀者，編輯自己很可能仍是這樣的人，或至少是這樣出身的，保有著這個記憶，所謂的「久假不歸」，弄假成真不僅是可能的，而且書籍版圖的擴大（用「擴張」就太自欺欺人了），乃至於社會智識的緩緩進展，其實正是來自於這群假裝讀者在時間裡的正向變異。

我自己有沒有想到這「兩千冊的奇蹟」哪天會這樣宛如一夕間消失呢？老實講有的，但不願——有，是因為多年來其實徵兆不斷，而且徵兆不容人僥倖的只朝著一致的方向，那就是剝洋蔥般可賣兩千冊的書不斷在縮小中。作為一個編輯，已經好幾年了，你被迫不斷削減自己心中的書單，厚一點的、陌生一點的、深奧一點的、時間久遠一點的，或製作成本高一點的，比方說像以撒・柏林以為是「十九世紀最偉大自由主義著作」但厚達千頁的赫爾岑自傳《我的過去與思想》，像歡快無匹、前現代小說瑰寶、拉伯雷的《巨人傳》，像理應每個短篇都被珍視閱讀不可遺漏的契訶夫全集（我自己只來得及出版他的兩個短篇集子），像一堆偉大作家只此一本之外的其他偉大作品（《吉姆》之外的吉卜齡、《死魂靈》之外的果戈里、《黑暗的心》之外的康拉德、《喧囂與騷動》之外的福克納、《唐吉訶德》之外的塞萬提斯、《巴法利夫人》之外的福樓拜、《高老頭》之外的巴爾扎克……真的太多了），你只能逐本放它們回書架最上層，讓它們在時間的塵埃中苦苦等待如同等待可能永遠不會再來的彌賽亞。作為一個老編輯，你的經驗和最基本知識告訴你，真正會來的大概不會是昔日那個「你編好它，他們就來了」的美好時光，而是某個臨界點。當這樣一分一分的不斷剝落到達某個臨界點時，可能會整體的牽動出版世界的基本圖像和作業方式，從書寫、編輯、行銷到終端販售的改變每一個環節每一個步驟（比方說採購人員不願下單、書店不肯陳列乃至於進書），這就不是這本書那本書的問題，而是某一種某一類書被逐出市場機制的集體消亡問題，就像昔日達爾文的無情斷言，當某一個物種低於一定的數量，滅絕便很容易來臨了。

對了，還有一種書的出版可能也消失了，那就是人們不會覺得它好、也不會買、純粹訴諸編輯個人執念的書。這樣純屬編輯任性的書曾經是允許的，如同你辛苦工作兩三年總會得到一次不必講道理的紅利，可以吵一回沒理由的架，休一次不必交代幹什麼的長假，出一本肆無忌憚的書。正因為它不被讚譽也不會賣，它背反著所有既存的市場限制卻仍然在書海中出現，這樣燈火闌珊的驚心動魄一刻，儘管很短暫，而且接下來還有一堆善後得你一人收拾，作為一個編輯，你會感覺自己和這本書堅強而且直接的聯繫，你們之間再沒有別人，這是一本你的書（儘管作者另有其人），它的存在證實了你自身的存在。

多年下來，我在出版界聽過最好的一段老闆的話如下：「作為一個老闆，你得允許你的編輯出版他認為（但不見得是事實）會替公司賺錢的書，也得允許出版他已知道不會替公司賺錢，但卻是一本好書的書；還得偶爾允許出版他認為既不賺錢也不見得好，但基於某種說不清楚的理由他必須出版的書。」你可能猜錯了，慷慨說這段話且真的這麼做的這名老闆並沒破產跑路，也許有人認得他，他叫蘇拾平，此時此刻還生龍活虎在台灣出版的第一線。

不願猜測和預見，原因很簡單，那是因為你要繼續下去，你還有一些未竟之書要編輯要出版。有些未來的確知是很有用的，可趨吉避凶，比方說明天會滂沱大雨，提醒你要帶傘或乾脆別出門；有些未來的確知則必須相當程度拋開它遺忘它，以免亂了心神，比方說你知道自己一定會死亡這件事。如果我們用韋伯「職業」「志業」的分別進一步來講，當編輯工作某種程度成為你的志業，你其實已交出了一部分趨吉避凶的靈活性，「要不要做」的完全自由抉擇已轉換成為「該怎麼做」「能怎麼做」的想盡辦法突圍，所以知道會天降大雨又怎樣？你還不一樣要昂首出門，當然，多帶把傘是可以也是必要的。

The woods are lovely, dark, and deep,
But I have promises to keep,
And miles to go before I sleep,
And miles to go before I sleep.

入睡前我還有幾哩路得趕一下——

說真的，我這樣一個已沉睡的編輯並不很為那些猶在趕路的編輯憂心，就算那些信守承諾而來的讀者真的只剩一千個，就算「兩千冊的奇蹟」這一公式已不再精確如昔，我以為這一算式的形式，以及它的根本精神、意義和關懷仍是成立的，而且是必要的——你也許必須提高書價了，你也許必須放緩腳步更耐心也更機敏才行，你也許必須調整賣書的方式以及地點，你也許必須找出發現讀者以及讓讀者發現你的不同途徑和語言，你甚至必須用華文大世界而不再只一個台灣來重新聚沙成兩千人（或相當的經濟回收）云云，有一堆瑣碎痛苦不堪的事得一一去做去加減乘除，但重新讓此一公式成立仍是很划算的，確確實實的計算一次可供你保固個好幾年。它有點像《聖經》裡那一道洪水停歇、鴿子銜回橄欖枝、人和凶暴大神協議各退一步相安無事的美麗彩虹，它給予你一個適度隔離、不會被資本主義時時騷擾逼問的位置，是編輯志業的「消極自由」（以撒．柏林）和「私人房間」（本雅明），保衛著不盡如人意但確確實實的可能性和想像，讓你工作而不是天天恨人罵人。每一代有志業負擔的編輯，必須找出屬於他們自己的奇蹟公式。

我比較真實的憂慮仍在大一點的、比較缺乏自覺缺乏抵抗力的另一面——我得到的較完整訊息是，今天台灣出版的總體數字其實並沒太明顯的衰退，真正嚴重受創的是這種賣兩千冊的書。也就是說，這波災變出事情的不是出版業本身，它只是在進行自身結構的變化調整；我們真正快速失去的，集中在書籍世界裡深奧的、精緻的、獨特的、富想像力的，以及不懈探向衝決向思維邊界這一部分。這當然有點奇怪，因為不管是人的閱讀習慣和能力，乃至於整體社會的思維人文水平，都屬較本質性的東西，其變化軌跡總是黏著的、積累的、「緩變」的，不會像流行事物有如此戲劇性的、翻臉般的起落。因此，比較可信的解釋是，台灣社會並沒在這幾年一下子變笨變壞變得單調無趣而且怯懦，而是這兩者之間斷去了原有的聯繫，仍然有這樣認真想事情認真寫書的人（比方說了不起的小說家舞鶴，就我所知正沉靜的開始一個極棒的長篇），也仍然有想買這些書看這些書的人

（比方你我），用經濟學的語言來說是，這兩端的需求都還在，只是它們不再是一種「有效需求」一了，無法通過商業市場得到滿足，正迷途流竄在空氣之中。如此，真正變笨變壞的危險尚不在此時此刻，而是這些得不到滿足、找不到出口的書寫和閱讀需求可能無法長期撐下去，比離水的魚好一點，但它們仍會窒息、死去並分解消散。

如果從我們前面對兩千名讀者構成的猜測來說，我相信快速消失的不是核心的讀者，而是外圍的「假裝」和「錯誤」讀者——後者精明起來或謹慎起來，而前者不再裝了，這部分的喪失才可能是快速的，因為他們的假裝和誤會必須有某種意識形態的前提，得不假思索的信任某些價值、某些他們還無法企及的確確實實嚮往和夢想，並保有一分必要的敬畏之心，而這恰恰好是台灣社會這幾年流失最快如崩解的東西不是嗎？

這樣的斷裂究竟是出版結構調整中的暫時失落現象，抑或一個長期向商業陷縮乃至於歷史傾頹時代的必然，這是得認真去弄清楚並對付的問題，但此時此刻，你不覺得太可惜了嗎？用最現實最白話的語言來說，就差那區區五百到一千個買書的人，或說就差這五百到一千人（原本就可能只買不看）的一小塊收益數字，我們讓書寫和閱讀的最有意義需求變成無效，讓繁花似錦的書籍圖像一夕消失，讓人類思維最深厚、最精緻、最勇敢、最富想像的那一塊失去憑依成為可悲可笑，並開始一個壞的連鎖和循環。是，就像因為少了一根鐵釘卻覆亡了一個王國。

也許真的令人難以置信，台灣這幾年如此折磨出版從業人員的大型災變，我們居然膽敢把它（暫時）化約成五百到一千名讀者的缺席。但要不要試試看？試著先把這根小鐵釘給釘回去看看，在今天動輒數百億為基本單位的政治、經濟大遊戲中，有能力有資源釘釘子的人，乃至於各種釘釘子的手段其實相當多，從政府到民間，從業內到業外，從集體到個人作為，從商業利益到文化關懷。

作為一個編輯，我們自己當然對此有更複雜難以言喻的感受和理解，志業的困難一定是持續襲來且一再更新的，解決了這一個還會有下一個，正因為這樣，我們會比任何人更不相信有一次的、終極救贖般的收拾方法，我們不會等天上地下的事全弄清楚才行動。因此，我們這不是化約問題，而是試圖把千頭萬緒的困難轉化成為可執行的每天的工作，也就是所謂「當日的要求」。這句看似平淡也不安慰人的話，正是出自於那個睿智、悲苦、心思清明如水、且拒絕任何方便解答的人口中，這個人就是馬克斯・韋伯。一個夠好的編輯也許不必知道韋伯就已經這麼做了。但再聽一次這樣的話仍有助於我們的勇氣、決心和內心平靖：「如果每個人都找到他自己的精靈——那一個握著他生命紡線的精靈——並且服從它的話。這個教訓，其實是平實而簡單的。」

神。

無限沒有擠壓，沒有緊張，沒有那種大家困在一起誰也無法逃逸的處境，道德既不需要也無從生成。這正是人的特殊處境，他不同於神，他是有限的；也不同於其他鳥獸蟲魚，他時時察覺到自己是有限的。這個界線的最根本一點就是死亡，死亡被人真實的、不可逃遁的、刻骨銘心的意識到，連同跟著而來全部的毀壞、消亡和虛無，死亡的威嚇不只是一己的肉身而已，還推及所有一樣有限存在的他者，包括你珍視的也包括你憎惡的，也就包括了所有長短、厚薄、明晦不同的情感、意義和價值。

我有時會跳到另外一面胡思亂想，長日漫漫——假如說你是一個神，那你會不會向世人證明你是神？如果會，那要如何證明？

先很簡單交待一下這個問題的今夕何夕背景，神也還是必須曉得祂當下的處境——我們借用韋伯依然如新的話：「我們的時代，是一個理性化、理知化、尤其是將世界之迷魅加以祛除的時代，我們這個時代的宿命，便是一切終極而最崇高的價值，已自社會生活隱沒，或者遁入神祕生活的一個超越世界，或者流於個人之間直接關係上的一種博愛。」但在此同時，這種理知化與合理化的增加，「並不意味著人對他自身的生存狀況，有更多一般性的了解。」韋伯舉例，我們每天乘坐電車，並不知道也不必知道它的機械原理和系統運作，我們時時收錢用錢，對於貨幣之為物也是這樣；但過去一個生活於自然狀態的野蠻人可不是如此，他對他生活工具的了解是我們比不上的，他也非得對自己生活周遭有完整的掌握不可，否則活不下去的。這個對比可一路推到終極性的生命本身，我們或可以公平點說，不是今天我們的知識總量不如一個野蠻人，而是我們再無法整體的去認識它掌握它，這種片段的、破破碎碎的生命理解狀態是無從建構意義的，像個處處漏水的容器，只會搞得你很狼狽。而且理知還有個可惡的特質，那就是它發現問題的能力遠遠大於找出答案的能力，疑問的繁殖力較強——

也就是說，如果你是一個神，如今一定很容易發覺自己正站在一個很尷尬的、悲喜交集的時間位置上，你可能感覺出自己如此迫切的被需要被召喚，好塞住人們不斷擴大的生命疑問，賦予生命某一個意義；但這個需求卻又如此多疑，而且是一種氣死人的淡漠性多疑，這種淡漠，用耶穌昔日的慨歎來說是：「我可用什麼比這世代呢？好像孩童坐在市上，招呼同伴說，我向你們吹笛，你們不跳舞，我們向你們舉哀，你們不捶胸。」人向你伸出雙手，但不是要擁抱，而是先要求你拿出證件和搜索票，可能還要求有律師陪同在場，像個法律知識夠豐沛的老罪犯。

想想當年耶穌是怎麼做的——這裡選擇耶穌，理由在於他（或祂）可讓我們籠統的視之為是人類歷史上第一個「人們不信的神」，之前的神沒這困擾，之前人們好像人人家中都有一部詳盡的神祇百科全書，還附有照片或繪圖，因此，不管是宙斯、波塞冬、雅典娜或阿波羅，只要威風的現身就可以了，就算狡猾多疑如狐狸的奧德賽，也是初見面就匍匐在地淚流滿面。有時人們像見了鬼一樣躲開一個神，也不是因為不信，而是單純的駭怕，或者是因為知道這個神「不是我們這邊的」如日後法國的年輕知識分子說雷蒙・艾宏。當年希臘的人和神動輒打成一團，人神唯一之別是其結局，人會死（而且多半就死了），神不會，所以人可能只玩一次，神則可以重新開機再來如今天沉迷線上遊戲的小孩，兩者風險不同因此其心思和意義必然一開始就是完全兩樣的，深刻的東西只能從人這邊看得到。

耶穌（多少）必須證明自己是神，程度取決於說服的是誰，像他的大弟子漁夫彼得便只一句話「我要讓你得人如得魚」搞定，有點像今天企業界高薪挖角，日後彼得果不其然成為基督教會的首任CEO，退休後還擔任天堂的守門人要職。在耶穌短暫的「人生」中，波赫士指出他並不使用也不信任文字，一輩子只曾在沙地上寫過幾個字旋即拭去沒人知道寫些什麼，他用口語的演講和辯論，有時溫柔如和風，有時嚴苛如寒霜，也有狂暴尖利如冰箭風刀刺穿人的時候，波赫士讚美他是個偉大的演說者，訴求的是一般平民大眾，用的也就是一般大眾公約數似的、大體能聽懂的素樸語言，而其核心則是道德訴求和教誨。今天我們知道，在特殊（但反覆出現）的某一種歷史破敗時刻，道德其實是一種強大煽惑力的民粹武器，重點不在其內容（內容通常只是流傳已久、人人熟到棄之不顧的那幾句箴語格言），而是當下歷史現實包覆它的一層aura也似的神奇東西，靈犀般在說者和聽者之間無聲無礙的來回交流，把在場全部的人圍成一個整體，讓人像憶起什麼也似的在淚光之中認出了彼此，發現了彼此共同的身分、處境和命運，個人的長串受苦經驗成為集體所有，個人原來不堪忍受卻一直以來只能忍受的不平也交付為集體所有，連同眼見耳聞乃至於更久遠時間裡那些已逝去者、已死亡者的全部苦難和不平云云。近幾百年來，人們在其間意識到並試圖援用的總是這樣集體親密凝聚所呈現的（潛在）力量，像馬克思所指出的革命情境，接下來理所當然就是揭竿起義指向其共同的敵人或迫害者，但這可能不見得是其唯一的去向，甚至不是第一順位的去向。要往這上頭去還少一個必要的環節或步驟，得有人加以引導利用（列寧便認出了這個，由此，唯物革命也正式發現了自身的宗教來歷）。漢娜・鄂蘭說的比較對，她以為最先發生的是一種人彼此緊緊相依相靠、宛如物理現象的「溫情」，並由此發展出一種「純然的良善」，「那是人類無法在其他情況下培養出來的，這種溫情同時也是生命力的來源，是一種只要活著便自然流露的喜樂，也就是說，對世俗所說的那種受侮辱者與受傷害者而言，生命之於他們就是完完全全的活在其中。」

耶穌選擇順著這道博愛的路走，讓它往天上去而不是人間來，這是他曠野禁食的著名抉擇，不要世間萬國的榮華，不要像大衛那樣做猶太人的王，而是「單拜主你的神，單要事奉他。」這個分別，依〈約翰福音〉，在他最後晚餐席上交待遺言的禱告裡，已完全分離到彼此憎惡的一刀切開的地步，「現在我往你那裡去，我還在世上說這話，是叫他們心裡充滿我的喜樂，我正將你的道賜給他們。世界又恨他們，因為他們不屬於世界，正如我不屬於世界一樣。……我為他們的緣故，自己分別為聖，叫他們也因真理為聖。」

但我覺得比較有意思的是這一件小事，〈馬可〉、〈馬太〉、〈路加〉三福音書皆有相同的記載，可能發生在耶穌傳道初期、會眾才開始凝聚之時，遂帶著濃厚的表演意味和我們熟悉的、形跡太露的小技倆：「耶穌還對眾人說話的時候，不料他母親和他弟兄站在外邊，要與他說話。有人告訴他說，看哪，你母親和你弟兄站在外邊，要與你說話。他卻回答那人說，誰是我的母親，誰是我的弟兄。就伸手指著門徒說，看哪，我的母親，我的弟兄，凡遵行我天父旨意的人，就是我的弟兄姊妹和母親了。」

但這樣的道德教論，面對另外一種人就完全是另一種光景了，那就是掌權的、在上位的祭司階層，那些也使用文字的人，也就是當時的所謂法利賽人、撒都該人。耶穌一生被迫和這些人交鋒過幾回，依聖經記載，每回都威風的贏了過關（然後趁機溜走），但仔細看，除了一個夜間私訪過他、名叫尼哥底母的法利賽人心生猶豫之外，終耶穌一生從未成功說服了誰。這事有趣但今天來說很可思議，甚至是必然的。我們知道，所有掌權者永遠無法抵禦的便是一種絕對的、純淨性的道德攻擊，一方面，他們夠壞，一定存在著足夠的貪腐敗德問題，先打了再找目標一定來得及，也一定不冤枉；另一方面，他們無法把道德的某一面推到極致，他們必須面對現實的整個複雜紛呈狀態，即便把問題只限定於道德層面，仍然有著價值和價值之間無盡的衝突、妥協和抉擇，有著廣大而且一言難盡的灰色地帶，這是耶穌在言辭辯論的絕對優勢，今天任何一個在野者都知道且充分利用的優勢，就像雷蒙・艾宏說的，放手指責在朝者「沒有成功完成一些沒有人能完成的事業，或者做出了任何人都不得不做出的讓步」，要解釋清楚這個需要很長的時間和言辭，還要兩造有足夠的誠實、耐心、善意和風度，在彼此不信任乃至於恨意火花迸射的快速言語交鋒中是一無機會的。

我們看中國漢代的國政大辯論《鹽鐵論》也是這樣，場面上看起來，集中於道德訴求、什麼問題都還原為道德問題的儒者占盡優勢，懂得較多也給日後我們較多知識線索（專賣問題、貨幣發行問題云云）的桑弘羊反而顯得左支右絀。桑弘羊的麻煩正在於他真的懂得比較多，還有他是實際負責作業的人。

〈約翰福音〉裡有一則婦人行淫、依摩西律法要亂石打死的審判故事，眾所皆知的，耶穌（就是此時在地上寫下了沒人看到的字）只以一句「你們中間誰是沒有罪的，誰就可以先拿石頭打他」解消了此事——不實際從法律面探索帶來進步的可能，比方說進入到犯罪的實際內容，反省罪行和刑罰之間的關係，以及律法條文的調整存廢云云；也不從社會面尋求進步的可能，比方說性的問題、性別問題（行淫的男性要不要一併打死？）、家庭結構問題、傳統乃至於社會風俗問題云云。這絕非苟求絕非異想天開，而是歷史上人類努力抓住每一次機會、每一個悲劇會做而且已做的事，也因此才有逐漸文明的可能。耶穌魔術師般的手法，用米蘭・昆德拉的話來說是某種表演性的「道德柔術」，讓人猝不及防，讓人在當下吶吶無言，但你知道事情並不是這樣。

我們差可想像，言詞上屢屢吃鱉的法利賽人、撒都該人內心一定是不服氣的，遑論心悅他為神——耶穌處理他們的方式，從人的角度來看是可理解的，但若從大能的神的角度來說就真的很奇怪了，而且有點拙劣。

這種「道德柔術」往往會反噬回來，幾乎所有的道德導師都挨過這個，而且通常最先來自於信了這些話的門徒，耶穌亦然——「耶穌在伯大尼長大痲瘋的西門家裡，有一個女人，拿著一玉瓶極貴的香膏來，趁耶穌坐席的時候，澆在他的頭上。門徒看見，就很不喜悅，說，何用這樣的枉費呢？這香膏可以賣許多錢，賙濟窮人（完全一模一樣不是？今天我們說：「可以給多少學童吃多久的免費營養午餐？」）。耶穌看出他們的意思，就說，為什麼難為這女人呢？他在我身上作的，是一件美事，因為常有窮人和你們同在，只是你們不常有我。他將這香膏澆在我身上，是為我安葬用的。」

「因為常有窮人和你們同在，只是你們不常有我。」對道德柔術而言，這樣解釋是更好惡意攻擊的目標，但我個人以為這是誠實、柔和、極好的一番話，感覺上比較像孔子說的，孔子一生比較喜歡把他的門徒提昇向「事情不是你們想的那麼簡單」的深奧幽微處，不讓話語，尤其是自己說過的話，硬化為格言乃至於成為神聖，因此門徒不會無限膨脹下去（耶穌動不動就一場演唱會五千七千人，依猶太人口的比例以及當時居住狀態是驚人的），有意義而且肯一直留下來的學生甚至還會愈教愈少，也就成不了神。

所以終耶穌一生，他最多只能是個「在野的神」，這是比較容易完成的那半邊，真正難的階段還沒到來，因此神的證明工作遠遠不到一半——真正的困難尚不在於數量（因為邊際效益遞減，的確愈後面的迷途之羊愈難抓），而在於往下去你非得碰到價值和價值無休止的衝突並且非得設法解除（真正解決是不可能的）它不可，尤其你愈高舉這半邊，就愈難不冒犯不犧牲另外那半邊。我們就以公平這事為例，做為一個在野的神，你只需要嚴正指出人間不公義何在可能就夠了，但要做一個全體的、完整的神，你就無可逃遁得正面回應「什麼是公平」這樣的終極問題了；換句話說，人間處處存在而且時時發生的不公義，之前是神最容易證明自己的遍地花開機會，如今卻成為焦頭爛額得一一堵塞的信仰漏洞，偉大的拯救者一夕變成怠惰無能的管理者。這當然不可以只一句「日頭照好人也照歹人」就說完，也不能只是個人高潔人格的展示而已（我們說的是神，不是社會遴選好人好事代表），甚至捐出一條命釘十字架很抱歉都不夠（尤其當他真的是個神時，既然不存在死亡，沒有那種人面對一切消亡和全然黯黑虛無的恐懼，不過就像蠶的蛻皮過程而已不是嗎？）。在這裡，耶穌的教義便得正式面對他自身的慷慨主張了，也就是他沒事就要拍胸脯講一次的「不放棄任何一隻羊」的譬喻（也許對彼時年輕、只行於大羅馬帝國邊陲又邊陲小地方的耶穌而言，這原是一個遙遠、安全、不須憂慮支票兌現日期，因此可自動蒸發成隱喻的承諾是吧），全體的人，而不是某個特殊身分、血緣、福分的所謂「選民」，這兩者不共容，包括語言形式和道德意涵。由此，原來那種情人私語一樣、直接觸碰內心的個別道德教諭不能用了，或至少必須退居一隅，道德必須在矛盾衝突且無選擇的普遍層面之上，首尾一貫的、講得通而且人人有位置可實踐的建構起來，接近於某種道德原理的發現乃至於某種「道德立法」，這同時是一個高度理知性要求的工作，要仰賴更多的知識學問，要能心思澄明的思索，邏輯比情感更重要。日後聖奧古斯丁（當然不只他一人）做的就是這個工作，他處在一個基督教義全面掌權卻又出現首次大型「執政危機」的關鍵歷史時刻，彼時北方蠻族鐵蹄入侵羅馬帝國覆亡，神在哪裡呢？神為什麼不救我們？神為什麼允許黯黑的勢力獲勝？虔信的人何以被殺戮？貞潔的人何以被侵犯？公義如何而且究竟要到何時才完成？聖奧古斯丁比較少人閱讀但內容比較硬比較帶種的名著《天主之城》，便統計學般羅列了彼時他耳聞眼見的一個個負面個案，追蹤他們解釋他們，拉長果報的時間，試圖重新把當下的災變和永恆的公義聯繫起來，重建一個沒有公義瑕疵的天主之國。

是啊，萬能的、連人心都能改變、什麼都阻擋不了祂的神，為什麼不直接取消災難？為什麼不就把我們每個人（尤其蠻族）變好一點？為什麼不把天堂造得大一點，好讓所有人都住得進去？——儘管缺乏官方的實際數字，但基督教的天國感覺上遠小於地獄，而且更糟的是景觀空空曠曠的，不像地獄擠滿了人。我們從但丁《神曲》看到的也是這樣，但丁認得的乃至於知道的人十之八九都居住在地獄。今天，如果一名執政市長膽敢讓他治下城市呈現這樣極少數人住超大坪數豪宅絕大多數人擠小貧民窟的可厭景況，就算不被判刑，也一定被轟下台來不是嗎？安得廣廈千萬間，大庇天下寒士俱歡顏，風雨不動安如山……

回過頭來說，耶穌呢？耶穌怎麼想自己的身分？他有沒有試圖證明（或至少揭露）自己是神？他是人裝扮成神的模樣（可以是高貴的理由，也可以是讓人不齒的）？還是一個甘於只被當人看當人對待的神？抑或他的一生是一個人緩緩發現自己原來是個神的過程？——這個不可能有終極判定、只能盍各言爾志的問題，至少對我個人非常非常重要，關乎要不要信任他乃至於理解他話語的方式。

當時有一個曖昧而且凶險的現實背景，那就是一旦耶穌親口講出他是神，那就跟他坦承自己殺人強暴貪汙或竊盜一樣，當場就罪證確鑿了——終耶穌一生，至少有一次親口說出他就是神，就是傳說中的基督，那是在他被門徒猶大出賣、押往公會受審時。有意思的是，耶穌從頭到尾行使緘默權，什麼都不回應，因此他此刻坦承自己是神，毋寧只是要結束這紛擾的一切，慷慨赴死的意思，是神也通，是人也通。

基督是彌賽亞、救世主的意思。事情大致是這樣子——歷史境遇悲慘了些的猶太人，至少從亡國的「巴比倫之囚」時開始，更不斷夢想哪天會有個天降的救世主來拯救他們，苦難加上漫長且緩慢如刀割無計可施的時間，尤其還有以賽亞、耶利米、以西結、但以理等一長串曠野先知肆無忌憚的幻境和狂亂語言加持，這個想望中的彌賽亞遂從無到有，從概念到實體，像小說人物般逐漸結晶出來鮮活起來能動能跑，有造型，有血肉，有來歷，有到來之前的諸多徵兆，甚至會做什麼事，會講什麼話，會在哪天碰到誰，會受什麼傷害及其受創部位，乃至於最終的結局等等什麼都先知道了；換句話說，遠在耶穌之前，基督其實已完全造好了等在那裡，這是一個集體的夢境暨其創造成果，唯一懸在那裡的只是得把某個「人」給塞進這個空位。因此創造同時，也開啟一波集體尋人活動，稍微像回事的人物都得比對並查看證件，你究竟是不是祂？耶穌稍前的施洗約翰就是這樣，但約翰明白否認了（或說拒絕了），他說還有個更大的要來，這個更大的會用火而不是用水潔淨世人。不僅否認，還再添加上一筆描述。

受苦的猶太人急著找神，另一面，那些跟異統治者結合、掌權過好日子的猶太人更急著找出這個神來，因為你們的拯救得勝意味著我們的毀滅，但凡有個風吹草動寧可殺錯不可放過。所以耶穌才出生便先伍子胥般害死一堆人，希律王把境內兩歲以下的小男孩全殺光（也就是說，耶穌那個年次的男性猶太人基本上只剩他一個），這也被看成是照劇本來，是先知耶利米寫的：「在拉瑪聽見號咷大哭的聲音，是拉結哭他兒女，不肯受安慰，因為他們都不在了。」

所以神還是可以殺的，就像有個壞心眼的人類學者計算之後告訴我們，古埃及人相信貓是神，但依照貓的繁殖力等比增加，為什麼尼羅河流域沒有裝滿貓讓人無立錐之地呢？答案是大部分的神都被殺了，尤其是祂們還小沒抵抗力時。

在這樣二志但同心的地毯式搜索之下，又發生於當時這樣一個「所有人都知道他人所有事情」的極透明小世界裡，是人是神，言語便不得不高度的曖昧、隱晦並充滿策略考量了。但我們看耶穌最重要的道德教誨，也就是著名的「山中寶訓」，其中最嚴厲的要求從「論施捨」這裡開始：「你們要小心，不可將善事行在人的面前，故意叫他們看見，若是這樣，就不能得你們天父的賞賜了，所以你施捨的時候不可在你前面吹號，像那假冒為善的人，在會堂裡和街道上所行的，故意要得人的榮耀。我實在告訴你們，他們已得到了他們的賞賜，你施捨的時候，不要叫左手知道右手所作的，要叫你施捨的事行在暗中，你父在暗中察看，必然報答你。」這個行義如同照相機底片、一曝光就等於毀了沒有了的根本精神，順此在「論禱告」「論禁食」一路貫穿下去。

所以說，一個神會要說自己是神，暗示或證明自己就是神，還是很奇怪同時很不入流不是嗎？除非你願意相信虛榮是神完全獨占的特權，不容人欺犯並分享一絲一毫。正確的講，山中寶訓只能由人說出來，只有當它是人對自身的嚴格道德命令才成立、才有意義；如果是神的話語，那就成了一齣可笑而且還有點可鄙的鬧劇了，祂不能就拯救我們嗎？修理汽車的工匠會要汽車（就算它其實是變形金剛柯博文大黃蜂）感激他膜拜他每天不停的讚頌他嗎？因此也許帶點附會，我們也注意到耶穌用的是「你們的父」「你父」，人是造物，都是神的兒子，耶穌和任何人一樣而且平等，上帝不是只他一個兒子一脈單傳。

這讓我想到葛林《沉靜的美國人》書中那兩句戰火迫近、死亡就在眉睫之前的對話：「你不覺得沒有了上帝，這一切全都沒有意義了嗎？」「剛剛好相反，我常以為有了祂，這一切才變得一無意義。」

終極的說，我以為道德是全然的人間之事，是人後來（如果真有創造的話）才發現的東西，不只因為道德是世界已然存在之後才展開的無盡聯繫拮抗關係的發現和主張，而是因為道德只能生於並存在於「有界線」（借用安博托・艾可「生命是從有了界線開始」的用詞和意義）的有限主體。無限沒有擠壓，沒有緊張，沒有那種大家困在一起誰也無法逃逸的處境，道德既不需要也無從生成。這正是人的特殊處境，他不同於神，他是有限的；也不同於其他鳥獸蟲魚，他時時察覺到自己是有限的。這個界線的最根本一點就是死亡，死亡被人真實的、不可逃遁的、刻骨銘心的意識到，連同跟著而來全部的毀壞、消亡和虛無，死亡的威嚇不只是一己的肉身而已，還推及所有一樣有限存在的他者，包括你珍視的也包括你憎惡的，也就包括了所有長短、厚薄、明晦不同的情感、意義和價值。如此，幸福不再像古希臘哲人想的那樣是一個渾圓、完整、通體發亮的不假思索好東西，真要說起來它毋甯更接近一束驚心動魄穿透過裂縫的光；也就只有在我們認出了一己肉身和價值、情感、意義之間的裂縫，道德才不等於秩序，才遠遠超越了秩序。我們對道德的服從不等於對秩序的順服，事實上，更多時候我們對道德的服從是以某種對秩序的叛離姿態出現，就算在平順的時刻，我們仍時時感覺其中有著不屈不撓的英勇成分，如隱隱跳動的血脈，所以孔子也談剛強（相對於基督教把剛硬視為大惡），還有人不無誇張的這麼說，「你要做個好人，首先你得是個英雄。」

神不需要這些，也無從體會這些，就算他化妝成人或居住在人身體裡面來「體驗人生」都沒用，祂沒有死亡沒有喪失沒有真正的恐懼和希望，最多只是身體神經系統的當下痛覺而已，這僅僅到達鳥獸蟲魚的層次。事實上，我們看聖經四福音書對耶穌受難這段經過的描述，你可以打個電話去問問台灣白色恐怖的受難者老先生陳明忠什麼才是酷刑，遑論中世紀基督教掌權之後，他們是怎麼專業的、技藝精湛的對付那些不相信，或說他們認為不相信，神的人。如果這一切要對耶穌自身有意義，要不流於一場感人肺腑的假戲，而耶穌又非得是神不可，那只能在這樣的狀況下才成立——耶穌必須完全忘記自己是神，或者耶穌必須是一個不相信自己是神的神。

我仍然覺得〈馬太福音〉（四福音書最好的一部）裡最後的禱告是真的，那樣近乎絕望的悲傷也是真的（「我心裡甚是憂傷，幾乎要死」），他問大惡為何長行於地上也是真的，歎惜耶路撒冷眼前脆弱的繁華也是真的，神沒有這樣的悲傷和疑惑。

然後我們單獨來說一個人，使徒保羅，耶穌死後才親自收服的門徒，是門徒中最異質的人物，也是最關鍵的一個。保羅是真正把基督信仰國際化普世化的一個，甚至有人不敬但不無道理的以為，今天這個基督教其實應該稱之為保羅的基督教。保羅同時也是我的老師小說家朱西甯最尊崇的使徒，他年輕時唯一為自己取的英文名字就是Paul，屬靈的名字，深藏不用。

保羅原名掃羅，他是猶太人沒錯，屬便雅憫支派，但卻是個羅馬化了的猶太人，有著其他門徒所沒有的學識、閱歷和視野，以及日後傳教非常重要的，羅馬公民的身分。他原是迫害基督徒的狂熱分子，第一個殉教者司提反被暴民用石頭打死，掃羅便是帶頭者，他還和官方聯合，帶人四下衝入教會、衝進信徒家中抓人，是典型文革紅衛兵、納粹黨衛隊那樣的人物。然而事情很戲劇性的就發生在他威風凜凜前往大馬色持續掃蕩信徒的路途上，忍無可忍的耶穌以一道強光的神蹟模樣從天上下來，質問他：「掃羅掃羅，你為什麼逼迫我？」仆倒在地的掃羅眼睛因此物理性的瞎了三天，也不吃不喝三天，三天後宛如大夢初醒的迫害者掃羅，依然狂熱、勤奮、不畏生死（自己與他人）而且僕僕風塵，但人生從此正正好轉了180°，就這麼成了使徒保羅。事實上他走得更遠了，《聖經》

後頭附有一紙保羅三次出海傳教路線圖，足跡地毯式踩遍今天土耳其、希臘和義大利半島，還包括黑手黨的家鄉西西里。

這階段，基督教所有有意義的變革和進展幾乎全由保羅一個人完成，他不僅三次領先跨越國族地理界線，還領頭跨越了更麻煩的國族文化、習俗、情感和知識界線，其中最具超越性的成就有二，一是他幾經辯論（可想而知極激烈甚至危險），相當程度解除了傳統猶太律法對外國外族人皈依所形成的障礙（比方說男信徒是否一定得行割禮挨這麼一刀）；其二是他做了耶穌沒做的事，使用文字書寫不輟，從〈羅馬人書〉一路寫到〈腓利門書〉，也就是說，今天我們看到的《新約聖經》有半本是他寫的。我們也可以進一步注意到，剩下那半本要不是傳聞記敘就是神祕預言（由負責幻覺的使徒約翰主筆），真正嚴肅討論教義、探索信仰核心的，說穿了就只有保羅一人。這是基督教「有學問」的開始，讓知識分子乃至於過去現在未來的人類思維、知識成果進入基督教並持續對話成為可能。保羅的書寫，尤其是〈羅馬人書〉所揭示有關惡的起源問題（不來自至善的神究竟來自哪裡？）、罪的問題、人類自由意志的問題，以及因此而來最終真理的絕對存在暨其判定如何可能的問題，貫穿的已不只是幾百年後的奧古斯丁了，直接就抵達康德。換句話說，就算沒有神、取消掉神，保羅的探索依然成立且深富意義，答案也許千創百孔了（這樣的問題，誰的答案不千創百孔呢？），但問題仍然是真的，思維的線索也仍然有效而且珍貴。今天不可知論、無神論的人如你我，省視我們自己當下的處境，不管討論的是迫切但遼闊的道德倫理療癒，或迫切且現實的民主社會建構，一樣遲早要碰到這些問題，困擾保羅的一樣困擾著我們。

但不得不說的是，我個人對保羅有某種根深柢固的不信任，我不太相信這樣狂熱的人，不管是之前的大數掃羅或日後的虔信保羅，尤其害怕人可以一夕之間由掃羅變成保羅，更換信仰和更換手套一樣快。我只能試著從另一面來想，如果這一切全是真的——耶穌若不是採用這樣化成一道光的戲劇性壓倒方式，他還能怎麼樣說服保羅？

用保羅熟悉的方式、在保羅熟悉的知識戰場開打，看起來是毫無機會的，我的意思是引證歷歷的論理、有條不紊的演繹剖析，調動各種學問的雄辯云云，就像人的蘇格拉底那樣來，輸的人九成九會是耶穌，耶穌這上頭的學養明顯遠不如保羅。倒過頭來問，事情就大白天一樣清楚了，我們手中有數不清的如此例證，而且此時此刻還在我們眼前此起彼落的發生增加中，保羅絕非個案。這些年來，我們任誰都一再看到了不是嗎？台灣的神人法師充斥，用「卑之無甚高論」已完全不足以形容他們實質內容的貧乏、陳腐和胡言亂語，即便最正派的談及道德教諭，也就是父慈子孝安貧樂道這樣介於街巷格言俗諺到打油詩之間的東西（你隨時可在早餐紅茶店或人家門口春聯讀到），他們究竟是怎麼說服那一堆長跪前排不起、專注屏息聆聽的現代知識分子的？有哪些是這些人讀國中之前不知道的？有哪些換由父母、老師或行政院新聞局來說是不讓他們嗤之以鼻的？因此，有奇特說服力的一定不是言詞內容，而是某種化腐朽為神奇的東西，某種有仙則靈的東西，這也就是保羅所說的，「因信稱義」，某種光、某種強大的力量喚醒了、裝填了、更新了所有長睡不起的語言；相信在前，而且必須在前，信了，語言便從固態融解為液態（有看過《魔鬼終結者》第二集精采的液態金屬人嗎？），語言的裂縫自己會接合起來，語言的傷口自動痊癒，關鍵性斷隔如大峽谷跨不過去的地方有神伸手接引，渾然一體全活過來了。

因信稱義，奧古斯丁的解釋是：「我相信它，不是因為它悖理，而是完全因為它悖理。」

我們所知人類歷史裡最極致的時刻之一，不幸也是其極惡的樣式，莫過於廿世紀初年的德國。那原本是德國哲學思維的最高峰時日，當時德國的知識分子可不只是普通的有學問而已，而且精密幽微到令人不耐，更麻煩是個個高傲頑固自戀，但你如何解釋他們可以一夕間降服在一個粗鄙、腦子不清楚而且還其貌極不揚的希特勒腳下？像海德格這樣的哲學家而且當時還是弗萊堡大學校長可一夕間化為「領袖」的獵犬？他們是否也看到了某一道光模樣的東西？

先一步離去、沒經歷納粹這一場的韋伯看起來說得對，知識的進展，理知能力的提昇，並沒讓人更堅強也更懂得怎麼「生活」，事實上，極可能還更脆弱更時時處處是疑問是裂縫。韋伯引用過托爾斯泰的這一番話：「學問沒有意義，因為對於我們所關心的唯一重要問題：『我們該做什麼？我們該如何生活？』，它沒有提供答案。」但知識分子的困境應該不止如此，我們說過，他的更大困境有很大一部分正是來自於理知本身，肇因於人類理知的特質，那就是理知發現問題的能力遠遠大過於它解決問題的能力。他也試圖提供答案，還博學的知道他人提供的諸多答案，惟糟糕的是，他更容易在這一個個答案（包括自己和他人的）找到倍數的疑點，還時時感受答案和答案之間的矛盾撕裂力量。所以漁夫彼得察覺不出來的，保羅察覺得出來；漁夫彼得認為是天上地下完整真理信之不疑的道理（彼得唯一一回的雞叫之前三次不信是因為怕死），保羅無法這樣子就被說服。保羅需要更強力、更一擊打碎他理知的東西（或如奧古斯丁所說，完全悖理的東西），也就是所謂的神蹟，因此耶穌以人的模樣、人的話語就帶走了彼得，但得以光的奇幻模樣、神的威嚇語言（沒講一字一句道理）才鎮壓得了保羅。

因信稱義，龜毛的知識分子比尋常人更需要神蹟，因為「信」才是關鍵才是一切的前提，得有個特別的鑰匙打開它。這說起來有點背反常識，但可能是真的。或者我們這麼說，對比方說我父母，乃至於我祖母外婆那一輩的人來說，他們本來就活在處處是神或神無所不在（這兩者不需分辨也隨時可相互替換，多神一神不會是困擾）的世界；他們本來就是信的，直接可以進入到信仰的話語裡頭，因此他們其實並不特別需要神蹟，要說神蹟那滿地都是，如果覺得還不夠，他們每天每時通過傳送添加（小學課本說，王伯伯咳出鵝毛般的血絲，後來變成了王伯伯吐出一群鵝來），也不難你要多少神蹟就有多少。但知識分子不同，他還站在門檻外頭，他必須先決定信與不信，這幾乎意味著兩種完全不同的看事情想事情的生命方式，兩種完全不同的人生。韋伯說信仰必須「犧牲理知」，至少必須放棄理知判斷真偽、是非的最主體也最沉重任務，讓它屈從信仰底下，降格擔任信仰的謀士、發言人、廣告商等等服務工作。因此在信之前，也就是理知的判斷任務還沒被取消之前，信仰世界裡的話語道理「暫時」還無法被聆聽，也無暇聆聽，這一刻，他的心思嚴重集中於惦量神蹟的真偽和分量，多疑但期待被說服。多疑，是因為理知的判斷還殘存著，甚至還察覺出這極可能是它最後一次的任務；期待被說服，是因為理知的判斷工作實在太沉重了，一直是人生命中最想卸下的重擔。

所以說就不奇怪了，我回憶我祖母外婆她們去了佛堂寺廟回來，很有趣，她們津津談論的不是什麼神祕的體驗，反倒是正正派派的佛經佛法內容和做人做事的道理，好學的小學生一樣努力想弄懂這些話語的教訓，把它們拉回到自己可實踐的生活之中；但算不清有多少次了，我置身在當代知識分子的此類聚會中（反正話題遲早不是健康養身就是鬼神，而且通常這兩者會合而為一），卻永遠像置身於降靈會中，一晚上就是循環式的神蹟、神通和各式各樣又來了的災變預言，屬基督的不談聖經，屬佛的不說佛經佛法，不是不談，是完全不談，既沒興趣也不知道（阿難是誰？），偶爾他們也奉（法師或神人）命抄經解厄，但完全不理會經上跟他說什麼，我曾試著問過一名才抄寫金剛經七遍的碩士級年輕知識分子有何心得，他驚恐猶在的告訴我，金剛經「太厲害了」，他幾乎無法負荷，他抄寫每一字每一句都「頭痛得要裂開來」——

神蹟，這絕對是神蹟了。

依《聖經》，或說依馬太、馬可、路加和約翰這四個虔信者的記載，耶穌生前是行過一些小小小神蹟的，最多用在醫生或急救人員的CPR工作（最成功一次是把拉撒路給搶救回來），然後是趕鬼，這兩樣幾乎就是日後神人證明自身的最起碼要件。比較特殊且帶點幽默的是，耶穌曾把水變成酒，還有〈約翰福音〉裡耶穌忽然乘興表演了一下，踏著海水直接走上信徒的船，暴風巨浪的大海上踽踽而行畫面非常漂亮。對了還有更著名的一次（有說還有另一次），他只用兩條魚（兩條大白鯨莫比敵克？）和五張餅為食材，做成了299吃到飽的自助餐，餵飽了整整五千個人還剩。今天台北市有家早餐店就叫「五餅二魚」，老闆當然不是耶穌，耶穌最多只是榮譽董事長。

醫生、急救人員、心理學者或催眠師、衝浪者、以及廚師——我這不是科學式的想化神奇為腐朽，認為所有的神蹟神話都只是某種變形，可還原的用科學來解釋。我的意思是，不管它們是否神蹟，今天，我們用比較素樸不駭人的形式，通過每天每時正常工作的專業人員，大致也能完成一樣的結果（治好病或釀成酒云云）。因此，至少對今天我們來說（人不靠神蹟就能飛上天的時代），這一長串神蹟的動人之處顯然不在於其效果，而是其形式，它們是某種巨大不思議力量的象徵和證明，我們對這樣的力量有更高的期盼和已想到、沒想到的更廣泛用途（還是很奇怪為什麼神就想不到？），連摃六期的明天大樂透號碼、哪天不知道哪個器官會冒出來的癌細胞、下一次的總統大選、地質學者告訴我們一定還會再來的大地震——

幾百上千年來，其實很多人早就注意到神蹟的如此「大小尺寸」問題，比方寫福爾摩斯探案的柯南道爾爵士就是其一（後來以一個沉迷神祕學的寂寞秀斗晚年告終），疑惑而且可惜為什麼如此偉大的力量總是浪費在如此不相襯的小事上？為什麼在奧許威茲、在一次大戰如殺戮煉獄的壕溝中、在廣島長崎核彈一朵大毒蕈爆發開來的時刻、在我們才經歷的九二一瓦礫堆裡，我們能依賴的像打回原形般只能是人最簡單直接的善念，以及我們拚了命但知道不會有多少成效、救不回幾個人的絕望救援？究竟是神蹟的能力有限還是不願（說不清楚哪個更壞）？——這很快變成一個毫無交集、毫無意義的討論，未來無窮遠，希望無限大，「在永恆面前，這一切算得了什麼呢？」無限大一出來，還有什麼數有意義可加減乘除呢？我大致知道每一種可能的解釋，我不願在此一一重述，是因為依我個人看法，沒有一種既有的解釋方式不殘忍、勢利、自私而且像是風涼話（你要為神蹟辯護，便只能相信這些受難和死亡是應當的、或必須的、或不得不的），但的確有效，對那些用一己無盡的欲念和希望撐起神蹟的人。

耶穌自己怎麼看神蹟呢？耶穌曾經這麼回答前來試探此事的法利賽人和撒都該人：「晚上天發紅，你們就說天必要晴，早晨天發紅又發黑，你們就說今日必有風雨。你們知道怎麼分辨天上的氣色，倒不能分辨這時候的神蹟。一個邪惡淫亂的世代求神蹟，除了約拿的神蹟之外，再沒有神蹟給他看。」

耶穌的曖昧可能有不得已之處，倒不像後代神人的故弄玄虛，他不能承認自己是神，也就不能承認自己能行神蹟，這等於是認罪的間接證據。麻煩的是，依聖經記載，會治病趕鬼的不只是神，某些壞蛋術士同樣做得到，不足以放心用為神與人之辨；更麻煩的是，耶穌自己還預言他日會有假基督、假先知的出現，一樣可以「顯神蹟奇事」，他叮囑我們要小心不被迷惑，卻沒告訴我們該怎麼辨識真偽，比方說真的會在胸口別朵玫瑰花或說出「窗戶向哪開？」「向南開。」之類的通關驗證密語，果不其然，中世紀教會爭權奪利，假基督假先知的帽子滿天飛，奉主耶穌之名成了標標準準的大泥巴戰。

耶穌取用舊約約拿的神蹟，可能只是著眼於約拿曾在大鯨魚肚子裡沒被消化的住了三天三夜這椿奇事，據我們所知，除了後來小木偶皮諾喬的義大利木匠老爸爸，只有他這樣。但約拿的故事有趣極了，他其實不是不信神，只是拒絕了神的徵召，要他跑一趟尼尼微去向行惡的人們預告四十天後的大災難，遂被神天涯海角的通緝追殺，偷渡出境還是被吞入魚腹，這才屈服了事。相較於非預言、非幫你算命不可的術士先知，約拿這個人類歷史上最心不甘情不願的預言者，居然還是把尼尼微人嚇得集體懺悔自新，也讓神「後悔，不把所說的災難降與他們了」。本來這樣就Happy Ending了，但偏偏有個不高興起來的人還是約拿，這傢伙預言之後居然在城外搭了個棚子（神也無聊到動用神蹟長出一排其高無比的超級品種蓖麻幫他遮陽），好整以暇的準備欣賞神大成本大製作的災難片，卻因此落了空，還背上個預言不準的職業性惡名。不同於後代預言家的找盡說詞甚至倒過頭來要我們感激他窺破天機攘除災難，光棍的約拿選擇找神吵一架，大意是，會要有災難也是你搞的，食言取消災難也是你搞的，幹嘛要我神經病一樣白忙這一場呢？而且我早就料到你是個慈愛的神，你事到臨頭一定會後悔收手，所以當時我才逃命躲開此事，現在你殺了我吧，「我死了比活著還好」——一兩千年來基督教會總粗魯的把約拿只當個展示神蹟的平台兼反派角色，沒怎麼把他當個完整的人看，但我個人滿喜歡他的，每讀一次〈約拿書〉總忍不住哈哈大笑，我以為基督教的各式神蹟說帖，再沒有一個比約拿的故事更精采、更深刻，還誠實不欺。

約拿至少給了我們極重要的一點啟示——相不相信神，和要不要屈從於神，可以是不同的兩件事。

人真正自尊自大的歷史時刻已完全過去了，而且不會再回來；也就是說，如果我們把人認為自身所處的宇宙位置畫出一道曲線，我們已過了曲線頂點折返回頭。我們被迫（當然是被迫的）稍稍壓低自己，改用比較平等也比較平實的視角來看待其他物種和萬事萬物；我們更知道了自身的脆弱，不止是身體，還包括理知、情感和所有能力，每一樣都在進展中留有無知無能的處處空白，每一樣都不具有無限延展的能力，甚至此時此刻我們都已看到了、觸到了它們的極限右牆。比我們大的東西真的太多了，光是我們已發現的空間大小和時間長短，就跟我們的存在完全不成比例，而且任何腦筋清楚的人都曉得這沒有假以時日的問題，這是我們存在的最基本真相。但我們又渺小、無知、脆弱回來，毋甯是一種莊嚴而步步踏實的自省自知，而不是返祖的掉回去最原初的蒙昧狀態（太過度的自傷自憐的確有這個風險），我不以為人的這一趟歷史只是《聖經・傳道書》哀歎的「都是虛空都是捕風」、或像某些宗教虔信者或假充世故有生命智慧的懶人用嘲笑語氣「看吧——」的徒然忙亂一場。歷史的代價這麼大，我相信人認真的挫折和失敗是有意義的，而且非取回意義不可。

最起碼，當我們再打開〈創世記〉首頁，再重讀這段其實是讓我們犯錯無數的文字：「神說，我們要照著我們的形象，按著我們的樣式造人，使他們管理海裡的魚，空中的鳥，地上的牲畜和全地，並地上所爬的一切昆蟲。」今天我們不再以為這是真的了，我們不擁有也沒要管理一隻飄飄飛在我們眼前的紋白蝶，我們寧可相信生命自在自由無所隸屬並努力要讓自己做到這樣，不因為這隻蝴蝶（或說這個莊子）很小，活著的時間很短而且一捏就死去。甚至，我們不再認為自己是最完美的生命形式，純粹從生物學的觀點來看，有太多生命的構造，或比我們更精巧，或比我們更簡捷，或比我們更美麗，或比我們更堅固，或能看到聽到感知到我們毫無辦法的東西，或能深入並安居於我們去不到活不了的地方。更加確定不移的是，我們今天所擔驚受怕如烏雲罩頂的各種末日劫毀，我們知道仍會有諸多物種將安然渡過去，屆時又是誰管理誰呢？除非我們指的是理知的能耐，這讓我們意識到死亡、展開思維並持續折磨我們令人咬牙切齒的古怪能耐，這倒真的是我們無與倫比的。

這是人真真正正、確確實實的進步——我難免會這麼想，如果我們都學得會和一隻蝴蝶如此相處，神是不是也該學著或早學會了跟我們如此相處才對？祂有的是時間學不是嗎？

一種純粹的強大力量，一種對你而言不可能對他完全可能的所謂神蹟，如果不是更人道、更溫暖、更公正、更講理、更睿智，我們為什麼要屈服於它？我們不是更該剛強起來抵抗它，或至少像約拿一樣抵制它躲開它不是？——生途悠悠，這一路上比我們力量強大的東西太多了，包括執政黨，包括你的老闆，包括一個個不學無術的立委，街上拳頭如砂鍋大的流氓混混，乃至於家裡野蠻的老婆和兒子女兒，還有那個陰魂不散如詛咒的董氏基金會，你一一屈服那還得了？那你成了個什麼樣子了？

還是理由如此幽黯如此自私？——只因為這神蹟單獨向著你來，莫名其妙只告訴你一人大災變大地震襲來的訊息，讓成千上萬人螻蟻般死去只選擇讓你或你們這區區幾個人獲救？死生事大儘管如此，但這一刻難道你都不會好奇，為什麼是我？為什麼不是某些我心知更好更有價值的人？我會是所多瑪蛾摩拉城如羅德家唯一的義人嗎？不高調也不特別偉大，我們回頭來想平常我們人是怎麼做的，沉船時刻，僅有的幾個救生艇位置，我們會讓予老人小孩；火災現場，救難人員一樣也總是優先搶救老人小孩，對我們人來說，這老早已是災變時的SOP了，神不知道嗎？

無神論的約翰・藍儂曾建議我們想像一個既沒有天堂也沒有地獄的乾淨世界，但我自己更喜歡的是波赫士更溫暖容易懂的想法。波赫士以為天堂和地獄是人最偉大的發明之一，並順著宗教者的描述把它們分別解釋為永恆的獎賞和懲罰，如此，波赫士平實的說，他好好回想自己這一生所做過的事，有好的有壞的，有做得對的也有做錯懊悔的，但這些小小的、有限的善和惡，沒有一個有資格能得到永恆這麼大的獎賞，倒也沒有一個糟糕到應該遭到如此無止無休的酷刑懲罰。

今天，很多國家很多地方已廢除了死刑，所謂的無期徒刑也不真的是「關到死為止」，仍有一定程度條件的釋回可能；更重要的，我們人的審判懲罰系統不再以報復來做為公義實現的核心思維了，剝奪一個人的人身自由，讓他隔離於正常社會，較多著眼於對一般人安全及其權益的維護。因此，幾乎沒有受刑人還得在服刑期間同時還附帶人身酷刑，諸如用不熄的火廿四小時的燒烤云云。像新加坡仍堅持保留有限程度的鞭刑，已讓舉世譁然並抗議不是嗎？

宗教者沒告訴我們，這幾千年下來神有沒有進行祂必要的獄政改革（保留這一處所在，其實是對神的慈愛、公義和睿智等每一面都是最大的汙蔑）；但可以確信的是，就算仍有一個遠比最早漢摩拉比法典還落後還野蠻的地獄，跟波赫士一樣，你和我都不會到那邊去的，再糟糕的法官都判不下這樣的刑罰，何況是神。

我喜歡並且不止一次引述波赫士這番話，在於他確確實實的把我們拎回生命現場來，生命是真實的，而且是扎實的厚重的。我們或許也會像喝了酒的李白一樣偶爾心生某種誇大的、膨鬆如浮雲、讓我們自己暫時沉酣其中的嗟歎哀傷，但我不相信有任何一道強光可把生命化為烏有，有任何神蹟任何巨大力量可瞬間否定掉我們幾十年傾盡自己的理知和情感、一點一滴生活過來這一切，這都是你在時間裡一再確認的。如果你去問卡爾維諾，不愛誇張更從不逞豪勇的卡爾維諾會告訴你，即使在死亡面前也不該讓人如此誣指自己。卡爾維諾在他最後的作品《帕洛瑪先生》的最終章〈3.3.3.學習死亡〉裡告訴我們：「每個人都是由他的一生，以及他生活的方式所構成，這是誰也無法剝奪的。任何生活在痛苦之中的人，總是由他的痛苦所構成，如果有人試圖剝奪他的痛苦，他也就再不是自己了。／因此，帕洛瑪先生準備要當個滿懷怨氣的死人，不願意順服於永遠固定不變的刑罰；他也不情願放棄自己的任何事物，即使那是一項負擔。」

我們都是由我們的一生所構成的，這一點我們自己了然於心。

人曝晒在無止無休且大小不等的偶然和意外之中，絕大多數如微中子般不知不覺穿透過我們不留痕跡，也會有不幸的一些會帶來傷害甚至是致命的，但也有那麼幾個，我們可以伸手抓住它，放入我們的生命裡頭，頂多像我們生命大樹的一次健康枝椏嫁接，帶進來新的、異質的元素或基因，促成我們新的變化新的可能，這其實是一次又一次的。也就是說，啟示從不是一次完成的全面替換，不是人生命的連根拔起，那就不叫啟示了，而是暴力入侵的統治，甚至是某種可怕的附體。從形態學來看，啟示是局部的、點狀的、不偏不倚擊中你要的、想望的、日日苦惱不得其解的那一個點，它只能在你生命裡頭才成立才能進行；啟示甚至只是催化性的，真正反應的仍是你長年累積的既有生命材料；所以啟示還是不統一的，因人因時因當下情境完全不同。當你自身不存在，你無法承接到它，更遑論安置它消化它利用它。《聖經》全書最糟糕的篇章便是約翰寫的〈啟示錄〉，用波赫士的口吻來說，這是一部了不起的幻想小說，你也可以同情書寫者本人，他必定承受著巨大的苦難、不平和憤怒，內化成強烈報復的極不穩定心理狀態。

因而，當耶穌說除了約拿之外再沒別的神蹟，也許他有更正確更光朗的意思——我們軟弱的人，難免會震懾於某一道強光，某一個撲面而來的巨大力量，屈服在死亡的威嚇面前，但神會不知道那樣情境下的懺悔自白總是短暫的、委蛇的、自誣自陷而且很容易翻供的嗎？祂這樣一位經驗豐碩又自由出入人心的審判者會不察覺如此簡單的蹊蹺嗎？

我喜歡耶穌不用神蹟來嚇我們壓服我們，但北美納瓦荷人有關神蹟的傳說也許更好——納瓦荷人基本上害怕所有超自然的神祕力量，把巫術視為全然的惡，他們以為在人抵達今天的第五世界之前，所有的活物都擁有這樣黑暗的力量。改變這一切的是他們偉大的導師「變化之女」。變化之女之於納瓦荷人的意義，相當於摩西加耶穌之於以色列人，她比耶穌做得更多更實際，她分別氏族，建構人的家庭和社會，教導他們種植玉米，並傳授所有抵抗罪惡治療罪惡的美麗儀式，讓族人可以和「美麗」（納瓦荷人稱之為「荷佐」）合而為一。而變化之女最後也最徹底的一項作為，便是清理掉人間所有的巫術，因此，她無私無情的放逐自己的養父母也是納瓦荷人的亞當夏娃「第一個男人」和「第一個女人」，把他們連同兩隻狼驅趕到「日出之處以外的極東之地」，然後她也放逐了自己，並帶走所有也擁有小小超自然魔力的其他活物，把乾淨的大地留給開始繁衍建構起來的納瓦荷各部族。納瓦荷的神話說：「至此，所有的超自然力量不復存在於地表之上了——」

可是為什麼仍有黑暗力量不時襲來呢？——納瓦荷人把缺口歸咎於「第一個女人」，這個可怕的養母，在走上放逐之路時只有她像羅德之妻一樣回頭，不是深情款款的凝視，而是撂下一段詛咒的狠話：「我必將讓這些人再次生活於肺疾和病痛之中，我也必將死亡送返此地——」是的，差一點點，總是就差這麼一點點就成功了。

這才是我喜歡的神的模樣——如果有神，我相信一定是變化之女這樣的神，她用人的方式對待我們教導我們，給我們的是在這人間可存留可學習可生長的東西；她自己也像人一樣辛勤工作，不想用特殊的方法證明自己更不覺得為什麼要證明自己，而且她還會離去，不是這樣嗎？

附記：定稿於2009.10.19，恰恰好就是某一神蹟預言一個「震央在台北市、規模大於921、地殼從總統府裂到市議會的超級大地震」次日。此刻天朗氣清，窗外人們活動如常，幾百萬人顯然不知自己才躲過一次浩劫，幸哉！一定是另一個神蹟發生了，恰恰好抵消了原來的神蹟。如果正神蹟和負神蹟可以這樣加起來等於零，像基本力學那樣，那真的太好了。

哥哥。

有寅次郎這樣的哥哥，在現實人生裡你還需要什麼哥哥？我的意思是，對我們這些可能是最後一個世代還擁有成排兄弟姊妹的人，不會不知道如今所謂的兄弟姊妹大致是怎麼回事，比水濃比水密度高的東西遍地都是，大家就別裝了吧，通常幸福無間的時日不會長過童年，如同梅特靈克的青鳥般是某種無法存活於現實天光和人生真相的東西。隨著各自童年結束，接下來便是一晃幾十年逐步淡漠稀薄下去、行禮如儀但毋甯只是義務的拖行歲月，最終正式斷裂於父母親的衰老死去，彷彿父母是水落石出之後僅剩的聯繫，這共有的源頭一旦消失了，我們也就回復成無關係的人，並偷偷在心裡鬆了口氣。

「哥哥」，是我握在手中很久了的一本書的書名，寫書的人是如今年紀已相當不小（六十幾歲了吧）的一位女明星倍賞千惠子，我個人心目中最美麗的日本女子。她有一個特別好看的額頭，更好看的是眼睛，倍賞千惠子的眼睛聰明但溫暖收斂，而且永遠認真有焦點，看著的是他者而不是自己，像忘記或根本不知道自己的美麗似的——你不覺得聰明才是把美麗整個拉高起來、點亮起來的最重要特質嗎？讓美麗像有了光？

在宮崎駿不怎麼成功但爆賣的動畫《霍爾的移動城堡》裡，倍賞千惠子也參加了演出，當然只能聽到她依然乾淨年輕的聲音而已。她擔當的正是故事裡那個中了魔法、大半時候佝僂著身子老婆婆模樣的女孩，不知道宮崎駿找她時，心裡想的是不是跟我一樣的事？某種無可奈何而去卻又彷彿似曾相識而來的時間魔法？基本上我們算是同一個世代的人，一定都熱切的看到過同一些閃閃發亮的、令人神往忘不掉的東西。還有，片尾曲的〈世界的盟約〉也是她唱的，還哼得出旋律記得一兩句歌詞嗎？這是整部片子比較好的部分之一。

所謂哥哥，其實不是倍賞千惠子真的哥哥，也是電影裡頭的，指的是寅次郎。這很麻煩，對某些人，對日本一整個世代的人，你一講寅桑Tora-san就當場「啊——」全懂了（我試過不止一回），哪還用得著多解釋什麼，但今天我們人在台北該怎麼說呢？手指頭寂寞的該指向哪裡？——這樣吧，這是導演山田洋次拍的《男人真命苦》系列電影，從一九六九年一直到一九九五年，一共四十八部，你很容易算出來，就是在長達二十六年的時間裡，寅次郎極其穩定的會以一年兩回的時間密度造訪你。在此期間，幾乎每一個你知道的不知道的、已忘記的或還記得的日本女明星像吉永小百合、淺丘琉璃子、松坂慶子、大原麗子、栗原小卷、秋吉久美子等都主演過。實際進去電影院看的人次達到八千萬人（觀眾數極其穩定，幾乎每部都在一百五十萬到二百萬人之間），當然並不包括後來從電視、從錄影帶、從ＤＶＤ看過，以及更多如卡爾維諾所分類的，那些「因為大家都看過，所以以為自己也看過」，那些「因為一直聽眾人反覆談論，所以等於自己也看過」的人們。

電影中，倍賞千惠子名叫車櫻，開始於四月櫻花般的年紀和容貌，身分是戰後日本經濟開始要抬頭的工廠流水線上女工；寅次郎和她同父異母，生母是一名藝妓，十六歲沒念完葛飾商業學校就中輟離家不知去向。父母死得很早，由手腳麻利的嬸嬸和動不動就頭暈呼吸困難躺平在榻榻米上的叔叔養大。他們家在東京東側葛飾區的小地方柴又，是在地老街傳承到第六代目的一家美味丸子店；店後頭是個規模很小的印刷工廠，只四五名年輕員工（寅次郎稱呼他們的口頭禪是馬克思式的「勞動者諸君——」），由禿頭且天天哭喪著臉擔心倒閉的「章魚」社長經營（「章魚」也是寅次郎給的綽號）。長達二十六年的寅次郎故事便開始於離家二十年的寅次郎忽然在柴又一年一度的帝釋天廟庚申大祭回家，正好逢上妹妹車櫻和印刷廠領班諏訪博（也是和大學教授父親吵架，一人從北海道到東京來打拚）的戀愛和婚事風波，自認為長兄如父的寅次郎當然磨刀霍霍的總攬此事，還正義感十足的想主持公道，化解人家父子多年的積怨、悔悟和尷尬。但寅次郎的人生公式永遠是，前五分鐘架勢十足進退有度看起來一切順利，馬上就得意忘形開始闖禍，接下來闖禍原子反應般引發更多闖禍雞飛狗跳一場（嬸嬸開始掉淚，叔叔又呼吸困難躺榻榻米上），最終事情跌跌撞撞圓滿落幕，所有人都開心，就只有他一個人成了多餘而且還非常丟人，只好強自鎮靜的逃走退場，用小說家駱以軍的慣用語來笑罵，這是個「人渣」——

更命苦的公式是，在每一部電影每一回興高采烈的事件裡，寅次郎總固定的以失戀收場，四十八部片子，四十次以上的屢試不爽失戀（對象有重複，比方吉永小百合兩部，淺丘琉璃子三部）——或者人家好花自開如清風吹過根本從頭到尾沒發覺，或者人家原來就有男友未婚夫還沒出場而已，也有過那麼一兩次依稀彷彿說不上來是對他心存感激或只是喜歡他樂天開心的陪伴。因此他最終的逃走總是狼狽的、悲傷的也是好心的，全世界只他妹妹車櫻一個人知道，會趕去柴又車站送他，替他買車票，因為他很帥丟過來的錢包永遠只剩五百日円，還得替他留面子的塞幾張紙鈔進去。

要到寅次郎家的丸子店很簡單很好找，你可以在金町站或京成高砂站轉小支線京成金町線在柴又下車；或更優美點，搭乘渡船。美麗的江戶川彎彎流過柴又東側背後，沿河處是個給當地人散步、慢跑、打球、放風箏放花火、也可以談戀愛看悠悠江水的河濱公園，設有一個名為「矢切の渡」的渡船口可上岸。這兩條路線寅次郎輪流的用，不論你選擇由東或由西，就那兩條街道且路標清楚到不行，你很容易就走到柴又最大的帝釋天廟（正確名稱是題經寺，也是寅次郎出生時沐浴祝福之地），實在不放心你也可以跟在任何在地或觀光參拜的人們腳步後頭走。寅次郎家所在的老街其實就是廟前的參道，是一道充滿熱騰騰下町風情的賣東西老街。也絕對錯不了的，只要你在眼花撩亂中稍稍壓一下興奮的心情，光靠直覺就能在眾聲喧譁的成排商店中就是它的看出來這家外觀最有歷史、裡面客人最多、也必定最好吃的丸子老鋪。當然，店的招牌不是電影中的寅屋，而是「高木家」——是的，柴又是真的，矢切の渡的渡船是真的，帝釋天廟連同廟前靜靜掃地的和尚是真的，老街整條都是真的，丸子店也一直是真的而且本來就是大東京都鼎鼎有名的重要丸子店，全部都是真的。我自己便曾在店裡頭真真實實的坐過三次，最後一回還帶了張大春、駱以軍兩家子人去，總算湊夠人數可以伸手一指點齊店裡每一種品類顏色的丸子，幸福得不得了。我慢慢喝茶慢慢抽菸，撐久一點，總覺得可以等到忽然又從店門口一閃而過的寅次郎，那頂帽子、那件很土的格子西裝上衣，還有那個茶色的破破爛爛皮箱。這傢伙有個毛病，每次冷不防回來家人若不在第一時間看到他並熱烈招呼歡迎，他會退回去重走一次並且翻臉。後來我們家有一隻大公貓也是這種個性。

還有一樣現在也是真的，以至於真的跟假的、戲裡與戲外的人生界線完全泯除了，進進出出毫無阻攔全然自由——整道老街不只家家處處是寅次郎（照片、圖像、寅次郎四方臉形的煎餅云云），還一直斷續聽得到寅次郎獨特的聲音，那是電影主題曲男はつらいよ（男人真命苦），由飾演寅次郎的渥美清自己唱，也只能由他來唱，因為歌詞內容是他對著妹妹車櫻的信誓旦旦，豪勇、真摯、沒一句假話但仍然非常人渣，大意是，我一定會努力會奮鬥的你放心，我一定做一個你可以驕傲的偉大哥哥云云，但怎麼搞的時間過得好快，總是才要開始這一天就結束了，回頭看著太陽咚一聲下山忍不住掉眼淚，今天我看是又不行了——

好像可以地老天荒一直這樣下去，二十六年的綿密時光很容易讓人太安心的有此錯覺，但寅次郎電影為什麼會戛然止於一九九五年呢？不得不停止的理由是因為飾演寅次郎的渥美清忽然病逝了，這是個完全無法替代的人（片中的叔叔先後換過三個人演，我們誰都知道但誰也沒講話不是嗎？），我記得當時和朱天心還不死心的想，山田洋次會不會再多拍一部沒有寅次郎的寅次郎四十九集，拍一部所有人都在只有他一個人拎著皮箱不知所終的特別開心寅次郎（「朋友們都健康／只是我想流浪／我正縫製家鄉式的冬裝／便於你的張望」），曲終奏雅為我們這一代人收個句點。多年以後，我們等到的是山田洋次更把歷史時刻往前推的時代劇沒落武士電影，一樣是正常情感的人認真活在某一個特定的、特殊的歷史時空（相對於張藝謀、陳凱歌、吳宇森拍的是一堆不正常、理應全關進瘋人院的人，兒戲般浮在一個面目模糊、什麼也不是的時空），一樣好看得不得了，朱天心尤其喜歡《黃昏清兵衛》片中那兩個可愛到極點的小孩，另外就是那個跟我們這個年紀一樣，總是在緊要關頭（比方劍拔弩張的討公道時刻）卻想不起關鍵人名地名物名的好笑武士萬六。山田洋次是對的，我們的想法太一廂情願也濫情了點，真是不好意思。

山田洋次自己曾回憶為什麼會有這樣穿越時光的寅次郎電影，他直言就是因為有渥美清這個特別的人，渥美清成名前成名後完全是同一個人，「不住大房子，不開大車子——」。當然現實中的渥美清不會像寅次郎這樣魯莽，四下闖禍失戀，但人的質料黃金般是一樣的。

從一九六九到一九九五這二十六年時間，恰好一點的話，比方像我個人，是十歲的完全摸不清生命東西南北到三十六歲的已經感覺開始衰老知道人生處處不可能；或像侯孝賢，是二十歲還惋惜沒當成流氓到四十六歲的這輩子只能認命當個國際級大導演云云，我們稍稍誇大或者稍稍自省的來說，這幾乎就是你還能選擇幹什麼的一整個核心人生了。說真的，這輩子我還很少欣羨過日本人，即使在台灣一直相對簡陋相對貧窮的不對等狀態下，我對日本人仍同情的時候居多，那樣光鮮亮麗的社會景觀之下，我總時時察覺到那裡人們的緊張、沉重和弱怯，個人被巨大的集體壓制得動彈不得，無力抵抗久了也就完全不敢或甚至忘記了可以抵抗，我真的還想不出有哪個所謂的文明進步國家，個體的、民間的反省力量防禦力量會如此薄弱如此認命，如同奇怪演化適應了某種窒息缺氧的狀態。但我坐在矢切の渡的江戶川上，吹起長風，聽著汩汩流走的時間聲音，想遠比我悲觀易感的朱天心引用不只一次的愛倫・坡那幾句話：「你的幸福時刻都過去了，而歡樂不會在一生中重來，唯獨玫瑰花一年可盛開兩度。」很開心很欣慰這在這裡不成立。寅次郎每次回家都是突然的、想到的、沒為什麼的，通常是他又作了個夢之後（都是沾沾自喜卻又符合他個人特殊毛病的荒唐夢，夢中，他化身為出手懲治惡霸的劍客，劫富濟貧的俠盜，遊龍宮談戀愛的浦島次郎，發明便祕特效藥得諾貝爾獎的醫學車博士，捕大白鯨的阿寅船長，患懼高症的登月太空人，還有一回居然是護祐生民的地藏王寅菩薩），醒來發現自己原來身在某個異鄉小旅館小民宿的榻榻米上。但對於這一代的日本人，這個歡樂是會重來的，而且真的像玫瑰花一樣一年盛開兩次；還不是一年，而且是連續二十六年，是生命中最穩定最守約定最可依靠的幸福事物。這已不是所謂的風雨故人來了，而是你可以預期它、安排它，放入你的日常生活中，成為你生命裡確確實實的構成，甚至不知不覺在你身上注入了一些寅次郎式的歡快特質，改變了你的人性（維吉尼亞・吳爾夫說的：「×年×月×日那一晚上，歐洲的人性有了改變。」）以及看世界的目光，你成為一個比較好的人。所以這一代的日本人有過這個說法，說不看寅次郎，感覺上好像這一年沒個著落不算完成一樣，是的，寅次郎某種程度已是個節慶是個祭典了，像三月花開穿起美麗和服拍下照片的女兒節，五月把鯉魚飄高掛獵獵作響風中的男兒節，清涼夏天夜裡到河邊放水燈流往彼岸的盂蘭盆節——

所以我們差可想像，何以倍賞千惠子會把自己的半生自傳命名為《哥哥》，有寅次郎這樣的哥哥，在現實人生裡你還需要什麼哥哥？我的意思是，對我們這些可能是最後一個世代還擁有成排兄弟姊妹的人，不會不知道如今所謂的兄弟姊妹大致是怎麼回事，比水濃比水密度高的東西遍地都是，大家就別裝了吧，通常幸福無間的時日不會長過童年，如同梅特靈克的青鳥般是某種無法存活於現實天光和人生真相的東西。隨著各自童年結束，接下來便是一晃幾十年逐步淡漠稀薄下去、行禮如儀但毋甯只是義務的拖行歲月，最終正式斷裂於父母親的衰老死去，彷彿父母是水落石出之後僅剩的聯繫，這共有的源頭一旦消失了，我們也就回復成無關係的人，並偷偷在心裡鬆了口氣。戲夢人生，倍賞千惠子是個熠熠發光的大明星，但對她而言，作為一個妹妹的車櫻極可能是個更美好更充實而且無可替換的存在，可以要流光駐留幸福延長，而且一延長便是結結實實悲喜交集的二十六年整整。用波赫士喜歡的方式來說，這是大明星倍賞千惠子去飾演車櫻？還是一個生於柴又長於柴又的女工作了明迷的夢，夢中自己是倍賞千惠子呢？然後一覺醒來，又得「心配」此刻不知人又在哪裡的哥哥寅次郎，不知道又欠了人家旅館老闆多少住宿錢，不知道有沒有餓昏在路途上——

在葛飾病院的病歷卡上（寅次郎開過盲腸手術，過勞和營養不良昏倒過，還患有不怎麼光采的便祕和不怎麼有氣魄的懼高症），職業欄填寫的是「自營業」，居住欄填寫的是「不定」，緊急聯絡處是「東京都葛飾區柴又七丁目帝釋天參道寅屋」，介紹人（也就是帶去看病的人）是「諏訪櫻」，亦即結了婚冠夫姓的車櫻——今天，我們很難現代分類的講寅次郎是什麼樣的人，他當然不是旅行人，不是浪子（他是自己失戀，不是讓人失戀），也不是日後在日本大量冒出來住藍帳篷、在城市收紙箱瓦楞紙的流浪漢homeless。他喜歡自稱是「風天之寅」，一陣風而來，事了拂衣又一陣風而去，形態上大致是他說的這樣沒錯，但內容狼狽多了也沉重多了。所謂的自營業是綁起頭巾擺攤叫賣各地名物土產，他單口相聲的口條可溜了，漫天吹牛一直是他生命中的最強項，總是逗得媽媽婆婆們開心不已，惟通常仍不足以應付他一人的生活所需和旅費，還好旅店老闆老闆娘很容易跟他處成喝酒調情的老友，可以先欠著。那樣一個年代，信用貨幣不發達，信用這兩個字仍獨立存在的被辨識被依靠，人們不疑不懼。

寅次郎只對自己的家人是災難，對整個世界減去他自己和家人，是歡快無盡。

說回頭，寅次郎總讓人想到更早的卓別林，某種我們說的「高貴的流浪漢」，我完全相信這是他的來歷之一，山田洋次創造他時心裡必然有著極清晰的卓別林身影——但寅次郎和卓別林打開始就有個關鍵性的不同，卓別林沒家人沒親友孑然一身，而寅次郎有柴又的寅屋、有妹妹車櫻、有最終可以安然著陸休息的地方。這使得卓別林斷了線般直接走向城市走入現代走進虛無，他毋甯是一抹並不真實的幽靈；他慘白的小丑假面，點著柺杖的扭動走路方式，以及誇張快轉的華麗動作（他大概是人類歷史上最會踢人家屁股的人），把整個世界抽空掉、概念化掉，成為一個鬼影幢幢的單一舞台，連同所有人都只是角色都成為原子。但寅次郎不管走到哪裡則都是有地名的，我們一三五七舉例來說第一部的《男人真命苦》是京都和奈良兩大古都（大的先來），第三部的《風天阿寅》是三重縣湯の山溫泉和九州最南端的鹿兒島，第五部的《望鄉篇》則往北去了流汗拓殖的札幌、小樽和浦安，第七部的《奮鬥篇》是越後廣瀨、沼津和青森云云。然而山田洋次不是替寅次郎報名參加那種七天六夜美食＋泡湯觀光團，山田洋次其實是把他拋擲到，這裡用巴赫金的話來說最準確，是所謂的民間世界、第二世界，不折不扣的生命現場，禮法無力下達、人無法太修飾自己真相畢露的地方，因此，每一個地方既是在地的、異質的、特色清晰的，但又同時是普世性的，我們人在台灣回頭想自己記憶自己，不必真的一一去過也熟門熟路看得懂融得進去。巴赫金說，這第二世界本來就是滑稽的、火雜雜的，如今再丟入一個爆竹般的寅次郎，兩個歡快加在一起，大約就是歡快的災難了。

第二十七部的《浪花之戀的寅次郎》，是他旅途中又愛上大阪辛酸醉酒藝妓松坂慶子那一集。朱天心尤其喜歡一幕，是寅次郎在小旅館午睡醒來，臨窗聽著四天王寺的暮色杳遠鐘聲，日後我們有機會循著寅次郎的可能腳跡在那一帶走了又走，那個地方真的是破落的掙扎的，有點像台北萬華的商家，也是最多流浪漢聚居之地，規模之大遠勝東京的上野恩賜公園，應該就是日本第一。

正因為是概念的、戲劇的，沒有現實的拉扯，卓別林的表演可能讓我們笑得更大聲更跟他一樣肆無忌憚，但也跟他一樣，我們會感覺心裡頭涼颼颼的，難掩某種沮喪、悲傷甚或憤怒；我們看寅次郎時笑聲分貝數可能稍有節制，惟心頭是有溫度的，比正常時候暖一點，也敢僥倖的想這樣的歡快是有可能真的存在某處，你有機會找到它而且同樣擁有。

由此，我們這些好事無聊惟心嚮往之的觀眾，看完卓別林所有電影，就算想畫出他的路線，計算他的旅程數，得出一紙卓別林流浪地圖好弄假成真，大約是不可能的，那只能是無界無垠的心裡一團無何有之鄉。但四十八部的寅次郎很容易，事實上此時此刻我手中便有一張放射狀的統計圖，中心大黑點是柴又，四十八條直線三百六十度飛出，各自註記著寅次郎失戀之旅的確實公里數。最長一條是第四十一集（竹下景子），直抵歐陸維也納，九千一百七十公里；其次是第六集（若尾文子）的五島列島中的福江島，一千零五十公里；再來是第三十五集（樋口可南子）的上五島，一千零三十五公里云云。八千里路雲和月，寅次郎流淚失戀一生比岳飛的流血奮戰一生還要長出五到十倍距離，真叫人尊敬莫名；如果把這些路線、這每一個地名標示在同一張紙上，用不著連連看，它的形狀再熟悉再綿密不過的自動會浮現出來，當然就是日本了（我一樣有這麼一張好事的地圖）。

我們大哉來問，這是真的日本嗎？儘管形狀大致吻合，但這個寅次郎用兩腳畫出來的日本，跟現實的日本，是同一個嗎？

這樣，先不談整個日本，先談哥哥，由小見大——誰無兄弟誰無姊妹，寅次郎這樣一個兄弟姊妹，其實算是某種「原型」，我們這一代人豈止是熟悉而已，根本就是置身其中咬牙切齒，但凡兄弟姊妹數目在三個以上的人家，很奇怪總有一個寅次郎（不瞞您說，我個人也有一個，正好就是大哥）。遺憾的是，我們現實人家的這些寅次郎，寅次郎本尊所有的毛病他幾乎都有，包括他的闖禍不休，包括他的遊手好閒，包括他的異想天開好吹牛，還包括他的動輒戀愛失戀（稍有不同的是，現實的寅次郎通常早早結婚離婚，丟幾個小孩下來）云云，他勇於認錯但絕不悔改，而且通常還是你們所有兄弟姊妹中過得最開心且最富某種或老莊或斯多噶學派生命哲學況味的一個。多年下來，你擔心的已不再是他的無所事事，真正讓人不寒而慄的是他週期性的振作，又一陣清風吹過的清醒起來，並開始（奉父母之名）在兄弟姊妹間募集放心三個月內一定回本賺錢的創業資金，你如何能拒絕一個眼神如此熠熠發亮且覺今是而昨非的人？其實是太多次了，除了下定決心翻臉大家不當兄弟姊妹了，說穿了你所有可以拒絕的藉口也早用完了不是？是的，家家都有寅次郎，但就像童話《綠野仙蹤》裡的錫人，山田洋次魔法師般給了他的寅次郎一顆心，成為獨一無二的、也讓車櫻這樣一個妹妹得以存在的高貴寅次郎。

山田洋次也給了日本類似的東西。

從當代創作者的角度來說，山田洋次這樣「二十六年／四十八部」的寅次郎故事其實是極不可思議的，這必須抵抗當代創作的一個最嚴厲（當然也是最不合理）命令，那就是創新、創新再創新，不可重複，不可在已成功的地方沒出息的徘徊繼棧不去，就算拿不出新東西也要假裝、要更在外表形式上想辦法掩飾，否則你很快就得從創作者除名，被歸屬成那種寫公式性羅曼史小說或拍晚餐桌上電視肥皂劇云云的不堪之人。我永遠有興趣知道究竟是什麼如此吸引著山田洋次，讓他像一個農夫般黏在同一塊土地、像一個職業工匠般日復一日的重複工作（或該說「生產」）而且樂在其中，這如果不是懶怠，那必定接近於某種獻祭，只是拿去燔燒的不是像亞伯拉罕那樣用的是自己寶貝兒子以撒，而是同樣珍貴的創作者身分。我自己當然也有一些自認為可靠、可在創作層面展開討論的猜想，惟我實際的觀影經驗是，一開始你盯注的焦點當然是寅次郎這個人，然而隨著他「歸來—戀愛—闖禍—失戀—逃走」的此一寅次郎公式清晰浮現，隨著你對他的了解一切變得可預期，你一部分的心思開始遊離出來了，你有餘裕的可以看到更多其他人，看到街景招牌，看到電車和各個車站，看到住家商店的長相和其內容擺設，看到人們衣裝和說話方式及其心思的變化，看到寅次郎擺攤物品和叫賣語彙的因時因地差異，看到他作白日夢角色扮演隨著社會變動與時俱進（西部牛仔槍手、〇〇七情報員、登月太空人、外星人，端看當時社會熱中什麼）。像朱天心，四十八部的寅次郎電影，最吸引她的還不是這些人這些事這些源源不絕笑聲，而是寅次郎所去到、所在的一個個地方。不只是聽見寺院鐘聲的大阪小旅館，也可以是瀨戶內那裡空氣中有大海腥味的某個小漁村，或總有點枯黃有點凌亂欠收拾的北海道內部低低矮矮牧場，或是人家後院出去一道開著大朵紫陽花滴著水的拾級而上小山路，或是比哪裡都熱鬧、你帶你的魚我帶我的蘿蔔野菜來、醉言解語在這兒靜靜化為傳說如頭頂上星空的南方沖繩島上，當然不是特定風景，而是那樣一種人的可能世界。

說不上來幾部之後，我想山田洋次本人也不見得能清楚指得出來，寅次郎這個人逐步從被觀看者轉換成某種觀看者，我們有一部分和他疊合為一，不僅通過他的「折射」看他所在的這個世界，還通過他各種莽撞的行動讓這個世界跟著動起來，如同某種叩問強迫世界回答。當這些細節數量堆積到一定程度，時間便顯露出來了，成為電影的一個隱藏主體，空間也拼合成形了，成為另一個主題。這就是所謂的「寅次郎日本」，或更正確的說，包含縱的時間演化和橫的空間展開，是「一九六九到一九九五的寅次郎日本」。

老年的黑澤明重述李爾王故事拍《亂》，說他真正想拍出來的其實只是「富士山麓的黑色火山土」，白頭的富士山加膏壤一樣的黝黑沃土，這樣的日本當然只是象徵，美得不得了的象徵，惟抽空的象徵很容易貼向神聖性的國族思維，愈是美麗愈容易動此手腳；但寅次郎的日本卻是實體細節的，生活細節有一個國族思維無法涵蓋無力豎起邊界加以隔離統一的普世性基礎，那就是人本身，廣闊而且源遠流長的生命本身，它遠大於久於國族，它甚至可以回頭來拆穿國族嘲笑國族。我記得一位日本年輕學者曾這麼自我介紹：「我是大阪出身的，我不喜歡日本，但我很喜歡大阪。」沒有錯，這個大阪是生命世界的一部分，不是國族日本的一部分，因此這樣的部分可以大於整體，這樣的大阪可以遠比日本還大。

我最近讀到一句王爾德的話，這個過分耽美到令人不安的人有時會講出很好的話：「一本沒有理想國存在的地圖集是不值一顧的。」這很切合我一直以來的想法，當我從現實世界往後退回半步，打開一本書，讀一部小說或看一部電影，我總期待會有一些神奇的東西出現，會發生和現實世界不一樣的事。當然神奇有高有低，好的神奇直觸到你，把你一拎起來隨之起飛，但更多時候是假的，是某種不良化學品添加物，是一廂情願的胡言亂語，反而讓人更沮喪，覺得一切都更不可能，這其實是最暴現書寫者創作者程度的地方。寅次郎的日本，當然有理想國的成分，你當然可以說它不是真的，真的日本哪能這麼好這麼寬廣？人心哪能都如此柔軟易感？哪裡能不管你去到何處，眼前俱是這樣慷慨、和善而且精神奕奕的人？尤其是從廿世紀最後一個十年（正正好就是不再有寅次郎的日本，當然這只是不幸的巧合），隨著陷身經濟泥淖之中，這個國家開始緊張不安起來，所有該有不該有、包括那些你以為早已戒除已消失的壞毛病一樣一樣跑出來，你可以打個電話去問導演侯孝賢，請他告訴你《珈琲時光》在日本東京出外景的經過，每一天（是的，每一天，every single day）都得忍受日本人無處不在不停的騷擾和告密，大約是服膺他們那位種族主義者如遠古化石的市長石原慎太郎（來過台灣，本土作家黃春明還粉絲般請他簽名）的最高指示，他公開要求東京人，不必有實證，甚至根本不必真有事情發生，但凡感覺不對勁不舒服或自己神經病發作，只要對象是所謂的「三國人」（台灣、韓國和中國大陸），直接就到各地警察局派出所舉發可也。

儘管現實世界不堪的居多，但寅次郎日本的理想國成分仍有一個我個人以為再動人不過的特質，那就是它的構成材料全是真的，而且還是尋常的便宜的，舉目望去都不是什麼了不起的人了不起的事了不起的所在，不添加珍稀或根本不存在的元素，不必像柏拉圖那樣還得依賴不實的神話和殘酷的社會裝置（金、銀、銅的人種分類，並保留奴隸），不必人人先有高潔到天使都會慚愧的操守德行，更不必把柴又拔起來成為一個隔絕墮落世界的孤島云云。一切都是現成的都是我們已經做到並且早就擁有的，你不用再去發明，只要認真而且仔細的修補，李維-史陀（終於還是過世了，願他安息）所說「修補匠」那樣意義和方式的修補，把堪用的老材料拆下來撿出來，適度的磨光並截取調整，置放在正確的位置重新組裝起來。不是全有或全無，你會感覺這是可能的，至少是可朝它進展的，你不必背過身去面對虛空，你願意回過頭來耐心審視這老世界且心熱的過活，給彼此再一個機會。

四十八集、二十六年之久的寅次郎電影，始料未及但堪堪完成了小說家果戈里沒完成的事——這個了不起但走錯路的小說家用二十年時間想寫出一個光亮歡快的俄羅斯祖國，相信這樣一個俄國完整的、百分之百的就存在於現實之中，最終在修道院力竭而且心神消喪而死。

我猜，尤其在一九六九到一九九五的這段期間，很多日本人曾有果戈里式的錯覺，甚至以為寅次郎的日本已經就等於他們的當下，不必再去找再去發現。確實，這個國家曾如此勤奮、興旺、繁榮而且希望無窮，尤其是生活美學這部分的成就驚人，有那麼一段時日你幾乎願意用路不拾遺夜不閉戶這樣的讚語來說它。然而，稍微讀點人類歷史的人都不難黯然想到，二、三十年左右這種時間長度的繁華並不代表什麼更無法證明什麼，今天很多貧窮戰亂的國家，殘破如同被遺棄廢墟的城鎮，想回去都曾經有過類似的輝煌歲月，菲律賓曾是亞洲現代化的領頭羊國家，福建泉州在明代是萬國輻湊全世界各式各樣人都來的最大商港。這樣歷史規格和長度的繁華，跟如春花如朝露的美人一樣，通常不見得是人自身的成就，尤其不是事後才莫名其妙誕生於其中的人的成就（因此我始終不懂國族性的驕傲是怎麼回事），而是歷史無盡反覆的潮水使然。當然，人在其中得奮力抓住它回應它，但往往並不知道自己做對什麼，歷史的潮水再次轉向遠颺，你也完全不知道自己又做錯了什麼。

多年以來，因為距離較近的緣故（包括空間距離，包括歷史條件、歷史情境和發展狀態的距離），日本是我花較多心力注意的國家，也花較多錢實際去過多次。即使在那個最好的時光，面對那樣我個人以為「不敢置信」的華美如夢，我心中總會跑出聽起來像是詛咒的這麼一句話：「最好你能永遠這樣富下去——」。我的所謂「不敢置信」，在於這樣的繁華如太平盛世模樣是過度的、不自然的、撐出來的，和人的素質並不相襯，和社會的道德自省能力不相襯，也和他們思維的具體成就水平不相襯，這明顯的不均衡告訴我們它的脆弱。它毋甯只是建立在快速而來、山洪般暴發流竄、人們不知所措的財富之上，連同那些窮一點也可建立、理應有自身主體基礎和演化線索、有著比財富更久遠根源也更守恆的好東西，我指的當然不是青山、六本木那兒林立的這個那個昂貴噁心旗艦店，而是人的和善和慷慨，人對他者的同情心和責任，人的守禮自持，人的不盜不取不搶不奪，乃至於人的生命態度云云，這些全數被移植到流砂般的財富上，成為社會集體誇富宴的一環，成為某種裝置藝術也似的東西，因此就連一度堅固的都轉為脆弱。

我承認日本人真的很會「用錢」，在消費一事上包括供給和需求兩端擁有著惡魔般無與倫比的想像力創造力、差不多把他們全部的才能都耗盡在這裡；但我從不認為日本善用他們宛如歷史祝福上帝點名的財富，比起歐陸那些和他們所得水平相當但靜靜富裕的國家，財富似乎並沒有給予這個社會某種從容，某種自由和解放，某種吃飽穿暖之後可以做更多事想更多事的最動人餘裕和視野。事實上，事情還有點倒過來，一度渴求新知四下學習那個日本消失了，財富以及經濟成就的自慢帶來的反而是變相的鎖國，如今他們再踏上歐陸只是去買裝飾用的名牌奢侈品。

你把一切連同人的自信人的生命態度都賭在財富上，那你就得相信你可以一直維持在這樣的經濟頂峰之上，但稍微有點經濟學、歷史學知識的人都曉得，這是不可能的、站不穩的。我們很容易估出一紙換算表來，這個國家每下降一個百分點的GDP，眼前哪些東西會消失，哪個部分會瓦解，哪些壞毛病會跑出來，哪些野蠻幽黯的東西會重新統治人心——

有一樁說起來可能不那麼重要的小事，但就連我們這些外來者看著都怵目驚心——你知道前幾年日本連鎖般暴發大店家使用劣級食材、過期食材甚至上一批客人吃剩回收食材的醜聞，出事的全是商譽卓著、歷經了時間滄桑的百年老店。其中有家大丸子店叫「赤福」，紅色的大福，它的紅豆泥不做為內餡，而是直接在丸子上厚厚的一抹，美學上聰明又動人，去掉那種和式甜食的雕琢，有某種信手拈來的瀟灑。赤福是伊勢一帶（相傳就是銜接著高天原、日本建國之地，即所謂的大和路的起點）的名物，我去伊勢神宮路上進過它的本店，貴族宅邸甚至神社一樣的深色木頭建築，寬廣、潔淨而且沉穩，儘管人來人往生意好得不得了，仍不改優雅，人在裡頭好像腳步自然會放輕無聲。它創業於一七〇三年，三百年整整了，通過了古老的、階級的、貧窮的、內亂的、爭戰的、殘破的、療癒的、起飛的各種日本，你會以為它是某種比較接近永恆的東西，如伊勢灣的潮汐，如水木清華的五十鈴川，就算哪天會消失，也應該像山澗好花一樣自開自落才是。

我唯一慶幸的是，出事的丸子店不是我們柴又高木家。寅次郎的日本，儘管並不真的存在現實中，儘管已完成，儘管遠大於當下這個日本，仍禁不住這樣子的現實折磨。我實在很難想像，美麗的車櫻偕同氣喘無力的叔叔和擦著眼淚的嬸嬸，在喀嚓作響的相機前、電視鏡頭前鞠躬道歉的那般光景。

跟那位大阪出身的學者一樣，我並不喜歡日本，但我非常非常喜歡柴又，更喜歡寅次郎和車櫻這兩兄妹——只是，這真的分割得開嗎？

聾子。

我們聽見聲音，意謂著我們感知到振動，特定的聲音源自於並說明了某種特定的活動，它於是比視覺更代表著「有事情發生了」，比方說天神震怒或哈哈大笑的一記響雷，或來了遠方有獸群移動的大地灰塵浮動聲音傳送云云；更重要的，聲音的持續發生並此起彼落，讓靜止的、偏向於單幅存在的世界視覺畫面恢復了動態，世界是活的，草葉伸長，大地呼吸，河水汩汩向前，露水叮一聲在星空之下滾落，日月憑空御風而行，我們人不是孤單的但多麼寂寞的存在——

作家藍博洲這幾年住台北市，深為聲音所苦，台北市無所不在而且廿四小時不打烊的聲音已嚴重威脅到他的書寫了，一如無處抽菸嚴重威脅到小說家駱以軍的書寫，我們可能並不知道台北市正在失去他們，所剩不多的其中兩名最頂尖而且最認真不懈的創作者（誰認真誰打混我們彼此心知肚明），或知道了也並不在乎，或有點在乎也無可奈何。因此他們只能各自求生，一個拚命搬家，一個不斷找哪裡還有室外座位、風沒那麼大、熱氣沒那麼暴烈澆下的咖啡館——長夏已至，如果你在某個路口看到纍纍如喪家犬的其中一位，記得跟他打個友善安慰的招呼，算盡盡人事。

這些年，台北市的確變好看了些，從眼睛的觀點。但如果你閉上眼睛，只從聲音來聽，你很容易聽出來這個城市仍未脫昔日的暴發味道，像個打扮光鮮的人，但一開口就完蛋，甚至還打個嗝什麼的。

二〇〇九年的台北市，負責舉辦聽障奧運，意思是要接待幾百幾千名來自世界各地、比我們都健康唯獨獨聽不見聲音的人，除了嘉年華幾天，不曉得台北市還怎麼想這件事，是說反正他們剛好聽不見所以沒關係，繼續？還是台北市因此可以順便想一下聲音這東西？不必急著做什麼的先就只是想一想（我最怕的其實是法律如發情公牛般急著闖進來）？

比方試著假設自己是個完全聽不見聲音的人看看，這也許很不容易——京都著名的「五山送火」，是這個千年古都令人等待的盛夏大事，五山其實只是環抱京都成半個盆地的北邊這半圈丘陵的其中五座，每年八月十六日當天人們在日暮時分吆喝著攜火上山，時刻一到依序如傳火般點燃起大文字、妙法兩個王體行書、鳥居、船等五個圖樣（大文字有二，一大一小）。要一座如此繁華、誰該聽誰的大城市黯下來當然也不是件容易而且還挺危險的事（停電夜等於打劫夜是現代大城的基本公式），但悠悠千年時間有它奇妙的力量，那一個晚上，京都人們會熄了燈走出來，仰頭看著忽然變得巨大也變得如此靠近自己伸手可及、帶著火光不安定跳動如同忽然短暫復活的古老光之圖像，你很容易在那個片刻離開熟悉乏味的自己，滑入到某一道時間大河之中，忘掉很多事，也心思空白漂流想起很多事——

人設身處地，也就是古老的恕道，用不那麼道德急躁的話來說，是進入到某個「和自己相似的他者」，也可以說進入到某個「陌生乃至於不可能的自我」，這原是人認識世界認識萬事萬物的必然途徑，可以時時發生。當然，有些時候你有必要積極的提醒自己命令自己這麼做（也因此生出了第一層道德意涵），但更多時候，它的誘發係素樸的來自於察覺，察覺到我和某事某物的暫時相觸，由此彷彿若有光的引誘我們進去，然後眼前忽然開闊一亮，讓陌生的、隔離的成為可感可解。這樣的認識成果可以是全面性的，至少一定是多樣的、複雜的，道德結論不過是其中可能的一環而已，甚至副產品般只是某種認識告一段落、人安置自己心神如喟歎的曲終奏雅。當這個原來隔離的他者、這個陌生的世界，通過了認識已置放於我們的關懷之下，乃至於已成為我們自身的一部分了，我們很容易在此油然而生那種萬物一體的光潔慷慨之情不是嗎？

「相似性」是本雅明選擇的用詞，用它來進一步揭示這個「短暫相觸」的內涵，讓各自獨立、隔離、靜止的事物產生聯繫，賦予它們磁力般的動態。「這些潛在的相似性……形成一面鏡子，使得思想可以在這種相似或共鳴的氣氛中得到反射。事實上，這些相似性之間彼此並不互相排斥；它們交織纏繞，形成一個召喚思想的整體，正如輕紗引風。」「相似性只在閃電的片刻中出現，而且相似性的觀察正是最稍縱即逝的事物，……它們所固定的，只是流雲的固定性，它們真正的和謎樣的材質便是變化，正如生命本身。」

用我們的大白話來說，一個不知設身處地、不時時察覺人我相似性的社會，其真正的危險不是道德匱乏而已，而是在人變壞之前就先變得很笨很蠢。

藍博洲羨慕極了我的裝聾作啞能耐，可以一年三百六十五天坐定在咖啡館裡寫東西讀書，完全把自己暴現在城市吵雜聲音的最前沿，一副遇火不燃入水不溼的鬼樣子。但這有什麼辦法呢？我試著提醒他，其實我們一樣都沒那麼怕吵，除非聲音超過了一定的分貝數、超過了一般性的生物忍受極限，比方說樓上電鑽打牆的聲音（一再修改破壞已建得好好的房子是台灣人數十年不懈的奇怪生活樂趣），比方說汽車只發動不走的低頻聲音或某司機第一次發現車上有喇叭這好玩東西的聲音，比方說指甲或粉筆刮過黑板的聲音（已隨著我們童年差不多滅絕了，謝天謝地），比方說網球場上莎拉波娃奮力揮拍的酣暢聲音（已測出超過110分貝，最新而且最缺德的形容是母象生產）云云。諸如此類有致命可能的聲音，你專注書寫的藍博洲怕，沒專注書寫的一般人一樣也怕極了，殊無二致，書寫者並沒比一般人嬌貴脆弱也沒要求特權。惟一惟一，書寫者備感威脅的，不是單純聲音的大小高低，而是聲音挾帶而來的訊息和意義，關鍵應該在這裡。我跟藍博洲說，有時候善意的、好的聲音往往對我威脅更大，比方說咖啡館忽然又冒出〈Stand by Me〉這首歌（還好咖啡館不大可能播放比方威爾第的雄渾合唱曲〈奴隸之歌〉），你好不容易完成的隔絕狀態當場被穿透瓦解，心思碎片四下飄流，有些遠在美國，有的遠到童年，有些還嵌進了遺忘最深處，得再一次把它們一塊一塊找回來黏起來。

我吵雜的台北市咖啡館，一如格雷安・葛林吵雜的剛果痲瘋病叢林——在《一個燒毀的痲瘋病

廣 告 回 信
板橋郵局登記證
板橋廣字第83號
免 貼 郵 票

235-62

台北縣中和市中正路800號13樓之3

印刻文學生活雜誌出版有限公司　收

讀者服務部

姓名：________________ 性別：□男　□女

郵遞區號：________________

地址：________________

電話：（日）________________（夜）________________

傳真：________________

e-mail：________________

讀者服務卡

您買的書是：______________________________

生日：　　年　　月　　日

學歷：□國中　□高中　□大專　□研究所（含以上）

職業：□軍　□公　□教　□商　□農

□服務業　□自由業　□學生　□家管

□製造業　□銷售員　□資訊業　□大衆傳播

□醫藥業　□交通業　□貿易業　□其他__________

購買的日期：______年______月______日

購書地點：□書店　□書展　□書報攤　□郵購　□直銷　□贈閱　□其他

你從哪裡得知本書：□書店　□報紙　□雜誌　□網路　□親友介紹

□DM傳單　□廣播　□電視　□其他

你對本書的評價：（請填代號　1.非常滿意　2.滿意　3.普通　4.不滿意　5.非常滿意）

內容______封面設計______版面設計______

讀完本書後您覺得：

1.□非常喜歡　2.□喜歡　3.□普通　4.□不喜歡　5.□非常不喜歡

您對於本書建議：

感謝您的惠顧，為了提供更好的服務，請填妥各欄資料，將讀者服務卡直接寄回或傳真本社，我們將隨時提供最新的出版、活動等相關訊息。

讀者服務專線：（02）2228-1626　讀者傳真專線：（02）2228-1598

例》小說中他寫大建築師奎理第一次深入黯夜叢林之中救人：「他無法怪這些人害怕，假如人要不怕夜裡到叢林裡去，他必須什麼都不信。叢林裡毫無任何吸引浪漫之人的地方，它完全是空的，它也不像歐洲的森林裡有人住過，有巫婆或燒木炭的人，或者杏仁餅做成的屋子。從來沒有人在這些樹下走著，哀悼失去的愛，也沒有人像個湖畔詩人一樣在此傾聽寧靜，與內心密談，因為這裡根本沒有寧靜。假如有人夜裡在此想讓人聽到他的話，就必須提高聲音來對抗那個無休止的蟲鳴，那聲音就像在一個工廠裡，大群貧窮的女工同時拚命操作幾千架縫紉機一般。只有在正午炙熱的一兩個小時中，蟲子午睡了，才有寧靜。但是，假如有人像這些人一樣相信某種神靈的存在的話，那麼就像人們相信神住在天空中一樣，是不是也同樣有可能有神住在這個空虛的地區裡呢？這些叢林看來會比星球更晚受到開發，因為目前人們對月球火山口的了解已經超過了眼前這片一腳可以踏入的叢林。沼澤和腐爛植物的葉綠素臭酸味像牙醫的面罩般籠罩著奎理的臉。」

順便談一下（有一塊碎片切線般應聲飛出去了），葛林的叢林，不只相似於我此時此刻坐著的台北市永康街咖啡館，還相似於我高中歲月的教室臨窗座位——日據時代留下來的紅磚教室開向對面的植物園，灌滿了風，你得時時伸手按住獵獵作響的數學參考書和計算紙（計算紙總是一整疊單面印刷的各家補習班家教班希望你考不上的傳單），你知道那個聯考夏天的蟬叫聲音有多大嗎？把噤聲在地底下十七年的全部聲音濃縮在七天內大叫出來，但奇怪誰都不怕不抵抗，每個人仍一座孤島般背他的長串英文單字，解他走迷宮般的二次曲線，天可憐見，那年我們大家都考得還不錯——

因為那聲音完全是空的。由此我試著這樣想，藍博洲比我怕吵，是否因為一般性的噪音對我們意義不同的緣故？對一個至今仍如此堅貞守衛著左派信念的心靈，因為那聲音並不是空的，聲音裡發生過太多事，裝著太多東西，而且還住著獰惡的大神。我的城市自然噪音，藍博洲太容易從中察覺出分辨出各種沉重的訊息和意義，是美好人性和價值闇啞遠去的聲音，是人類歷史列車轟轟然開向錯誤未來的聲音，是他不幸處在一個「如今沒有幾個人認真在反對資本主義」時代、信念微弱如火種很容易被吹熄、有時你得駝鳥般掩耳不聞才能保有鬥志的各種討厭聲音——羅蘭・巴特也是這樣，我們尋常人抬眼看到也沒感覺的海灘、街道、市招、建築、人群和衣裝云云這琳瑯一切，羅蘭・巴特有回幾乎用尖叫般的語氣說，這無一不是符號！無一不是訊息！它們海嘯般鋪天蓋地的壓過來，讓人招架不住站立不了，既狂亂又窒息。

（舊世界打得落花流水，奴隸們起來起來，不要說我們一無所有，我們要做天下的主人，這是最後的鬥爭，團結起來到明天——）

我有限的閱讀和記憶裡，並沒什麼特別精采的、讓我長懷心中不去、一碰就跳出來的耳聾之人。我能馬上想到的其實都不是真的聾子，而是某種相似性的暫時靜默隔離狀態。比方說在《懺悔錄》書中，年輕的奧古斯丁去請託某博學的修院院長，驚奇的發現他讀書居然不朗讀不出聲音這一幕。當然，今天我們的二次驚訝已不是低頭無聲讀書這事（如今誰都這樣了），反而是奧古斯丁當時的驚異莫名，喚回那個已遺忘於習慣裡、人大聲讀書的世界，兩者重疊，讓我們此時此刻心思更複雜；另外，則是小說家徐四金講他寫《香水》一書前的一趟特殊經驗，他曾在法國做過摩托車之旅，包覆在騎士頭盔般的安全帽裡和摩托車本身的隆隆引擎，讓他隔離掉幾乎全部的外頭聲音，風景一掠而過只剩眼前盯住的無止境灰色單調道路，因此，他留存下來的記憶全是氣味，整個世界詭異的由各種侵略沉穩不等的氣味交相滲透組成，這個記憶得不到格瓦拉大兄式的人間革命結論，它幻境般創造出日後的惡魔香水師葛奴乙。

我唯一想到的正牌聾子其實是個有趣的「失敗」聾子，那就是侯孝賢《悲情城市》裡幼年從樹上掉下來喪失聽覺聯帶無法學會說話的梁朝偉——精巧在第一時間發現這個失敗的人是已故的名導演楊德昌，我記得我們才從西門町的試片室走出來，若有所思半條街的楊德昌忽然說，梁朝偉演得不好，梁朝偉讓人感覺他不是聽不見，而是說不出話來。

多年後物換星移訪舊半為鬼了，我至今仍不時想起此事引述此事，只是問題已慢慢變成：為什麼這麼簡單、明白、理應照眼就看出的失敗，自始至終只有楊德昌一個人指出來？是的，不是為什麼深夜傳來狗吠，而是為什麼狗沒有叫？

我的猜測之一是，我們也許太集體性的進入那段歷史了，或者說，我們對那樣一個時代已有了某種選擇性的、優先順序排列的結論乃至於主張，我們可能認定當時悲劇的核心有著迫促性，尚不在於訊息和知識接收的侷限、破碎和扭曲，而是人沒有表述的自由，有口不能言；也就是說，相對來講，當時人看到聽到感受到的東西，已遠遠大過而且沉重於他能講的，問題在嘴巴而不是耳朵，這樣的隱喻轉換過來當然是啞巴而不是聾子，所以不只是梁朝偉把它演成了啞巴，侯孝賢自己也把它拍成個啞巴（聾子只是啞巴的原因），我們也得其所哉的接受是個啞巴不覺有異。

如果《悲情城市》裡梁朝偉真的是個聾子，那這部電影可能會有點不同吧，至少，它的悲劇不會如此乾淨一致，會生出某些人跡較稀的岔路，也會有更多疑惑、更多懸而未決的東西也說不定。畢竟，人的基本五種感官有著不同的能耐和限制，我們眼前的世界圖像乃是全部感官統合所完成的，抽去其中一樣，不是少五分之一的問題，而是整個認識世界的方式得重組，當然，某些得靠聲音接收這部分會抽掉，造成空缺，但我們也一定會想到，其他部分的感官會伸進來，會因此放大其比例，增加其負荷，而且更專注更不受干擾（我們的感官當然也是既聯合又鬥爭的），因此也可能會多出什麼來。

人類很早就一而再再而三發現這一現象，不斷從某個生物構造有先天缺憾的了不起之人身上。在古代中國，對此最好奇也走得最遠的人可能是戰國時代的莊周，《莊子》一書幾乎是搜集也似的裝滿各式各樣生理殘缺的人，但完成的不是一家悲憫的救濟院收容所，而是一個隨時跨越人基本知覺限制，充滿認識和想像四面八方爆發力的燦爛奪目世界，自由無羈令人目眩神迷。也因此，欲練神功必先自宮，對某些心思特異、有奇怪遠志的人，反而會認為自己五官如此完整齊備，造成某種太均衡、缺乏動能又得一一費心照顧的限制，得人為的破壞它，所以菩薩垂眉，試著封閉掉自己的視覺（不必自宮也能成功），壞東西不看，好東西也不看；還有更激烈更不打算回頭的，相傳大音樂家師曠便不惜薰瞎掉自己兩眼，把世界的燈光關掉，只留下聲音這一條幽微的通道。

但為什麼有這麼多偉大睿智的瞎子，卻不見什麼同樣偉大睿智的聾子呢？這可能和人類在不同歷史階段對感官知覺的不同要求有關，其背後隱藏著一部人類認識世界的演化史。

講白一點，很長一段歷史，人們隱隱覺得聽覺比視覺要高貴要睿智，會聽聲音的人比會看東西的人要聰慧要難得。比方說三千年前的甲骨文便透露著如此信息，甲骨文有兩個強調人長一隻巨大眼睛的字，一是□，平凡無奇的「見」字，人只要有長眼睛就看得到，另一是□，大眼睛的人跑到某個山頂上試圖看得更遠更無阻攔，但這個字仍只是尋常的「望」字，也是每個人都能做到的，或說幾乎每個人都能做到，只要你的膝蓋關節或心肺功能還允許。但長一個大耳朵強調聽覺的字就不一樣了，[illegible]，這是「聖」字，指稱著某個天賦異稟的人，會比我們更早而且更多知道事情的人，我們得安靜聽他轉述這非比尋常的訊息並照著去做，所以這個字補了個「口」的嘴巴符號，把他所聽到的再翻譯給我們，聯起一道聲音再傳遞轉譯之路。

《莊子・齊物論》的討論便是如此從聲音開始（相對於前一篇〈逍遙遊〉由形體的大小開啟討論），從大自然風吹孔洞聲音的「地籟」，到人為發聲樂器的「人籟」，再試圖探問吹響、停止、主使、控制這萬事萬物聲音是誰、是何種存在的所謂「天籟」。於是，所有這些高低大小不同的自然的聲音，如激浪、如弓弦振動、如怒叱、如吸氣、如吶喊、如哭號、如輕笑、如哀歎云云（用原文來看可能更富想像力「激者、謞者、叱者、吸者、叫者、譹者、宎者、咬者」），便都有了表情和內容，可用以建構意義猜測真理；甚至，我們得再進一步去聽各種聲音的複雜關係，或前後因果（A聲音引發B聲音），或相遇成為共振，或高低大小追逐構成和弦或對位的更美麗效果（「前者唱于而隨著唱喁」）；還有，當風戛然而止，所有孔竅一起靜寂噤聲，無聲遂成為某種更富意義的聲音及訊息，《莊子》這裡講得再精巧再漂亮不過了，在聲音暫時停歇這一刻，他仍要我們留意到樹枝草葉款擺顫動的樣子，聽覺轉換為視覺（「而獨不見之調調、之刁刁乎？」），這樣的無聲遂更富張力、更驚心動魄更讓人豎起耳朵，像大交響樂的休止或極弱極弱音。

聽這些聲音並分辨講述這些聲音的人是南郭子綦，家住城南的某個絕頂聰明之人，他專注到不僅身如槁木，還心如死灰，把自己和外頭世界的其他聯繫管道徹底切斷掉，那古怪的樣子讓他的學生顏成子游嚇一跳。

所以，人們會願意犧牲視覺來強化聽覺，以為是人神聖的、向上的提昇，以聽覺來換取視覺則成了最不划算最不長進的事；換句話說，瞎子極可能是某個身懷絕學、擁有我們難以企及心嚮往之一整個深奧幽玄世界及其祕密的某人，而聾子只是人單純的不幸。

人對自身知覺的奇怪厚此薄彼，我們也許可從生物學很快得到一部分的簡明解釋——其實純粹從器官構成的演化來說，人眼無疑遠比人耳更精密更複雜，也方便好用，一翻兩瞪眼，是什麼不是什麼難以遁形，而耳朵這相對簡陋的知覺工具，則無法如此明快的處理它接收的訊息，就像李維－史陀說的，它得更多仰賴人腦子的支援，第一時間就要求人啟動思維，並記憶那聲音如所謂的繞樑三月，好仔細分解它聽懂它。工具愈銳利，人的介入和解釋創造空間就愈小，謎會消失，訊思駐留在我們心裡的時間也愈短，來不及發酵、變形、演化並橫向展開。

我們也可能從物理學得到一部分解釋——不太挑剔的說（比方光也是波），我們聽見聲音，意謂著我們感知到振動，特定的聲音源自於並說明了某種特定的活動，它於是比視覺更代表著「有事情發生了」，比方說天神震怒或哈哈大笑的一記響雷，或來了遠方有獸群移動的大地灰塵浮動聲音傳送云云；更重要的，聲音的持續發生並此起彼落，讓靜止的、偏向於單幅存在的世界視覺畫面恢復了動態，世界是活的，草葉伸長，大地呼吸，河水汩汩向前，露水叮一聲在星空之下滾落，日月憑空御風而行，我們人不是孤單的但多麼寂寞的存在——

歷史知識則進一步告訴我們，印刷術普及、大複製時代的到來不過幾百年，在這之前的漫長歲月，人類從個體生活實踐一點一點緩慢結晶、確認、累積來的各種技藝、認識、有效生命經驗乃至於所謂的智慧，主要是藏放在聲音裡並依此傳遞（藏放和傳送在這裡幾乎是同一件事），這意謂著，視覺相對來說反而是不經濟、沒效率的方式，如沙中淘金，獲得的往往是原物料、是未處理的原始素材，等於從零開始；聽覺才是快速的、狡獪的學習之道，幾乎可用偷來形容，也因此老師的地位才崇高如是，打罵凌虐，超越一般道德和律法的約束。但凡還有一點生命企圖心的人，從學會用木頭做一張桌子到宇宙生命的奧祕，其生涯幾乎都從尋訪一位好師傅開始，你願意先投資幾年去找，走幾百幾千里長路（孔子就從魯走到周），送肉乾，並擺低姿態打不還手罵不還口，就跟今天台灣追逐並容忍他們劈腿的鉅商豪門二代公主王子一樣（還得不管他們長得多不像傳說中的公主王子），當場就能減少三十年的辛苦奮鬥不是嗎？太初有言，智慧是有聲音的，所以當年奧古斯丁才這麼驚訝無聲的閱讀，彷彿目睹了某種異象某個預兆。事實上一直到今天，我們仍相信師徒制極可能還是最好的學習方式，師徒制的精髓是聲音。

師者與天地並列，是幫你捕捉、過濾、存留、重現、放大並負責翻譯解釋真理聲音的人；倒過來說，尋訪老師的極致，便是你已成為老師那樣的人了（「收藏書的極致，便是你自己寫出了那樣一本書來。」），你知道了怎麼擴大並善用自己的聽覺，或更像《獵殺紅色十月》電影裡第一個發現隱形潛航的黑人聲納員，他有把握在冰冷廣漠的大洋深處再一次找到它，一種類似海底火山活動的微妙聲音：「現在我知道該聽什麼了。」你也不用人翻譯了，無須中介者，聲音不再是單純的物理性振動而已，聲音已直接就是語言了。

「一個遠古的時代，那時地心中的礦石和天空中的星塵，仍在照料人的命運，而不是有如今天，蒼天不語，大地無言，完全不管人的死活。人再也聽不到那和他說話的聲音，更別提那些會聽他命令行事的聲音。新發現的行星在星象盤上並不扮演任何角色，也有一大群新礦石為人發現，受人測量、檢重和檢驗，以確定它們各自特定的重量和密度，但它們對我們來說，並不帶來任何訊息和用途。它們和人說話的時代，早已一逝不返。」

按理講，今天我們遠比當時的人們更知道人類感官的限制，我們知識豐碩多了，知道比方說人的視覺只集中於紅色到紫色這一段光譜，我們也只能接收一定頻率的振動聲音，像電視熱門影集《CSI》那樣，我們得借助另類的光源，或使用各種化學藥劑，才能「看見」本來就一直存在那裡的某個指紋、掌印、血跡或傷痕云云。但很弔詭的，我們卻同時更滿足於我們感官的有限能耐，比昔人更少意識到其限制，更不嚮往感官的超越（如直視太陽的鷹眼，如狗的嗅覺聽覺，如各種昆蟲的神祕感知能力云云）。這一部分也許是來自錯讀演化論的流俗成見，覺得我們人是「完成」的物種，擁有臻於「完美」的構造和器官，以至於那些我們看不見的顏色、聽不見的聲音和難以察覺的振動，必定是無謂的，可以忽略可以淘汰；也有一部分，是因為我們再不信任那些幽微隱藏的東西了，喪失了持續的好奇心，從而不願意再辛苦的磨銳自己的感官知覺，更遑論為著單一感官的突圍而不惜關閉、犧牲甚至永久毀棄其他的感官，所以師曠那樣的自殘行為是瘋子神經病，大真理時代和義人的確如本雅明說的一去不返了；但更麻煩也稍稍值得自我同情的是，我們人為的製造出太多而且太快的東西了，燈火闌珊的城市不會有星空，琳瑯滿目的顏色每一種皆一閃而逝，這個聲音會掩去另一個聲音斷去線索，我們的感官一直處在於某種疲憊的、消化不了的狀態，因此事情有點不一樣了，當老子講五色令人目盲、五音令人耳聾、馳騁田獵令人心發狂這些暈眩的話時，他隔離自己是為了盯住某事、某聲音、某個持續的思維，不是我們今天真的只想排除一切趕開一切，倒頭呼呼大睡。

「現在我知道自己該聽什麼了」，這句話說的同時也是你不要去聽其他什麼什麼——當然，聽覺的隔離遠比視覺的隔離麻煩，你可以閉上眼睛，但你無法一樣的閉上耳朵，因為我們的身體沒這構造；你可以掉頭不顧，但你難以不聽見，因為視覺是直線的、單向的，聲音卻是四面八方來的；你可以索性把燈熄了，乃至於像普魯斯特那樣，大白天也拉上厚厚的窗帘，讓自己廿四小時置身陰暗之中，但聲音的傳遞途徑和介質不同，它在黑暗中常常顯得更清晰更纏繞不去；即便你已沉入完全的無光無聲之中，讓整個外頭世界隱沒，你仍會聽見自己的心跳聲音、血脈汩汩奔流的聲音、耳鳴的聲音，單調而沉重，並隨著人的年紀一直放大其音量。

高傲不求人的納布可夫在這上頭有點像藍博洲，一輩子為無法隔離無法防禦的聲音所苦，卡車聲、廁所沖水聲、樓上的腳步聲，尤其是現代社會無所不在的樂聲歌聲等等，他甚至頗違背自己信念的主張法律應該規定人必須使用耳機聽音樂——真希望他有機會來台灣住住看。

至少，納布可夫生前人類還沒發明手機不是嗎？一種聲音的惡靈附體配備。

於是，今天當我們還願意說「現在我知道自己該聽什麼了」這句話時，我們得更意識到自己比之前所有說這話的人處境艱難，光做個瞎子不夠了，還得進一步成為聾子。這處境說起來好笑，真的還有點像我母親之於洗衣機的恩怨情仇，她一輩子努力在找最陽春的、除了基本洗好衣服什麼也不會、沒那麼多按鍵的機種，因此被逼像個懷舊的人，最理想的總是壞掉了、市場又已淘汰的那一型。她不願意為那些她一年也用不到一次的功能付錢並費神學習記憶，她也不認為洗衣機必須長得多美多夢幻，成為家裡擺設的一部分。「把船划好、把魚釣好」，賈西亞・馬奎茲說人總有一件主要在做著的事，對她而言就是好好把衣服洗乾淨，這一刻她並不要洗衣機告訴她今天鋼品的價格漲跌或環法自行車大賽阿姆斯壯的新排名，家裡有訂報紙，也有電視機，晚個五分鐘或五天一星期知道真的不會怎樣。電視機裡最蠢的廣告，便是那種你好不容易去到一個美麗的地方，古希臘神殿或下著雪的露天溫泉，然後總有個笨蛋神氣的抽出最薄最貴的筆電開始辦公，還以為自己占了全世界便宜人人稱羨。

正因為你要聽的那個聲音更微弱了，你得排除掉更多其他聲音而且用更長的時間來聽它——我們人主要在做著的那件事，本來就是經年累月的工作，可不像洗衣服那樣立等可取。且不論終身之憂式的、沒假期沒終點、只有死亡才能打斷它的志業，就光說志業的一次實踐、一個單元，像藍博洲寫他的一部《幌馬車之歌》，書寫或從某一個念頭、某一個觸動、某一個偶然的畫面或聲音而生，總而言之，都是露水般稍縱即逝、一曝曬就正常蒸發掉的東西，你得護衛著它踽踽穿透過日夜、穿透過星期、穿透過一次一次的月圓月缺，此事古難全。書寫者自身也許是很剛強的，但這每一天的工作卻是顫動、脆弱的；書寫者的根本信念也許是清明的，但作品卻每一刻都是困惑，而且係由這樣一層引發一層、獨特而崢嶸的問題催逼著盤桓前行。

說起來有點神經病，這些問題還不能太快有答案，或正確的說，不能有太快速方便的答案。快速的答案是普遍的、公約數式的強勢聲音，不可能有焦點有深度，因此不會有任何創造性，只能是一整團膨鬆的大道理，一堆甚至還押了韻的兩句兩句格言，人人朗朗上口，還貼在每一家早餐店紅茶店的牆壁上。它真正的功用不是解答，而是消滅問題，如本雅明講的，保護人不被真實尖利的問題嚇到，把你拉出隔離性的特殊狀態，回歸主流的暖暖太陽下。我最近讀到英國劇作家納撒尼爾・李的這幾句話當場大笑出來，實在很想也轉述給藍博洲一干人等聽：「他們說我瘋了，我說他們才瘋了，媽的，結果他們人比較多。」很不幸的是，他後來真的被隔離到精神病院去了。

自我隔離，只緊緊盯住一個幽微的聲音，的確時時有發神經病的風險，但李維－史陀的人類學考察再正確不過了，他以為獨特性只能來自足夠的隔離。獨特性不會在第一時間出現（或者說會在第一時間出現的獨特性早已用完），一如雕刻家的第一刀不會有太大不同，一如動物在胚胎階段你甚至看不出它是兔子還是人，你得保證它足夠長的時間，讓它用自己甚至是異想天開的各種方式去生長去突圍才成其可能。就像今天澳洲的有袋類獨一無二生態，係來自於它孤懸南半球千萬上億年時光的單獨演化。古生物學者告訴我們，其實有袋類生物也曾在南美大陸繁盛一如澳洲，但遭到北美洲強勢生物的南下侵入，遂快速滅絕，只留下一些朽骨。

快速的獨特性是一種悖論，並沒有這樣的東西。這其實是台灣今天緣木求魚的麻煩，我們活在一個太平坦、沒死角、聲音傳送毫無阻攔的島嶼上，曝露在強大綿密的資訊天網裡，任何一種有趣的聲音才起來，不是迅速淹沒在震耳欲聾的大聲音裡，就是被主流聲音吸納並改造，一點機會也沒有，我們所能有的，其實只是一種重複性、裝飾性的新奇而已。其間不是完全沒有某些有趣的、有潛質的東西，但輕輕的淺淺的，且如朱天心指出的：「好，好得全都一樣；壞，也壞得全都一樣。」

最終人的裝聾（就不要作啞了），還得抗拒得了一種終極性的致命聲音，那就是由它們總體匯合而成的一種沮喪的聲音，一種絕望的聲音，一種告訴你什麼都不可能的聲音。卡爾維諾曾用「石化」來指喻，他說整個世界不斷在硬化，再不會有什麼好消息，你每天睜開眼能希冀的充其量只是它不要變得更壞而已。有時你不得不駝鳥般不要聽見，好避免陷入虛無，好保有勃勃鬥志，不讓自己脫口說出「去死吧」諸如此類難以回頭的真心話來。是的，卡爾維諾勸我們不要直接瞪視它，它像女妖梅杜莎的可怖頭顱，會把瞪視它的人一一化為石頭。

如此說來，藍博洲幹嘛還會欣羨我能坐穩在咖啡館裡呢？答案是一樣的，到咖啡館原本就為著隔離而來，隔離自己的家，隔離善意的聲音，隔離掉所有熟悉、舒適、溫暖的東西；正在寫長篇的小說家林俊穎一人獨居，如今卻也衝出到咖啡館來，他笑著說，書架一直在那裡叫你，你一碰到困難，藉口翻翻資料，尋找感覺，接下來你就發現自己又埋進某本書、某部小說裡兩小時了。

所以所有像回事的作家最終幾乎都在早上書寫，趁著整個世界才剛醒來，還跟你暫時處在一種相互隔離的狀態，你還有能力把它擋在外頭——就連海明威這種浮誇好熱鬧的人都告訴我們，在早晨進入寫作之前，不做其他任何有企圖心的事；納布可夫一直工作到下午，直到黃昏散步時才找報紙看，才放世界溜進來；在淡水寫的舞鶴甚至不讀報，他只在餵食鎮上街貓時順便瞄一眼頭條，知道沒發生戰爭、末日還沒來就可以了。

我在咖啡館裡，一再看到不可思議的畫面之一便是——早晨八點多，外頭車聲人聲猶是空洞的、沒內容的，感覺非常好，我旁邊的年輕女生才落坐，不等咖啡上桌，便跑去抱來一整疊二十公分高的八卦週刊，那般光景顯然不會是讀駱以軍的專欄吧（如果這世界有這麼多人如此急切讀駱以軍那就好得太過分了）。好奇怪，這世界還沒惹你，倒是你自己急著泡入到那樣一個最腐爛、最虛假、最胡說八道的泥淖角落裡，每一天如此銘印世界圖像，幹什麼呢？

但是，媽的結果他們人比較多，你只能繼續當個聾子，不當聾子怎麼行呢？

英雄。

一個不幸的亂世，是英雄迭起、事後總會有幾個大名字、幾座銅像留下來的年代，但其實人在其間不見得需要特殊的英勇，尤其無須主動的英勇，你可以像個英雄選擇情熱的對抗，也可以不像個英雄選擇睿智的逃走（比齊魯的孔孟更處於殺戮亂世之地的老莊便勸我們這樣）；換句話說，你可以跟它拚力氣，也可以跟它賭時間。你不必刻意的找尋行動，是因為通常歷史自己會找上你，會逼迫你行動乃至於逼迫你成為英雄，人類歷史上數不清有多少理應只是流氓、只是騙子、只是神經病、只是庸碌乏味之輩的人因此莫名其妙都成了英雄。

英雄？是今天仍存在世間的一個名字嗎？這個大儒問題的答案，有簡單實證式的，也有較麻煩的、理念式的——前者，你在任何一家超商架上都可找到，電視廣告也有，允諾你英雄不僅存在，而且你還可以選擇扮演為數達幾十名不同英雄中的任何一個，只要你願意花點錢上線，購買眩目的裝備、武器和座騎，殺他個片甲不留；後者，我們基本得閉上眼睛撫平思緒，向自己尚未寒冽凝凍至冰點的內心深處尋求，這是回憶，也是召喚，但他很可能不那麼方便有個現成的、完好的人形和名字，比方阿契力士或者常山趙子龍，因此尋求的另一面其實是鑄造打磨，最終，你說服自己他還存在，他就真的存在，然後你眷眷不舍的攜帶這樣的人形信念和希望，果不其然會不斷在現實的某個角落，從你認識不認識的人臉上身上以及言語行為裡，看出來一些你過往視而不見、不留存於記憶的英雄碎片和閃光（可能以打擊你十次給予你一次的比例進行，行到水窮處坐看雲起時），這些是有熱度的東西，你一一收集它們，一邊修護、調整、豐富自己心裡的英雄圖樣，同時在勞動中會感覺自己身體的溫度比平時升高了些，像孟子講的集義以養氣。

以這兩種方式存在的英雄，我們通常認定他們彼此是背反的，相互瞧不起相互嘲笑不吝拋給對方最難聽的話，但有趣的是，他們也會合而為一，比方說這個人，菲力普・馬羅。

第一感來看，菲力普・馬羅當然是前一類的所謂架上英雄，因為他是雷蒙・錢德勒寫出來的人，只能活在書籍和稍後的電影電視之中——馬羅沒有童年，也沒有不許人間見白頭的垂垂老年，他生下來就是個潦倒不運的私家偵探，於一九三四到一九五八年這段日子裡開業於彼時的加州，收顧客一天二十五美元，沒雇用也大約雇不起一名做為備用女友、陰雨天閑著調調情的女秘書；他明顯違背今天全世界最怕死最怕老加州人的生存最重要禁令「抽太多菸喝太多酒」（語出後來的推理名家蘇・格蕾夫頓，她的偵探肯西・梅爾紅果然是個每天跑步三英哩以上而且生機飲食的加州陽光女性）；他的武器基本上是尖利的語言和用勁打出毫不保留的拳頭，當然偶爾也開個一兩槍，但他沒有任何殺人不償命的龐德執照，就跟任何時候的我們一模一樣，遂行正義毫無特權還毫無保障，只有無盡的報復和麻煩（有好事的讀者願意幫我們統計馬羅揍人和挨揍的拳數之比嗎？），以及可大可小的法律面刑責，也就是說，正義不僅是一種孤獨的高貴情操、一個內心的定言命令而已，正義還要努力找出方法，甚至仰賴接近專業技藝的詭計，你得同時是好人和壞人才能是義人，這是個挺讓人悲傷的結論：彼時加州，遠方有戰爭，但這裡正用金粉黏貼打造起來，財富如雪融之後那種又急又快又淺的河，你都聽得見它喧囂撞擊的聲音，因而，幾乎每一個出場的人都比馬羅有錢有權而且有閑，包括上門來的顧客和你得負責發現他並懲罰他的壞蛋，也就是說，正義不但長相不體面，就一般標準來說，它還力量最微弱最孤立，據說這正是上帝喜歡的樣子（不是說「上帝喜歡窮人」嗎？）。

這裡，我們得先停下來喘口氣，並且跟董氏基金會以及類似思維的人講句話，講一個再簡明不過的事實如此——所以說人貧窮、抽菸或喝酒不見得就不高貴，偽善、不義、太愛自己只關心自己以及胡言亂語才是。

馬羅這樣的基本造型，日後我們變得非常熟悉，我們去除掉一些深刻的、不安的成分（深刻的東西很容易讓一般人不安，會威脅我們昏昏欲睡的舒適狀態），把他的線條拉直，讓他成為一種典型，這就是往後半世紀幾乎誰都會寫會複製的所謂冷硬派私家偵探，摹本的高下因人而異，但大致上仍有個規律——有形有狀的外型最容易，你只要盯著一顆石頭把它寫成一個私家偵探就行了；

思維的部分稍難一些，因為牽涉到書寫者假裝不來的程度問題，尤其當他選擇寫這樣的小說終究得告訴我們正義是什麼、而且如何算是善惡是非的輸贏時；然而真正最難的仍屬情感的範疇，我們這裡指的不是故事裡的勾勾搭搭或那種作者隨時叫停情節呻吟感傷一下的情調，而是某種信念，某種堅持，某些你衷心希望永遠不會消失掉的東西。我想，如果可能的話，我們不會要它回歸情感，只以「信念」這樣不講理又脆弱的形式保衛它，我們但願它有更堅實、更普遍的基礎，有讓人無可質疑無法駁斥的豐富實證，是真理、是金剛鑽那樣本身就是個又亮又不壞的東西，但問題在於我們的理性無法證實它、妥善處理它甚至還會牴觸它，尤其是人處於某種要命的時刻必須左衝右突好殺出一條血路（正是這類小說設定的基本現實），它不僅名貴瓷器般最容易在行動之中碎裂片片，而且還會遲滯你的靈活，妨礙你做出理性上最有利自己的抉擇，並招致不必要的風險。在菲力普・馬羅初登板的《大眠》書中，那名靠石油累積了四百萬美元家產的雇主詢問他算不算個誠實的私家偵探時，馬羅的回答是：「誠實得很痛苦。」這我們都很容易聽懂而且自身不乏生命經驗，你不會不知道自己永遠無法每天廿四小時講百分之百不打折的實話，沒有人能這樣而且還活著，於是問題便不在誠不誠實這兩端，而在於量變累積成質變那一點何在？你可以忍著不說多少實話、並容許自己「必要」時講出多少以及什麼程度的謊言，你依然可以不愧不怍的相信自己仍是一個誠實的人？而誠實，不過是這組琳琅瓷器的其中一樣而已。

我個人一直不信任馬基維里，不是因為他太世故，而是因為他太天真，那種讀書人第一次看見現實殘酷世界以為大家都不知道的天真。誰不知道價值信念不僅不常得勝而且往往因此才一敗塗地呢？馬基維里對複雜人性的理解只抵達第一層，以為人對自己的行動可操控自如，像電燈開關一樣要亮就亮要暗就暗，可以在第一秒當個必要的惡人在下一秒再回頭當個稱職的義人，人心沒有這樣的彈性和自由，正如我們身體絕大部分的生物構造是不隨意的、不任由我們意志指揮的一樣，你何時指揮過自己的胃和腸要它們工作？命令你肝臟的腫瘤自行消失？

我們有時不願違背價值信念，不是因為它太強大太宰制讓我們身不由己，往往是我們意識到它太脆弱、禁不起我們太大太暴烈的動作。

米蘭・昆德拉在談法蘭西斯・培根的精采無匹短文中以這一串詢問向我們揭示：「一個個體可以歪斜變形到什麼程度而依然是自己？一個被愛的生命體可以歪斜到什麼程度而依然是一個被愛的生命體？一張可親的臉在疾病裡、在瘋狂裡、在仇恨裡、在死亡裡漸行漸遠，這張臉依然可辨嗎？『我』不再是『我』的邊界在哪裡？」

因此，我們而今動輒斷言英雄並不存在，極可能是事實而不是感傷，我們可放心稱之為英雄的人物和真實的世界可能是昆德拉所說「兩個明顯無從和解的東西」。這倒不是說真實的英雄是三角形的第四個邊或正直誠實的律師那樣純虛構的東西，毋甯比較像一朵開放在高枝上的花，你用力縱跳起來有機會片刻的觸及到它，但你無法一直停格在那個片刻裡，除非死亡正好在那一剎那溫柔的叫停時間，或我們把它移植到人造的、有暫停裝置還能反覆重來的世界裡，詩歌、繪畫、音樂、傳說故事以及電視電影等等，否則它就只能以碎片的形式存在並閃逝，我們的失望不在於我們沒見過它，而是萬有引力那樣的現實大地會馬上將它拉扯回去，讓它形容狐疑難識，讓它不足以信任。這使我想起很久以前麥可・喬丹的飛翔灌籃經驗之語宛如一則歷史隱喻：「最難的不是怎麼飛起來，而是如何保持平衡的安然著陸。」

人的思維不喜歡停在曖昧不明的中間地帶（所以但丁把這樣無解如流砂之地置放成地獄的第一層，永恆疑惑之鄉），它總是忍不住往兩端跑；但我們的身體反倒只能生活在這中間地帶，一端太亮太熱會把所有具體的東西融化消失，另一端則太陰溼太冷而且永夜無光，我們也許還能撐一陣子，但憂鬱症會先來，沮喪和絕望成了這裡唯一會持續生長的東西，在這裡，死亡只是極有限的、但折磨的被延遲而已——真的，要懷疑、要說出絕望的話語、要拆毀一切信念價值如今是再簡單不過的事，你甚至不必真有所感真的認真想過或有足夠分量的悲痛經驗，事實上你還有餘裕同時照顧到自己的語氣和姿態，讓自己說來很快意很瀟灑或欲說還休；但要安然居住在你描述的這樣一個什麼都沒有什麼都不是的世界卻是不堪忍受的，我會說這幾乎是生物性的，我們會需要一點明亮的東西，一些熱度，一些乾爽清潔，其重要性僅次於食物和飲水。

比較難說也難取信於人的話是——我見過，我信，我記得……

事實上，安博托・艾可還好心的進一步告訴我們，如何跟這些我們見過、相信、記得的碎片相處，他提出的建言是「擁有」和「保存」，我擁有，我保存——這清晰寫在他最好的小說《玫瑰的名字》最後頭，面對圖書館廢墟，面對昔日那場大火劫毀的碎片世界，連他睿智的導師威廉修士都不在了，見習僧埃森一人耐心的撿拾收集它們，而且更耐心的用一輩子的時間收藏、辨認、重組、解讀它們，往往還能從只剩隻字片語的殘破羊皮紙認出它們原來完好的樣子。「擁有並保存吧。」埃森把這個內心聲音，說是「上天對我說的明顯信息」。

基本上，錢德勒一生只寫菲力普・馬羅這名偵探，但我們來看這段文字，這個飛散得稍遠的碎片，我們很容易認出來它仍是完整菲力普・馬羅的一部分。這段文字稍長，但極可能是他自己為馬羅所做最重要的詮釋，因此知道錢德勒和馬羅的人可能都讀過，這沒關係，可以再讀一遍，對我們身體有幫助的東西只一次兩次是不夠的，不是這樣嗎？

「這不是個芳香的世界，但的確是你居住的世界，有些鐵石心腸、頭腦冷靜、能夠跳脫的作家可以根據這些構想寫出非常有趣、甚至令人發笑的模式。人被殺死並不可笑，可是如果他為了芝麻小事被殺，那就確實可笑。他的死應該是我們所謂的文明的註腳，這一切都還不足夠。

「任何被稱為藝術的東西都有一種救贖的品質。如果是高形式的悲劇，可能是純悲劇，可以有悲憫和反諷，可以有強者嘈鬧的笑聲。但在這些凶惡的街道行事，一個人並非天性凶惡，既未被汙染也不害怕。這類故事的偵探必須是這種人。他是英雄，是一切。他必須是一個完整的人，一個普通的人，然而是個不凡的人。他必須是——套句老掉牙的話——有榮譽感的人。他的榮譽感是出自直覺，出自必然，無須思考，無須言語。他必須是他的世界裡最好的人，好得可以踏入每個世界。我不太在乎他的私生活；他不是太監也不是色狼；我想他可能勾引女公爵，不過我相信他不會玷汙處女；如果他對一件事有榮譽感，對所有事情也一樣。

「他相當窮，否則他不會是個偵探。他是個普通人，否則無法和普通人相處。他知道分寸，否則無法勝任他的工作。他不會不誠實的收取任何人的金錢和忍受任何人的侮辱而不求公平的報復。他是個寂寞的人，他的驕傲就是你把他當作值得驕傲的人看待，否則就很遺憾認識他。他說像他年紀的人該說的話——也就是有些粗魯機智，醜陋活潑，討厭虛偽，輕視瑣碎。

「故事是這個人尋找隱藏的真實的歷險過程。如果一個人不適合冒險就沒有冒險可言。他的經歷廣泛足以叫你震驚，但那是他的權利，因為那是屬於他生活的世界。如果有足夠的人像他，那麼這個世界會是個很安全的地方，不會變成太無趣不值得居住。」

我自身的經驗和我所知道的是，如今每個讀了這段文字的人都不禁有某種久違了的動容，但同時有點失望和意猶未盡。然而仔細想想這很正常，因為這仍是用碎片堪堪黏起來的英雄人形，滿是裂痕，每句話都試探但躊躅，都一面在找尋最適當的煞車點。如今，全世界最不可能的任務之一便是，堂皇的、武斷的、邊角切得俐俐落落的描述一個全然正面的東西，不包覆「然而」「但是」「極可能」「基本上」「某種程度而言」諸如此類的海綿質料保麗龍質料文字襯墊。我們的文字語言已變得又乾又硬又脆，感染了懷疑的病毒，這沒什麼好抱怨的，因為病毒係來自我們自己內心，就像伊波拉病毒在剛果黑森林沉睡百萬年被我們叫醒出來肆虐一樣。

錢德勒所說的「還不足夠」，指的是他推崇無比的達許・漢密特，這個早他半步讓這組廉價黑街小說脫胎換骨的人。錢德勒曾經這麼說漢密特：「漢密特最初（幾乎、直到最後都是）為擁有尖銳積極生活態度的人而寫。他們不怕事情醜陋的一面，他們就生活在裡面。暴力不會令他們迷惘，因為就在他們居住的街頭。漢密特把謀殺交到那些有理由犯下罪行的人手裡，不只是提供一具屍體而已。」用我們剛剛的話來說是，漢密特是先把英雄引入到和英雄不相容真實世界的人，但硬頸的漢密特有較古老的堅持，他要他的英雄得勝，而且是乾淨漂亮不打折不留餘地的得勝，更不能在獲勝過程中暴現自身的弱點，因此漢密特的英雄只能更快更輕更機智，用最堅固的盔甲把自己身上最柔軟的部位給擋起來不被人發現，最好能割除它一了百了，就像《紅色收穫》裡那位把黑白兩道惡棍一個不留玩於股掌的無名探員自己說的「已長成了一身硬皮」，沒眼淚，沒悲憫（「他和上帝不同，上帝會悲憫」），沒情感，沒道德禁令，不要信念；另一方面是，一個單槍匹馬的人要合理的擊敗一整個世界，這個世界就不能太大太強，它得是有限的，而且是具體的，用拳頭打到會痛會呻吟倒地不起，用子彈擊中會流血會斃命，也就是說，它不能是真的是一整個世界，只能是一些代表性或者做為隱喻的所謂壞人而已。

你如何用槍瞄準一個亂世？宰掉一個漢娜・鄂蘭所說的「黑暗時代」？

由此，我們回頭再來檢查錢德勒對英雄具象但語焉不詳的這番描述，很容易發現，他更想指出來的不是這樣一個人的攻擊銳力，而是他頑固防禦不鬆手的東西；不是此人的堅硬，而是那些最柔軟最不確定到令人提心吊膽的部分，「救贖」「完整的人」「不凡」「榮譽感」「最好的人」「貧窮」「寂寞」「誠實」「驕傲」云云，因此，錢德勒式的剛強比漢密特多了（或說恢復了）好些面向和品質，所謂剛強至少還包含了忍耐、希望、以及人對自身生物性欲望不屈不撓日復一日的抵禦。你也可以說，漢密特把英雄引進到現實世界，但錢德勒原本想的只是個好人，但他發現了一個不得已的事實，那就是他直言告訴我們的，「你要做個好人，得先是個英雄。」我個人最近聽聞的最好實例發生在台北縣淡水鎮，淡水，就跟台灣其他地方一樣，有諸多被遺棄被驅趕而且動輒被傷害連自生自滅都不可得的流浪貓，也有一些願意花錢、花時間、花心思還花感情（其中最困難的部分）餵食牠們並保護牠們的好人，定點定時，風雨無阻而且愈風雨愈非出門不可，很簡單，只因為愈是惡劣溼冷的天氣，貓愈迫切需要食物和熱量，而且牠們來一趟遠比人艱難，牠們沒雨傘雨衣沒厚重的禦寒外套不是嗎？這不是個芳香的世界的確如錢德勒所言，淡水好人中有一名最高壯的男子還因此每天練身體練肌肉，原因無他，因為他得負責吵架，負責衝突，負責擋在前頭嚇退那些源源不絕來挑釁、來惡言相向的自私冷血人們。（你很難想像有多少這樣的惡人，也很難想像人在面對自己完全可宰制的弱者時可以壞到什麼地步，事實上，人面對流浪貓永遠比面對流浪漢加倍的、肆無忌憚的殘酷，昆德拉告訴我們：「面對一個同類，人永遠無法自由自在的當自己；一個人的力量，限制著另一個人的自由。面對一隻動物，人就是自己。他的殘酷是自由的。人與動物之間的關係構成了人類存在的一種永恆的深處背景，那是不會離棄人類存在的一面鏡子（醜陋的鏡子）。」）是的，這名熱血的淡水男子沒要找架打沒要時時伺機攻擊世界，他只是想餵貓而已；他也無意要比誰更強更大，他只是想聽從並保衛自己柔軟的、初衷的心而已。我還聽說，他的正職是在地的一名美術老師。他和流浪貓的最初相遇，是否來自於某一次的風景寫生？是否因為他不意看到了遠遠一隻打盹的貓進入到他想畫的空闊淡水海天裡來，覺得那樣的畫面更好？

沒辦法，你想當個好人，就先得是個英雄不可。

《大眠》是錢德勒的第一個馬羅長篇，出版於一九三九年世界大戰的日子。The Big Sleep，死亡以一種更亙古、更舒適也更一了百了如暮色降臨的樣態被說出來、被理解。一八八八年六月二十三日生的錢德勒當時已五十一歲了，正正好是此時此刻我的年紀，換句話說，滿老了，尤其做為才出版第一本書的寫作者而言，也因此，被設定為三十三歲的私家偵探馬羅，我們看，錢德勒此刻寫他已非常有把握了。我們隱隱察覺到馬羅有一種質地真實的世故，彷彿他知道的遠比他所說的和所想的要多；他的無懼不是因為對即將到來的危險全然無知，毋甯更像是充分預見並且知道最糟糕的結果大致會是如何，有某種不求奢望的鎮定和安詳。五十一歲的書寫者錢德勒安撫著、指引著三十三歲的菲力普・馬羅，馬羅的眼前凶險，對錢德勒而言是記憶。

然而錢德勒的書寫不真正從《大眠》開始，甚至不從馬羅這個人開始。事情要再往前推六年，一九三三年當時才由石油公司離職、遊手找尋下一個生命落點的錢德勒，被某一本推理小說弄出一肚子無名火又無從發洩（我們每個人幾乎都有類似的閱讀經驗），他想大聲告訴所有人殺人不是這麼回事，真實的世界不是這麼回事，就因為這一口氣，他熬夜在旅館寫下了他生平的第一篇小說，可能就是稍後發表於彼時廉價雜誌《黑面具》的短篇〈勒索者不開槍〉。

我們要說的正是這「前大眠」的跌跌撞撞有趣六年，有點像亂槍打鳥的六年，體例上都是短篇小說，主人翁有時是馬羅（〈檢方證人〉，1934；〈金魚〉，1936；〈紅風〉，1938），但更多時候不是馬羅，我們從日後收輯成The Simple Art of Murder的短篇小說集可看到，錢德勒嘗試讓他或更年輕、或更有錢、或更歡快、或各種可能身分甚至根本沒私家偵探。比方一九三九年正倒數計時時刻的〈惱人的珍珠〉，主人翁便是一名大學時打美式足球絆鋒、不愁吃不愁穿窮極無聊的公子哥兒，只因為女友兩句甜言蜜語昏了頭而去調查一宗家庭失竊案，幻覺自己是中世紀騎士要仗義替老太太（女友的雇主）找回那一串往日情懷舊愛回憶的珍珠項鍊，除了當場挨兩記重拳應聲倒地那一段，這是距離馬羅最遙遠的馬羅小說，惟我們一路含笑（閱讀錢德勒小說不大可能出現的表情）看下去，最終發現他又回來了，故事的最終處置仍是馬羅式的，正義不只是破案緝兇把壞人痛打一頓而已，正義必須更溫暖也更溫柔；正義必須更準確更向著人心回答；正義不是倨傲的、排他的、吞噬性的怪物，它在適當時候適當角落適當的程度必須懂得向其他不下於它的價值彎腰低頭，奇怪是往往它在委屈自損時才更像正義；正義，最原初是想要世界更好而不是更惡劣更殘忍，不是這樣子嗎？而且我們也發現在緝兇偵探和罪犯之間仍有空間可容納乾淨的友誼，生長出在哪裡都不易生存的人的真誠，這直接讓我們看到了日後（1953）的馬羅經典名著《漫長的告別》，不是那種討人厭的雄性共謀，而是波赫士所說人最精緻情感之一的友誼。因此，你當然可以把這段日子沒馬羅的小說全看成是馬羅小說，馬羅仍在嘗試、仍未安定、仍在織了拆拆了織找尋他最適當模樣的馬羅小說。

「十月中旬，上午大約十一點鐘，沒有陽光，山麓的小丘望似雨幕重重。我身著一套粉藍色西裝，暗藍色襯衫，打領帶，胸袋上插著裝飾手帕，穿黑皮鞋，和帶有暗藍色繡花圖案的黑毛襪。我整整齊齊，乾乾淨淨，刮過鬍髭，腦袋清醒，有沒有人留意這一切我並不在乎。我具備一個體面的私家偵探該有的所有條件。我正要去探訪四百萬大洋。」這是六年後馬羅在《大眠》一案登場的死樣子，當然是自嘲的。稍後我們會知道更多，有些出自於他人的話語，比方說他的眼睛是褐色的，但更多時候，是我們（包括錢德勒自己）通過一次又一次的案件直接而且具體的發現他、形成他、確認他，這是個緩慢、耐心但確確實實（確實的東西通常需要時間）的生長過程，為時二十五年（前大眠六年加後大眠十九年），我以前寫過一篇菲力普·馬羅的短文，把這二十五年四分之一世紀稱之為「在亂世中打造一個高貴的人」。

在一個已沒有英雄，但不沮喪仍四下散落著英雄和其他美好東西碎片的該死年代。

我把自己昔日那篇馬羅爛文章找回來重讀，果然不值一提，唯一仍閃閃發亮的，是文章裡我所引述的費里尼話語。費里尼，這位有著最華美想像力、米蘭·昆德拉以為電影做為一種藝術形式到他為止的了不起導演，被問到他喜歡什麼時，他果然也以碎片的樣式回答：「……九月……奶油杏仁冰淇淋……腳踏車上的漂亮臀部……火車和火車上的便當……空無一人的教堂……以及雷蒙·錢德勒。」

亂世？現在也許應該改成「末世」要好些準確些也現實一些。我們對所謂的亂世有很多種描述方式，依據自己的傷害、自己的希望破滅、自己最在意之人之物的遺落、以及自己不甘心放手的應然世界圖像云云。但亂世通常得有比較具體有對象的壞事發生，比方戰爭、瘟疫、乃至於瘋狂殘酷敗德的統治者，因此這並非我們對人類歷史最絕望的判定用詞，事實上它更接近某種我們自身生不逢時的荒謬描述，它仍被意識為暫時的、失序的、終會下完雨過去的，麻煩只在於我們究竟撐不撐得到？有多少珍愛的人和物會從此壞去不復返？以及，由於時間的量度不同，所謂歷史的偶然、歷史的彈指、歷史的短暫現象究竟會不會比我們僅有的一生還長？在亂世中，往往人最深澈的痛苦並非死亡，而是你得把自己當個洋蔥般不斷剝落、不斷做出你不願意到以為不可能的抉擇，孟子當年便指出這個，但他很奇怪用魚和熊掌這兩個奢美不急的好東西，來替代「生」（生命）和「義」（價值信念）這兩端激烈終極性的抉擇，是善用譬喻一輩子的孟先生最失手的一次。事實上，你的抉擇會一再發生在兩樣你以為生命不可或缺、少任一樣都可以到生不如死地步的東西，而不只像孟子所說那麼乾淨、那樣一次性斷裂在生命和價值信念之間而已，這樣只須一次也只能一次的二選一相對來說還是容易的，可以帶著豪情帶著光朗之心如孟子自己大聲講出的「舍生而取義也」；更多時候，人糾結纏繞在價值和價值之間、生命和生命之間（我的命、你的命、無辜他者的命……），同質而且等值，你既無法靠理性來加減乘除運算，也無法靠美學偏好來抉擇（我本來就喜歡義超過生命），更要命的是，你於是不管做出什麼選擇都沒有榮光的冠冕，都感覺自己是卑鄙的，都如昆德拉所說察覺自己的歪斜變形、察覺出「我」正一步一步向著不再是「我」的邊界而去。像當年納粹的大滅絕營，要你每一個猶太人社群自己定期交出五十條命來，你選誰？怎麼選？就算你慷慨舍了生取了義也只占一個名額而已，還有四十九個不是嗎？而且你要不要為下星期下個月可能又來的五十人名單做豫備？

當我們把如斯亂世的知覺移往一個沒戰爭、沒瘟疫飢饉的晴朗光亮日子，當我們確實的察覺出，這不是特例，而是普遍的；不是暫時的，而是一直如此的；不是偶然的，而是世間的某種真相乃至於本質，如同菲力普‧馬羅在不下雨的加州所思所言，或者也像我們在此時此地衣食無虞的台北市不時襲來的念頭（你會虔敬的希望這只是自己心思寥落時刻的幻覺幻聽），亂世就成了末世了，一個其實更冰冷更絕望的歷史判定之詞。它或許不再有明白立即的致命性，不逼迫你做出「要錢還是要命」的當下抉擇，你的確可以如小說家馮內果開玩笑的如此回答用槍抵著你的歷史翦徑搶匪：「哦，這是個極深刻的問題，我得花點時間仔細思考才能做出回答。」但時間的緩和延遲另一面是，它不再有盡頭或者至少我們看不到也不敢相信它一定有盡頭，沒盡頭的純等待不再是忍耐，只能是忍受，這兩者的不同是，前者你還能把自己要保衛的東西化為種籽的形式收藏起來，後者則讓這樣的行為變得毫無意義，因此對人心更具腐蝕性。

以下的話說起來弔詭而且像繞口令，但可能是真的——一個不幸的亂世，是英雄迭起、事後總會有幾個大名字、幾座銅像留下來的年代，但其實人在其間不見得需要特殊的英勇，尤其無須主動的英勇，你可以像個英雄選擇情熱的對抗，也可以不像個英雄選擇睿智的逃走（比齊魯的孔孟更處於殺戮亂世之地的老莊便勸我們這樣）；換句話說，你可以跟它拚力氣，也可以跟它賭時間。你不必刻意的找尋行動，是因為通常歷史自己會找上你，會逼迫你行動乃至於逼迫你成為英雄，人類歷史上數不清有多少理應只是流氓、只是騙子、只是神經病、只是庸碌乏味之輩的人因此莫名其妙都成了英雄，像中國漢代班家最不長進也最壞的一個班超便是如此，遑論希臘的喪心病狂阿契力士。然而，在一個看似無風無雨的冰冷末世裡，沒有英雄這一職位，卻嚴苛的要求你非主動是個英雄不可，一方面時間只流走不改道，在這麼一個不會雨季結束、洪水退走、挨過去就是你的無盡頭世界，你非放進一些特殊的、不一樣的、讓人精神為之一振想像力可以復活的東西不可，至少得試著讓直線的時間扭曲彎折，有機會轉變成為人的盟友，如此，希望這一個美麗的詞才得以恢復它原來的意思；另一方面，你自己一定也需要這樣的道德體操，價值信念只收存在內心裡一樣會發霉變質萎頓，你還是得說出它來，大聲為它辯護，甚至實踐，你必須有更長時間的打算不可。

所以波赫士愈到晚年愈強調書寫中的英勇特質，即使只是一個狀似安靜不驚擾世界的書寫，的確都包含著一個「尋求隱藏真實的歷險過程」，但凡你要好好說出足夠分量誠實，或是足夠分量深刻美好的話，每一個夠格的書寫者都心頭雪亮自我斟酌過，你無法避免對眼前的世界有所冒犯，如薩伊德長掛口中的，你得對抗流俗，對抗習焉不察的時尚和成見，對抗人們的漫不經心，對抗人們遍在的懶怠和假充世故的胡言亂語，對抗建構在這些上頭的所有利益，以及對抗人們的失憶云云。波赫士晚年，因為家族基因的緣故日落般兩眼俱盲，且早已不理會阿根廷幾乎一無甯日的現實（波赫士總是淡淡一句「我那最不幸的國家」），甚至不讀當代的作品，只以他驚人的記憶力和人類歷史上那些最偉大的書相處。他一直是個最謙遜的人，總是老紳士般溫和的、帶著商量的說話，但稍稍讀懂他作品的人都至少看得出來，他的確是個最英勇的思維者，他的書寫總開向全無人跡之地而且絕不停留，跟整個眼前的世界背向踽踽而行，他狀似天真的話語其實是他寸步不讓堅持的一種極其柔美精純形式，攤開他一生八十年的經歷，你以為這樣的人會天真未鑿嗎？薩瓦托稱他「作家的作家」是至高的讚語也是準確的不祥之言，意謂著一般人並不容易知道他的價值，波赫士也果然為期十年廿年的被人遺忘，他今天我個人以為仍遠遠不夠的普世聲名，係來自那些為數不多的人英勇不懈的反覆講出由衷之言，但根本上還是個奇蹟。

是的，在我們價值信念的萬神殿中，英勇很特別的有兩個角色——它既是被守護的珍貴之物，也同時是個守護的衛士，負責保護其他諸神、保護其他所有的好東西。

在末世中打造一個高貴的人，我以為最深澈的困難還不是這些，不是怕冒犯世界的種種凶險，不是怕被當神經病被遺忘，而是這個世界真值得你這樣嗎？眼前這些人真值得你這樣嗎？一個被愛的生命體可以歪斜到什麼程度而依然是一個被愛的生命體？一張可親的臉在疾病裡、在瘋狂裡、在仇恨裡、在死亡裡漸行漸遠，這張臉依然可辨嗎？——此時此刻，我心中閃著一張一張真實的臉、一個一個我認得的、知道的、認真相待過真心期待過的人，我想，昆德拉說這話時也是這樣。

文學書寫處理具體的、單一的人，而不處理集體的、概念的人，最簡單的技藝性理由是，集體的、概念的人只是統計數字（史大林難得的睿智之言，可能是他的專業經驗），甚至只是幻覺（波赫士），它鬼影子般黏附不了任何真實的東西；稍稍深沉的言志理由是，集體的、概念的人只能是公約數，而且還是受制於集體現象再損折、再往下、更體現放大人們一切壞毛病的惡質公約數，它只讓書寫者灰心沮喪。書寫者要保持對人的信心和希望，只能把自己的目光聚焦在某些個人，某些還值得一看值得探究的個人，不論他是否特例，不論他是否偶然，有這麼一點點《聖經》耶和華的味道，只要這個城裡還能找出五名十名義人，我就應允不用天火擊毀它。

然而，如果這些僅有的、具體的人仍禁不起注視怎麼辦？他們總是一個兩個三個就在你眼前變書寫找到慰藉脫困的方法。我一直注意到朱天心的小說人物有一種「類化」的傾向，不是那個人，而是在某種處境下的某種人，會在人物逼近具體成形的前一步忽然煞住車，轉頭逆向行駛回歸到普遍層面來，但這不是公約數的概念化，而是她所相信人合理的、應得的模樣。黃錦樹曾稱之為「一篇小說寫完一種類型的驚人企圖」，但我逐漸發現原來她先我一步是不得已的，朱天心比我更意識到時間的無堅不摧力量和人的相對脆弱不堪，你只能讓人保持在他「應然」的樣子才能抵住時間，讓他不在疾病裡、在瘋狂裡、在仇恨裡、在死亡裡漸行漸遠——

在末世中，保持思索一個又一個人理應如此的可親樣貌。

這裡，抄一段維吉妮亞・吳爾夫講詩人雪萊的話：「但同時又如佩克教授強調的那樣，雪萊雖然不愛這個哈麗特或那個瑪麗，但卻愛著人類，這一點千真萬確。和大自然神聖的美一樣，人類的悲慘境遇總是在他心頭熱烈且持久的燃燒。他比任何人都更熱愛行雲、大山和河流，但在山腳他總能看見一間坍塌的村舍；罪犯正戴著鐐銬，在聖彼得廣場的人行道上鋤草；可愛的泰晤士河畔，一位老婦人正因患瘧疾而顫抖。這時他就會將自己的寫作扔到一旁，遣開他的夢想，步履艱難的去給窮人送湯餵藥。隨著時間的流逝，形形色色、稀奇古怪的領養老金者和門客必然聚集到他的周遭。被遺棄的婦女、別人家的小孩他也要管。……最不食人間煙火的詩人竟也是最實際的人。」

今天，我們得進一步把話倒過來說才更符合如今的真相——只有最世故、最實際的人，可能才得以保住那一點質地精純的天真之情，正如李維-史陀講他自己，說也許真正徹底到不留僥倖餘地的悲觀主義，你才能由此孕生出溫和的樂觀精神；也一如我們在馬羅身上看到的，也許只有徹徹底底相信人類世界不再能生產英雄，我們才可能對人的英勇有著腳踏實地的理解、祈求，以及，寬容。

主播。

聰明和美麗哪個在前面？當聰明和美麗兩者不可得兼我們取哪個舍哪個？如今我們整個世界向著哪一側傾斜？

我感覺如今主播正「小聯盟化」——我的意思是，主播在新聞領域裡仍是某種巔峰，但在一個更大更豪華的大遊戲中，這個巔峰卻愈來愈像個跳板、一種身分或資格，如同美國職棒二A三A的好投手，他們戰績彪炳，但沒要終老於斯，他們真正的夢想是一通電話響起，上去大聯盟叱吒風雲一番。

近年來最受歡迎的電視影集當然是CSI科學辦案，兵分三路，我自己一路看下來，最好的仍然是賭城拉斯維加斯夜班的這一組人，很可惜死的死逃的逃，最好的那一批人已離散，最幸福的時光也已隨黑人華瑞克的死去不復返（當然，現實的理由可能是飾演華瑞克的該演員惹禍不斷，包括藏大麻、動手修理狗仔記者云云，依我個人的看法，其實都是挺正面該被褒獎加薪的事不是嗎？），如今新人新政，接下來如何仍在未定之天。

最決定性的一擊仍屬組長葛瑞森的毅然追隨滿心傷痕的莎拉而去，去了某個滿地是昆蟲（葛瑞森最愛的東西）的叢林。這位已現老態且不稍掩飾、走起路來大屁股一頓一頓的組長，就電視影集的規格限制而言，已近乎神蹟的呈現他這樣「一種」人的絕佳模樣，品質非常高，包括他對科學真誠且興味盎然的專注，但更難的毋庸是他並不因此是個科學瘋子不是那種討人厭的科學法西斯主義者，我們仍不時會從他口中聽到科學而外科學力有未逮的豐碩話語，不因為這些話語可能引述自莎士比亞但丁神曲或某一則希臘神話顯得更有學問而已，而是很正確的揭示出來，真正好奇的是人而不是「科學」，真正對真理是非有著堅持之心的也只能是人自身，而一種質地精純的真誠不會限縮於某一個特殊領域某一門行業，它是人更本質性的東西。當然，每個人仍得有他的現實選擇，像葛瑞森選了科學鑑識，每個人有他認定或鬼使神差「自己最主要做著的那件事」，有他的專業技藝所在構成李維—史陀所說的「人在世間的位置」，這是積極的，但話說回來也仍然是不得已的，就像物理學告訴我們的，你終究無法同時存在這裡又存在那裡，你不得不依循對你而言最有效的某道路徑去追索真理（或僅僅只能是真相）去實踐好奇，但在此同時你也該心知肚明自己放棄了其他的可能途徑，文學的路、音樂的路云云，如同波赫士所說「我不得不躲入到無知的洞窟裡去」（波赫士舉例說他學不會騎腳踏車、永遠弄不懂汽車的構造，這有點氣人）。這種好的無知保護著人的本來模樣及其初心，讓人置身在某個僵硬多限制的專業領域裡仍能維持柔軟的海綿樣態，不被輕易定型，仍可以複雜的多樣的吸收，仍不時對更豐饒的外頭世界探頭探腦並且偶爾滲透逃逸出去。

我自己對老葛最懷念的演出之一，是他某回一個人出差到某個山區小鎮去，追索一宗後來證明是斷背山式的同志殺人案件。我自己生長於傳統價值統治年代的保守小城，回憶我那一兩個不得不結婚但一再拖延掙扎的童年好友，知道最悲傷的同志故事總是發生（或說永遠無法發生）在這樣小而封閉而透明的地方。這是個每一步都讓人遲疑該不該破案的案子，老葛也果然遭到一連串的阻攔，包括他的鑑識工具第一天就整箱不翼而飛，但老葛二話不說轉頭進了小鎮的雜貨店五金行，膠帶嬰兒爽身粉玻璃電池還有一堆我們不知道原來還可以這麼用的家庭用品，大俠一般。科學依然大獲全勝，惟老葛贏得毫無得色，一人去一人回，感覺他回家時更步履遲重。

東岸紐約那批人也中規中矩，人親切溫暖，以犧牲一部分個性和深度為其代價。紐約最好的我以為是罪案的多樣性，有太多只有在這座世紀大城才能發生才能成立的千奇百怪受害者和犯罪者，像康尼島沙灘上卷曲死在小箱子裡、馬戲團表演軟骨功的羅密歐型男子，像稱為「地鼠」、一年三百六十五天永遠在暗無天日地底幾十公尺處賣勞力、自成一套返祖性獎懲律法的工人團體，還有那個化為白骨躺鐵軌旁、骨頭積滿地鐵埃塵的異鄉少年，麥克・泰勒一干人查出來誰殺了他，知道了他在哪裡打零工，還復原了他的容貌，但永遠不知道他的姓名、不知道他來自哪裡，他遺留下來那本畫滿紐約街景一角的素描本無法成為科學線索，只記錄著一個舉目無親、淹沒於千萬人群的少年，曾經呆坐在哪裡，看著什麼，寂寞得令人掉淚，如同我自己最喜歡的那幾句歌詞——沒有人知道他的名姓，我們每個人都難逃一死，所以，遠遁吧黑夜，沉落吧星辰……

至於，唉，邁阿密，這個加勒比溫暖海風吹拂的該死城市究竟是遭到什麼詛咒？這組人怎麼好意思這樣？

幾季之前，邁阿密曾死過一名核心組員史畢，在警匪駁火中因卡彈無法擊發而殉職，我愈想愈覺得這是一切的關鍵，是一則預言乃至於宣告，從此大江奔流而去一發不收——史畢是一名長得粗粗的中年男子，不修邊幅不愛乾淨，之所以卡彈而死正因為他邋遢到連佩槍都不保養不清理，表面上好像這樣沒錯，但日後證明，這正是其下場方式及隱喻，他真正死因是因為他的容貌先天失調而且後天又不補救，他死於不是俊男美女，非死不可。

我們這麼說應該很接近事實——如今的邁阿密CSI已又進入到另一個更讓人瞠目結舌的全新紀元，如果不是俊男美女，之前是你絕對無法成為固定班底的犯罪調查成員，最近這兩季你就連成為罪犯和屍體的資格都沒了，你不夠帥不夠美，怎麼好意思在邁阿密殺人或者被殺呢？或我們更正確更公平的說，也許你依然可以在此地當一名殺人凶手或一具屍體，但可別指望有人肯理你，更休想要這組假裝是科學工作者的戀愛中男男女女前來調查，你在初選預賽階段就已經被刷掉了。

今夕何夕兮騫舟中流，今夕何夕兮得與王子同舟……本來事情不是這樣子的，本來，我們這麼說，真正美麗的事物不會是單調的一成不變的，它總帶著某種驚異、某種不可置信而來；真正美麗的事物不會只集中在人的臉、人的身材和年紀這幾處窄迫的地方，它寬廣而且富想像力。當然，美麗的事物也可以是安詳穩重的樣貌乃至於看似亙古如此，比方一片星空或一座教堂、一塊據說出自崔浩之手的渾厚北魏石碑，但它總同時是流動的變化的光影交錯的，如本雅明說的輕紗引風；真正美麗事物的深沉核心裡，永遠有一種難以言喻的準確性，一種「恰恰好」如是，對的時間對的地點對的書寫者創造者對的姿態樣貌，以及眼前正正好站在這裡看到的你，必須如此的一樣都不缺全數到齊來之不易啊，你敢於寄望此生此世它還會再發生一次嗎？這種卡爾維諾所說人回憶過去油然而生的危險之感（「世界差一點就不成其為世界，你差一點做不成你自己。」），同時揭示了它眼前的脆弱，讓佩特拉神廟和春花朝露在我們心裡成為同樣捉摸不定的東西，同樣在我們發現它的那一剎那開始就已離我們而去。

現實裡，本來事情起碼是這樣子的——在總是由俊男美女統治的電視影集世界中，拉斯維加斯這組老小黑白胖瘦不等的組員之所以能脫穎而出，原本依循的就不是這套外貌加戀愛的乏味公式，事實上，我們甚至可以把CSI影集的成功，看成是對這套肥皂公式的（暫時）叛離，或至少是某種解毒劑，反應出我們對那些會走路會說話充氣娃娃的不耐煩。此事最少可追溯到之前康薇爾女法醫系列小說的大賣，人殘破的、腐爛的、冒著噁心黏稠惡氣的屍體有什麼好看的？極其少數有戀屍癖的人並不足以解釋這個現象，更加構不成其必要的經濟規模；真正吸引著我們的當然不是屍體，事實上很多人會在屍體特寫、尤其是解剖台上法醫展示並分析被害人胃中殘留物那一畫面時趕緊閉上眼別過臉去，我們肯忍受這個，為的是屍體背後的東西，某種真相，某個信而有徵被遺忘被掩埋的事實，以及更重要的，這個步步為營有條不紊的發現揭示過程，連同此一過程的知識、技藝以及各種工具配備。也就是說，屍體毋庸只是一座長相不佳而且令人提心吊膽的吊橋，過去我們還沒建造這座橋，人們期盼亡靈說出死亡埋沒的奧祕，只能通過歌德所言「夜間的神祕飛翔」（朱天心告訴我這同時也是個香水的名字，真是厲害），像奧德賽或但丁那樣，但今天，我們有某些人確確實實習得一小部分的亡者語言了，懂得怎麼聽它，並願意好心翻譯給我們知道。

這也正是拉斯維加斯和邁阿密的另一個再顯著不過的不同所在。拉斯維加斯是個說服力十足的老法醫，跛腳、鬚髮俱白，年輕時顯然經歷了六〇年代的青春狂飆歲月，巴布・狄倫、瓊・拜亞等等，還保留對昔日老搖滾的熱愛，會在陰冷的解剖室裡聽這些心熱的歌，甚至把楞杖當吉他跳將起來，他也一樣有著解剖學而外豐碩的死亡知識，他跟葛瑞森兩名電視人瑞（就電視螢幕所顯現的人類平均年齡來計算）在解剖室的你一言我一語對話，一直是L.V.CSI的最佳畫面之一，有一回這兩個同世代的老傢伙還把驗屍報告用搖滾對唱出來，樂得，像兩個老頑童；邁阿密原來那個當了媽媽但風韻猶存的黑人女法醫還勉強可以，尤其是她面對每一具年輕屍體那種近乎戀屍癖的關愛難舍之情（「寶貝你怎麼會發生這樣的事？」），但她辭職回家後，補上來的果不其然又是個美少女，年紀陡降不說，衣服布料也依同比例縮減，執業動作優美但生疏，毋寧更像捏著手指頭對鏡打扮裝假睫毛什麼的。我女兒是個性急之人，總偷雞在網路上和美國在地觀眾同步收視，她給我看一張照片，說下一季邁阿密法醫又換人了，照片裡是一名打赤膊一身精肉的耍帥年輕男子，這回索性全脫了，不曉得一名好好的法醫為什麼會在解剖台前拍這樣不看鏡頭的自戀照片，只能說是詩的手法，如同那個著名的說法：「一架縫紉機和一把雨傘在解剖台上的相遇。」——

這一定是個很熱的城市吧，而且證實地球不斷在暖化，人行為的異常正是浩劫內容的一部分。

其實科學本身就是迷人的，拍ＣＳＩ的人理應比我們更相信這個才是。科學有一種精確的、安定的秩序之美，這本來就是神奇的，讓我們得以沉靜無懼的面對紊亂不堪的世界。很多人如此真心實言的浩歎過，從達文西到卡爾維諾，仔細回憶一下的話，極可能也包括曾經這樣的我們自己

（有人發生在學校的第一堂化學實驗課，有人發生於第一次有機會用顯微鏡看一隻用鞭毛不斷轉動的美麗草履蟲，有人則是兩手冷得發抖、拿著剛得到的天文星座圖比對冬天的夜空宇宙，等等）。卡爾維諾用水晶的晶瑩透明和完美稜角來說它，「水晶的刻面精確，得以折射光線，是完美的模型，我一向珍惜有加，當做象徵，因為我們知道水晶的生成與成長的某些特質類似最原始生物的某些特性，形成礦物界和生物之間的一道橋樑。」它把最巨大的空間最遼穹的時間拉到我們伸手可及之處，成為我們生命經歷的一部分構成，和我們自身的存在取得堅實的聯繫，人寂寞但並不感覺孤立，有一種油然而生的英勇之情和平等，讓自己擴而大之的一種極其舒適充滿自信的平等。很可惜科學真的太過乾淨太自限了，對我們所在這一「木頭紋理的世界」（愛因斯坦說的）有太多力有未逮的存而不論之處，否則人終身浸泡在那樣井然明亮的天地裡，可以日復一日的沉著工作，真令人羨慕，一定會少掉很多飄忽不定的煩惱，我自己會很後悔沒有選擇它終老於斯。

我們這麼說並非質疑上帝，討論人的聰明才智和人的容貌是否存在某種親和或背反的關係；我們甯可相信祂既不公正（分配式的給予某甲智慧、給予某乙美麗），也不偏袒（把智慧和美麗全集中在同一人身上），祂只是無序隨機，或者壓根不存在而已。我們這麼說是基於確確實實的生命經驗，是一種現實，我們自反而縮，察覺出來自身受限於物理性存在的無可奈何真相，你人在這裡，就沒辦法同時在那裡，你選擇了當人類學者，就很難同時是一名頂尖的、或至少夠好可跟自己這一生交代得過去的樂團指揮，你不得不鬆手放開那些已成多餘但仍極富競爭力、但願還有下一輪人生可實踐的才華和嚮往，讓它們停止下來，成為某種樂趣、某種你偷時間跟它歡快相聚的好東西；晚年的李維－史陀這個似曾相識的感慨（沒成為樂團指揮），其實也是我們人皆有之的煩惱，我們都知道自己有過其他的機會和可能，總有多多少少的未竟之志，成為另一個人或娶另外一個人云云，也許正因為永遠無法證實，沒裝填實踐過程中的種種挫敗、磨損、妥協和事後的不過爾爾之感，更沒成敗的負擔，它們得以一直保存著最原初的乾乾淨淨樣貌，以及那一刻我們自己內心的悸動之感。

紐約的組長麥克・泰勒，每星期三晚上固定到某一家爵士酒吧去，上台客串吉他手，當然是業餘的。發現此一祕密的是當時才補進來的新組員蒙大拿，一個很樸素的、圓圓的農家姑娘。

在如此無奈得做出選擇的現實之中，最現實的永遠是時間，有著惡魔之名的難纏時間——時間不僅要求長度，還得計較其密度和強度。一般而言，長度比較容易被意識到也比較好表現，我們如今活在一個專業不斷分割並深化的世界，每一門專業都是過往人們發明和經驗的總體不斷累積，這形成了一道又一道愈來愈長、以有涯逐無涯的路，再沒辦法單靠人的聰明來一大步到達，事實上，專業工作的第一階段通常不真正是工作，而是學習，動輒五年十年如是。因此，很多夠水準的專業工作者無法太年輕，否則就很不像了不是嗎？缺德的小說家錢鍾書曾寫過一名憤怒的、渾身長角如刺蝟的年輕人，從此人分批的自述中，他幹過三年整整的碼頭工人，上山打游擊又三年，到哪個農村自耕自食再一個三年，轉頭進了哪個學校做個研究還是三年，洋洋灑灑十幾二十種人生經歷，反正你談到什麼他都親身幹過三年都有一肚子心得意見，但錢鍾書寫道，才二十幾歲他年紀太輕，資歷太多太長，「裝不進去」，因此在關鍵性的時間銜接上遂只能含糊其詞。

比較難但真正讓人觀之動容如杜甫「觀者如山色沮喪」的其實是時間的強度密度這部分，它當然是看不見的，只能通過人的專注如矢、人的沉靜於手中工作、人熟稔準確到成為優美如流水如行雲的操持動作中感受出來。這樣的準確不分神，與其說是心志的、眼神的、表情的，不如說是在身軀、在肌肉乃至於最末端的指掌之中；不只是精神的，還是生理的物質的。我自己是個寫不好字的人，諸多筆法的轉折變化有著心知其意但一寫下去就撞牆的障礙，便只有一種時刻你能履險如夷的通過，簡單自然到幾乎不費力，那就是在剛臨完比方石門銘、比方顏真卿褚遂良米南宮之後，然而這樣美好自得如大書家附體的時刻遠比花開花謝還短，你一邊繼續寫著一邊就知道它正從你指尖逸去。這是一種極其奇妙的記憶，短暫但具體的只存留於臂腕指掌之間，你感覺出它的每一回來來去去都只能微量的保留一點點，或說改變你的身體肌肉一點點，微量到通常不可察覺（只在你感受能見度最好最晴朗的片刻），如同物理學者說每天每時有數不清的微中子穿透過我們身體，只偶有一兩類恰恰好卡在骨骼關節處留下來一樣。所以，這種你一看就知道是對的、是淋漓酣暢的動作，並非一定得是很激烈的很大幅度的，並不見得非是盛唐當年揮舞劍器的公孫大娘，或網球場上乘勝追擊、飛起來一樣（我女兒謝海盟的素樸形容）的費德勒，在靜靜坐著輕挾棋子的羽生善治身上，乃至於一名廚師、一名木匠、一個真正在看書的讀者，一樣能讓我們看到那種彷彿凝聚成一個點、一絲力氣也不散失不岔開的集中。小說史上最會寫這個的人之一是海明威，卡爾維諾講海明威小說最好的段落便是人專注在手中的工作裡，「把船划好，把魚釣好」，一次只做一件事，讓時間噤聲，讓世界袖手在一旁等你；百姓有難匍匐救之，如果要救國，那一樣要專心把國救好，匍匐（不管是跌跤抑或爬行）只是必要的、或說難以避免的狼狽動作而已，如當年天下尚未靖平、頭洗三分之一就溼淋淋衝出來的周公旦，這並非不雅，此時此刻這遠比優美自盼的台步、比有型的頭髮、比還記得要先戴上墨鏡更好看不是嗎？漢朝末年這樣子席地念書的管寧，便看不下去他那名有熱鬧就湊上前去、假裝讀書但一心想躋身權勢榮華場域當演藝人員的老同學華歆，管寧毅然跟他切斷草蓆一人分一半絕交，我想有很大一部分理由直接是美學的，管寧必定以為老友的這樣舉止姿態很難看很不雅觀，就跟我們天天在電視螢光幕上看到的一樣，如果是熟人，你會假裝不認識他。

話說回來，如果這樣一個把船划好把魚釣好把國救好的人，同時在容顏上又帥氣美麗不是很好嗎？年輕時你會喜歡這麼想，如武俠小說裡的青年俠士俠女，集天地鍾秀和世間一切奇遇於一身，就連摔下斷崖身中劇毒都有便宜可占，賺到一部祕笈、一柄上古神兵（硬度不足的青銅兵器嗎？）、或一位美若天仙卻捨己救人的紅粉知己。但年紀愈大，你愈來愈無法這樣奢想，不是因為機率問題，而是這兩者在人性層面以及在社會現實裡的扞格問題，不是因為這兩者一定不共容（機率上是可能的），而是你逐步知道這過程中的諸多危險，讓人看著提心吊膽。

此時此際我自己回回頭想，如果我的身高當年順利長到一米八五左右會怎樣？這讓我想來不寒而慄，是一個天可憐見還好並沒發生神蹟的夢想——我從小學一路打球上來，先是排球棒球，然後才是籃球。我自知比較占便宜的是手眼和身體的協調性，好一般水平一點點，比較容易上手容易有個樣子，麻煩的部分則是太早發生的近視（所以我排球打得比棒球好，小學曾打到縣代表隊，因為球比較大），以及身高，一下子竄到六百度的近視和很快停在正好一米七〇的身高讓我偉大的運動人生戛然止於國中二年級。多年之後我讀美國小說家厄普戴克的名作《兔子，跑吧》，從第一頁就見到了這一美夢成真的可能荒怖樣子。小說的第一個場景是午後的街頭籃球場，二十六歲的兔子安斯特朗叼著菸穿著雙排扣褐色西裝走過，安斯特朗身高六呎三，約一米九，結了婚有了女兒，在當地零售店裡負責推銷名為「魔力削皮器」的天曉得什麼玩意兒廚具。安斯特朗曾是縣裡的籃球名將，高二那年他創了乙級籃球聯賽的得分紀錄，高三時又再刷新一次並保持了四年之久，他牢牢記得自己打第一場校際賽就拿了二十三分（23，神奇的質數，日後籃球大神麥可・喬丹永久欠番的背號），人生得意須盡歡，這個下午他脫了西裝下場，把幾名不知他何許人的小鬼（「他們並沒將他遺忘，而是壓根兒就沒聽說過他，這比遺忘更令人難堪。」）海扁一頓，回家路上他把一包菸投籃般扔進垃圾桶戒了，同一晚上，他開了那輛有錢老丈人半賣半送他的五五年福特離家，對著地圖但半是迷途的開了一整夜車最後折返，是的，兔子跑了——

一米八五，尤其在三四十年前人們身高稍矮的時日，的確有機會讓某個人打出不錯的、可無怨無悔的籃球人生，但絕對不是我，我還缺的東西多了，包括速度、爆發力、表演欲、牛皮般的求勝意志、不胡思亂想的專注還有其他很多很多；一米八五只會讓我在球場上遊魂般多徘徊個五年十年，國中校隊高中班隊云云，多一串眉飛色舞的回憶，因此，可能日後還變得愛喝酒愛吹牛愛跟人打賭並且每期簽運動彩券也說不定，不止人生，連心性都會變。

事實上，在我們那個年代那時候的學校，你如果身高一米八五，球是不可能放過你的，就算你不想打都不行。我國中時同班副班長的黃姓老友，小學時曾是北縣金剛隊的王牌左投，有一顆幅度很大的下墜球，就因為這樣，學校棒球隊從第一天就鎖定他，體育組長綁匪般要他記大過還是當投手二選一，弄得他父親天天到學校來解釋來吵架來談判，鬧劇持續了整整一學期。老朋友日後念了輔大大傳，選擇了賣鑽石珠寶，人生之路有點怪怪的，但除了年華老去再投不了球了，好險應該過得還不錯吧。

所以說一米八五對我會是什麼？我想不會錯的，在還不自知、想都不曉得該怎麼想自己的成長歲月前期，它必定是女妖塞壬歌聲般一個甜美到不可能拒絕得了的誘惑，想想，它能讓你逃離課堂逃離考試，逃離彼時動輒得咎的所有限制，讓你享有特權，讓你得到自由外加一堆越界的美夢，更棒的是這一切全部是合法的、被鼓勵的、帶一身榮光而來的（「兔子了解這種經歷。你一步一步往上攀登，最後到達頂峰，大家都為你喝采；你眉毛上掛著汗珠，視線有點模糊，可四周一片歡騰，讓你感覺飄飄然上升。」）；然後，隨著真相逐漸顯露（一米八五還是太矮，除了一米八五之外你仍不是那塊料……），它會一分一分沉重起來成為負擔，成為騷擾，讓你很難安靜的、從容的發展自己，保有其他的想像，緩緩找出你真正最會做又最想做的那件事，諸多的可能性才剛冒出頭來，最需要你耐心跟它相處，但你總又馬上被叫回球場去打一場涼掉了的、拖拖拉拉的球，這些可能遂只能萎縮掉跟沒發生過一樣；最終，等到球完全放棄你了，徘徊不去的反而變成你自己了，它成為某種夢想的廢墟，停頓並風化在你伸手可及之處，就像兔子安斯特朗的街邊籃球場那樣，你總不由自主的會逛回去，但那裡只有幾個你不認得他他不認得你的小鬼，二十六歲在這裡已變成了你來幹什麼的怪叔叔怪老人了。

五十歲今天，我當然並不確定我是否真正做著自己最想做或最會做的事，命運鬼使神差的確永遠有賈西亞・馬奎茲說的這不由自主成分；但至少，我以為只被身高來決定是很荒唐也是很危險的。

一樣，我想人長得太好看，在人人稱羨同時必定是很辛苦的，是上天一個不懷好意的祝福，特別是在如今這個鋪天蓋地獵殺俊男美女的時代。如今，美麗已不只是要件了（你會唱歌而且你必須美麗，你會鑑識凶器上的微量DNA而且你必須美麗云云），美麗還單獨成立不必再配備其他任何能力，也就是說，你什麼都不必做不必會，你就每天廿四小時在那裡美麗就行了。這其實就是今天台灣所謂「名模」的真正定義，她們不是歌手、不是演員、甚至不用走伸展台（台灣沒什麼時裝工業可言），她們就只是自身的存在而已，存在即真理——很抱歉，這讓我又忍不住想到錢鍾書，《圍城》，寫方鴻漸從歐陸回國的船上，長日漫漫窮極無聊，他們為那名成天穿著泳裝賣弄風情的可敬女士取了個綽號就叫「真理」，因為「真理是赤裸裸的」，但仔細想想這不太對，決定改稱呼她「局部的真理」。

然而稍微有點生活常識的人都知道事實不可能真是這樣，即使再浮誇再看似雲端裡的行業，都有它具體而且沉重苦澀的真實一面，都得有它日復一日要求的工作，就像卡爾維諾告訴我們的：「我們所選擇並珍視的生命中的每一樣輕盈事物，不久就會顯現出它真實的重量，令人無法承受。」事實上，我以為要讓自己一直停留在雲端上美麗本身就是最困難最苦澀也最荒蕪的一件事，它除了要應付現實裡無上無休的窺探、騷擾和侵犯，要抵拒更年輕更美麗同類的無法甩脫追趕之外，你還要對付時間。時間這個我們不可能擊敗的惡魔，有它程度不一的寬容或嚴酷，其中它最敵視最沒耐心的大概就是美麗了，明朝掛帆席，楓葉落紛紛，你要盡力挽留這位和時間最不共容的美麗女神，你的服侍工作是做不完的，一如賈西亞．馬奎茲所說「如同上了一艘奴隸船」。我曾在從奈良到京都的電車上和一名打扮自己的高校女生對座相望，依我看，她上車前已在家做完一切所能做的了（稍後我才駭然知道這會吃掉她多少時間），而且她還這麼年輕，這個年紀的臉自身是會發亮的。然而車過復原起來的千年平城宮跡、車過層層疊疊生長的豐饒太平農家、車過丹波橋（在此接京阪線時我刻意跟著她選同一節車廂、同一相對位置）、車過花瓣如蝴蝶成群停歇的大朵紫陽花藤森神社、車過鳥居蜿蜒上山幾公里成朱色透光隧道的伏見稻荷大社、車過昔年幕府軍決定性一敗天撰組潰散的鳥羽街道、一路到鴨川畔祇園邊的四條大站，這整整四十分鐘她無暇看任何東西一眼，四十分鐘才夠她重新整好右邊一邊的假睫毛而已。這真的是一場壯烈淒絕到令人絕望的美麗戰爭——

我們同樣都是每天只有廿四小時可以用的人。由此，我知道了為什麼美麗不再只是上天自在的、多出來的恩賜而已，為什麼如今美麗會和其他一切才能不相容起來，為什麼美麗會變形蟲般逐步吞噬掉人其他的可能。

我猜我也比較清楚了，為什麼如今這麼多人類歷史行之有年的行業，專業技藝會不再講究不再累積了而且有折返之勢，人看起來總是表演的、是假的，如同邁阿密的CSI組員暨所有凶手屍體。

沒有這麼多俊秀美麗的人可供應怎麼辦？沒關係，後天的努力更重要如一些好心鼓勵人的聖哲所言，我自己其實滿早就注意到了，如今所謂的俊男美女指的是某一種樣子、某一類的裝扮和行為舉止、某一些生活方式和價值選擇，是人一種全新的分類，是可以加入的，只要你還年輕也願意追隨那一整套程序，並且不吝惜時間和金錢。美麗已建構起自身的工業王國並遂行高壓統治，而且還一直伸手伸腳到其他專業領域來，它的確有個最動人的優勢，在我們這個高速的影像傳播時代，那就是人人照眼看得見，不像專業技藝，要看出它的美好你需要多一點點耐心，一點點專注和好奇，以及一點點相關知識和實踐經驗。如果每個人都只有三分鐘證明自己，美麗必然以壓倒之姿大獲全勝。

國內的自由主義大師錢永祥是我最尊敬的學者之一，英式老紳士的外殼底下仍有昔日那位哲學系少年火熱憂煩的心，他曾帶著考試意味問我當前台灣自由主義以及民主實踐的困境何在，我回答他「電視」，這個把所有人時間切割成三分鐘的東西，尤其是台灣天網般罩下來、無線有線不分、每一家庭都上百個頻道、已形成人可以每天廿四小時生於斯活於斯老於斯虛擬王國的電視。老錢對我的俚俗答案嗤之以鼻，但我以為自己回答得滿認真滿好的。

自由主義最滑溜最曖昧難言，自由主義是最冷最不戲劇性的東西，自由主義沒有一言以蔽之的真理和綱領，自由主義得相信時間、相信人耐心的發現討論與改進不是嗎？自由主義是我所知道和三分鐘最不相容的東西，三分鐘的自由主義者是個悖論，但這問題我們無法在這裡談下去。二〇〇九年，日本可比萬世一系天皇的自民黨終於垮台，稱之為「政權交代」，開票當晚我人正好在東京大久保甲隆閣小旅館裡跟著看，當然也是通過電視——我留意到大海嘯中的一個小小浪花，那就是前一回小泉首相主導提名那一堆「刺客」眾議員幾乎全軍覆沒，哪裡來哪裡去。所謂刺客，指的是非正規軍，不是原來的政壇中人，而是一群匕刃一閃般突然刺進來的全新人種，這些沒做壞事（或說還沒機會做壞事）、甚至人們根本不知其何許人也的新人，得在所謂的三分鐘之內抓住選民的目光，這恰恰好可不暴現他們政治認知和才能的空白，他們只需要一個具說服力的資歷就好（學者教授、主播、商界新星云云），但首要的共同特質仍不是這個，他們真正的最大公約數其實是俊男美女，對準日本選民長期下來從犬儒到虛無衍生出來的遊戲心態。當然，這裡所謂年輕的俊男美女是一種寬容的說法，係就當下日本政壇的規格而言，相對於如森喜朗、麻生太郎云云的臉，任誰都年輕美麗不是嗎？

然而幾年下來證明還是不能這麼搞是吧，即便政治已是普世瘟疫般最浮誇不實的行業之一了，看看法國看看義大利就連歐陸那些幾百年民主經歷的老國家都不見得有抗體，但政治還是有它的起碼專業要求，有其最底線不可棄守的正經嚴肅，仍有它日復一日需要蹲得下去的工作得做。沒配合其他能耐，又沒意願逆取但順守的重新學習，同一臉，同一種表情和聲腔，同一套表演，這種乏味的美麗是支撐不了三兩年的。

對日本人來說此事也許是一趟新的民主經驗，但這些年活在台灣的我們對此卻知之甚詳——事情根本是從我們這邊開始的，早日本達十年以上，小泉只是想出刺客這一命名但純粹是抄襲行為。如果日本人想知道接下來的事，比方政治刺客的試用失敗會不會證明此路不通回歸原狀云云，我們可以正色告訴他們，不會的，失敗的只是這一次、這第一批人，而不是諸如此類的思維和做法；它不會被棄置，而是會再改進，也許得更講究一點其他能力或身分，也許表演（從競選到國會問政）尚有進步空間，也許所謂的俊男美女得再提昇其規格云云。社會這一面文風不動，電視還是電視，三分鐘還是三分鐘，從犬儒到虛無，我們並沒在其間發現有任何遏止其勢的跡象，遑論逆轉；這絕不是政治領域的單獨現象，它同時發生在每一行每一業，差別只是「熱行業」比「冷行業」嚴重迫切而已，誇張點說，我們滿全面滿徹底的正走向一個業餘化表演化的新世界。

這裡仍然要再說一遍，不厭其煩，令人討厭——所謂的專業技藝，指的並不僅僅是某種求生維生的無可奈何技術而已，這是人在世界一個踏實的位置，是你得以持續看待世界理解世界的一個基本視角，持續非常重要，只有持續才是進展的，才能慢慢看清細節，發現不同，讓原來隱藏的一層層浮現，讓世界不因為你自身的捉摸不定永遠是一抹鬼影子、是夢境；這也是你跟世界綿密的、具體的相處所在，你跟世界的關係是雙向的往復的，在你自身的進展中你能發現世界的進展，這極可能是人生活中所能發生最好的事。我們害怕的其實不是失敗，尤其是某種你心知其意、本來就帶著某種詢問嘗試意思的失敗；我們真正比較怕的是某種虛空、一無所有和沒意義，連成功都讓人意志消沉如本雅明說的。所謂的日復一日，意味著實實在在的獲取、保存和擁有，我們（不管作為一個實踐者或僅僅是個興味盎然的旁觀者）感覺到專業技藝的美好常帶著難以言喻的幸福之感，或許正因為幸福是美好的實體化，讓美好有了重量掉落下來，我們可以摸到它進而保存它擁有它。

我當然還記得這篇文字的題名是「主播」，這一直是個「熱行業」，但如今我們該如何理解這個變化中惟不改令人稱羨的世間名字？我們需不需要話說從頭的從大眾傳播本質、從公共資訊和公共知識、乃至於從人類歷史幾百年來的鉅大變革說起呢？

也許這首老歌能讓我們內心平靖一些，這是收音機時代的，叫〈懷念的播音員〉：「雖然你和我每日在空中相會，因為你溫柔美麗的聲音可愛——」，唱歌的是一名這樣的痴心男子，自苦的絕望的愛上那個有著美麗聲音（但沒真見過面）的播音員，他甚有風度的把這個情感收藏起來，決定「只有是懷念你」，還沒開始就直接轉成回憶。我小孩時候聽中廣電台，的確也相信全世界最美麗的人一定是徐謙或白茜如，因此，主播作為一種專業新聞工作者同時是美麗的人不自今日始，這老早就開始了，用抽象字眼來說，主播是聰明加上美麗。

有趣的是，這首委婉道來的歌，採用的是探戈調子，波赫士不喜歡的戲劇性和激情，像動不動要亮刀子決鬥一番。因此，在這樣不忮不求的乾淨思慕中，我們很無聊的會察覺到一點暴力、一點瘋狂、一點點我從我的老師朱西甯《八二三注》小說裡記得的無聊大兵玩笑話：「聞其聲欲食其肉。」

聰明和美麗哪個在前面？當聰明和美麗兩者不可得兼我們取哪個舍哪個？如今我們整個世界向著哪一側傾斜？

我感覺如今主播正「小聯盟化」——我的意思是，主播在新聞領域裡仍是某種巔峰，但在一個更大更豪華的大遊戲中，這個巔峰卻愈來愈像個跳板、一種身分或資格，如同美國職棒二A三A的好投手，他們戰績彪炳，但沒要終老於斯，他們真正的夢想是一通電話響起，上去大聯盟叱吒風雲一番。

我無意對日復一日播報新聞讓我們知道的主播不敬，我只是擔心這個不懷好意的世界，並一直相信美麗不只是一個禮物，也是一個沉重的負擔。

我有一名認得的年輕小朋友慨然有這樣大聯盟的繁華之志，她一度夢想並經營（作曲作詞、學吉他、打扮）的是星光大道，星光黯淡沉落之後決定另闢蹊徑，她今年考大學，志願有兩個舉棋不定，其一是進入戲劇科系的直線加速道路，另一個就是當主播，她數名字告訴我們的那些早已不在主播台上的一個個主播。

網球手與
吟遊詩人。

二〇一〇澳網場邊最好的球迷手上海報，是某個瑞士人每一場高舉的：「噓，別講話，天才正在宰人。」（對不起，我的翻譯有點糟糕）意思是此時此刻無需指指點點，放音樂就行了。如果你喜愛經典電影《教父》最後的經典那一幕，那你也一定會喜歡許乃仁講述費德勒的深情款款詠歎方式——那是二代教父艾爾·帕西諾正式登基的那一天，畫面是殺戮，但聲音卻是直升天上的教堂聖樂，是的，某個無人可以反對的人正掌管著這一切，上帝在這裡，上帝從這個球場走過了。

他是王。他是大師。他是羅傑・費德勒——二〇一〇年澳洲網球公開賽在這三句一組碑銘話語聲中結束，這回倒沒有哭的費德勒高高舉起雙手，和他的網球子民們致意。不，負責說出這三句頌辭的並非我們熟悉的詩人網球評論員許乃仁，而是來自澳洲當地大會播報員之口，許乃仁只是口譯給我們聽而已。如此輝煌到不像是真的的這一刻，我想，最該甜蜜到如大江一發不收的許乃仁一定有點悶有點不過癮。

這回澳洲公開賽的異常榮光並不因為經歷了一場淒絕悲壯的生與死對決，稍前溫布頓費德勒和洛迪克那一場、那最終彷彿只能由上帝介入決定誰輸誰贏的第五盤才是（我承認，這也是多年來我個人絕無僅有心生「費德勒你好心放掉這次算了吧」奇怪念頭的一刻，只因為此生此世洛迪克再不可能打這麼好這麼令人尊敬）；此番澳洲公開賽之所以動人完完全全是費德勒式的，讓我們這些虔敬的、純粹的網球迷好像眼睜睜看著、又彷彿一起置身於某一個不可思議的巨大時空力量之中，把一整座賴佛球場從二〇一〇的現實澳洲墨爾本單獨拔起來，溫柔的放回到二〇〇六～二〇〇七去。我們任誰都眉飛色舞記得那樣一個費德勒及其細節，只是我們誤以為那個費德勒已是一個消逝的幸福時光，一個夢境。那時候的費德勒，他像風，像雲，像但丁的「白雪飄降群山」，像希臘神話故事裡的伯修斯，穿著長出翅膀的鞋子，輕盈的浮起來，以至於每一名對陣的頂尖網球手都顯得如此平凡如此笨重還如此矮小。而今年澳網我們看，先是休威特，這個從去年溫布頓以來確有復活之姿、他自己也相信並重燃野望的澳洲老兔子，費德勒輕輕的以三盤球把他打回原形，就像過去十四場球那樣；再來是勞動楷模大衛登科，總是什麼大小比賽都打的藍領好手，狀況突然好到不像是真的，已連著好幾個月所向無敵，我以為他正是這屆澳網最好調的一個，如果大會賽程允許理應在決賽才和費德勒對陣才是，大衛登科果然有個絕佳的第一盤並且又率先突破費德勒的下一個發球局，卻忽然像雪融了一般，整整十三局球，相當於兩個六比〇還多，六個發球局，如同陷身於一個誰也叫醒不過來的噩夢，又像置身故國春汛葉尼塞河水泛濫的西伯利亞四顧無人寸步難行；然後是法國松加，他力大無窮但可以細膩處理小球，基本上也心思沉穩，又加上澳網一直是他幸運之地，惟至此費德勒已完完全全是二〇〇六～二〇〇七的費德勒了，以至於可憐的松加看起來更像個會外賽上來的第一輪球員（三盤球沒拿到一個破發點）；最後就是莫瑞了，英國安迪，這位能發能跑能穿越能上前截擊也能底線硬碰硬的年輕人，最特別是他看似鬆垮但其實靈活無匹的右手腕，在以力相向如炮彈的近代網球場上，這樣宛如瞄準器狙擊鏡的好手腕是上天仁慈但慳吝的禮物（只是恰恰好人類網球史上最先進的那一副好死不死在費德勒右手上）。我們得說，即便扛著一百五十萬年（該死的費德勒開的玩笑）的老英國歷史重負而來，莫瑞其實並沒緊張僵硬失常。他正像那名特地從英倫三島越洋趕來、如同等待彗星日蝕世紀天文奇觀的母國球評家所說的「打得非常非常好」，尤其是比分看起來最差的首盤（6：3），但費德勒兌現了他稍前「一定打得非常積極主動」的諾言（針對過去莫瑞的少年法西斯批判，謝謝指教），恢復了他久違的二〇〇六～二〇〇七那樣子打，費德勒的搶先變線是人類網球史上的一項藝術成就，他不早不晚總是在對手心念才動的那一剎那間不容髮穿透進去，時間感準得跟針尖一樣（蝴蝶般飛蜜蜂般刺），這是最殘酷打擊對手意志力之處，覺得自己赤裸裸的毫無策略毫無祕密可言，接著，整個對峙狀態豁然一開如天起涼風，費德勒開始使用整座球場，沉重的網球瞬間掙脫了慣性卸下了力氣變得捉摸不定，球速也許更快更利，卻同時飄忽起來，這時候所有人屏息知道這球場已不再是球場了，它是一個王國，普天之下莫非王土，也不再有對抗了，而是統治。我們看到莫瑞不間斷的打出好球，但每一記好球都像費煞苦心傾盡一切所能，帶不起振奮，只有疲憊和沮喪，老天你需要多少個、多密集的好球才能走完這道重重險阻不見盡頭的長路漫漫？你已經把最好的東西全拿出來了卻一無機會這是怎麼回事？我猜想，這一場球莫瑞可能刻骨銘心的發現一個事實，過往他距離稍遠而且時間陰錯陽差體認不到的朗朗事實，原來傳說從頭到尾都是真的，原來人類最崇高的網球成就不是一個榮銜而是確確實實的技藝，原來費德勒每一樣都比我好而且正正好壓住我，堅固到我找不到任何一個可以突破、可以改變這樣窒息關係的點。我始見滄海之闊費德勒之奇，就像〈莊子・秋水篇〉裡那個原以為自己已經夠大、乘興抵達浩浩無垠水天一色東海的河神，這不會讓人憤怒，即使摔球拍也只是某種爽然若失，某種自棄和悲傷。我以為一直有點年少不知節制的莫瑞，之所以在事後頒獎台上講出「我可以像羅傑那樣子哭，但很慚愧我沒辦法像他打得那麼好」的這兩句話，正是如此的苦澀成長告白，其間有進步的成分，但願如此。

從比數看、從比賽耗用的時間看，這樣狀似沒拚的球好像可以要求憑票退費，但即使是還花了大筆旅費的那幾位英國球評都不會這麼想，他們來的時候是興沖沖的英國人，回家時則是幸福的網球迷，回歸和你我一樣網球共和國的公民。一如澳洲人知道費德勒又再一次刷掉了他們的休威特，一如同為蘇格蘭出身的史諾克傳奇球王史提芬・漢瑞爵士親口承認，他當然希望莫瑞可以贏，但他是費德勒球迷（所以說大英帝國得繼續善待蘇格蘭人，在莫瑞拿到大滿貫頭銜之前絕不能讓蘇格蘭獨立建國）。這說明國族意識是多神經、多沒程度的東西，在真正美好的價值和事物之前，它只是波赫士說的某種幻覺，晨霧般在第一時間就該消失掉。

好看的球不見得非打五盤不可，不見得要四盤搶七外加一個烈日酷刑般的長局，這樣的球也可能很緊張但極乏味，在山普拉斯已逝費德勒未起的那一兩年空檔我們不常常這樣邊提心吊膽邊罵人嗎？就像那種冗長沉悶的推理小說，其實你想知道的就只剩最終凶手究竟是誰而已。我那個比較冷比較酷的網球迷女兒總說，太陽這麼大，乾脆人道一點大家快轉跳過從搶七、從第五盤開始打吧，必要時猜拳也行；費德勒三比〇的球仍這麼好看是真正的好看，是不依賴勝負張力加值的純粹網球，你不是在等結果而是豐饒的一個一個球看。說真的，如果純從網球技藝的驚心動魄程度來說，費德勒耗用五盤的贏球方式通常反而是不完美的，說明這傢伙又半途神遊去了，就像他二〇〇六～二〇〇七時也戒不掉的第二盤夢遊症一樣。也許他最好的球賽（我們妥協點人性點）是三比一，也許他若有所思的漫遊正是費德勒神話風格的一部分，也許有些挑戰有些泥淖我們才得以多見識到他的思維軌跡、他的處理困境和各式應變之道，逼出幾個讓人驚呼的好球出來是吧。

今年澳網之後出現了兩種主要的預言，一則比較平實可信，是「費德勒的統治仍看不到盡頭」，另一則就像黃金價格會漲破三千美元、中國即將崩毀或人類末日在二〇一二年一樣，比較像是江湖術士的哄抬，斷言費德勒會在今年四大公開賽全拿，繼賴佛之後。還記得二〇〇八年初的相似預言嗎？不是說好納達爾和莫瑞兩人即將聯手統治這個行星嗎？當然，未來也許真的什麼事都可能發生，也許哪天我們一覺睡醒霍然發現黃金掛牌每盎司三千美元、中國共產黨交出政權、納達爾和莫瑞分居ATP排名一二而且費德勒還同一年完成四大滿貫，不用說這絕對就是世界末日到來了。但我們是理性猶存的網球迷兼人科人屬人種，懷抱夢想但腳踏實地，我們會正確的從這樣滿天飛舞的預言中解讀出此時此刻的真正訊息，二〇〇九法網加上溫網是神聖的、鐫刻金石的，以兩個偉大（四大滿貫收集完成＋15座大滿貫頭銜）賦予費德勒歷史榮光；而二〇一〇澳網則是溫暖的，網球迷念茲在茲的懸念，那就是——那個費德勒回來了，別來無恙。

說一名網球手在二〇〇八年拿下美網、法網溫網亞軍、澳網也依然打到四強是落難、是日已西夕、是生涯的谷底，本來是很奇怪的，但費德勒除外，他的地獄是其他任何一名網球手作夢都會笑醒的極樂淨土，這樣的詆毀其實源自於尊敬。我個人的看法是，二〇〇八一年的費德勒的確有讓我狐疑不定的地方，我一度以為他太快變得保守，只想等待對手失誤而不想冒險致勝（瞄準邊角用力揮擊的致勝球總有毫釐之差的風險），固然費德勒奇快但不覺其快的詭異腳步（判斷力的提前起動加上舒暢的運動力）幾乎每種球都跑得到，費德勒手腕的各式旋轉控制也幾乎每種球都能輕送回去，但這樣狀似不花力氣的打法其實反而比較耗時也就比較累，更糟糕是幫對手練球，讓他可以好整以暇緩緩打出形態、節奏和信心，有機會進入到某種從心所欲、見神誅神見佛滅佛的彷彿無敵狀態（打過球的人都知道偶有這麼一種時刻，夢寐以求，足球王比利描述過，神奇出現在他十七歲世界盃決賽和地主國瑞典那一戰，而且是〇：一落後時；魔術強森形容籃框會「大得跟個游泳池一樣」；大聯盟的打擊手則不只一個不止一次告訴我們，你連棒球上的紅線和針孔都看得清清楚楚，一百五十公里以上的快速球好像停在那裡等你打一樣，等等），費德勒到底在想什麼呢？但二〇〇九的法國羅蘭蓋洛紅土給了我們答案，他在看來已全能已窮盡的網球技藝尋找一種新的打法、一種更輕盈的可能，其中最有趣的是切球。這一點許乃仁說得很正確，去年的法網費德勒成功的把切球一藝翻新到另一個境界，是人類網球史上切球2.0版正式上市。我們都知道，下旋切球（尤其是正手）是已然完全停止研發扔進倉庫的淘汰物品，除掉網前截擊，它只有處於防禦的、挨打的不得已時刻才拿出來，借助它不必拉拍的動作和空中飛行的延遲來過渡一板掙回失去的時間和空間。也只有在費德勒極少數人手上還有些積極性作用，以其速度和旋轉的改變來迷惑敵手並且創造節奏的鬆緊疾徐，好重新控制比賽的進行暨其主導權，避免雙方底線對抽隧道般進入到只剩力氣大小、宛如西部牛仔掏槍決鬥的聽天由命野蠻狀態。下旋切球最有效的地點是溫布頓的美麗青草地，有生命有呼吸有個性的小草會讓切球產生細微但詭譎的滑動，這正是老費在溫網霸權的專利性優勢，也正是昔日女王葛拉芙（她是最後一個反手切球打得比反手抽球多的人）的專利性優勢；下旋切球最有效的時刻則是雙方兵疲馬乏的球賽後半段，它低迷的彈跳以及回球的物理性下折角度，要求回擊者得確實的蹲低身體，對於已然疲憊發軟的膝蓋和僵硬失去彈性的大小腿肌肉是很沉重的負擔，尤其是那些身高一米九兩米的高個子，過去我們若細心點不難發現，如果網球只打一盤，已退休含飴弄夫的琳賽．戴文波特會是葛拉芙之後的不動女王，她蹲得下去的首盤幾乎是無敵的。

二〇〇九緊接著的溫網證實這不是我們的幻覺，甚至已不再是費德勒針對緩慢、海綿般吸收彈力紅土球場的策略而已，費德勒正反手都切，不止讓球失速的墜落網前，還狙擊的飛向底線，不止用於讓對手抓不準彈跳的誘發失誤，更神奇的是直接化為箭矢彎向兩邊底角致勝，而此刻對手人明明就守在底線並未上網，但球卻像找到自己回家的路般毫髮無損的兀自飛行、通過、落地，這應該是網球史上最慢最輕也最優雅的致勝球了，我們該怎麼用文字重現這彩虹般美麗不祥的切球呢？波赫士會建議用拜倫：「她優美的走著，像夜色一樣。」它不會快，因此得非常非常準確，準確到帶著某種凍結時間、整個世界停下來等它的奇異流水之感，角度和時點一閃即逝如春花如朝露更如錯覺，而且小得彷彿僅容就這一個球大小堪堪通過旋即關閉，這是網球天文學家費博士找到的時空蟲洞。我女兒謝海盟（她是我多年唯一的網球交談對象）直接講老費已改行打羽毛球了是吧，我想起很久很久以前的約翰・馬克安諾曾經在這裡這麼打過，如飄瑞雪如舞梨花（《三國演義》中說趙子龍的槍法），但困難的程度已不一樣了，球速每快一分，你卸除力量改換路徑的難度準度便相應的升高五分十分，這裡是等比級數，不是一二三四齊步走的等差級數。

抱歉，我忍不住要把這個切球神話視為一個寓言，正如同卡爾維諾在〈輕〉的演講文稿中把伯修斯的神話視為寓言：「它喻示詩人和世界之間的關係，一個寫作時可以遵循的方法上的啟示。」——卡爾維諾文雅的指出，他有時候覺得整個世界都在硬化成石頭，是一種緩慢的石化過程，儘管因人因地而有程度差別，但無一生靈得以倖免，就好像沒有人可以躲過蛇髮女妖梅杜莎的冷酷凝視一樣。網球世界也是整個世界的其中一個國度，一樣在硬化石化，製造出來一個又一個鐵板模樣的網球手，我們親眼目睹它發生，還不無絕望的相信事情不會回頭，黯黑的力量和速度會宰制一切，壓迫得人難以喘息，留給美，留給技藝，留給豐饒、變化和可能性只有死角般的空間。卡爾維諾以為唯一的可能解救之道，只有人智慧的活潑靈動（「每當人性看來註定淪於沉重，我便覺得自己應該像伯修斯一樣，飛入一個不同的空間。我並不是說要躲入夢境，或是逃進非理性之中。我的意思是說，我必須改變策略，採取不一樣的角度，以不同的邏輯、新穎的認知和鑑定方法來看待世界。」你不覺得他也是在說費德勒嗎？），這正是費德勒為我們做的，不是回到柏格云云木頭小球拍那時候那樣子打，單純的復古那種相框封存的美只會讓人憂鬱，費德勒是英勇騎上這樣海嘯般的強力與高速浪頭，駕馭它拆解它並借力於它騰空而起，讓我們眼見為信指證歷歷的看到，原來野蠻力量是打得倒的，而且可以這麼容易這麼舉重若輕的就打敗它，野蠻力量的真面目原來這麼粗陋、笨拙、手足無措，暴現出一個又一個弱點和限制，化為微塵，「消融這個世界的堅實感」。我很早就注意到談論費德勒技藝的文章最常被使用的一個字是grace，直譯為優雅，但這同時是一個宗教的、讚頌的、感激的字，指的某種神恩、某種應許、從天上照下來的一道光，雲中射金箭，有色彩有溫度還有殷殷叮囑揭示真理的智性聲音如懸浮跳動的埃塵微粒。是的，人心在最根本處仍是一樣的，我們只是沒辦法說得像卡爾維諾那樣準確有條理，我們可能知道得晚一點，但我們有著一樣的嚮往、夢境及其憂慮，人智慧的活潑靈動出現在我們面前，我們一樣會認出它並且相信它。

有關費德勒我個人也有個神準的預言，老實講這輩子從沒什麼事這麼準過，那早在二〇〇三年，應該就是他此生第一個大滿貫決賽當晚。彼時山普拉斯已帶著他天上掉下來的最後美網頭銜含笑而逝，好看的只剩一個餘暉般孤單的阿格西（他們兩位的夢一樣對戰組合仍是最好的最歡快的，遠勝之前的柏格／康諾斯、柏格／馬克安諾，也遠勝如今的費德勒／納達爾，地老天荒，無與倫比），當然也有不斷刷新發球速度記錄碰碰作響的洛迪克，還有滿地亂跑的澳洲野兔，但沒有王，人人任意而行，景觀非常荒蕪，費德勒仍雜在一堆名字F開頭R結尾中間隨便組合的男網球手中分不清楚。那個驚心動魄的晚上，我女兒謝海盟似乎認出他來（她原來頗喜歡另一位F開頭R結尾的西班牙「蚊子」，瘦削憂鬱的費拉洛），小心翼翼的探問，這個費德勒可不可能是下一個排名首位的人？也許關著門沒外人什麼事都敢做（所以說君子慎獨），我當時血氣一湧接近發神經的回答是，可能不止這樣，我認為他極有機會是網球史上最好的球員。今天路人皆知才說這個沒要取信於任何一個人，也完全知道說出來沒什麼好下場，案發當時只有直系親屬的證詞顯然也沒什麼法律效力可言。我想記得的只是最原初的驚喜悸動，這不是什麼先見之明，而是找到了，乍見翻疑夢相悲各問年，因為你心中有事有某個應然的圖像，這指引著你去找去注意去比對，你燈火闌珊的也就有較高機率看見它，如此而已。我仍然認為有關費德勒最偉大的預言來自卡爾維諾，他一九八五年寫下來卻來不及說的哈佛大學諾頓講座演講稿〈輕〉，網球迷會相信他是一字一句看著日後費德勒打球寫的，儘管當時老費本人還只是個十五歲的瑞士小B羊而已。這是一篇清朗明亮溫暖但不易真的讀懂的文字，是一名真正的智者積其一生的最終從容不迫發言，但我相信網球迷有個極動人的優勢，你心中記得費德勒，封錮的文字大門會一扇扇應聲打開如聞聽咒語，乾淨的文字會重新裝填回具體的內容和細節成為親切的話語；不止〈輕〉，還有接下來的〈快〉〈準〉〈顯〉〈繁〉，網球迷看到這些篇名了嗎？它們組合而成的完整之書名字就正好叫《給下一輪太平盛世的備忘錄》，今天我們身在太平盛世的網球迷怎麼說都應該人手一冊才是，而且書價才台幣一百八十元，很便宜的。

從二〇〇九法網溫網到二〇一〇澳網歸來（他其實哪裡也沒去，只躺在家中沙發上，但我們從俗）的費德勒，正式永久封閉了一個老話題，卻也重又掀動一個老話題——前者是，究竟誰才是所謂的「網球山羊」；後者是，怎麼樣才能打敗費德勒。

所謂的山羊，GOAT，是一個縮寫的密碼之字，原形是Greatist of All Time，史上最偉大者，天下第一人。按理講，這是個常設性、每階段更新的至高位置，如果有新人越過前人，那就拿著梯子把名牌給換下來，然而事實卻不是如此。事實上它並不是比較得來的，更是一個長可二十年三十年完全不談的話題，除非有個那樣的人出現了，否則它是懸空的，甚至就從缺。網球史上這一話題最熱切如不及如探湯的一刻正是因為費德勒的降臨，尤其是二〇〇六、二〇〇七這兩年，我以為光從物理性、科學性的溫度測量，大概就足以確定誰是這頭山羊了，就像CSI的葛瑞森組長說的，人心捉摸不定，我們只有跟隨著科學證據往前走。

此外是絕不可少的美學問題。你要打敗全天下所有人，惟還得以某種華麗的、沒見過的甚至想都沒想過的方式贏球才行，辛勤工作浴血奮戰同時，你還得時時飛起來，像《九歌》描繪的那樣子踏著滿天香氣御風而行，只有你跟網球飛起來，其他所有人留在地上，呆若木雞。桂棹兮蘭槳，擊空明兮泝流光，渺渺兮余懷，望美人兮天一方——還記得伊凡・藍道這個人嗎？板著臉站定底線日復一日揮拍如一成不變勞作的東歐農戶，他也牢牢統治過這個網球王國，尤其是一九八六、一九八七那兩年，他四大滿貫的戰績是嚇死人的四十四勝三敗，連兩年囊括美網法網不動，生涯唯一缺憾的溫布頓草地連兩年衝到亞軍功敗垂成，南半球不一樣星空底下的澳網那兩年較不受護祐，但也一次順利打到四強，另一回則因傷缺陣（所以少了一敗，眼尖的人會第一時間發現）。這是最接近費德勒神樣二〇〇六～二〇〇七的時刻，但當時有人爭論藍道是山羊嗎？事實上那兩年的藍道話題極無情也極不公平的指向全然相反的方向，自東徂西從南到北遍地是嘲諷、抱怨、嗟歎，宛如網球王國淪入黑暗時代的難聽聲音，還不時間雜著虔敬的籲求，如同流亡巴比倫的曠野猶太人，要上帝趕快派個隨便哪名兒子下來好心救救大家。心高氣傲以為網球正受到褻瀆的馬克安諾，我至今還記得他怎麼講的：「藍道有才華嗎？他一整個人的才華加起來還沒我一隻手臂的才華多。」

所以說最偉大者不能只靠戰績，更不是不敗。拳擊台上最偉大的拳手公認是穆罕默德・阿里，他先後輸過給佛雷塞（第15回合那記宛如來自肯塔基老家的左鉤拳）、輸給諾頓、輸給越級的史賓克斯云云，並在垂垂晚年毫無機會的輸給他昔日練拳手下的霍姆斯；真正不敗的拳手是洛基・馬西安諾，也就是電影席維斯・史特龍試圖扮演但不像的那個（沒有任一個真正的拳擊迷受得了那麼假、那麼外行、出拳那麼不正確根本打不出力量、卻滿臉滿地是血如打翻油漆桶還那麼不專注有感情有內心戲的拳賽）。藍道此人其氣沉沉望之就不像山羊，但話說回來這可不是選總統，沒有人必須因為他不是山羊而遭到訕笑、打壓、迫害以及黑函攻擊；踩下別人好讓自己升高只是錯覺，你仍在原地。The Greatist of All Time，這是一頭如此乾淨喜悅的山羊，它的光亮只能來自宛如發光體的自己，我們找尋它發現它也是一樁美麗歡快的事，只振奮沒仇恨。藍道是一名很值得尊敬的網球農夫，就像小學課本要我們謝謝農人黎明即起流汗耕種粒粒皆辛苦那樣；臉長得像一副撲克牌也錯不在他，那是父母上代人的不是，他也像希臘神話中的火神，「他沒有在天際間遨遊，只是潛伏在火山口的底部，關在他的冶煉場，孜孜不倦打造精緻的物品：包括給眾神的珠寶和裝飾品、武器、盾牌、羅網、陷阱。火神以他一跛一跛的步伐以及鐵鎚敲打的節奏，回應赫密特在空中的輕盈翱翔。」

抵死到最後一刻才心不甘情不願投降承認費德勒山羊的，是那一批老山羊山普拉斯的最忠貞球迷，我個人其實很喜歡有人這樣，山川知故國，風露想遺民，深情款款不媚不懼，專志一心侍奉自己的神如韋伯稱許的那樣，不附和世界不拋卻自己的記憶以及所有熬夜看球的時光和感動云云，這怎麼說都是我們不斷流失中因此更需保衛的德行。但老山羊自己開口說話了，山普拉斯是這樣一名謙謙君子，他認定費德勒正是人類歷史上最好的網球手，且絕不懷疑他很輕易會把大滿貫頭銜累進到十七、十八個。這樣的事在我的人生裡曾目睹過一模一樣的一次，那是在NBA球比較大顆的籃球場上，時間是八〇年代末九〇年代初，之前整整十年，東波士頓大鳥勃德和西湖人魔術強森，很像山普拉斯和阿格西，既彼此對抗不斷打出一場一場最好的球賽，又以各自全能無處不在的技藝彷彿把籃球推到極限了，但麥可・喬丹旭日般昇起來，也是一樣，包括我身旁幾名湖人魔術迷仍負隅說著挑剔詆毀的話語同時，魔術強森對著電視鏡頭，做出一個下巴掉下來的誇張表情，告訴全世界籃球公民他本人是麥可・喬丹的球迷，一副天國已降臨、你們應當跟我一起認罪悔改皈依唯一真神的模樣。但我們曉得，最強大法律效力的證詞往往不來自義人，而是來自惡人；最質地精純的讚美，也不是來自山普拉斯這樣自謙與人為善的君子，而是來自不講好話罵遍天下的壞嘴巴。這個人就是馬克安諾，他一輩子靠球感靠天分而不用蠻力打球，數十年如一日相信自己才是最有才華的網球手，「才華」這東西由他一人壟斷不分給任何人，但他也像聖經裡那名捐出自己僅有兩枚小錢的寡婦，語不驚人，但其實聲震天地八方，馬克安諾會得到祝福的：「費德勒是史上最有才華的網球手。」

今天，儘管山羊爭議已平息，但是非對錯仍不可不知——有不少人曾這麼說，費德勒碰到的對手比較弱，不像山普拉斯有幸（或較不幸）生在一個群雄並起的網球輝煌年代云云，這當然是不正確的。我們很簡單就可一一列出來，納達爾毫無疑問是網球史上最佳紅土球手且不止能打紅土，洛迪克正是科學鑑定過最快的發球手，休威特的兩腿完全不輸張德培且體力鬥志和韌性可能更勝一籌，喬科維奇擁有東歐高個子全部優點卻有過去東歐高個子難能一見的協調性和柔軟度，看似懶洋洋的莫瑞擁有毒蛇般的手腕和爆發速度，南美洲大力士岡薩雷斯和狄波特羅的正手重擊幾乎打得死牛羊千萬別讓他們打出感覺，等等等等。網球世界，跟人類其他領域一樣，永遠有潮起潮落的景氣循環，但這上頭我是已故古生物學者兼統計學者古爾德的信徒，古爾德同時是個頂級棒球迷，他那篇探索大聯盟棒球為什麼不再出現四成打擊率的論文是經典之作，我想不出有更扎實更讓我服氣的運動文字。古爾德一再說明，當某一個領域開發完成，技藝的進展已臨界極限的右牆，其不變的徵象便是進展幅度的急遽縮小和減緩，頂尖者的表現再難分軒輊，大家窮盡一切能爭的不過是快○・一秒、高一公分、多出半公尺如此而已。因此人人顯得平凡，今天你贏明天我贏，球迷找不到可以持續信奉的對象，不像老時代，你放心認了貝比・魯斯或泰德・威廉斯，他就高高掛在那裡十年十五年不會下來，且星空般自動化為神話還子子孫孫永寶用。古爾德說，這其實不是技藝的衰敗不復，反倒是技藝全面進展的不幸結果，我們的詛咒係因為我們自己其生也晚，被命運拋擲到這麼一個鼻尖抵著極限的年代。

遠看有點像阿格西的光頭好手魯比西奇說過這樣哀怨如詩的話：「我們拚了命才打進決賽，卻都輸給同一個人，這個人就是費德勒。」——生在這麼一個網球技藝公開化、全球地毯式搜尋天才小鬼、訓練計畫嚴密完整如生產線的當今世界，費德勒的真正美好無匹，其實不是一直贏球而已，而是擊破了這個極限詛咒，把我們所有人解放出來，在完全看不見星光的城居年代重現古老遼穹的星空。當然不是對手不行，而是費德勒太好，是他讓所有人顯得沒那麼好。比較細心的人可能會一再注意到類似的嘖嘖怪事，比方說阿格西的對手總是較常發生雙發失誤，像是上帝特別鍾愛阿格西，其實原因很簡單很邏輯，一是第二發本來就可能不進，二是因為接球的人叫阿格西。阿格西極可能就是人類網球史上最好也最富攻擊性的天才接球手（我甚至懷疑他正是回發球愛司最多的人），他一定侵略性的往前站，不待球真正彈起就全力出手，太弱太保守的二發等於找死，往往才發完球、身體還沒迴正過來發現球已赫然又出現在腳邊，這個球確定是我剛剛發出的同一個嗎？發球的人得保持一定球速並考慮進球點，很自然也就升高了失誤率。阿格西的接發球效應引發的最美好結果，發生在山普拉斯身上，山普拉斯二發的質感和穩定性一直是罕見的精品，顯然是一路對抗上來吃過苦頭的進化成果。

網球世界看似優雅，有一點卻是最殘酷的，那就是它的比賽制度，除了年終八強首輪還有小組循環保證三場可打之外，全部採用單淘汰，輸球回家，造就了無數悲劇——維克多・雨果的偉大小說《悲慘世界》，安伯托・艾可如此說他筆下描述的滑鐵盧戰役：「雨果從上帝的觀點來描述這場戰役……雨果不僅知道發生了的事，而且知道可能發生的，以及實際不會發生的事。他知道，如果拿破崙得知在聖約翰山頂那邊有一道深溝，那麼米約將軍的鐵甲騎兵就不會崩潰在英軍腳下，然而他當時的情報卻是模糊的或是缺失的。雨果知道，如果給馮・布羅將軍當嚮導的牧羊人指了一條不同的路，那麼普魯士軍隊就無法及時趕到擊敗法軍。……悲劇文學作品的魅力，是讓我們感到書中的英雄有逃脫其命運的可能，但卻未能如願，原因在於他們的脆弱，他們的驕傲，或是他們的盲目。此外，雨果告訴我們：『這樣一種暈眩，這樣一種錯誤，這樣一種毀滅，這樣一種讓整個歷史為之震動的失敗，難道是某種無因之果嗎？不……對即將到來的新時代而言，偉人的消失是必然的。某個無人可以反對的人，專管著這一事件……上帝從這裡經過，上帝走過去了。』」

Dieu a passé，上帝走過去了。但如果當年滑鐵盧不是單敗淘汰，而是像ＮＢＡ、像大聯盟那樣七戰四勝，獲勝的會不會是拿破崙？——這裡最有趣的是，虔信的人總想說服我們上帝是公義公正的，但所有打球看球的人全知道，上帝喜怒無常捉摸不定，如果我們希望實至名歸的讓該贏的人贏，就得拉長戰線，用數量消除偶然，別讓上帝插手，或即便如雨果所說誰也無法反對祂阻止祂走過，但我們努力把祂的破壞控制到最低點。

誰不曉得費德勒已連著二十三次大滿貫至少打進四強，而且其中二十次決賽，十四次一路到底冠軍，除以四換算出來是整整六年時間。老天六年物換星移可以發生多少事不發生多少事？不可能全然沒風雨沒病痛，沒片刻的失神，沒一段時日的自我懷疑，沒不恰當的亢奮或厭倦，沒疲憊沒莫名其妙的心思寥落，沒有和女友米爾卡吵架拿網球拍互毆（借用老虎・伍茲的動人故事情節，依手中凶器，高球手和棒球員可能是最不合適劈腿的）云云，以及不可能不一再碰到的，儘管對手客觀實力遜你一截，但那一場天時地利人和全到齊而且諸神護祐，忽然吃錯藥打來熊熊如地獄之火一般——網球場上，上帝豈止是從這裡走過，祂根本就坐在包廂座裡長駐不去。我們隱隱察覺到其中有一道時間界線，如果說兩年三年如此，那你是全世界第一，打敗的是和你同文同種的網球人類；但長達五年六年？時間的意義完全不一樣了，你得打敗上帝才行。

有另一個錯覺我們順便更正一下——山普拉斯真的是不適合紅土球場，他漫長且神蹟般的網球人生（19歲就摘下美網），只在一九九六年打入一次法網四強；但費德勒卻是網球史上最頂尖的紅土高手，尤其二〇〇六年後他連續四年打到法網決賽，換句話說，長達四年能夠在紅土打敗他的，只有一個叫拉斐爾・納達爾的怪人，而這個人恰恰好就是史上高出全部人一大截的最佳紅土球手，西班牙紅土帝國空前且讓人懷疑會絕後的怪物天才，這不禁令人想到這是否正是上帝阻止費德勒的最終極最不光明手段。最清楚費德勒紅土能耐到何種地步的就是負責擋他三年的納達爾本人，二〇〇九納達爾半途被索德林（也就是指著費德勒說，全世界絕沒有人可以連續擊敗我12次的傢伙）截下，慨然知道此一上帝防線已告崩潰無險可守，舉世淘淘再沒任何一人可攔阻費德勒四大滿貫拼圖完成。納達爾當下就向世人宣告費德勒大業底定。

紅土與草地，如冰如炭，如社會主義和資本主義，如天空中的獵戶星座和天蠍星座，是兩個「明顯無從和解的東西」。網球歷史上曾奇特跨過此一紅海的先知人物，嚴格來說只有「冰人」柏格，他的大滿貫頭銜一半溫網一半法網正正好從中間剖開來，但奇怪柏格幾乎不會打快速硬地球場，以至於康諾斯和馬克安諾這兩個美國黑幫不良少年總每年九月以後等在美網澳網修理他洩憤，這一直是網球史上最神祕最令人費解的謎之一；另外一個就是費德勒了，今天帶我們進入流奶與蜜應許之地的人。

費德勒是真正的全能網球手，因為他，我們得以重新理解一次所謂全能的真正嚴苛意思。不止是形態上你能發能接、能正手能反手、能網前能底線、能扎根大地沉著重擊又能輕盈隨風滿天飛舞而已，而是同時且同等的把每一門技藝都推向極限，每一樣都優美但其實全是人間凶器（我女兒一向主張費德勒的某些球賽應該列為限制級，別讓兒童看到，尤其是二〇〇六、二〇〇七對洛迪克、對休威特的那幾場球），每一樣都堅若磐石無裂縫無弱點。當然，二〇〇九之後他的切球又一次改寫全能定義，如磐石之上開出一朵奇異的花——但我們說真的，全能的發展其實是危險的，包括比賽之前，也包括實戰時刻，大體上，這跟人類歷史前進的大方向背反。

今年澳網途中，負責賽後球場訪問的昔日美國底線名將柯瑞爾是內行人，彷彿已提前看到了終點，他嚴肅的問費德勒你究竟如何維持體能和球技不墜，該死的費德勒說沒有啊，我就只沙發上躺著而已。老前輩柯瑞爾的反應，文謅謅不像人話直譯過來是「你可真激怒我了」，但其實就是

「你小子欠扁」、或「信不信老子現在就揍人」——這個疑問，當下的根據當然是費德勒馬上年滿二十九了，無可遁逃正向著網球老年而去，再加上他才結婚又生了兩個雙胞胎女兒云云；但更深沉的好奇應該是，一名同樣每天都只有二十四小時的網球手，要建構出這樣無一遺漏的全部球技究竟得多少時間、工夫和心力？而且光練起來是遠遠不夠的，你還得耗用更多時間維修它調整它時時刻刻磨銳它，不能放它如李白〈獨漉篇〉那樣高掛牆壁上長青苔，而是要像莊子說的，隨時抽出來都像「新發於硎」（硎就是磨刀石）般寒氣逼人。你同時侍奉這麼多個神，很容易四分五裂每個神都得罪。在今天這個專業技藝不斷分割、深化、每一樣都有人窮一生之力刺蝟般鑽進去的時代，當我們聽到某人又是詩人又是小說家又是畫家又是哲學家兼拍電影，金融風暴發生還能預言全球經濟走向云云，你當下就知道了，這要不是個騙子，就一定只是個外行的、不知天高地厚的天真之人，除了上電視，幹什麼都不成；也如同那種又賣洋食義大利麵又賣和食親子丼還有台灣阿嬤古早味的琳琳琅琅餐館，你瘋了才進去，是的，全能的另一面（而且通常就是這一面了）是平庸。一般所謂的全能球員，意思是力道弱那麼一點點，速度慢那麼一點點，角度鈍那麼一點點，都打不死人，永遠在防禦，永遠在奔跑追球，永遠在等對手失誤，你自己不想死，基本上他也不能拿你太怎樣。

這麼多年冷眼看下來，我們不難發現，幾乎不可能擊敗費德勒的球員（我指的是大滿貫賽、大師賽這級玩真的的球賽），也是坊間笑稱「我恨費德勒聯盟」的基本成員，正是這些所謂全能類型、沒一招一式特別致命或至少非常詭異的球員，休威特和大衛登科（不過他這一年的平板正手很棒）是其代表。全能類型的球員一定要打敗費德勒得再擁有一個特質，那就是你必須非常非常年輕，等他老，等時間緩緩發生作用，放心，一定有這麼一天的。還有機會在今天就狙擊般打贏費德勒的人通常是賭命之人，把勝負生死全數押在我尖鋒乃至於畸形發展的就那一兩種球上頭，所有子彈全瞄準同一個點打，輸球應該而且活該，但贏了可就算我的了。怪怪的阿根廷納巴狄恩算這種人，他打一種不太正規的、旋轉詭異節奏飄忽的獨特網球，很容易引誘費德勒想一探究竟的深入他的戰場，費德勒其實很輕易就能寬闊的以其他各種球擊敗他，但這裡隱含著費德勒身為全能王者不閃不躲、你說怎麼打就怎麼打的微妙中世紀騎士心理；二〇〇九美網攔下費德勒的大力士狄波特羅則是較代表性的球手兼打法，他就跟你賭正手拍，專注的打球速打那種足以震飛球拍拉都拉不起來的渾厚力量，讓旋轉變化的時間和空間都壓縮到最小，讓局面單純。當年其他方面什麼都不太行、但鐵騎衝擊力道十足的北邊蠻族就是這麼滅掉文明的羅馬帝國。

　　把拉斐爾・納達爾也歸入「偶爾擊敗費德勒的人」是有點不恰當也有點不尊敬，但他正是打費德勒的真正典範——用專注、賭博乃至於拚命已不足以形容納達爾，他毋甯是某種壓縮時間、向未來無限借貸、欠上帝一大筆錢（總是要還的）的破產式打法。納達爾把每一場球、每一局球、每一個球都當下一刻就是世界末日那樣子打，包括那種0比40落後毫無意義的球照追照救照拚，讓自己永遠保持著滿載的、冒著煙的激烈運轉狀態，而且擺明了不給對手絲毫喘息、迴旋、試探、換另一種打法的餘裕。納達爾表情十足但其實內心專注穩定，打好打壞看起來一樣痛苦，他真正的奇蹟是他的正手，不在於力氣從不保留，而是這麼用力這麼匆促變形卻能每個都這麼準，十之八九正正好落在兩個邊角毫釐之際。然而看球的人驚歎同時也合理的感覺不真實，這怎麼可能持續下去？你非得讓整個人如一根永遠繃緊到極限的弓弦才行，從技藝、速度、體能、心智到精神狀態全部缺一不可，這其中有太多人無法自主自理的部分，也有太多最容易在時間面前暴現弱點、最快被時間無情摧毀的東西。著名的「鐵鍊原理」告訴我們，一條鐵鍊的承荷力不是總和不是平均數，而是取決於其中最弱的那一環，但凡其中一個環節掙斷，一切到此為止。所以一名偉大球員的最終極技藝是學習如何跟時間周旋，讓時間大神迷路晚一步找到你，麥可・喬丹年輕時投各種最困難的球，但日後球風愈發優雅舒適；所謂的優雅舒適其實是一種從身體到心智的全面柔軟協調狀態，這樣才會降低失誤，這樣才不易受傷，這樣才能持久。

一名球手受不受傷，一半來自上帝，另一半取決於自己；前者是運氣，後者則是打球理解球的方式。

納達爾的發球只是中等，而且係以他的年輕體能速度和打死不放棄的鬥志來cover他其實並非全面精湛的網球技藝，一旦鐵鍊掙斷失去主控球場壓制對手的優勢，會像藥性消退般弱點一一暴現，回歸成為一般排名前十的好球員。納達爾真的很像以前武俠小說和現代科幻驚悚電影裡的殺手死士，借助某種祕藥，把人用來活一輩子的能量提前叫喚出來，且集中在一兩年內爆發殆盡。二○○八年末雷曼兄弟倒閉，全球金融體系潰堤般瓦解，資本主義允諾的繁華瞬間成一夢，而且是人人滿身貸款欠債的噩夢；緊跟著，納達爾提前衰老的雙膝再支撐不住了，這兩件事毫不相干但巧合如一則歷史的沉重隱喻。我想起昔日又跑百米又跑兩百米加四百接力還跳遠的田徑不世奇人卡爾・劉易士，他光輝退休後，檢查他身體的醫生如此驚呼：「小夥子，你到底是怎麼折磨你這兩條腿的？」三十幾歲的田徑極速超人，有著六十幾歲老人疲憊殘破的兩隻腳——

月明星稀烏鵲南飛遶樹三匝無枝可依，在費德勒一輪明月般柔美似水的夜空裡，納達爾會一顆璀璨流星掠過嗎？——熒惑，古代中國人把這個閃著詭異紅光的大星視為不祥，預言戰亂將起煙塵遍地麋鹿生於郊，它暴烈而來，惟天下復歸平靖時隨即隱去不見。

萬一沒有那樣一個納達爾了，誰來負責擊敗費德勒？

我猜，之所以有人敢斷言今年費德勒將全取大滿貫是基於這個簡單算式：二〇一〇費德勒等於二〇〇六＋二〇〇七費德勒再減掉納達爾。我自己倒無意這麼樂觀（或悲觀，端看從哪邊看），風雪不時地震頻傳海嘯橫越過整個太平洋世事捉摸不定，像我這個年紀了，害怕的事已不多，但喜歡為別人留點餘地，免得彼此措手不及；我也仍會確實的想到，球場之外，費德勒仍只是個三十歲不到的年輕小伙子，生命有他網球技藝難及的地方，永遠有他練不到而且根本無法提前練的死角。儘管他戴起家鄉的名錶、穿著西裝揮動球拍仍那麼優雅自信沉靜，但你曉得那只是一支拍得很漂亮、音樂節奏控制著你心跳的催眠廣告而已。

誰來擊敗費德勒？放眼當前世界，大家很快發現，最實際（只有這樣才保證能贏）卻也最不實際（正好不會有這個人）的是某名來自無何有之鄉的無何有網球好手，一個網球生化人。誕生於二〇〇六、二〇〇七當時，這個網球末日天使，得同時擁有馬克安諾的球感，康諾斯的鬥志，恐怖伊凡的發球，阿格西的接發，柏格的底線，休威特的快跑，艾柏格的截擊，山普拉斯的沉靜心智，以及當年威力球大獎得主的好運氣——

怎麼打敗費德勒？很奇怪吧，其實不是沒方法，而是方法太多，多到沒人可完全記下來。尤其是二〇〇六、二〇〇七那兩年間，人人費煞苦心提出破解建言，遂成為網球史上最厚一疊文獻，甚至單獨成為一門專業學問了。但我們回頭一一來看，會發現它們幾乎全依循一個固定書寫格式，如徐四金鬼一樣的小說《香水》——一開始，它非常腳踏實地，從每一個實物、每一種特性、每一處可能細節真的尋訪揀擇提煉，好製成各種礦物系、植物系、動物系的香水；但進行到三分之一左右，小說突然如朱天心說的「起飛了」，想像力驚心動魄的全盤接管，香味乃至於香水本身昇華成為形而上的「東西」，它可以改變思維幻惑人心點燃每個人沉睡最深處不起的心事，還能把記憶完整溶鑄成物隨身攜帶如降服了時間滄桑（記得葛奴乙有一瓶微縮了他年少修道味全部氣味的香水嗎？）；最終，香水成為一道光，一道通往至樂天國的路，救贖與毀滅已完全是同一個東西了——

打敗費德勒的方法，便如此斷開成兩端。現實的這邊較小較沒自信也很沉悶，招式並不多，說來說去無非是，堅持打費德勒反手不管右側空檔看來多大多誘人、保持鬥志不管正被宰得多淒涼、有機會沒機會都拚橫豎一死、把二發全當一發用力到底「除了腳鐐手銬沒什麼可損失的了」云云；不現實的另一面可就好玩了，帶著狂歡，話語裡滿滿是笑聲，讀起來像極了拉伯雷捧腹大笑的《巨人傳》又像塞萬提斯笑出酸苦淚水的《唐吉訶德》，比方在他飲水中加點瀉藥，要他髮帶綁腳踝上，抓幾隻蜘蛛替他網球拍穿線，色誘米爾卡，美國運通卡找他代言（二〇〇四洛迪克以美網衛冕者之姿代言美國運通卡，超大型看板掛滿紐約，卻只打一天首輪出局），規定四大賽不得連選連任，請費德勒挑戰一次世界重量級拳王——

我印象最深的其中一篇當然也是如此比基尼式的斷成兩截，但有意思的是銜接兩端的這一個環節，也正經也不正經，既寫實又魔幻，書寫者提出的建言是徹徹底底一種球路打到底，「讓球賽保持極度的沉悶無聊」。他精采的點出來，費德勒的球有美學負擔，他受不了醜惡沒想像力的贏球，他會渾身不舒服，會想變化、想製造各式美麗的球，會在每一次揮拍增加點什麼，如此想東想西可能會掉入到他自我的全能技藝迷宮之中，也許就有機會了也說不定——

是的，打最美麗的球，贏得好看，但美麗永遠是最危險的，詩歌、繪畫、雕塑、乃至於思維，還有戀愛，找尋美的人通常得付出難以掌控的生命代價。

二〇一〇澳網其實像極了老式故事的收尾，你看，王者歸來，而且還結了婚生了再戲劇性不過的雙胞胎女兒（故事裡的國王總是生公主不是嗎？），理論上應該從此過著幸福快樂的生活謝謝收看。看著頒獎繞場展示金盃這一幕，我在想，費德勒這一場究竟像什麼？是什麼樣一種似曾相識的故事？

我想著多年前讀過的一篇有趣文章，是著名的科學作家湯瑪斯寫的對吧，他說他有一段時間忽然被一個念頭困擾住，呼之欲出卻怎麼也說不上來，我們所居住的這個地球像極了某個東西，但到底是什麼？——整個地球看似隨機無序，每個部分各自生長消亡，但卻又彼此微妙的牽動聯繫彷彿有著意志；形狀看似渾圓，卻又奇異的不完美，講不出是一個什麼形，地理學只能賴皮的稱之為「地球形」；它包覆著一層薄膜也似的大氣層，有限度的隔離異物，卻也容許乃至於無力抵拒某些東西進來，形成一個也脆弱也強韌、獨立但又不由自主的個體，等等等等。某一天，他抬頭看著黃昏的天空，如看向宇宙深處，忽然狂喜的想出來了，我們地球多像一個單細胞生物啊，沒錯，就是它，一個單細胞生物。

我也是那一刻才狂喜的想起來，費德勒這一場其實就是一個史詩故事，那種我們失落已久、不再重新生產也不容易再回頭相信的巨大故事。

相較於才真正是充滿困難、折磨、毀滅、被層層現實如蜘蛛網纏繞住寸步難行的現代小說，史詩故事壯闊、激烈但其實很簡單，而且明亮快速如行雲如流水，這兩者的對比，恰恰好是其他所有網球手之於費德勒，兩者依循著完全不同的故事情節和風格打球並展開球場人生，很不公平。史詩故事中的英雄打倒一個食人妖或獨眼巨人，遠比現代小說裡和鄰居老太太的一次閑談更容易也更沒風險（跟老太太談話多八卦多危險啊？如福克納小說，後來多少可怕的事由此發生）；他場場血戰但履險如同坦坦大路，仔細算起來流淚的次數和總量還遠比流汗流血加起來多（費德勒正是人類網球史上排名第一的愛哭鬼，輸也哭贏也哭）；他總是憑一己之力奮戰的孤獨英雄（費德勒是最少雇用教練和一大家子訓練團隊的人），你卻一再感覺他得天獨厚眾神全站他那邊絕對是全世界媽的最好運的人，愈到生死存亡關頭愈不必靠自己；他總被設定得通過一連串全人類最嚴苛的考驗才能得到幸福，可同時這些考驗又一一薄如紙輕如羽毛，幸福來得可真快，遙遠高絕的榮光之地其距離和他家廚房差不多。莎士比亞的詩這麼說：「你是個戀愛中人，去借邱比特的翅膀／翱翔於凡俗的枷鎖之上。」

儘管有太多好心人一再想把我們拉回地球，包括他那位養傷中暫時不適合發言的好朋友伍茲（原來他娶的不是母老虎，而是北歐武松），每個人都以自身的深刻經驗指證歷歷，你看費德勒那麼順、那麼快、那麼宛如亙古流光一抹的完美弧線揮拍動作，其實恰好說明這需要多經年累月的苦練，是千千萬萬次沉悶重複同一次動作才能如此精純不含一粒砂子云云。這些話我們從頭到尾相信全是真的，但我們當下的感覺卻仍不是這樣。費德勒的網球人生不是一則勵志故事，要勵志我們得找靠近我們一點、相似於我們正常人一點的成功之人；而且話說回來，勵志故事真真假假滿街都是不是嗎？費德勒觸動我們的不是身體這些部位，他是重新揭示了某一個更大更明亮也更深藏的東西，一個尤其在現實人生再無從尋尋覓覓的東西，惟我們一直無法真正釋然，一如我們站在山上站在海邊站在空曠的地方眼睛總會看向遠遠某個不存在的點。只因為這其實不算憑空奢求，而是吳爾芙講的，這本來就是我們生命構成確確實實的一部分。

話說，好容易有了史詩故事，怎麼可以沒有一旁吟唱的詩人呢？特洛伊十年戰爭和航向綺色佳故鄉時有荷馬，找尋金羊毛的阿果號，奧爾菲斯就坐船上甲板彈著他的弦琴，沒有詩人，誰負責把故事攜帶回來講給我們聽？

二〇一〇澳網，如果說有什麼不盡完滿之處，我和我女兒謝海盟的共同結論，那必然是，本來應該負責講給我們聽的網球吟遊詩人許乃仁沉默了，把主述的位置讓予技術解析的劉中興，只負責點頭稱是。謝海盟遠比我細心，她笑嘻嘻要我注意聽，許乃仁的「是！」「沒錯！」多用力，多短促，多長帶感情，把全部感情擠成一個點，一個單音，彷彿一下鑿入堅硬花崗岩般火光迸射。

我們當然大致猜得到為什麼，深情款款的許乃仁同時是球賽的評述人，兩軍對陣大戰方酣，的確有照顧另一側情感的高貴義務，但——這是費德勒啊，這是網球的幸福時光，這是慶典，是狂歡節。你知道，再傳統再保守再森嚴沒幽默感的統治者，都懂得寬容人們在這樣的日子裡自在的、不必掩飾的、流洩的表達情感，做平常不能做的事，講平常不能講的話，進行平常無法進行的戀愛。神聖堅實的道德命令是人間之事，而這是天上人間的時刻。

是有人講過仇恨是人最大的驅力，因此很多球員上陣之前會對著鏡子催眠自己，培養仇恨情緒，努力把對手想成是殺人放火抓子奪妻而且有條三角錐尾巴的該死傢伙云云。我們可以相信此一效應，但不必相信這是得拳拳服膺非此不由的真理。因為它終究只是暫時的、嗑藥一樣的，二而衰三而竭；有人更正確的指出，恨一個人最需要體力，仇恨其實最讓人疲憊，而且更讓人滿心荒蕪沙漠化，長不出任何有價值的東西，這是短暫興奮的沉重代價。我們得試著相信，真正美好的東西一定是超越仇恨的，或更平實的說，會讓你看到時忘記該怎麼去恨人，我五十年的人生親眼看過不少次這樣像彷彿冰雪消融的美麗表情，瞬間眼睛回復光采兩頰有了血色。它有更動人更舒服的力量，尤其當我們只是看球的人而不是打球的人，我們召喚仇恨之力所為何來呢？網壇一直有這麼一個傳聞，證詞包括很多被修理得灰頭土臉、因為費德勒少拿很多冠軍的現役球員，他們說你很難真心恨費德勒，甚至還有「聖費德勒」這個未經梵蒂岡教廷認可的誇大不實稱謂。儘管這些人有著千百個再實際不過恨費德勒的理由，包括經濟的、名聲的、以及只此一次的有限網球人生，最該如我女兒講的，大家約好了在休息室裡蓋他布袋。

二〇一〇澳網場邊最好的球迷手上海報，是某個瑞士人每一場高舉的：「噓，別講話，天才正在宰人。」（對不起，我的翻譯有點糟糕）意思是此時此刻無需指指點點，放音樂就行了。如果你喜愛經典電影《教父》最後的經典那一幕，那你也一定會喜歡許乃仁講述費德勒的深情款款詠歎方式——那是二代教父艾爾．帕西諾正式登基的那一天，畫面是殺戮，但聲音卻是直升天上的教堂聖樂，是的，某個無人可以反對的人正掌管著這一切，上帝在這裡，上帝從這個球場走過了。

我們也不妨回憶，那些已退休的一代代球王名將，從最早的賴佛算起，是怎麼說費德勒的，老實說，每一個都比許乃仁更像球迷——沒人說技術，沒人談策略，甚至沒人真正在談網球，人人兩眼淒迷說著高中談戀愛之後就沒有再講過的噁心話語，包括願意自己花錢買票去看費德勒練球……

二〇一〇，我們等著看下一個大滿貫會發生什麼事，也等著吟遊詩人許乃仁恢復過來講給我們聽。這是卡爾維諾為我們選的里歐帕第的一首詩，借花送給二〇一〇的費德勒以及許乃仁。卡爾維諾指出來，這詩的神奇便是從語言中抽除了重量，所以看起來就像月光，「在他的詩中，月亮出現不多，卻足以把月光灑在整首詩上面，或是在詩中投下月亮不見時的陰影」——

夜色輕柔明晰，無風
月亮寂然高掛屋頂上和花園裡，
遠處山巒一一展現，
寂寥而且安靜。

噢，溫柔優雅的月，此刻我追憶，
一年前，我來這一座山丘看你；
那時，我滿心悲傷。
而你靜靜倚靠在樹林上，
一如現在，灑滿清輝。

噢，珍愛的月，在你幽靜的光暈下，
野兔在林間跳舞……
天色漸黯，深沉轉藍，
新月泛白之際，

暗影滑過了屋頂和丘嶺。

月兒，你在天上做些什麼？
告訴我你做些什麼，沉靜的月。
你在向晚時分升起，沉思於荒原；
而後，你沉落。

附記：二〇〇九年中，年輕秀異的書寫者房慧真問我：「你會不會寫費德勒？」我聽出了半請求半命令的意思。快一年後今天，我發現自己再沒辦法尋回以前那樣歡快不顧一切的筆調，有點感傷人果然會老。因此下不為例了，儘管寫有關球的文字，飲水思源，原是我唐諾這一不正經的花名的真正來歷。

術士。

吉凶二分，如果說兩三千年前那樣簡單生活的人都發覺不適用了，怎麼可能對我們今天有所助益提供建言呢？我們生命中不再容易出現是生是死的單一迫切危機，卻多了數不清實質生活的每天憂煩和困難；我們自由而且各有主張，可能性眼花撩亂而非太少，以至於我們再難跟自己說清楚什麼是成功是失敗，我們甚至講不出來自己要什麼——幸福是什麼？意義又是什麼？

那些把自己牢牢閉鎖在古老簡易公式，只用吉凶，尤其只用最淺薄一層非名即利判準看世界的人，只能得出一種古老粗陋的世界圖像；我所知道的每一個此種江湖術士，無可避免因此無一不是自私而勢利的不及格之人。

曹操美麗但不祥的千古名詩〈短歌行〉，應該還背誦得出來吧，至少其中某個四句一組，當年他是這麼寫的——對酒當歌，人生幾何，譬如朝露，去日苦多。慨當以慷，憂思難忘，何以解憂，惟有杜康。青青子衿，悠悠我心，但為君故，沉吟至今。呦呦鹿鳴，食野之苹，我有嘉賓，鼓瑟吹笙。皎皎如月，何時可輟，憂從中來，不可斷絕。越陌度阡，枉用相存，契闊談讌，心念舊恩。月明星稀，烏鵲南飛，遶樹三匝，無枝可依。山不厭高，水不厭深，周公吐哺，天下歸心。

相傳，這首詩寫於（或脫口吟唱於）赤壁之戰前夕的某個晚上，地點時間乃至於情境都有，而且詩人手上還持著一支原是儀仗歌舞用途、稍後不幸成為殺人凶器的大槊，《三國演義》第四十八回〈宴長江曹操賦詩　鎖戰船北軍用武〉相當完整的重建了這個犯罪現場——時間是建安十三年冬十一月十五日，地點是渡江的北軍旗艦甲板上，詩人兼凶手的曹操年五十四歲（相當於現在小說家朱天文的年齡），職業是丞相（或漢奸），在場目擊證人一大堆大致上全是曹操手下的謀士戰將。事發當時據說曹操已先喝醉了，立槊船頭，奠酒長江，又追了滿滿三大杯酒，回想著自己這一生遂慷慨吟成此詩。本來事情到此歡快的高潮歌聲中就結束了，但偏偏冒出來一個好心但白目的傢伙揚州刺史劉馥，他挑出詩中四句「月明星稀，烏鵲南飛，遶樹三匝，無枝可依」批評曹操不該在大戰前夕出此不祥之語，當場被曹操順手一槊刺中要害而死，千古以來，這大概是創作者對評論者最激烈的一次反擊，今天的詩人小說家咬牙切齒之際一定暗自羨慕可以這樣。

不要胡言亂語批評創作者，尤其不要胡言亂語批評喝醉酒的創作者，更不要胡言亂語批評喝醉酒還手握致命武器的創作者——兩百多年前華盛頓的爸爸，都知道不能責備只能誇獎自承砍了櫻桃樹、手握斧頭的兒子不是嗎？

然而千年下來，幾乎沒有一個人指責或起碼指出劉馥不懂詩、鑑賞力不足、文學素養太差云云，這有點奇怪，包括日後曹操的所有詩人同行比方說泛舟重返赤壁殺人現場的蘇軾，大家都拋棄專業，不挺身護衛文學，甯可相信傳聞當個入戲的電視肥皂劇觀眾。我猜，關鍵可能並不在於劉馥已為他的文學評論付出生命代價，而是緊接而來更大的、據說死亡人數高達數十萬的悲劇。五天後的三更時分，果然颳起了中國歷史上最著名也最詭異的東南風，旗幡轉動，旗帶飄向西北，美麗景色的赤壁燒成人間煉獄，拙劣的文學評論反倒成為窺破天機的預言。當然，也因為死亡的人太多了，如史大林所說一個人死是悲劇，百萬人死則只是統計數字，劉馥的死亡併入了整個死亡統計之中，遂變得無足輕重了。

最終還有一個死亡發生，那就是詩的死亡——曹操寫〈短歌行〉此詩是真的，曹操的渡江南征不成也是真的，但當我們把這兩個不相干的事實緊緊扣在一起，用巫術的因果思維來理解它們，〈短歌行〉便不再是一首詩了；甚至，我們這麼說應該並不誇張，全詩128個字只剩「月明星稀，烏鵲南飛，遶樹三匝，無枝可依」這四句，其他112個字皆被遺棄，只是用來掩藏、用來收納一個毀滅預言的煙幕或無意義道具，不是嗎？就連〈赤壁賦〉裡，蘇東坡想著的、引用的也是這樣。

如果真要順此吉凶邏輯來看，我以為，問題其實不在於〈短歌行〉這詩，而在於根本不該有詩，或者說，曹操根本不應該是個了不起的詩人，想東想西幹什麼專心做個丞相——更根本來說，也許應該如柏拉圖主張的那樣，把詩禁絕，把詩人全數逐出共和國高興去哪裡去哪裡。事情很簡單，只因為所有像回事的、還可稱之為詩的詩都是不祥的，至少都不難挑揀出一兩句來為某個天災人禍當替罪羊。詩的最深處情感是哀傷的是憂煩的，它總是從此時此刻流洩而去，或輕或重的碰觸著生命無所不在的處處限制，包括能力的、機遇的、地理的、時間的云云，意識到孤獨乃至於孑然一身的存在；經常，愈歡愉愈起勁會衝決得愈遠，直到天涯海角某個真正無可逾越的高牆擋下它來，這就是死亡了，或者說人類真正獨有的、異於禽獸那一點點不同的死亡意識，如安伯托・艾可所說有了界線才構成生命，生命這樣才成為一個整體一個可思索可計較的完整東西或說單位。因此，當生命本身做為對象被描述被揀拾被整理，總會蜿蜿蜒蜒的、或遠或近的指著死亡，愈是歡快的詩，死亡的形狀通常也就愈清晰愈逼近眼前。如果死亡被看成是禁忌的、諱言的，詩也就只能是不祥的、不恰當的了。

當然，每個人每種特殊處境下要求的東西可能不一樣，在那個赤壁之夜（如果真的是那一晚的話），有人看到的可能是流走的大江遠逝的清風裡那一輪確確實實懸在眼前以至於比什麼都更像是幻覺的明月（農曆十五，滿月），有人則一心記掛著馬上開打的戰爭無暇他顧。但橫槊賦詩，如果那個晚上此種情境，曹操乘著酒興慷慨高歌的比方是「財源廣進達三江，生意興隆通四海」，吉利是真的很吉利，但我想，我們會甯可選擇不祥是吧，我也不以為這樣就能夠改變這一場戰爭的成敗，會嗎？

千年後今天，眼前再沒戰爭壓迫我們了，這是我們的閱讀優勢，我們是不是該把被遺棄的另外112字給要回來，完整的、心無恚礙的讀〈短歌行〉，看它有多好。

〈短歌行〉是四言詩，寫在一個詩的格式已不必然是四言的年代（「上山采蘼蕪，下山逢故夫——」云云），它直接上溯詩經，其中有些句子更像是從詩經整塊剪下來的，但它切割得更工整、俐落、剔透。詩經裡的詩行通常還是重複的、折返的，形成一種駐留不前的吟詠效果，讓情感徘徊、迤邐、漸強，換字不換句彷彿各個角度耐心翻轉摩挲成形成為實體，我們甚至察覺得出它原來完整連續的模樣，相信它是被採集者修枝去葉再洗濯再整理的結果；但〈短歌行〉是純粹的四言詩，射出成形，詩行全不回頭，切線一樣，對待自己幾乎是殘酷的，以至於對稱得像結晶太完美的某種礦石，其間反射流漾的不再像是人的情感而是某種光線，全由直線直角所構成。我們幾乎可以數學的對待它，甚至因式分解它，全詩128字恰恰好可用4一路分解到底——128先除以4得到32句，再除以4成為8組，八個單位，八個分別獨立、如重新起頭（本雅明語）的話題；每組16字再分解一次，就重新得到4，回到這四字一句的最基本單位，就這樣切割得方方正正，沒遺漏沒碎屑沒多餘。

人的心思，人的情感記憶和渴望會長這樣子嗎？真的可以整理到這樣演算嗎？

會不會有人由此想到荷蘭畫家蒙德里安的畫？把曲線全拉直，把層次變化的色澤平板化成為單一色塊，紊亂但有情的偌大世界包含樹包含海浪水波包含轉動著風車葉片的風（都是他本來最愛、一直畫著的東西），最終連隱喻連象徵連符號都沒剩下，成為一張又一張壓克力板或地鐵圖模樣的東西。蒙德里安後來嘗試使用較明亮的顏色乃至於光點，但這絲毫安慰不了我們滿心的荒蕪也救不回畫的虛無。拉直、簡化、固定，源自於我們不夠完美的思維能耐，是我們想進一步認識事物（尤其尋求某種通則時）通常被迫採行的方法，因此，它寧可是不得已的，也不要是過度興奮的；寧可每多往前一步都更遲疑一下、多意識到危險一點，而不要是加速的、理所當然的。

直線其實是曲線的隱喻，或直接說就是曲線的「速記」，本來為的就是努力保存著曲線的軌跡、形態和意思，更為著我們得以在總是有限的時間和思維容量裡盡可能不遺漏的畫成、並同時呈現更多條曲線；簡化是高度精確的思維作業，為的是掌握繁富豐饒。而且，所謂事物的核心是一種認識概念，取決於我們一次又一次不同的疑問，絕不等同於固定的物理性中心，蘋果核並不必然比果肉更深奧更高貴更美麗，除非你的疑問恰恰好是生物的傳種繁衍；我們所住的地球最深處也不存在足以解釋我們繽紛生命的奧祕，事實上那裡除了高熱的、磁化的、沉重無聊的鐵漿模樣東西一無所有，只有極少數地質學者、物理學者不得不感興趣。

曹操的〈短歌行〉當然不是蒙德里安的畫，這麼說吧，它比較像京都——日本這座一千兩百年的絕美古都是人刻意建造出來的，啟始於見了鬼、為躲避宮中鬼魂糾纏逃出奈良的桓武天皇，但這個原名宇太村的人造京城其真正形制是稍後學長安城整理起來的，街名一條二條三條到九條依數字排列呈方格子狀；也就是說，這個最華美也最鬼影幢幢的古都有著全日本最呆笨而且名稱最土氣最沒想像力的街道。可是這有什麼關係呢？這只是京都最基本的骨架子而已，並非其內容，有機生命的進展不能也不會如此循直線往前走，真正的京都在哪裡呢？老京都人會說，在那些「鰻魚一樣曲徑通幽的人家巷閭之中」，就像同樣蜿蜒千年於城中、誰也切割不了的洋洋美哉鴨川。生命是曲線的、連續的而且總會找到它要的縫隙，只要我們不消滅它，給它足夠的時間。

我們一樣很容易在格局方正的〈短歌行〉中找到這樣一道又一道看似直線的隱藏曲線，找到一條一條鰻魚，看得出來寫詩的人胸口滿溢，悲喜交集，心思遊動得很厲害很遼遠，酒精大概也發揮了一定的助燃推進效果，跟汽油一樣。寫詩的人應該不是平常人，他站在一個比平常人稍高的位置；而且顯然還正杵在一個稍高的生命時刻，躊躇滿志，因此說是霸圖如夢赤壁戰前的曹操相當合理。星辰下，濤聲裡，他時而在晏飲歡快的當下，時而半窺探半言志的看向彷彿已伸手觸摸得到已近乎實體的將來，卻在過去的時間裡逃逸得最遠如同迷路。青青子衿悠悠我心，我們不曉得兩千年前當時人們有沒有我們這樣的傳聞，說人在單身面向著死亡那一剎那，人的回憶就像是這樣子，把他自己活過的每一刻鉅細靡遺的重演一次，或更神奇更難言喻，線性的生命像一張同時而且完整打開的大圖呈現於眼前。因此，真要說這首詩有何不祥，它最不祥之處就已在這裡了，在於人心裡忽然裝不下盛不住如湧泉的太多歡快，在於此時此際確確實實但不知駐留多久的幸福時光，在於一定發生了什麼事的繁華，你要不要就此放鬆開來順流而去呢？至於後頭月明星稀那四句一組，我猜那只是當時真的發生的事，一隻大鳥忽然嘎嘎向南邊飛走，把人從迷醉中打斷，明月一輪，江風清冷，人抖擻一顫，世界恢復成它現實的偌大模樣。

的確，我們又同時察覺到寫詩的人是典雅的、節制的甚至還是嚴肅的，他會煞車，會收起情感，酒也醒得快，某些界線他不會跨越摧毀反倒以為有責任要保衛（因此劉馥的過失殺人事件我們存疑），他的終極生命圖像是聖賢而不是仙人。此情此景，換成後世李白就一不作二不休了，我先動手為你捶碎黃鶴樓，你那邊負責倒卻鸚鵡洲，只因為周遭風景愈看愈不爽，又沒制服妹傳播妹一旁助興（「頭陀雲月多僧氣／山水何曾稱人意／不然鳴笳按鼓戲滄流／呼取江南女兒歌棹謳」），像極了兩個喝了酒掀桌砸東西的有才華不良少年。真的，我們讀李白詩往往就等這一刻，等他一次兩次三次蓄足情感璀璨的爆發開來，怎麼淋漓酣暢怎麼奔流而去，這時他不會管詩的格律的，世界至此由他一人接管，遑論字多字少話長話短這等小事，像〈蜀道難〉，有五言、七言、九言，居然還有六言、四言以及三言，而且轉換自如，沒有規則，只有詩人自己的呼吸。

四言詩本來就是最穩定最笨重的，割不正不食。逢逢白雲／一南一北／一西一東／九鼎既成／

遷於三國，基本上只適用於維吉尼亞・吳爾芙所說「巨大而簡單的東西」，盛裝不下個人隨時的、碎片的、捉摸不定的心思，因此與其說它是詩經的，不如說它是尚書的。當詩真正下到民間下到生命第一現場，當我們想捕捉想記憶想存留更細微的事物和情感，當詩要表達的是一個人的渴望而不是集體的意志，人們自自然然就不再使用它了；它不再進展，反而縮回去進一步凝固成為某種「神聖句型」，只有在最巨大的歷史對象面前最神聖的時刻才用它，祭天、封國、大戰開打前夕的誓師、以及裝模作樣言不由衷又非得講出點什麼好話時等等。中華民國的國歌就是四言到底的，極可能是最後一次堂堂正正的使用，之後人們就不容易再相信這些了：「咨爾多士，為民前鋒，夙夜匪懈，主義是從——」

我們幾乎可以這樣無休無止的一路談下去，一個念頭轉入另一個念頭，一個故事想起另一個故事，一如《一千零一夜》的珊魯佐德那樣。不只是〈短歌行〉一首詩自身已如此精采豐富，寫詩的曹操本人更是精采豐富（他還有那兩個很不錯的詩人同行兒子曹植曹丕，以及環繞著詩環繞著絕世美人的緊張關係和險險發生的家暴謀殺事件；《洛神賦》也寫多好多不祥，尤其是詩中光線和陰影的顏色、滲透、層次和變化，「洛靈感焉，徙倚彷徨，神光離合，乍陰乍陽」。我們曉得人們曾經普遍而且甚有道理的相信一條河就是一個神，更多時候甚有道理的就是女神，但曹植讓我們一分一分看著一條美麗的河變身成一個美麗女神的完整過程，在光影中，在渴望裡，如同一次眼見為憑的科學報告），還有千年而來更為豐饒的歷史線索。我們愈是這樣讀它想它，便愈發難以忍受劉馥那種吉凶閱讀法，甚至很想沒風度的在這裡豎起一塊牌子：「狗和江湖術士不得進入。」

劉馥這樣神祕的、密碼的、天機訊息的閱讀法，正如卡爾・沙根在《魔鬼盤據的世界》一書指出的那樣，從未自人類歷史消冥。才沒多久之前，我們不還如此蔚為小小熱潮的讀聖經及其他古代典籍嗎？斜著讀，倒著讀，跳著讀，亂七八糟任意挑自己要的讀，唯一不做的，就是一字一句正常完整的讀。我不曉得虔信上帝的人怎麼看待此事，但會用這種方式傳遞神諭的上帝還真滿奇特的，而且不免有點可鄙，有點像那種欲彰彌蓋、「我跟你講你不要告訴別人」的傳八卦三姑六婆對不對？如此攸關人類動輒數十數百萬人生死的重大訊息，祂要不就嚴正的直說，要不就嚴正的不說，就這兩種，除非上帝認為唯一該鼓勵的、該得到拯救的，就是那些什麼事也不做、成天解報紙字謎的人。如此，一整部複雜難言、記載著一個民族幾千年歷史和想像的《舊約》消失了，美麗而且滿滿人類學線索的〈雅歌〉消失了，「山中寶訓」消失了，精采思辯的〈羅馬人書〉也消失了，剩什麼呢？剩幾則把自己驚嚇個半死的末世訊息，更糟糕的是全是事後訊息，總要等到發生完大地震大爆炸大屠殺之後才恍然大悟，這種「事後預言」半點用也沒有，連警示、預防、勸誡的唯一功能都不具備，事實上它往往還取消掉人事後的反省，把災難包裹起來全丟給宿命。反省絕對是災難的最富意義禮物或說補償，極可能還是我們唯一能取回代價的東西，把我們的思維逼上某些不尋常不可能的角度和深度，歷史學、文學及其他，人類很大一部分的思維成果的確是被迫在事後廢墟堆上耐心工作並緩緩學得的。

然而，我以為劉馥比我們有理由「犯錯」，關鍵在於他面對著隨時展開且已完全沒迴轉餘地的赤壁之戰，我們並沒有——這是人極特殊的生命處境。所謂的特殊，指的是死亡如此巨大如此逼近，遮擋住所有東西所有其他的可能生命視角，偌大世界只剩人孑然一身和它對峙，這一刻你什麼東西都得先擺下，過這一關再說；更為嚴酷的是，你還非得擺下不可，你最珍視的東西，從具體的寶物，到不具物理重量但可能更不可承受的德行、信念乃至於情感，攜帶在身上可能只徒增危險，甚至給自己更多處致命的弱點。所以曹操當年被來自新疆的馬家騎兵衝殺，鬍子也割了，衣袍也截短了，犧牲了左護法典韋並賴右護法許褚力戰，這才逃得一命；所以人淹沒在無邊戰火之中，會寧可自己沒有親人沒有妻兒，沒有這些損失不起黏黏扯扯的東西，死亡如同歸去如同休息如同大眠一場，會比較好應付。

正常時候，無關你人格心性傾向是悲觀或樂觀，也無關你對眼前茫茫未來的主張是較光朗或較晦暗，我們的生命處境和劉馥是完全不一樣的、不可同日而語的，否則就有些褻瀆了。未來仍留給我們一定的餘地，在清算也似的大災難（如果有的話）和我們之間仍有確確實實而且可貴的一段距離，我們不必也不應該而且不可以像劉馥那樣看事情想事情。

日本人有一句大致如此的世故老諺語，說「男人一出家門迎面就會遇見七個敵人」（女人大概會遇見八個，多一個，男人），這我們聽得懂，可能還心有同感。所謂馬路如虎口，人生處處是凶險，但這基本上指的是未發生、是不可測、是杞憂，依機率確有一定數量是敵意的，一如也有一定數量是和善的，我們頂多小心點就是了，過馬路記得停聽看並順便扶老太太過街，還是每天照樣昂首向前不是嗎？人什麼狀況下不敢出門呢？當你曉得伺伏在門外的不是七個敵人而是一個持鐮刀披斗篷的死神、是向著你衝過來那四名可怕騎士時。《十日譚》便是最清楚閉門不出的故事，外頭瘟疫肆虐，空氣中豈止七個而是無數個病菌病毒，不定什麼時候還會滲進門來，人每多活一天就是一天，時間是借來的撿到的，死亡如滿眼仆街的屍體是具體成形的、傳遞的。

再多想想《十日譚》裡那等待瘟疫定讞的年輕七女三男都做些什麼？他們寫長篇小說嗎？沉

心研究古羅馬史嗎？試著解開希臘數學三大難題嗎？或像達文西那樣一點一點改造實驗調整飛行器嗎？都沒有，他們基本上只做一件事，那就是開轟趴，喝酒、唱歌、跳舞、狂歡還每天晚上輪流演限制級連續劇云云。在那樣一個不止言語行為而是連人的靈魂都得時時接受檢驗的年代，薄伽丘狡獪的使用了一三四八年佛羅倫斯這場幾十萬人無言死去的大瘟疫，讓人可以堂而皇之做他平日很想做但不會做不能做不敢做的所有事情，藉由這十名奈何以死畏之的年輕男孩女孩之口，把自己所有最難聽最尖利最冒犯彼時禁忌（宗教的、法律的、道德的云云）的話全講出來，一次出清。

死亡會帶著寬容而來，一笑泯恩仇是人的豁達和氣度，也是勉強的；一死泯恩仇則只是人性，自自然然的蒸發。這緊貼著死亡的奇妙寬容是全面，不止化解停車幹架爭風吃醋誰看誰不順眼這類狹義恩仇而已，此種直面死亡的寬容，真正最極限之處不在寬容他者，而是寬容自己。薄伽丘清晰的目睹著此事，他在這十名年輕俊男美女登場前就告訴我們，彼時佛羅倫斯人救死不暇各自逃命，丈夫丟下妻子，父母遺棄兒女等等，別說法律公權力約束不再，人人任意而行，就連我們通常傾向於相信係天性、係源於血濃於水生命基本命令的人倫繫帶都應聲而斷，還有什麼事不能做呢？我們不至於沒在史書某一角看過「易子而食」這類更可怖也最悲痛的情事吧，至少彼時的佛羅倫斯還沒絕望野蠻到這種地步——當然，可能也只是實際狀況還不需要也不允許而已。依薄伽丘描述，瘟疫乍起人口銳減，當下是食物太多而不是太少；同時也是不敢吃，死亡的形貌是感染而不是飢餓，書中寫到幾隻遊蕩到街頭的豬吃了屍體，沒兩下子就發病倒地。

亂世，不管是戰爭瘟疫天災人禍，的確如黑格爾所說往往是歷史最豐碩的時刻，藉由死亡加身的豁免，人可以自由到像斷線飛翔的風箏一樣，人的形貌、心性、情感、行動、思維可以一無阻攔擴張到、變形到我們以為的極限之外，如昆德拉所問還是可親的嗎？還是可辨識的嗎？這不是人生命的正常延續，而是截斷的，是某種死亡節慶、是歷史的戲劇性時刻，甚至可以視之為很多研究者想做卻不允許的人類活體實驗，我們只有通過暴烈的災難和死亡才得出這些結果，得到一個又一個平常得不到的珍稀數據。

因此，災難的當下反思成果，也就是所謂的亂世之學，你可以說它是多樣的、難得的、證實的（針對我們平日受限於道德、法律和習慣所做的種種猜想），但其實很少是真正深刻的。一方面因為時間不夠，所有曠日廢時的工作，所有需要細心分辨耐心琢磨的工作全中止了廢棄了；另一方面，人至此往往只剩、只面對著單一一個巨大而且是吞噬性的困難，那就是要如何存活下去，人處心積慮要想的、得磨練精湛的技藝、得說服自己做好準備的，也只剩如何和隨時撲上來的死亡周旋並相處，所以說就思維的真正全面深刻意義而言，亂世之學在其自由華麗多樣的外貌底下通常是單調的、只處理一件事的，它也只有在這單一命題上可能深刻，那就是和死亡庇鄰的生命本體，剝除所有生活實況實情的終極性生命大疑，它直接挺進到最後也是不會有答案的那個問題，與其說詢問的是生命，不如說探問的是死亡；與其說要如何生，不如說要如何死。也因此，亂世之學的層層哲思析辨，像是論理，但其實本質上更接近文學，以及一部分心理學；它最精妙的不是答案，因為並沒有答案，而是揭示性、隱喻性乃至於異想天開發明的寓言，開向於一個不證實的、無際無垠的、消失於我們望遠有限目光永不可及的空茫天地。波赫士不止一次讚美耶穌是最會用口語用寓言說故事的人，其實佛陀毋甯更勝一籌，更精密更有知識也更富想像力，他揭示出來（或說發明出來）的層層生命圖像和宇宙構成，可以數學般乾淨整潔，彷彿直接可以演算，連只愛抽象論理的人都神往，比耶穌更吸引讀書人，同時像《阿彌陀佛經》云云又可以如此繁華而且具體，幾乎是物質性的，以至於連貪慾的人都可安撫、都可能慷慨捐出黃金來投資。當然，最美麗的人還是莊子，他應該就是人類歷史上最偉大的寓言家和散文作家。

然而怎麼說呢？死亡如此決定性吞噬性，時時高懸頭上，但我們總是把它置放於眼角餘光之處，更多時候我們得忘掉它才行，才能（或說才敢）生活才能愛某個人才能嫁娶生子才能相信才能工作，如卡爾維諾在他最後作品《帕洛瑪先生》最終講的，你不僅得忘記，還要在它尋獲你時不受它挾持威脅。也許正因為我們永遠無法真正解開它擊敗它以及改變它，它遂成為不急之事了，甚或成為某種遊戲、某種「費瑪最後定理」那樣的東西——「$x^n+y^n=z^n$，當n大於2時沒有整數解」。從十七世紀法國數學家費瑪留下它之後，這個看似簡單的定理難倒無數數學天才，整整三百年時間無人能證明它，是最美麗的謎；但另一方面，「對它的證明看來好像並不會引導出更深刻的東西，也不會讓人因此對數有任何特別深入的了解，而且似乎也不會有助於證明任何其他的猜想。」

死亡真的非常有魅力，一種絕無替代物的壟斷性魅力。再說一次，不因為「有用」，不因為深刻（還沒開始何來深刻），而是純粹的不可能，全然的黑暗，徹徹底底的單向從沒有回返的人（除了傳說故事裡、詩歌文學裡如奧德賽、但丁那樣的人，這曝露了我們的渴望）。因此，我們退而求次，轉頭向那些堪堪觸碰過死亡的人，那些九死一生的人，那些也許不意瞥見過死亡小小一角的人，我們滿心謙卑的聆聽他們的故事和見聞，並依比例折算死亡魅力賦予他們榮光。做為人類學者的李維-史陀最方便察知此事，他說這在初民社會中是普遍的，所有歷劫歸來、通過生死試煉、帶著傷疤回轉部落的人，都被視為得到某種超凡的知識、智慧和力量，乃至於某種「身分」，成為部落社群中的權威，李維－史陀不無譏誚的接著指出，如今在巴黎的文化沙龍裡，那些從南極回來的人、從珠穆朗瑪峰下來的人、乃至於只是某種冒險家旅行人，同樣能演講、出書、開攝影展、瞬間吸引所有的大眾傳媒前來，殊無二致。是的，死亡仍是未開發的渾然狀態，至今從西歐到大洋洲非洲眾生依然平等，也許愈現代化的地方還愈萎頓愈不如人，因為社會相對的安全，人們相對的謹慎且理性，喪失了必要的魯莽和迷執。也因此，亂世之學尤其是死亡之學遂成為人類最不容易過時的「學問」，技藝會發明更新，文學會遷徙深化，知識會清理堆疊，亂世之學死亡之學無法進展所以永恆如新，永遠魅力不褪的立於燈火闌珊之處。

對某些不會惑於如此表象魅力、有深究實質內容習慣的人而言，對此也往往會柔和的收斂自己，他們會意識到其間人的不幸、不得已和不公平，生出某種欲言又止的同情，這是死亡巨大寬容的一部分——嚴苛而且腦子清晰駭人的納布可夫就是這樣的人，他無法調降自己不可讓渡的文學判準，因此，在被問到索忍尼辛以及當時受迫害瀕臨死亡的俄國流亡作家文學成就時，他出奇溫柔但堅定的選擇不評論，納布可夫那幾句簡單的回答我個人奉為圭臬，用以提醒自己如何在人的不幸和是非善惡之間穩住自己：「我只從文學角度談論同行藝術家。拿你所提這幾位勇敢的俄國人來說，這種談論係屬於專業評論，不只談論優點，而且談瑕疵。我覺得這種客觀的評論對勇敢的俄國人不公平，他們忍受著政治迫害。」

我猜想，孔子當年也是這樣面對接輿這一干以活命為最高原則的所謂隱士狂人智者，他知道人有理由這樣主張——孔子曾遠赴東周王室去見老子，意思是他親身到過現場，見識過彼時破壞最徹底、之前之後（整個春秋戰國幾百年）一直是殺戮戰場、也正是老莊亂世之學所發生的這片土地；相對的，他自己較幸運（歸功於父母而不是自己）活在一個還穩定、還有一點從容可能、堪稱當時大圖書館的東邊魯國。他比納布可夫更寬容，更願意處於低下的、受教受嘲諷的位置，幾乎已到罵不還口的地步，但他並沒被說服。孔子只有一回曾軟軟的回嘴，說他是人，選擇的是人間之事，比起老子乃至於日後的莊子，他的確走了一道比較耗時、比較糾結盤纏、也比較深刻的路。

我們曉得，納布可夫當然是流亡者，終其一生再沒踏回俄國一次；孔子也是一生憂患不絕，數度瀕臨殺身，偶爾也心生乘桴歸去、放鬆開自己的感歎。但這種亂世的寬容，他們只用於真正受苦的他者，不拿這個來豁免自己裝飾自己；他們也不用死亡來嚇唬自己，因此從容不迫立地皆真，該做的事不被打斷依自身的節奏進行，而且不知老之將至可以使用一整個人生。我們很不幸的一再看到這樣的事實，經歷過亂世的人通常會終其一生被那樣可怖且不公平的經歷「攫住」，即便歷史的暴風雨已停歇，即便他已遠離於千里之外，以至於他只剩一種「餘生」，一件事，一個使命，一個目標，一個敵人和一個未竟之志，不管日後他還活了多久，像逃去死亡牢獄只剩復仇的基督山伯爵艾德蒙・鄧蒂斯。離開俄國還活了六十年的納布可夫，一直「暫住在小旅館、小木屋、帶家具的公寓和租給教授們的房子裡」，有一種永遠身在異地、隨時拔根走人的不安定感，納布可夫自己的回答是：「我想，主要原因（背景原因）是：沒有童年生活的那種環境，任何地方都不令我滿意。……我有幾次對自己說：『這是個好地方，可以永久安家了。』可是，我腦子裡會立刻響起雪崩的巨鳴聲：雪崩捲走了成百處遙遠的所在。」但他僅止於肯讓自己成為一個離鄉者，拒絕讓自己成為一個流亡作家，不管這在當下怎麼符合彼時美國和西歐的冷戰需要、怎麼方便、怎麼為自己作品帶來加值的光環云云。納布可夫能寫進西歐，寫進美國，寫出《羅莉塔》這樣離他生命經歷不可思議遙遠、連他自己都驚訝並因此沾沾自得的小說，保有一整個完整的文學世界，日後就連米蘭・昆德拉都還無法這樣，這唯有拒絕寬容自己才成其可能。

因此，我以為所謂的亂世，我們頂好更嚴苛更狹窄的來想它界定它，諸如必須是明白而立即的致命性云云，以避免誤用，更避免人自憐褻玩，把它留給真正遭逢那樣不幸的人吧。人的一生也許險阻重重，人類歷史也許起起伏伏，但仔細看絕大多數只是困難只是麻煩只是延宕，或某種開放性可能（你會娶另一個人或去另一個地方），但並非大斧頭砍下來的終極判決，這是兩種完全不一樣的東西——我們看多了這樣的電影電視和廣告詞，通常只是嚇唬我們好好販售東西的江湖術士伎倆而已，你真相信負責扔下「肥仔」和「小男孩」兩枚該死核彈的美軍轟炸機若在太平洋上空失事墜毀，日本就會逆轉勝嗎？歷史走向就一定更糟而不是更好？或當年艾森豪將軍若在D日前中風昏迷乃至於隆美爾將軍把坦克部隊布署在正確的位置，人類就從此萬劫不復嗎？歷史開放、隨機、難以言喻，極可能連結果的形態和內容都會改變誰知道呢，但絕沒有那麼多關鍵（或說有著數不清無法窮盡的關鍵，如托爾斯泰在《戰爭與和平》指出的那樣），更沒有伺伏著那麼多次世界末日。

有一種還活著的化石生物我們叫它鱟魚，滿身盔甲挺堅強有擋的模樣，但我曾讀過一份科學報告，記錄了這個活過億萬年歲月的小東西活活嚇死自己的經過——我不曉得這是定期性的、偶發性的或僅此一次。科學家觀察到鱟魚體內的訊息似乎發生了錯亂，它「以為」自己正遭到致命性的侵入，於是動員全身進行反制，但訊息顯示敵人實在太強大了還源源不絕，最終，它壯烈的瓦解自己，選擇和這個可怕但並不存在的敵人同歸於盡，英勇但非常笨。我的醫學知識嚴重不足，但我猜過敏大概就是類似的訊息錯亂病症吧，我們的身體誤以為有異物入侵或高估了入侵的程度和敵意，遂展開一連串節節敗退的防禦作戰，流鼻水流出它，打噴嚏噴出它，咳嗽咳出它，體內白血球大規模集結且像趕工生產畸型成長的軍火工業，最後氣管也腫脹起來進行隔絕不放危險的空氣進來。今年春天大沙塵暴從中國北方沙漠襲來，朱天心便因此急診住院，躺了好幾天才把這個連呼吸都打算禁絕的神經身體安撫下來，險險成了一隻人形鬣魚。

沒看過這份鬣魚科學報告也沒關係，我們可近取乎身回憶過去台灣這十年左右時光，情況相當接近。當然，一個社會要像一具自動化、絕大部分機能不隨意志操控的身體般把自己嚇到死是不至於，但每天每時警告自己正處於歷史關鍵一刻、生死存亡在此一舉云云也夠瞧的了（可能只是定期選個地方首長或發生了一宗弊案而已，都是正常社會必然的或應該發生的事）——這正是台灣最停滯最消耗的十年。比較奇特的是，過去會遂行如此公然恫嚇的只有兩種人，一是嚇你才有錢賺的算命術士，另一是嚇你才能凍結你正常權益、才能讓你加稅、服役或至少閉嘴的掌權者。我們如今是恫嚇者和被恫嚇者合而為一，搶匪和被害人同一人。

當一個社會說服了自己正處於如此關鍵一刻，不論高貴或不怎麼高貴的動機，不論人是勇敢或懦怯，通常都不會再做正常的事，如同劉馥那樣（正常時候，他可能懦怯的意識到自己和曹操的身分差異，或正確的意識到自己和曹操文學程度的差異云云）。正常工作中止，取而代之是策略性的行動，正如同一名士兵得放下家庭，放下情人，放下夢想，放下自己比方說《羅蘭之歌》的史詩長期研究工作（借用一下葛林《密使》的小說人物D）趕赴戰場，一切得等勝負生死塵埃落定再說。策略性的作為通常是針對性的，當它瞄準的唯一目標消失，其價值當下歸零，不會有內容的實質累進意義，一如兩千多年前的策略頂尖好手蘇秦和張儀留不下任何東西一樣；更糟的是策略性的作為還是消耗性的，總是有所妨礙有所犧牲，正常時候其價值還是負值的，日後有一堆副作用得忍受得清理。因此，策略學其實是亂世之學的一環，是其積極性、致用性、攻擊性的形式，最淋漓最肆無忌憚的成果便是兵法（所以中國古來縱橫學、兵學的哲學背景總是老莊而非孔孟）；這意謂著它的正當性來自亂世，而且其正當性大小和戰亂生死的距離長短成反比，在殺戮戰場矢石交下那一刻，它甚至是崇高的神聖的唯一的。

要讓策略作為的破壞力降到最小，關鍵就在於時間——時間會讓人的作為反滲、沉澱、內化，讓人習慣當下遺忘原初，改變人的思維暨其基本世界圖像一如它夷平高山剝蝕巨巖填平滄海。策略行為的欺瞞永遠有著嚴重的反噬傾向，它原本要愚弄的是眼前的生死大敵，但最後一個上當且又深信不疑的總是自己；它要求人裝扮起來好深入臥底，但最終是自己真的變成那一個人。勒卡雷的間諜小說幾乎每一部都哀傷的揭示這件事，讓我們看著那些曾經壯懷逸興、在二戰期間一次次成功愚弄過希特勒的蒼老間諜如今模樣，戰爭真的已停歇很久很久了，世界重新昂步向前，只有他們幾個人仍留在那裡，他們必須相信戰爭甚至召喚戰爭，好說服人們世界仍危機四伏一觸即發。一度站在世界最前沿的人成為被世界遠遠拋擲到最後頭的人，消弭戰爭而來的人成為時時想方設法製造戰爭的人。

有一幕真人實事我猜我這輩子是忘不掉了，發生在二〇〇七年中的台灣——彼時台灣很普遍相信二〇〇八總統大選是台灣是生是死的決定一戰，幾乎是男廢耕女廢織的參與這一役（參與的方式大致是交換傳聞、看電視、不斷咒罵以及失眠云云），整個社會呈現著死亡前夕極度焦慮又極度狂歡的詭異樣態。一位真的為台灣民主選舉、民主建構奔走一輩子、也真的是什麼都拋下來生死不論的前輩（我說不出口他的名字）認為，成敗的唯一關鍵在於中南部的地方派系土豪劣紳，為了救台灣必須全面買票，錢撒下去，他願意去說服自恃清高的候選人甚至願意親身下去雲嘉南操作此事，舍我其誰。三十年時間，他理不直氣仍壯的成了自己當年要打倒的那個人。

的確有點斯德哥爾摩症候群的味道了。浸泡的時間夠久，人不僅從心智到身體全面適應亂世，還會偷偷喜歡上它迷戀它——畢竟，從另一面來說，亂世太舒服了，尤其是這種不是真的、並沒有死亡和苦難伺伏、幻覺式的亂世。奉死亡明天就來之名，人可以擺脫一切，自由輕靈得像隻小鳥，或更像一陣不再有實體羈絆的風似的。你不必下班準時回家，你不必生命苦役般繼續你每天八小時十小時的那件事，你可以同時談幾個彼此相濡以沫沒明天的淒美戀愛，你可以不再聽從自己心中的道德命令聲音而不擔心忐忑負疚與失眠，你不理會生命的所有基本承諾包括對別人對自己因為你已說服自己根本不存在兌現時間了，你可以恣意放大誇張每一分其實絕大部分不值一提的當下感受感情、不怕噁心的大哭大笑大口喝酒大聲唱歌等等（我在台大附近一家此類燕趙慷慨之士聚會的餐館，便看過牆上高掛這樣的一幅字，鬼畫符般寫著「酒，就大口的喝；淚，就盡情的流；歌，就痛快的唱出來吧」之類的）。這樣的寬容不當使用在自己身上，就像偷偷打開來的糖果罐子一般，人不會僅止於自戀、虛無和不負責而已，接下來，我們會一整套的看到，人堂而皇之的自私，人堂而皇之的殘酷，以及人堂而皇之的勢利眼，這才是假借亂世自我寬容的較完整模樣。自身有難，匍匐救之，所以沒什麼事是不能做的。

縮短亂世時間的方法因此有二——一是別恫嚇別誇大，別聽江湖術士之言，千萬不要在正常時日延續乃至於製造亂世幻象；另一個比較難因此僅僅是一種期盼，但我們的確知道有人造次顛沛乃至於死亡高懸頭頂時仍不改其志其行，戰火有間歇，轟炸機投擲完炸彈會返航重新加油裝填（葛林的二戰倫敦大轟炸經驗是大約有六小時空檔時光），你還是有機會掌握死亡的行跡、規律和死角，不被它完全掌控。當年一批東歐的年輕知識分子提出一個我以為非常非常動人的主張，他們決定不等戰亂結束，不等專制統治瓦解，不等死亡遠颺，他們決定當下就過正常的生活，像個正常的人那樣思考、著述、研究、交談、演講聚會等等。用托爾斯泰的話來說是，「他想嚇我，可是我並不怕。」用納布可夫的話來說是，「仁慈，自豪，無畏無懼。」他以為這就是人類最好的行為。

正常時候，一首詩只有好壞，沒有吉凶問題；正常時候，你有非做不可的事，也不會不必去問是吉是凶；正常時候，你還有絕不可以做的事，就算有人告訴你引誘你這有巨大利益可攫你也不幹；正常時候，我們甚至有點瞧不起會因此改變自己行為的人，稱之為自私或者勢利乃至於短視（意思是他可能更笨而不是更聰明）——這完全不是高調而且實踐起來也不困難，僅僅是我們每天每時的基本生活事實而已。事實上，所謂吉凶利鈍並非新角度新觀念新配備，它時間久遠到不可考，也曾以各種工具各式可能途徑且動用過最龐大資源（它通常由掌權者壟斷，如殷商甲骨，當時一枚運送幾百里的大龜甲有多難得多昂貴，花這麼多錢怎麼可以不準？）充分開發過，而且還不只是某一群人某一個部落某一個國家，是普世皆然；也就是說，我們其實是從那個世界走出來或說掙脫出來的，它在我們現代生活裡之所以有點灰撲撲又有點不光采的僻居一小角，不再如昔日主導人們所作所為，其實是歷史結論，是人們數不清多少次硬碰硬試用的結果。孟子嚴正的做過義與利之辨，要求我們秉持信念舍棄利益，不是講得不對而是真的有困難，依我們對人性極有限的信心和極充分的同情，我們很難相信信念會長期而且穩定的獲勝，歷史經驗顯示，時間一久，占上風的總是實利。因此，有著實際利益承諾的吉凶探問占卜之術之所以衰落，只能歸咎於它自身的「失敗」，人們逐步發現了它的不可靠、侷限和不適宜，愈來愈無法有效掌握、揭示、解釋人類日趨複雜、有多重目的意義和渴望的行為並做出建言。

吉凶利鈍其實是個非常粗陋非常籠統的概念，但真要追究起來，在專業不足、配備不足、人只能模糊一團跟整個偌大世界周旋的初民社會，它還有著較具體較迫切的生活內容可言。比方氣候問題，當時人們從身體的保衛、糧食的獲取到行動的可能，皆嚴重受到天氣不時的限制和威脅，不像我們今天有堪稱精確的氣象預測，而且還能局部調控讓自己珍稀寶物般一天二十四小時活在恆溫恆溼的狀態；比方說狩獵，當時的確是英武而且頗危險的行動，人和動物處在一種較接近公平決鬥的狀態，但如今像海明威那樣，那哪裡叫做狩獵，別丟人了，那根本只是去冷血屠殺動物而已不是嗎？此外我們看航海，不管是希臘猶力西士或中亞辛巴達，都把航程描述成九死一生，各種致命的危險已不是機遇而是衝著你來的特定敵意，包括神祇，包括各種千奇百怪的妖物怪獸，但這兩位無畏英雄跑了哪些地方呢？攤開地圖一目瞭然，就是地中海東側那一小塊藍色內海，地形是有點破碎沒錯，但程度只介於內陸湖泊和真正的浩浩大洋之間，至於那些可怕的妖物怪獸，其真實面目大約就是馬賽魚湯所使用的食材。

有些事是不能開玩笑的，而且可能的話還不該玩機運，人們在最威脅自己存活之事上頭，得尋求、發展出更可靠的預測、掌控方法和知識，一個個專業從糊成一團的吉凶之術分割獨立出去，於是，不止籠統，還不斷陷縮，並且空洞化。

中國的易經存留著古老的占卜之術，這部帶著古老魅惑和恫嚇力量的典籍，讓人心生敬畏，算是較少被剪裁被整理的，裡面仍留著一些神祕的東西非常有意思。比方說需卦第六爻「入于穴，有不速之客，三人來，敬之則吉」，你可以隱喻的讀它，也可以具體的、預言的讀它，更可以（我以為今天最必要的一種）人類學的讀它；或比方說漸卦，漸者進也，像放慢時間，讓我們看清楚每跨前一步的可能變化、視野和凶險。漸卦可能是易經最美麗如詩的篇章之一，它盯住一隻由河上飛來的大型水鳥（鴻），先是看著牠飛到（或說暫時停歇於）河岸砂地，再來是飛到了河邊大石頭上，再來是離岸上陸，再來是樹林子，再來是啪啪飛上小丘，最終是深入抵達內陸，如此六個階段（由此我們知道《圍城》裡的方鴻漸，從坐船回國到深入內地這一趟旅程的一部分來歷了吧）。就算你不像初民那樣堅定相信個體生命和世界存在著如斯響應的緊密對應關係，如同數學函數般一對一的亦步亦趨同向變化，你也可能在凝視、追蹤、揪心關懷牠振翼飛翔、停歇、眺望、猶豫的過程之中，自自然然找到你和水鳥生命的「相似性」，如相觸，如某種生命氣息的風在你和牠之間流動，並從而得到某種啟示或僅僅是暗示。安伯托・艾可在《玫瑰的名字》小說中告訴我們，人可能（而且嚴格來講都是）借助一個錯誤的或至少憑空想像的模式，來發現真相找出某些道理，如同書中威廉修士借用了聖經啟示錄模式發現了線索，正確預言了接下來的謀殺案並揪出了凶手（更妙的是這個假模式還影響了凶手的作為，一方面讓他利用誤導，但另一方面也讓他暴露）。多年後我自己重讀易經，愈來愈相信這是一部實用於生命現場的書，它可能啟始於某一個簡易的神祕公式，但真正的完成靠的卻是人的世故，有點像統計學，收集了人一次次刻骨銘心的生命經驗和教訓編纂起來。它預言的堅實基礎來自厚厚一疊而非一次的過去，來自人一再重複類似處境慢慢察覺出來的事物某種慣性和人心某種趨向，這每一種特定的處境，都一定程度制約窄化了未來，引發著特定的變化乃至於其規律節奏（儘管仍是開放的，有偶然變數隨時飛來，無法窮盡），未來因此有一部分可推演可猜測。易經由此逐步整理出來八八六十四種不同的人生基本處境。不同的當下生命樣態和其間人的心理狀態，比方說拓荒時，耕植時，收成時，繁衍時，建構秩序時，擴張分裂時，探向陌生未知土地時，渡河遠行時云云。我們很容易發現，簡單二分法的吉凶很快不適用不準確了，它持續被分割得更細也更有具體內容（無咎、無不利、吝、窮、泥云云）一如傳統八卦跳昇為六十四卦、卦名亦由自然物天地山澤複雜化為種種社會處境，而且還是短暫的、還會變化的、無法安心但卻也不必絕望的，戲劇性定格式的吉凶無法為我們的行為提供有益可執行的建言；此外，吉凶的變化同時會被人自身的行為所牽動，很多困境其實來自於人的不知不慎和不靈動（拘泥於習慣或單一道德云云）。所以孔子判斷易經來自於稍後的中古亂世而不是天地伊始，他心中的作者形象是個經歷了憂患的人而不是天縱英明的數學家，是受過苦的人而不是巫師，他有點神經質，有點小心翼翼，喜歡告訴別人事情可沒這麼簡單一定還會生變，悲觀，但非常好心。

由此，我也相信「完成」後的易經是不用也不該占卜的，它是一部搜羅整理生命際遇變化的參考書、小小百科全書，你要尋求它的協助，總得先為自己做點事，先反省自己，先起碼弄清楚自己大概身在何種特定人生狀態，你才能查詢，才去找出那個卦，也才聽得懂它對你揭示的有限可能未來和殷殷叮囑。

為什麼非六十四種不可呢？當然不一定也理應不止，用波赫士講但丁《神曲》的話來說是「它的格式韻律限制了自己」，不得不舍棄更多整理不起來的生命碎片。

吉凶二分，如果說兩三千年前那樣簡單生活的人都發覺不適用了，怎麼可能對我們今天有所助益提供建言呢？我們生命中不再容易出現是生是死的單一迫切危機，卻多了數不清實質生活的每天憂煩和困難；我們自由而且各有主張，可能性眼花撩亂而非太少，以至於我們再難跟自己說清楚什麼是成功是失敗，我們甚至講不出來自己要什麼——幸福是什麼？意義又是什麼？

那些把自己牢牢閉鎖在古老簡易公式，只用吉凶，尤其只用最淺薄一層非名即利判準看世界的人，只能得出一種古老粗陋的世界圖像；我所知道的每一個此種江湖術士，無可避免因此無一不是自私而勢利的不及格之人。朱天文是我所知心思最安定的人，生命之路走得直直的，她年輕時識得一名號稱神準的八字老師，每隔幾年會冷不防打電話來，今年春天三月，最新的一次天機訊息用人間語言翻譯出來大致是——過去三年，朱天文的生命運勢糟透了，糟到讓人不敢打電話跟她連絡；但今年可不得了，春暖花開，兩岸開放，無往不利，不止紅遍台灣，還春風又綠江南岸的紅到大陸。

仔細想來，除了必要的誇大之外，這可能說得都對。但對朱天文這樣以小說為生命志業的人，沒收入不露臉的埋頭下來三年五年，其實是經常而且還是她主動選擇做的事。我日日和她相處見面，看著的只是她一道無聲大河般的向某個我不知道的天際流去，倒真的忘記她也是個有衣食之憂的人——是的，說得對，但這樣子的對有什麼意思呢？

同學與家人。

家人的情感和同學的情感有一部分很接近，有著極其相似的起源從而有著極其相似的基本質料，這說起來有些浪漫但其實如此自然可信，彷彿是某種命運、某種奇妙的安排，不偏不倚把我們一起置放在這個時間這個空間裡，正因為不是通過我們的選擇，遂有著某種非條件的、不可知的生命深層觸動，給予我們一種世界遠遠大於你、深奧於你的奇異提醒；而我也以為，家人不僅僅是相處更綿密（所以衝突也更多更致命）的同學而已，家人關係裡有一種無以倫比難以替代的依賴關係，尤其緊緊聯繫著人獨有的、最漫長也最脆弱的童年。

近幾年，也許是未來茫茫如風，人想回頭抓住一些較為明確的東西，當然，也可能是我們真的抵達退休沒事的年紀了，一種衰老的徵象。總之，我念過的高中和大學瘋著開同學會，規模宏大，打來家裡的電話數超過一百通，複式動員時間非常誇張的長達一整年，他們要聚會的不是我們那一個班那一個系，而是奉學校之名那一學年的所有人，很像《迷宮中的將軍》書中那一段——你錯覺這又是一次革命，但其實只是一場鬥雞而已。

我自己，對革命一向興致不大，大學那幾年花在學校的時間也不多，沒認得太多人，學校的名字也許響亮如昔日，但對我個人殊少意義（我忽然想起當時在學校裡高懸的勵志標語：「今日我以××為榮，明日××以我為榮。」顯然這兩件事都從未發生，也不會發生）。如果有好奇，我會考慮去一趟的是更早宜蘭市力行國小六年孝班的同學會，差之毫釐失之千里，這是最簡明的幾何道理，角度關係，愈接近生命原點的同學，其發散面愈大，我大致知道我的高中大學同學如今的樣態，但我難以想像我的小學同學（容貌？工作？人在哪裡？困擾什麼？），包括我們那位才剛專科畢業、年輕大男孩之心未泯、一部分拿我們當平輩對待的級任導師，都七十歲了吧。

歲月忽其不淹兮，仔細想，還不止是機械性的幾何角度問題對吧——高中和大學是考進去的，通過社會性的遴選把人聚集在一起，如此社會分類的滲入，意味著某種特殊的期待，也就挾帶著某種特殊的限定；而彼時的小學則接近某種自然狀態，唯一的依據是我們都住在沿宜蘭河這一小截土地上（「北橋里，長堤青，桃李滿園生，力行力行，前途永光明。」其中滿園桃李這句完全是隱喻不是真的，學校裡只有兩小排檳榔樹和一堆可以吸食蜜汁充當零食的扶桑花而已），而當時這些人之所以居住在這裡，最原初的社會理由早已湮沒（逃難？逃荒？殺人越貨？心懷遠志？……），毋甯已成為命運鬼使神差的結果而不是人的選擇，也不像城市化之後的不同住宅區有著不同的社經地位暗示，才智愚庸高矮肥瘦齊聚一堂。

我家五個小孩全念這間小學，但境遇不一，隨當時某個老師的心血來潮而定。其中我二哥最誇張，小學六年編過六次班，每年重來，因此全年級每一個人都當過同學；我最風雨不動，整整六年就這五十個人晨昏到底（除了搬家轉學進來幾個出去幾個），最接近家庭，什麼事都在這固定的基礎上這封閉的範圍裡發生——因此，小學畢業典禮上大家動輒泣不成聲或強忍淚水（現在的小學畢業生還哭嗎？），不管這六年是品學兼優還是天天挨揍，其實在荒謬之下有其迫切理由，有確確實實的悲傷和恐懼。荒謬的是，國中和小學的學區大體上重疊，還不是同一批人同方向同時間的上學路徑哪裡都碰到；但世界果如預期的整個變了，總的來說比較像是離開原來的家庭，重新進入到另一個陌生的新家庭，一切都得重新摸索重新適應。大家有了不同的身分（從六年孝班到一年愛班）不同的教室以及一時難以也無暇跟外人言說的新生活細節的磨擦，以至於昔日老同學話變得少了也不便相互打擾；女同學尤其整塊消失，咫尺天涯的被隔離開來，在學校另一側另一幢樓（比較新比較漂亮乾淨那一幢）另一個神祕的世界裡，這是其中最富社會化暗示和催促的一環，告訴你不僅生活方式是全新的，而且性別差異不再只是你們打球她們跳房子、規定你們穿卡其褲她們穿黑長裙而已。彼時對性別較神經質的社會氣氛和教育體制，等於是搶先一步在真的青春期找到你之前、在人察覺到自己的身體和意識變化之前，先要你喫下分別善惡之樹的果子，好讓人提前心生羞慚彼此走避，童年在十二歲集體結束。多年之後，我在比方說狄更斯那樣大敘事、以一整個完整人生為基本單位的小說裡，以及稍微在那些得追溯童年不幸、好把殺人凌虐和小時候被打屁股等號聯繫起來的典型犯罪小說裡，讀到那種孤兒院小孩各奔東西，被不同家庭領養此去吉凶未卜，我平淡無奇的生命經歷，唯一能夠借用以理解的情感基礎，便是小學畢業這一次。

大學和小學哪個比較容易交到或找到朋友呢？理論上好像大學的機率高一些，畢竟，大學通過了層層篩選而且其中還有著你自身的設定（文學或者法律云云），大致上是你往後願意展開並存活其間的那一種特定世界，不像小學幾乎是純粹的生命偶然。但事實好像未必如是，像我自己（而且我有把握不只我），唯一留下的朋友是小學同學，或正確的說，小學附設幼稚園蝴蝶班開始、從五歲到今天的老同學，大學和國中一個不剩，高中最奇怪也最可惜，高中三年，我認識過最多我曾經喜歡、佩服、相信就是生命重大夥伴的同學，但就如同我喜歡的蘇格蘭老民歌〈丹尼男孩〉裡那轉折的兩句The summer's gone, and all the roses falling，是啊，長夏逝去玫瑰凋零，很多挺美麗的東西並沒能好好活過某一個夏天，這些昔日少年我大致還曉得他們落腳人生何處，有成為黑心但成功的爛律師，有移民加拿大，有空中飛人般任職跨國企業（每回空難事件我會不由自主找他們的名字），有安靜當個醫學權威，有瘋掉了，最多是躲進近在咫尺的各個大學裡雞犬相聞老死不相往來。生命真的複雜得很，難能逆料，但放個幾年再看並非全然不可理解——如果我們是蘇格蘭人，我們的高中同學會一定會從唱〈丹尼男孩〉開始，但這首風笛吹起的歌更多是用在喪禮上頭。

絕對不是所有的同學都會自動轉化成朋友，事實上比例低得很。我們大致會說，朋友是「自找」的，裡頭有我們一己的意志、辨別和行動，而同學是命運使然，是某個奇特但毫不負責的力量安排的。因此，同學是已完成的，是某種不能也不必取消的身分，白紙黑字登錄在某個我們管不到的檔案裡；而朋友會隱沒會除名會得而復失，這個得與失往往一路呼應著我們既不斷被動回應又不斷主動抉擇的人生，乃至於被引用為我們察知、省視、丈量並階段結算自己大河一樣流動不居生命的某個航標。和同學不同，朋友是我們對某個相識之人的「命名」，用以宣告並且確認某種特殊的關係，所謂朋友的得失也就不是此人的人身存在與消滅，而是這個關係的變化存廢，趙孟貴之趙孟賤之，我們能賦予它，也就可以回收它，其最核心處其實是自省、自我收拾整理，像照鏡子一般。這個鏡子別人也看得見，所以古人講看一個人的交友，可以窺見他的心性人格，這是真的。

因此，一如波赫士指出的，朋友或者友誼，一直是詩的最重要主題之一，或說某個隱喻某個替代物，讓我們和世界的關係變化具體可感而且戲劇化；也反覆使用於日後的小說書寫，把變化得失轉換為可敘述可讓他者也參與的故事。屠格涅夫的《羅亭》（原來）最後戲劇性的一幕便是這樣兩名得而復失、失而復得的老友再相遇，同時，我們也不由自主感覺到彼時大俄羅斯某些事結束了，某些事又像日出般要發生了。當時是深夜，大雪紛飛，逆旅沒其他人的驛站，時間短得像作夢，人隨時會醒，「我們都聽天由命——」

青春這兩個字，最原先也是具體的，不是直指我們幽黯的腺體變化和第二性徵出現。青字是顏色，是那種植物剛剛出芽清新、乾淨、透光近乎透明的綠色，可能還一併包括背景清澄的藍天（生物學者告訴我們，較早的人生理上分不清綠色藍色，把它們看成是同一顏色的連續，是以青色是藍也是綠），春字當然就是四季之始的那個春天。因此，青春，青色如洗的春天，最早就是我們對剛到來春天的描繪，畫面開闊舒緩，後來才被借用不還。

依我個人，包括直接經驗和旁觀，朋友其實極少失而復得，有點像刻舟求劍這個老成語，劍掉落水中，船持續前行，那個愚昧的人回不去也記不住掉劍當時的船身位置，復原不了那一刻比方說時辰、日影的斜度、岸上的建物地標乃至於遠處青山的準確樣子。我不是說朋友之間欠缺寬容，事實上我完全相信也願意宣誓作證波赫士所說友誼是最柔軟最吸納的，誤會擺一陣子會感覺很神經，仇恨放裡面也不難分解遺忘，但我們就是拉不住大河中持續前行的船。我以為得而復失的朋友通常只是靜靜的遠逝，或者說靜靜的還原，還原成什麼？就像你久久接到一通電話，妻子好奇誰打來，你可能只淡淡的說是個老同學。是的，多年之前你從全班四五十人眾裡發現他找出他來，如今你好好歸還回去；如果他的原始來歷不是學校，你可能會含混的說是個老朋友。中文缺乏昨是今非的簡捷時態，但說是已結束、已取消的朋友又太誇張了，顯然也非事實，他並沒有消滅，就如同你的記憶只是不復並未消滅一般。孔子當年安置他那位在自己母親喪禮大唱流行歌的爛人朋友息壤大致就是這樣。

那個下大雪的俄羅斯夜晚，列日涅夫把他和羅亭的這場恩怨得失放回歷史以及命運，我們不過都是時間暴風裡頭飄零的人被捉弄的人。他告訴羅亭，他的農莊是個隨時可以回去的地方，一個人可作主不隨世事流轉的定點地方，只要羅亭感覺累了、想休息了。這是個提前的老年邀請（「願上天垂憐所有無家可歸的人」），但可想而知這就是他們最後一面，船也一樣不會停在這驛站這一個夜晚，羅亭更是個死亡會比年老先一步找到他的那種人，他切線般飛了出去，中彈死在法國革命的巴黎街壘，跪倒下去，像一袋馬鈴薯。

歸還同學，歸還命運，讓那個一度浮現的點復歸消失，讓彼此躲回去那個更大而且不可捉摸的意志裡面，然後就遺忘了，或至少用不著再想起。這是寬容最常用的善意詭計，把情感收回，連同所有的期待和要求，寬容的另一面其實是無情和遺忘，讓原有的聯繫解除；這也是小說書寫的技法，納布可夫講過他喜歡這樣子結束一部小說，這個是非分明到極點的人終究還是會鬆開手的不是嗎？——「我想我喜歡在書的結尾留給人一種感覺，書裡的世界退到了遠處，停在了遠處某個地方，像畫中畫一樣懸在遠處了。」

我在想，那家人呢——家人究竟何物？我們可否一樣的用正常的、合宜的、自主的情感來理解來對待他們？還是他們是全然特殊的，我們必須單獨的使用一種情感、甚至「發明」出另一種情感來對待他們？

由此順勢來問，事情一下子風急雨驟起來了。家人，從來歷看，他很顯然比較接近同學，除了丈夫和妻子算我們自作自受之外，每一個都是命運使然，特別是愈往上看我們愈難置一詞；然而相處關係上卻偏向於朋友這一端，而且誰都曉得遠比朋友緊密深重。從因果邏輯的形態我們很容易看出來，這是極度不均衡的古怪樣子，不均衡很難長時間存在，或者說，你要讓它長時間維持下去，就得額外而且時時不懈的扶住它撐住它。而真正麻煩的是，這個聯繫不是我們賦予的，於是也就不是我們可收回的，如同聖經講神所結合的人不能分開（原來講的是男女婚姻，因此是一道森嚴的禁令，但就家人關係而言僅僅是實然、僅僅是平和的描述），家人從頭到尾就只是家人，不像朋友可還原為同學或者某個曾經相識的人，相處失敗的家人無處可放回可安置，大家就只能留在原地依然是祖父祖母父母小孩兄弟姊妹，誰也躲不開誰，這般光景時時處處發生但我們並沒簡單方便的話語來指稱（可見我們有點迴避，不願它被定型被證實，不想它常態化），最接近的描述大概是困獸猶鬥。

啟始於某一次偶然冒出來再壓不回去的自我陌生化視角，多年來，我自己不止一回看著我的父母我的各兩位兄姊，很奇怪他們全都是我生命經歷裡如此角色重大的人，但我卻一點也不喜歡他們（我大姊和我二哥還好）——或應該這麼說才準確才公平，我「理應」而且絕無可能喜歡他們這樣的人才對。我的意思是，從他們的心性，他們的為人，他們在意的東西，他們對待自己和他人的方式等等每一處基本事實，不特別嚴苛但也不特別鄉愿懦怯，只用最平常每天每時看待每一個人的眼光。事實上，其中一兩位，正常來說我會直接認定他是個「壞人」，自私、勢利、殘酷而且很會折磨別人，有著我在任何人身上一刻也不願意看到的人格大問題（每個人的是非善惡判準都有他較寬容和他難以忍受之處，我自己最痛恨的恰恰就是自私、勢利、殘酷和折磨）。但怎麼樣？是否我們最起碼最不可讓渡的是非善惡判準仍有下班放假的時刻？仍有它行不通的地方？為什麼我的家人是全世界唯一有此豁免權的幾個人？

我一位當了多年媽媽的朋友，最近忍無可忍對自己才剛成年、一路敗德闖禍鬧事沒停過、破壞力與日俱增中、一個人就足以毀掉全家所有人的二兒子說：「我仍然這麼愛你，但我已經完全不喜歡你了。」這句太戲劇性的話裡頭有深深的絕望，尤其清楚的透露出一種舉起來卻落不下、欲斬卻不斷的困獸關係（已經很難分清是不願不忍不敢或不可能），還倒過頭來得交代某種不合理但揮之不去的身為母親道德負疚。時間仍毫髮無傷的繼續前行，我們都還要活很久，這道黯黑甬道完全看不到盡頭。

困獸是一種最危險也最不幸的對峙狀態，生物學者告訴我們，除非獵食關係，幾乎所有動物都「知道」要避開這種狀況，包括有著尖牙利爪、看起來必勝無疑的強大一方，所以牠們精緻的發展出各種宣示、警告、恫嚇的機制（比方說氣味）和行為（比方說吼聲）來。

但別誤會，別拚命在「喜歡」這兩個字上頭作文章，不是說人非得我喜歡你你喜歡我彷彿兩個小學生偷偷傳紙條那樣（現在當然是發簡訊了）。這只是人想回到一種正常、清醒、平等、有來有回、有外面偌大世界存在並讓它恢復運行的狀態，人試圖的要好好講道理，就只是這麼一個最明白最堅決的意思——喜歡無法預設，不會憑空或提前發生，它得先有對象具體完整而且獨立的存在，因此，與其說它是某種情感，不如說是我們對於某人某事某物的鑑賞、理解和捕捉；在這裡，情感這部分是延遲的是衍生的，是果而不是因，也就是說，我們先使用的是眼睛和頭腦，而不是腺體。激情通常會返祖的把我們拉回某種原始的生物狀態，並且排他的封閉掉整個世界，但喜歡不是激情，它是冷靜的、文明的、開放的，在運行無礙的世界裡進行。所謂的鑑賞、理解、捕捉，都聯結著他者的經驗成果，它們甚至是有「標準」的，一幅字畫的好壞，一個行為的美善或醜惡，一個人的賢智庸劣是非對錯，都有道理可依循而且還非講道理不可。最終我們說，喜不喜歡某人某事某物也會改變，但不以那種興起而來興盡而去的無來由瀟灑方式，它是持續的、修改的，最好的部分是它可以學習可以進展，一步一步，非常確實，其實就是我們自我誠實無可欺瞞的體現。

當我們說家人的情感關係是愛（先不管愛是什麼）而不是喜歡，甚至喜歡這個理性字眼還隱隱成為某種禁忌，會讓外頭大世界洪水般從這個缺口沖進來，有摧毀這個獨特情感建構小世界的危險，我們就知道家事有多困難多難解了——問題當然不在於家庭的問題本身有何獨特之處（每一個家庭問題從外頭看不過都是重複的那幾樣，連新聞都談不上），而是因為我們手無寸鐵、沒有相應的配備可抵禦它。你也許心思清明、眼光銳利而且理路清晰，但家庭大門有點像機場的安全門，這些在正常大世界慣用好用的武器你得留在門外不准攜入。事實是如何呢？事實是，幾乎每一個家庭成員都心知肚明家中問題何在（除了自己這部分），也都能夠相當程度預見接下來會如何如何（除了不願去想），沒什麼深奧難明的東西，比方說量子力學之謎或如何打造一具太空梭，每個問題都像五年十年乃至於半世紀的巍峨老樹，不過是定期再生新的枝椏而已，不過是又來了而已。

這讓我們想到老儒家過去那套修齊治平乏味公式，齊家然後治國，生命一層一層進階，事業愈做愈難愈大，但我們是不是弄錯了順序的真正意涵？真正的意思白話翻譯出來是否應該這樣才對，「如果你連家庭這種地方都他媽的擺得平，那治理國家這等小事有什麼難的呢？」有點大才小用的味道。我們拿前中後三位中國歷史上最偉大到已成典範的君王來驗證一下——舜，娥皇女英這部分表現出奇的好令人欽服（其實也很難的，所以是老丈人堯刻意出的考題之一），但他原來自己一家四口，減去自己從父母到弟弟沒一個成功的，事實上年輕時他還離家出走過。逃家，一直是家庭問題的重要解方，這我們下面會講；唐太宗李世民，父親這邊他鎮壓得可以（但真的是用鎮壓的），兄弟他用殺的（已超出正常的家庭問題解決手段），兒子則明顯沒教好，成了個懦怯逸樂、阿舍型田僑仔型的人；康熙，罩門集中在兒子這一層，遺產問題。他活了這麼久，可用時間比誰都長都有餘裕，但最終大家還是原始叢林法則解決，據說雍正還是臨門一腳駭進了遺詔，贏在高科技，贏在手法先進。

滿身絕學，東西南北四方野人望風賓服，但自家人無能為力。

借用波赫士寫他心愛冰島一詩的最後一行（請注意，是最後一行），「只是出於愛，那愚蠢的愛啊，冰島。」——愛，是個終極字眼，當我們使用它時，通常就是結論了，用來中止發言叫停爭議包裹問題，一切到此為止。在愛統治的天地裡，因此總是專制的而且迫促的，用不上我們在廣大世界辛苦學到的一切，包括信念的堅持，道德的申辨，也包括技藝正確合宜耐心的講究，你被剝除到彷彿新生時候的赤裸裸無助無能狀態（有一句其實滿可怕的話：「在父母眼中你永遠是個小孩。」因為我們明明不是也不可以是了），一種最民粹最反智的平等。也因此，我們也許還沒那麼怕統治者愛我們，只要他忍著不講出口，我們真正害怕的是他把愛我們這話長掛嘴邊，這跳掉過程成為一個只有結論、而且結論充斥的世界，極度不祥，責任也巧妙的移轉到被愛者身上來，你得交出有限的現實之物來回應、來裝填這無限的愛，以有涯逐無涯，累死人的事。像我母親，便是個對我們兄弟姊妹充滿無盡之愛的人，但有趣的是，在我們小時候，乃至於成年之前，她是不說的，跟愈到後來愈三天兩頭把這終極性武器拿來揮舞不同，這裡有一道清晰的軌跡，記錄著她對於愛的逐步察覺到致用的過程。

但「家」和「愛」，我自己總感覺有哪個地方很不對勁，說不出來的不自然，像是誰刻意把它們拚合在一起，有著斧鑿和裂縫，像個神話，像人們為著某一個目的的特殊創造，如柏拉圖講為了理想國的存在我們必須保留人天生分為金、銀、銅三種人的不實神話那樣（《理想國》書中，蘇格拉底自承這是假的，至少是誇大的）。畢竟從它們各自的構成來看，以及從各自的運作邏輯和自然條件來看，這應該是兩個相當異質、各有來源去處的東西才是，連其形狀大小和材質都不相襯，好像你把一個太大、太收拾不起的東西硬生生擠入到一個太小、太沒彈性的空間似的；而且，愛還是個太純淨的東西，如同朱天心喜愛但屢養屢死的鐵線蕨那樣纖秀、敏感、對周遭環境有嚴苛要求的植物，需要人相當費神的照料和夠乾淨的空氣、夠乾淨的水，但家庭卻是標標準準的生命第一現場，禮不下於庶人之地，蕪雜凌亂大聲講話無法遮掩無法時時講究無法不睡覺打鼾，神經不夠大條是很難存活的。在家庭裡，我們習以為常一句其實很奇怪到不通的話：「你有責任愛你的家人。」好像家庭有一個特殊的操控裝量（後來國家也徵用或仿製了這裝置），愛這個原來只指揮我們、不接受我們指揮的東西在此非常馴服，像馮內果所講電燈開關一樣要它亮就亮；另一個可能解釋是，這裡所說的愛是另外一種東西，甚至不太是情感，而是某種善意溫暖的具體行動，諸如我有責任照料我的家人、我有責任幫家人還債，我沒辦法不管我的家人死活云云。

這裡，我以為我們有必要還愛一點公道——我所知道的現實家庭問題，千家萬戶，關鍵絕不在彼此愛召喚得不夠，絕不是愛惡意的缺席，而是理智被攔阻不生作用，可以有效解決的那每一種方式作為恰恰好都是無法做不可以做以及不忍心做的，以至於我們逼迫愛去執行它做不到的事，讓它不斷透支到自身支持不了。朱天心的小說《初夏荷花時期的愛情》不同於王文興的《家變》，她詢問的不是這一堆命運賦予的家人，而是其中唯一那一個「自找的家人」（丈夫或妻子。因此難能撇清的，我個人只好成為小說回望現實的唯一代表人，乃至於成為愛情的代理物件和樣品，而且是不良品），毋甯是極專注的、不屈服不遺忘的繼續追蹤愛情不放。愛情註定在生活現場養不活嗎？或一定得轉換成為另一種讓人不甘心不情願的存在？一張臉變形到什麼地步依然可以是那一張可親的臉呢？

波赫士把愛和友誼分開，他以為友誼這種情感方式是人的基本生活事實（意思是我們對他者的意識、關係和情感，朋友不過是最清晰的一環而已），愛則是另一種東西；我以為我聽得懂他說的，我也相信愛自成一物，必須分離來看——「你是戀愛中人，去借邱比特的翅膀，翱翔於凡俗的桎梏之上。」我以為愛是一種純粹而且精純的激情，完整一團，裡外同質，無法再分解，因此難以跟其他任何東西化合，這一點在我們可見之物中最像黃金，長期以來人們喜歡用黃金做為愛情的象徵，我以為並非偶然，而是人們有所察覺有所期待也可能有所煩惱，不僅僅是愛情獨立、珍貴、有著懾人魂魄的閃閃光亮，可能還包括它飢不能食寒不能衣也似的「無用」。它難以跟我們其他現實之物有機的結合，和我們寬廣、蕪雜、灰撲撲的、日復一日的現實人生黏著面相當相當小（每個木匠師傅都曉得，黏著面太小不容易接牢，一旦有外力很容易又斷開來），因此愛情並不宜家宜室，總是和我們現實生活相互滋擾相互妨礙相互背離，有種小廟容不了愛情大神的感覺。

愛情騷動、不安、渾身不對勁，比較像是聽見某個遠處的聲音或指令，要你放下手中生計去執行某一個特殊而且有危險的重要任務。科學還原論者或佛洛伊德的信徒們也許會就此把愛情和生物的傳種繁衍任務直接聯繫起來，以為只是演化鐵鍊裡又一個變形、偽裝和錯覺而已，但這樣單一的目的論也許很合適說給那種被愛情欺負、逐出、兩眼噴火、想找到所有可能難聽字眼咒罵愛情的不幸之人，但無助於我們正常人對愛情的進一步好奇和思索，更不符合我們確確實實的經驗；它可能幫我們摧毀一個太美麗到不真實的神話，但會搞出一個醜怪粗陋但一樣不實的神話，並不划算，也沒進步。徹底的還原論者消滅了人、消滅了時間，其實是一種沾沾自喜的虛無者，那個樣子真的有點討厭。基本上，我想指出的只是，事物當下的存在，並不等於它的源起，一如我們絕不等於多年前那顆受精卵一樣，時間是最豐富最奇妙的東西，人心，人的意識、認知、選擇、以及諸般不確定的作為亦是，最富意義也最困難的東西全在這裡。那些從開始到現在百萬年保留不動的生物本能行為並不困擾我們牽動我們，呼吸、消化云云。

我樂意相信愛情的激情成分始自於性和繁衍傳種（但反之不必然，大自然絕大部分的生殖是安靜的、按部就班的例行之事，不需要附帶激情，植物的雄蕊和雌蕊從沒傳出以死相脅、飲藥跳樓的可歌可泣故事，雄蕊也不寫詩），但這個激情被歸屬於、被包含於人更大的一個獨特情感之中；小說家厄普戴克稱為人「無限的夢」，我以為愛情正是這個夢的一部分、是其中一種最淋漓的實現形式。人的的確確並不完全生活在現實裡如維吉尼亞・吳爾夫說的那樣，人睡覺時會作夢，會創造詩歌，會悲喜交集，會有感於鳥叫蟲鳴而且偶然被黃昏落日和接下來的滿天繁星吸引抬頭，會意識到生途悠悠，還會假想自己不是此人不在此時此地云云。無限的夢是人對自身有限存在此一獨特意識的補償，好讓自己不會缺氧窒息在這一獨特的意識裡。

喜不喜歡一個人是平視的、沉穩的現實情感，但愛情則如莎士比亞說的那樣總想插翅飛在凡俗之上。愛情很奇怪，它喜歡認定一個唯一的、排他的、不可替代的對象，但它同時是自發的，往往在未有對象或那一個獨一無二的人未出現之前就開始，再努力從有限的現實世界、更有限的人生機遇裡去找一個如柏拉圖所說不可能完美、沒有絕對的圓的具體對象。也因此，再圓滿收場、再宿願得償的戀愛總夾著一絲委屈、滲著一絲狐疑，一點點罷了到此為止的不可聲張感覺。

喜歡夢的波赫士說夢不可能拖長時間，有時他會澆冷水般用這一點來判定自己是莊周是蝴蝶的奇特懷疑；我們也常說激情的燃燒時間是有限的——但賈西亞・馬奎茲的《瘟疫時期的愛情》卻給了我們一個超過五十年（五十年七個月零十一天）的愛情故事，而且不必轉變為小津電影裡那樣低溫的、感激的兩人並肩遠眺方式。他是想告訴我們愛情有特殊的、正確的置放處就可以延長時間，如《迷宮中的將軍》裡那名夜間走來的美麗處女把螢火蟲養活在挖空的一截甘蔗裡？還是用如此奇特的方式（一艘高掛霍亂感染黃旗子、不靠岸、不停止、獨立於世界之外的船），倒過頭再一次證實愛情真的難以存放在家中、在現實裡，即便是烏比諾醫生那樣一幢通氣涼爽、體貼、而且什麼也不缺的大屋子？但我以為最有趣的是，在那個終於到來的時刻，阿里薩的體認居然只集中在嗅覺，他聞到費爾米娜身體一股老太婆的酸味，阿里薩也很快想到自己比她還大四歲，應該也有同樣身體發酵發腐的所謂禿鷲味，而且也必然被她以同樣的激動察覺到了，「我的味兒和你的味兒可以相互抵消。」這個發現讓阿里薩得到安慰，此人真是樂觀得接近神蹟。因此，也許不全然是激情跟著生物腺體的失去功能而消褪，也可能還有人的自慚，自覺這樣的身體再無法符合愛情的高規格要求，沒資格趕赴盛世般的愛情之宴。最激烈反對費爾米娜老年愛情的是她女兒奧費利亞，還因此被費爾米娜指著亡母屍骨發誓趕出家門，趕回新奧爾良爵士之都去，奧費利亞暴跳如雷的說：「我們這年紀談愛情已屬可笑了，到他們這種年紀還談愛情，簡直是卑鄙。」

是的，我們不見得喜歡自己家人，因為喜歡有硬碰硬的現實條件暨其判準；我們也不太可能用如此不宜家宜室的激情去愛自己家人，那會很尷尬很苛厲很危險而且還很疲憊。家人這種特殊的愛、這種聽命行事的感情，我們通常稱之為人倫，背後下命令的最早是神，後來是真理，到現代則又名大自然，也有人把它層層剝除後說是生物基因。

中國一直是非常認真談論家庭、認真鞏固家庭的愛家民族，申論高峰出現在春秋戰國那段時日，乃至於稍後的一統帝國構建之時，相當程度已做成了結論，往後兩千年大體上只是因循實踐而已。我們曉得，彼時愛情還停留在民間，在言談間，在傳說中，在詩歌裡，上不了公共思維的檯面；至於喜不喜歡自己家人此事，當時的中國人則顯然已有足夠的世故、也有足夠的勇氣直面此事，他們充分認識到也敢於提出實證你會不幸擁有你不會喜歡、甚至可視為讎寇的惡質家人，並想方設法處理此一困境。事實上，跟美好而且其樂融融的家人相處用不著焦心談論，更不必化為各式規範，得死心和難忍的家人一輩子綁著相處才需要人攪盡腦汁不是嗎？春秋初年第一個震撼人心的故事便是鄭伯用了相當精妙的詭計宰了自己弟弟段，還遷怒發誓不到黃泉絕不跟偏袒老弟的母親相見，最後是動用一堆資源人力去挖地下道，及於黃泉（夾泥砂冒出來的地下水），母子靠欺哄天地神明的詭計在地道裡重新見面，來這套！

人倫是個無上的命令，在某一個特定時空裡，人人都同意它，它就成立，成為無法辯論無法撼動的巨大東西，成為一切的前提。但一來時間會收集、累積懷疑，我們現實生活裡的細砂碎石會不斷沖刷它；另一方面，它自身也會提示破壞性、毀滅性的線索，因為森嚴的下令者往往喜歡裝出講道理的模樣（當過兵的人一定有此經驗），不滿意於自己說的只是威服性的命令，還是某個天地不易的大道理。他想援引理性強化自己，卻低估了理性的能耐，不知道理性有著極強韌的誠實本質，它會要自己找尋真相並自主的說出真相。早期文獻中對此最警覺的故事很奇怪是〈聖經・約伯記〉（聖經故事一般深度有限，很難得如此），約伯記裡的上帝耶和華拒絕說理，嚴厲責備了為祂找理由辯護的約伯三名友人，不放自己的作為降下到可正可反的相對層次，不讓理性有資格有機會檢驗祂評斷祂，祂要日頭停就停，要有災禍就有災禍，至高者就是至高者，命令就是命令，你是誰？敢問為什麼？

人倫做為人與人之間親疏遠近的有意義關係以及由此自然發生的「物理性溫情」（借漢娜・鄂蘭的用語，擠在一起產生的溫度）沒太大問題，一旦想援引天地自然為它撐腰，想放大為上下古今包山包海無一遺漏的大道理，裂縫便一個個冒出來了——很有趣，彼時人們對人情世故的理解極周到極細膩甚至已達神經質的地步了，但自然通識課程則明顯的不及格，認識僅止於最表象那一層，還是武斷、一廂情願且任意解釋的一層。比方說人倫重點的孝親這事，怎麼可能在沒有老年的大自然界、在其他動物身上找出正面依據呢？那是主張棄養不孝的人才該乞援的地方。小羊跪著吃奶絕不因為感恩，那是唯一可能的物理角度和姿勢，一定要作文章的話，你真正應該責罵這小傢伙如此不孝，個頭都長這麼大了還賴著母奶不放不是嗎？漢宣帝時有個警世故事，說宣帝有回和臣下閑談，聊到有某種小鷹鳥得吃掉自己母親才能獲得飛翔能力的傳說（可能是離巢棄親的變形，但是個極典型的初民傳說如我們在人類學報告讀到的那樣），問丞相可有此事，重視人倫事親至孝的丞相只擺出臉色回答，臣只聽說慈烏反哺，沒聽過梟食其母。是的，就是這樣，真偽不重要，也擔心真偽禁不起追根究柢，欺瞞是必要的，這是個假裝講道理、選擇性找依據的命令。

要強迫大自然為我們的行為提出全部解釋，把人倫命令全數押在血緣這個點上，乃至於今天更科學更理性也更尖銳的集中在生物基因上，只會讓人更茫然更不知所措，每多朝前向大自然走一步，就多一分紊亂和分離——比方說我們通過基因的回溯之路，可以找到而且相信已經找出來人類的夏娃，那一個單數的、已可以具體指認、已部分可以描述她生平的古老女性，我們每個人共有的那個母親，並由此確信我們全都來自東非某地，這給了我們一大幅開闊、平等（或該用動詞性的「夷平」）、四海兄弟的極其美麗無政府生命圖像，廣大星空那樣，也像約翰・藍儂生前歌詠的那樣沒錯，但這不僅無助甚至一不小心還會摧毀我們遠近親疏、層級建構的家庭思維，至少絕不支持那種強硬的封閉性的家庭思維。而我們對各種生物行為的漸趨完整觀察，很容易看出來，生物血緣絕非一種封閉性、鐵鍊般的強橫命令，並不決定單一一種關係，產生只此一種固定的行為；更刺激的可能是，在人類除外的所有生物身上，血緣繫帶無一例外都是有期限的、可解除的，說是期限和解除可能都還太強烈，毋甯比較接近某種自自然然的遺忘乃至於沒有作用。唯一較符合我們人倫主張的，大體上只發生於很小一部分動物（哺乳類、鳥類云云）的其中一小段生命時刻，而且是單向的、不報償的，那就是喜歡拿大自然撐腰的人倫論者最希望我們只看到的，大動物會餵養、照顧乃至於為小動物奮戰犧牲。然而耐心再看下去吧，你會發現剛剛還那麼勞苦拚命找食物的大燕子，幾天前才護衛小狗不惜翻臉咬你一口的狗媽媽，像喪失記憶般不再認得自己小孩，如此強烈的「情感」（可能只是生物本能行為而已）瞬間蒸發，這會讓人很感沮喪嗎？會的，但另一方面，你也可能更震懾於某種生命真相，奇妙、強大、難以言喻，是知識性的衝擊而不是行為的指引（但願如此）。

人類自身的文明進展有自然條件的種種觸發和限制，也時時得慎重考量大自然的彈性及其承受力，從來不是也不能是一部憑空的幻想小說；但另一方面，人類文明的進展，其規格、其深度、其速度、其複雜度，以及它的企圖心和要求，已遠遠的而且一再越過了自然，正因為這樣，我們才感覺到如此困難，甚至察覺出有危險，我們切線般獨自前行，再沒有跟得上來的生物性機制，也沒有相襯的、可參照的生物性經驗，這讓我們難以知道此去通向哪裡是吉是凶——我所說人的獨特企圖心和要求，指的不只是我們擅長為惡的這部分而已（破壞環境、傷害其他物種並沒事自相殘殺云云），也包括我們對善的不懈尋求。比方說自然的傳種機制幾乎全無例外採行搶灘般的人海犧牲戰術，生產數量遠大於自然允許的存活數量，但我們對生命，尤其對新生的生命，有著不同的體認和情感，我們不認為這只是數字而已，我們希望（儘管仍知道不大可能）每一個都活下來，而且健康快樂，就算不健康不快樂，在自然條件下毫無機會的有缺陷新生兒，我們也努力要他活下來。我們獨特的企圖心和要求一再觸及到大自然所能提供所能支應的極限，而其中最艱難最讓我們難以抉擇的往往不是我們行惡的部分，而是為善的這部分，因為它不存在明確的對錯問題，無法樂觀的假以時日，希冀人的持續進步（智識的、技術的、道德的）可以覺今是昨非的化解，這是一個當下而且永遠沒完沒了的價值衝突問題，你不想依循大自然簡單殘酷但有效的法則（處死他、淘汰他云云），人要為自己相信的事找到未曾有的出路。

多年前，獨裁者恩克魯瑪統治非洲迦納時，有這麼一句我們局外人聽來好笑極了的響亮口號：「誓死保衛戰無不勝的恩克魯瑪主義！」是啊，既然都戰無不勝了，幹嘛還需要人誓死保衛它呢？——然而，認真想回自己就沒那麼好笑了，這是一個相當明確的訊息，需要誓死保衛這部分絕對是真的，至於戰無不勝當然只是虛張聲勢，是自我打氣，讓自己相信我們有某個巨大力量乃至於某種永恆規律的支持。一樣的，如果家人之愛如人倫論者描述的那麼強大，而且源於自然，是決定性的生物本能，李維－史陀的質疑會是（當然他針對的是家庭中的所謂亂倫禁忌這部分）：「那麼，我們就無法理解為什麼人類社會始終為這個問題困擾不休，為什麼要花這麼大力氣來實施這種法則。」我們需要花大力氣的，要誓死保護的，正是超過大自然允諾乃至於允許的這部分，是人的法則。

李維－史陀進一步解釋給我們聽：「確實，社會生活中既有規則，也會有策略的考慮在起作用。有時，策略的考慮會把規則擠到旁邊去；不過，這也可以被看作是在特定時代、特定社會條件下發生的事件，反過來講，個人不遵守某些規範而施展謀略也不是正常的社會現象。」這個極素樸的道理指出來某個我們有意無意的盲點或說不太樂意面對的真相，那就是當規則被「暫時」擠到一旁時它並未消滅，事實上它仍持續起著作用，仍像沉默但頑強的地心引力般把我們拉扯回去。因而，我們人為的善念、文明的善念，做為某種認識、某種信念乃至於某種意志可以是覺醒的、獲取的、不退回的，但我們為善的行為則很難是一次的，一治不復亂。在實踐中，我們總時時察覺到某某頑強的逆向力量，你必須抗拒它、必須持續的用力才能留在原地乃至於前進。善行於是有命令的成分，也有反抗的意味，你服膺自己內心或某個文明價值的命令聲音，勉強自己去對抗某些自然的惰性和慣性，如同海浪般奮力的撲打上岸然後力盡的退回，一次又一次。

血緣並不完全等於所謂的親情，親情更加不會就是愛，不會是這麼一種激情的、強烈的、排他的、搏命演出的、無邊無際的情感——這是其虛張聲勢的部分，借用一個已發生了就再無法當沒有的身分，順勢轉換成一種無限的責任（是的，你有責任去愛）。事實上，我們看春秋戰國到漢代這段高峰時期的家庭大論述，真正探索的從不是愛，或者說從不好奇這情感自身的來歷、質料形貌及其可能變化，而是其下的具體行為。這些行為，從尋常的父慈子孝兄友弟恭，到殺人無罪、凌駕尊重生命價值以及違反槍械彈藥管制條例的比方說「父母之仇不共載天」「弟兄之仇不反兵而鬥」（不反兵的白話解釋是不掉頭回家拿武器，意思是有這種仇恨在身的人一生無時無刻得有殺人凶器在手）云云，有著太誇張太勉強太苛求於基本人性的極大一部分，很不容易持續實踐，得靠一個更大更乾淨更無可懷疑的命令才成立、才得到行動的能量。因此，再清楚不過了，它「誓死保衛」的不是戰無不勝情感，而就是家庭這個東西，愛是每人都有、可召喚又不太容易反對的強力接著劑三秒膠，把大家黏牢在一起，這就是家庭。

誓死保衛家庭，這就是李維－史陀所說「特定時代、特定社會條件下發生的事」。我們不難想到，春秋戰國到漢初，正是國家的鑄造時刻，從家到國，不僅在邏輯上是順暢的，現實的特定條件也是這樣，當時社會的公共領域尚未成形，個體的人不具意義而且危險，從最根本的生命安全到每天每時的生存土地據有、經濟物資的獲取云云，都得呼群聚眾才可能，大家再不高興都得綁在一起彼此依賴，像霍布斯講的那樣，最根本的生存威脅，逼使人必須放棄很多東西，包括自由、個性、個人的夢想、個人的是非價值判斷、以及尊嚴等等。

我們從漢代那樣才兩三個層級、專業分工才具雛型的簡易官制來看（三公、九卿、二千石云云），當時治國的確仍像治家一樣，彼時治國的關鍵技藝仍是處理人而不是處理事。

《紅樓夢》對很多人來說是一部明迷美麗的書，但很糟糕，我個人覺得是恐怖的，一種被壓住、被要求不得噤聲的恐怖（我完全能接受《金瓶梅》這樣正面的、直言的揭露），以至於儘管年輕當時我的老師告訴我們不喜歡《紅樓夢》的是俗人，但我能做到的只是跳著翻完，從沒想要成為書中的任何一個人，連我本來可以喜歡那樣性格的人，在裡面都成為我不喜歡的模樣。一種全然封閉的世界，一種無限的責任，一種永遠無法解除的關係，我以為是非常危險的，而且一不小心還會是非常病態；我也相信小彌爾所說人最低限度的自由空間、本雅明所要求的個人小房間云云不是近代民主的新發明，而是某種接近陽光空氣水的亙古必要東西。如同波赫士所透露的，天堂和地獄真正令人害怕的還不是嚴酷的刑罰和幸福，而且是永恆，一成不變無休無止，忍受和享受都失去了意義。

當然，我們也會注意到另一種現實效應，正如天主教對神父修士永恆守貞的命令，尤其在中世紀尖峰時刻發展出到今天仍讓我們瞠目無言的極限性愛；正如葛林小說再再書寫的，天主教廷至今不鬆口的不得離婚教諭，產出了並寬容了歐陸最肆無忌憚的偷情。當解除、逃遁云云不再是選項，人只能死心斷念接受它，當成某種無可抗拒的命運，或僅僅就是人生現實而已，專注的、窮其一切可能的在這讓人窒息的封閉世界裡，找出持續生存之道。我們今天回頭看《禮記》便是這樣，兩千年前當時，人們的世故程度、對人與人關係的高度細膩割分理解處置程度，舉凡各種關係的人各種界線何在，什麼時間什麼狀態下該說什麼話該做什麼事乃至於該哭該笑等等，完全不是今天我們這些多了兩千年歷史經歷的人所能相提並論的。一般人總傾向於把《禮記》看成是道德訓示，我個人以為它是一部技藝之書；嚴苛的、不近人情的不是這些密密麻麻行為指示，而是它要對付的無可解除無可遁逃家庭關係親人關係。一旦理解了這個背景，你會發現它原來是體貼的、溫柔的而且很聰明的，讀起來有一種莫名的感動。也許（謝天謝地）絕大部分這些不得已的技藝今天我們用不著了，可以開開心心放它們就此失傳，但這些技藝所攜帶、所指引的，對於人情世故、對於人與人關係的細膩察知和深刻穿透，遺失了則非常可惜，我們也許再不會回到那樣一種絕望處境了，因而再也逼生不出這樣的認識了，如此珍稀的成果很可能是歷史絕響。

總的來說，我以為（或說謙卑的主張）家庭和親人關係是可解除的，至少是可逃離的，這麼說不是破毀，而是復原，讓家庭和親人回到本來或者說較合適的模樣。把我們緊緊綁在一起的自然法則從頭到尾只是一個借來的神話，而那個「特定時代、特定社會條件」也已消失，過去很多不通過家庭就無法保護無從獲取的東西，包括人身安全和經濟活動，今天已由社會接手，人相當程度可以單獨面對世界了，我們加諸家庭和親人的某些額外負擔、某些其實歷史經驗已證明並不那麼合適的負擔（比方最好易子而教的教育、比方需要家人當警衛、當工作助手云云）已可卸除下來了。

我們這個時代有我們這個時代的世故，我們有條件給這種感情昔人所沒有的空間，我們不必把感情封閉在那樣動輒得咎、人得提心吊膽過日子的不見天日洞窟裡。

我是相信感情的人，在這上頭自認半點也不虛無，只是不喜歡誇大它苛求它——我以為，家人的情感和同學的情感有一部分很接近，有著極其相似的起源從而有著極其相似的基本質料，這說起來有些浪漫但其實如此自然可信，彷彿是某種命運、某種奇妙的安排，不偏不倚把我們一起置放在這個時間這個空間裡，正因為不是通過我們的選擇，遂有著某種非條件的、不可知的生命深層觸動，給予我們一種世界遠遠大於你、深奧於你的奇異提醒；而我也以為，家人不僅僅是相處更綿密（所以衝突也更多更致命）的同學而已，家人關係裡有一種無以倫比難以替代的依賴關係，尤其緊緊聯繫著人獨有的、最漫長也最脆弱的童年，所以這一依賴關係就不止是相處而已，甚至不只是可以僱人替代的那種有形依賴而已，而是會一起而且一再觸及到某個生命邊界，多多少少意識到而且會在某個總會發生的不幸時刻並肩面對死亡（疾病中、衰老時），這才是家人情感所以如此獨特的核心，是我們日後在其他人與人關係再難找回的，大約只有在某些奮戰不懈的革命團體裡（不包括現在那些只喝酒高歌不奮戰的革命團體），我們會看到一抹類似的情感影子，非常戲劇性的劃過我們眼前。

但怎麼說呢？人面對情感，似乎有兩種截然不同的認知和做法，有兩種人——一種認定情感是可用的，而且取用不竭，好像情感是強固的、不損毀的、自行補充的；一種認為情感反而是人得去保護的，珍稀、難得、脆弱而且存量有限。我自己是悲觀傾向的人，習慣無求於情感，更像聖經所說從不試驗它；事實上，我不必試驗就完全確信它的存在，並且確信我這大半輩子從情感之中多得到很多東西。我不認為這是理所當然的，我認為那都是禮物。

誰說美好的東西一定很巨大很完整而且還所向無敵呢？我比較相信它們是碎片形態的存在，更多時候它們細碎得、短暫得如同錯覺，比方說你自己心中浮現的某個善念，比方說閃逝而過的他者一絲善意，比方說你的某個記憶畫面。非得符合一定的尺寸才算數，美好的東西就所剩不多了，就像規矩的漁夫得把尺寸不足的魚蝦扔回大海，那很容易讓人沮喪，比你一無所獲還讓人沮喪，覺得整個世界荒蕪得像個枯竭的漁場。

這幾年，也許是年紀到了，我一再從書中讀到一種心領神會的童年記憶敘述，感覺其中有著很特殊的訊息——納布可夫講起自己十九歲前的聖彼得堡童年，說的最多是那間鄉村老屋子，乃至於日後他放棄在歐陸、在美國以及晚年的瑞士建構一個近似的家；賈西亞・馬奎茲的書寫，材料取之於外祖父的內戰經歷和外祖母的鬼故事，但他的回憶一樣集中在那間日後成為《百年孤寂》所有事情發生所在的大房子；就算成長歲月不愉快到幾度自殺、成為一生夢魘的葛林，也忽然像個自然主義書寫者般描繪他的童年故居，房間、閣樓、餐廳、窗戶、某個抽屜——

我自己也是這樣，我的童年記憶常常是空間的，而不是時間；是某一個靜靜的畫面，而不是一段確確實實發生的有頭有尾往事。當然會跟著家人，一張臉一個姿態一句話云云，但他們似乎總停在眼光餘光之處，乃至於從畫面之外進來的，主體是那個今天想來一點也不舒適不便利、沒抽水馬桶而且光度陰暗的房子。

但記憶裡它是很敞亮很通風而且很巨大的，像是整個世界源源本本的存在，好像你只要想起它，就自自然然保有了所有的人所有的事，不必再每一個人每一件事去收拾去追問，甚至再想不起來也不會遺失，是這樣子吧！

我想我對我命運的這些家人最深沉的懷念全都在這裡了，我需要的也全都在這裡，就像納布可夫講的，只有這種記憶，是禁得住書寫、是耐得了漫漫人生的破壞浸蝕、是絕對不會隱沒的。

小說家。

小說是什麼？小說能做到什麼？今天我們對這個小說邊界問題也許已有某種世故的理解也有著基本覺悟，但這是不是Final呢？一日不死，還有時間，我自己仍會選擇相信卡爾維諾，他說文學從沒野心過大的問題，文學必須給自己不可能的目標。對於我們這樣書寫會不會瓦解小說本身的憂慮，卡爾維諾也一併做出回答：「只有當我們立下難以估量的目標，遠超過實現的希望，文學才能繼續存活下去。」

是的，難以估量、遠超過實現的希望。應該都知道那種敢死隊、祕密任務執行小組電影的定場詞吧，做為一個小說讀者，我們同樣有著該死ＣＩＡ的悠哉冷血位置——任務成功，記得把東西帶回來；任務失敗，那我們從頭到尾不知道這件事，政府會否認一切。還有，交代任務的這卷錄音帶會在十秒內自動銷毀。……所以放心去吧，去把那隻貓、那個人、那個世界救回來——

我常笑朱天心是「一隻恐懼黑暗的鼹鼠」——做為一個從業超過三十年，依勞基法已有資格申請退休的小說書寫者，朱天心自始至終有她適應不良之處。其中最荒謬的是，朱天心痛恨寫字到了極點（這輩子我還真沒見過這麼討厭寫字的人），而且握筆用力到如溺水之人死死抓著一根浮木，任誰看都知道這撐不住多長時間必然沒頂。在短篇小說極可能領先一步式微的這個小說蒼老年代，至今朱天心最長的小說從未超出六萬字，如果我說痛恨寫字正是她長篇小說遲遲不行的重要原因之一，會不會有人以為我是開玩笑？

所以並沒有通體適應完美這種事，我們一生可能只能選一個的志業工作也從不在我們萬事齊備才決定，不僅僅只是愛不愛寫字這等小事而已。

有相當一段時日，我倒真的常聽朱天心講她不怎麼想再寫小說了，很想早一點寫成一本可以跟自己此生這一志業工作交代得過去的小說，然後就可以像福克納說的（「這最後一部小說將是一本黃金之書」）折斷鉛筆，理直氣壯跟所有人也跟自己宣布一切到此為止。我知道她是講真的，即便最近幾年這類倦勤之語不再出現了，但念頭應該從未消失，每天，我看著她頭也不回拋入愈來愈多時間心力和情感在流浪貓的每日餵食拯救醫療工作上，總有點悲傷，這樣強大如矢的力量為什麼小說會分不到？我也一再看到比方顧玉玲外籍移工或江一豪三鶯部落那邊有事一通電話進來，她專注聆聽時眼睛鎮靜、清明不疑的光芒，那是她談小說凝視小說時不容易看到的。這幾年朱天心最多而且隨傳隨到的公開談話，不是面對期待她來、善意滿滿的文學讀者，而是一處又一處驅趕貓、虐殺貓、劈頭就口出惡言的社區暴民（人遍在的自私、殘酷和折磨他者，是我自己對台灣沮喪悲觀的最主要理由）。諸如此類時刻，小說不斷被擠落到工作時間表的第二順位第三順位第四順位，我總得想一下葛林小說裡那些在剛果痲瘋病人村關心藥品問題、飲水問題、病房建材的木頭磚塊問題勝過傳教工作、拯救靈魂的神父修女，「靈魂的問題不必急，靈魂是永恆的。」——只是，靈魂也許真的是永恆的，而且我也相信這些看起來和靈魂無關的現實迫切問題，終究會蜿蜿蜒蜒匯聚回、有助於靈魂拯救工作，一如那些看起來和小說書寫無關的現實關懷工作，仍可以元氣淋漓的注入、撐開、拔起小說書寫本身，有機會讓小說家寫得更好而不是更壞；小說家有必要探頭出去，但這裡終究有一道難以說清楚的界線，畢竟，小說書寫者的生命時光滴答作響，絕對不是永恆的。

然後，我也從大江健三郎書中一次兩次讀到同樣的話，他白紙黑字宣布再不寫小說了，尤其在他重述二次大戰廣島原爆一個又一個罹難故事同時；再來是葛林，他倒沒直說，惟訊息再清晰不過，事實上，《一個燒毀的痲瘋病例》這部小說便設定在這個湧現不去的寥落心思上頭，有著世界級聲名的大建築師（儘管並不是大小說家）奎里一覺醒來，吃了一頓過飽的早餐，例行的拎起簡單行李到機場，卻附魔也似搭上往非洲某地的班機，能離開多遠就岔向多遠的一逕往形狀如一顆人心的非洲大陸深處走去，最後「因為船只走到這裡」的停在痲瘋病人村，所有人（甚具隱喻的）都懷疑奎里是個躲避追緝的逃犯；小說最前頭的題辭裡葛林告訴我們，一個小說作家，終其一生，很難不長時間的心生一事無成的失望。很清楚，這懷疑的已不是自己而已，而是直指小說了。

當你知道要看什麼之後，你就會不斷看到它了——由此，我在新讀的小說中、重讀的小說中乃至於只是在回憶裡，陸陸續續找到更多或彰或隱的例證，通常不是一句話，而是一道道延續的心思軌跡。比較熟知的，比方說晚期的托爾斯泰，比方說近四五年的米蘭・昆德拉，乃至於獲頒諾貝爾獎前後、生命首次深沉下來的海明威。大致上，這樣的念頭總是發生在比較和現實糾糾纏纏、花較多心思在外面世界的這部分小說家身上，而且總是出現於他們書寫成熟時期之時或者之後；有趣的是，心生此念的小說家幾乎一無例外的仍會繼續寫小說下去（來得最晚的海明威極可能是唯一例外，只能如同懺悔），包括最斬釘截鐵不給自己留後路的大江健三郎，以至於只像一聲喟歎甚或更糟糕像個姿態或者謊言，但當然不是。我們跟著讀下去通常會看到接下來的小說有了明顯的變化，尤其在外形上，最先被丟棄掉的是所謂的小說書寫技藝這一部分，書寫者彷彿對於純小說技術的追求和表演失去了興致或說沒耐心了，巴赫金談托爾斯泰的《復活》時，指出來這部小說像枝葉凋落殆盡的冬日景觀，華麗眩目的技藝、潑辣尖刻的文字以及狐狸般的狡獪心智全收起來了，這些曾經是、而且至今仍然是世人對這位了不起小說家最服氣也最沒爭議的讚頌部分。昆德拉的情形也大致如此，這幾年從台灣一些年輕小說書寫者口中，我所聽到對他《生命中不能承受之輕》等等鉅著時期的讚頌已明顯摻雜了懷念的語氣，日已西夕，榮光逝矣云云。大江呢？《靜靜的生活》、《換取的孩子》，以及更像個諄諄老人家的《孩子為什麼要上學》云云，台灣很多讀者來不及更完全不知道他原來怎麼樣純現代主義書寫的小說家。

不是立刻停下不寫，而是這樣的心思一點一點滲透到往後的書寫之中，緩緩改變小說的面貌，最終看是小說先離開還是書寫者自己的生命先抵達終點。所以這不再只是書寫者個人的特殊生命選擇（換個工作或換一種生活云云），而是再一次逼問著小說這個東西的能耐及其極限，我的生命裡有哪些我更在意、更急於完成的事，小說原來力有未逮或至少太慢了，緩不濟急？——我想起推理小說的一段對話，阿嘉莎・克麗絲蒂戲劇性的說，凶案發生，不曉得為什麼凶手十之八九是被害人的丈夫或妻子；勞倫斯・卜洛克筆下的馬修・史卡德則如此實實在在的回答：「是啊，我所知道很多的夫妻總是用三十年、四十年時間來殺死彼此。」

我們也許可以換一種角度、一種說法來描述這個書寫改變——如果說小說書寫同時包含著職業與志業的雙重成分，這裡先一步剝落的是職業成分，這其實很可理解。畢竟，換一個職業只是個當下的決定，要有光就有光，甚至不需要一天時間；換一個志業則是能力的問題，你幾乎需要再一次人生。

小說家這個職業最特殊的印記是什麼？心思和立場各異的人會給我們鄙夷、仇視、同情、哀傷、嚮往云云的不等答案，我個人以為是「虛構事物的特權」，允許欺騙說謊，瞞天大謊——我們都承認人會言語不實，也老早都知道人的一生無法每天二十四小時講百分之百真話還能順利活下來，因此，我們通常待之以某種默許的、結果論的世故態度，不管你是政客、商賈、僧侶、影歌星或者情人，你可以扯，但不要被逮到你是說謊；我們甚至不會積極去逮你（也許我們還會偷偷佩服你，在如今這樣一個墮落的時代），只要你別誇張到、殘酷到、倒楣到或者笨到我們非指出你說謊不可。一般而言，除了小說家，被證實說謊可以不附帶刑責的可能就只有法庭裡被起訴的罪犯，這被視為是他正當防衛自己的手段之一。正常的證人不可以，偽證是妨礙司法公正之罪，依刑法第165條，處七年以下有期徒刑。

但天底下真有白吃白喝的虛構事物特權嗎？這不是一個容易快速回答的問題——有關小說的欺瞞和虛構，我想來想去最好的解釋方式還是納布可夫「狼來了」的這個故事，比誰講得都好而且美麗具體。納布可夫回答：「我總以為詩是這麼起源的：一個穴居的男孩跑回洞穴，穿過高高的茅草，一路跑一路喊：『狼！狼！』然而並沒有狼。他那狒狒模樣的父母——為真理固執己見的人，無疑會把他藏在安全的地方。」納布可夫解釋，當這個小孩叫著狼來了而後頭並沒有狼這一刻，詩（另一回他說的是小說，同時是詩人／小說家的納布可夫無意細分兩者，一如他那部絕妙的《微暗之火》）便誕生了；詩（或者小說），係產生於「高高的茅草裡」。

我尤其喜歡「高高的茅草裡」這一句、這一場域，多加解釋並不好，總會遺漏、會削弱它豐饒的意義。但我們說，在人的肉眼被遮擋，只聽見奔跑聲、沙沙作響且鋒利割人芒葉聲音的這個茅草叢中，有狼或沒狼，真實或欺瞞，只能不斷猜測並且不斷替換，這次後頭不見有狼跟著並不意味沒有狼，更不意味下回後頭也沒有狼，欺騙和洞見（乃至於示警）在這高高的茅草堆裡泯去了界線，有效保護著這個鬼頭鬼腦的小孩，彿彿般驚魂未定的父母應該不至於忙著責問他修理他是吧；更好的是，這個故事並沒這樣就說完，人們根深柢固的記憶預言了不幸的結果，隨著時間流逝，它（很大一部分）仍會頑強回歸「狼來了」原來版本我們所熟悉的道德寓意，成為懲罰，那就是，如果這個「詩人／小說家」男孩不知節制的繼續玩這個遊戲，他那彿彿般的父母遲早會不相信他，會認定他只是個有說謊惡習的惡劣小孩，或溫柔點，以為他是一個太敏感、太容易驚嚇、沉耽於自我幻覺幻聽的可憐小孩，以至於連同他洞察示警的那部分也跟著逆轉過來，成為純粹的欺騙和幻想，最後他甚至孤立無援的會被狼給吃了。

納布可夫是最直言小說虛構性欺瞞性本質的人，而且完全沒有「然而」「但是」之類的補充和轉折，小說就只是「科學的精確加上魔術的幻惑」，完畢；納布可夫也完全知道這樣強硬高傲主張的無可遁逃邏輯及其無可避免代價，小說乃至於小說家必須放棄對現實世界的任何奢望，尤其是即時性的、迫切性的奢望。相當程度而言，你必須硬起心腸過日子，小說救不了貓、救不了飢餓的人、救不了鉅變災難進行中的世界，你在虛構世界裡的崇高位置和信譽自成一物，轉換到現實世界來則往往所剩不多，人們不會太「當真」，一如電影裡大火燄大洪水的末日擬真畫面，觀者基本上是安坐在置身事外的位置，其心思更多是放在效果的欣賞和享受上而非訊息本身（抱歉，這是個糟透了的例子，尤其是美學上）。倒不是說小說不觸動人心帶來啟示，這是從來都有也不會消失的，然而，這個人心效果總是太深沉、太微妙而且捉摸不定，而當它愈精確愈深刻，便愈難迅速轉化成具體的作為，它適合收藏在人心裡而非停留在行動中。因之，小說家無法也不會期待預定的、直指的現實效果，這是一個小說書寫者最快也最容易學習到的，他讓自己比較像一株花而不是一個生產／傳銷垂直整合的系統，他的話語因風傳遞，不知也不限對象，甚至不限於此時此刻存在的對象，這樣子如李維—史陀所言「惟有極度悲觀才孕生出來的那一點點溫和的樂觀精神」，才能讓他不再沮喪不多氣餒的寫下去。所以納布可夫持續強硬的說他的小說無關政治、國族和任何群體，沒有道德教諭，更沒有任何社會性企圖。朱天心尤其喜歡他那一連串「不」的宣告，是她先讀到並指給我看的：「我不屬於任何俱樂部或團體。我不釣魚不烹調，不跳舞，不吹捧書籍，不簽名售書，不合署宣言，不吃牡蠣，不醉酒，不去教堂，不去見心理分析學家，不參加示威遊行。」朱天心完全明白納布可夫在說什麼也完全明白他為何會這麼說（比方哪個「不」是拒絕人的殘酷、哪個「不」又是為著保衛自己的心思乾淨清明云云），更看到這些所有的「不」放在一起，如何呈現一個小說家剛健卓然的形象，以及一個對小說書寫專注不疑的總體圖像。小說書寫者這麼信任小說，不是相信小說無所不能，而是不讓小說分神做它做不到的事，你選擇了它，就像韋伯講的專心侍奉它，你的人生就得做出配合。但朱天心自知其中有哪幾項她心嚮往之卻總做不到，因為那意味著你必須封閉掉一部分對當下世界的知覺和情感，假裝沒聽見某些迫切的召喚聲音諸如暗巷裡、瓦礫堆旁被棄養、一聽就知道還無法獨立存活的小貓叫聲。所以朱天心最近試著這麼說，不是宣告，而是某種艱難的自勉：對強者說不，對她一直並沒困難，如今她得努力做到的是，如何學會必要時也跟弱者說不。

然而在此同時，彷彿搗蛋的是，她發現隨著年歲帶來連鎖反應式的身體變化，人心不是變軟，而是變脆，像個一碰就出水的東西，對悲傷事情的承受力愈來愈不行，愈來愈像當年出門一趟、看什麼都難過不已、都是生老病死的王子悉達多。

說著說著好像連我們也感染了一絲沉重，讓我們換個氣氛，跳開來說個滑稽故事吧——這是賈西亞・馬奎茲的《百年孤寂》，事情發生在馬康多這個從哥倫比亞現實中虛構起來的新城鎮才繁榮生養起來之時，鎮上建造了第一家電影院，第一部放映的電影是個悲劇故事，男主角在片尾死去，假戲當真的馬康多居民哀慟逾恆，不止痛哭還集體佩戴黑紗點起蠟燭哀悼他。要命是第二部電影的男主角還是這個人，於是已經死亡的人又無恥的出現在銀幕上，憤怒的馬康多鎮民認定這是個天大的、無可饒恕的騙局，遂砸了電影院，並引發一場集體暴動。

不在小說世界和現實世界如納布可夫那樣徹底的、不留僥倖的畫開界線，這些小說家就狼狽了，甚至顯得狡猾。我們看到的往往是，這些小說家總信誓旦旦告訴我們他的小說是「假」的，又信誓旦旦告訴我們他的小說是「真」的，葛林大概是其中最氣急敗壞也最生動的例子。但說真的，這事我們很難全怪罪世界、怪罪一般讀小說的人，小說自身反覆在虛構和現實中穿梭，愈是精美愈成功便愈難找出接縫，我們如何可能每次都這麼準，分清楚這部分是假的、這兩句話是真的？分清楚主人翁的偷情敗德是虛構的更不是小說家本人、而當你告訴我們水溝裡堵塞的孩童屍體是真實的是照著可惡的現實寫的？小說家是不是該附給我們一份閱讀須知，告訴我們哪裡可一笑置之、哪裡該摒著氣揪著心提足全部情感並且在讀完書時起身革命？讀者有讀者的小小尊嚴，加上讀者周遭的空氣氣味也是這樣，我們傾向於寧可錯失也不願被愚弄，把真事當假，我們不感覺損失什麼，但把假事錯認為真，我們會感覺自己是個笨蛋。更何況小說家要我們相信為真的部分，總是讀起來最不舒適的部分，人會不平會悲傷會內咎失眠會想捐出全部家產，我們更加不願當個憂鬱症時時上身、更慘的那一種笨蛋。

小說家說自己小說是假，也說自己小說為真，這反覆不定一般而言仍有著隱隱的時間規律及其軌跡，且呼應著小說自身虛構和真實成分的變化。大體上，愈年輕的、愈靠近著書寫起點的小說，愈容易受到虛構的誘惑，絕雲氣，負青天；年邁的、愈意識到書寫終點的小說，書寫者愈感覺到現實大地的持久引力，想實實在在的站穩腳跟如同生根。時間，在小說書寫裡的形態，常常呈現出這樣一道拋物線也似的大弧。

虛構事物的特權（其實也跟人世間所有迷人的特權一樣），一開始總像個玩具，小說家也跟我們普通人拿到新玩具一樣，會忍不住一直玩它，甚至沉迷其中相當一段時日，試著從各種角度、各種不同途徑、各種隱藏的可能去窮盡它。我曾認得一名已故的玩車之人（死於癌，不是如巴西傳奇車手洗拿般陣亡於高速的車上），他每回看誰牽了新車，總要借過來「徹徹底底」開一趟，我們外行人聽著引擎、輪胎的各種哀鳴聲音，怎麼看都像折磨這部可憐的新車如同強暴，但他會專業的解釋給面如死灰的車主（丈夫？）本人聽，新車必須先「ㄍㄧㄥ開」一次，必須一開始就逼出它的潛力，否則它永遠不會知道自己能做到什麼事，你需要它馬力時會出不來；他還會拍拍車主肩膀，你這車真不錯，過兩天我也想買一部來玩玩——於是，剛剛才臨界翻臉邊緣的車主表情瞬間如花綻放，好像還打算掏錢包付他一筆工作費。

玩，在一定限度、一定的時間裡，其實沒什麼不好，既符合人性，且極富意義。基本上，玩最接近一種全然自由的狀態，比起單純的認真少了一種自律的束縛，以及一種被目標、被預期成果限定的不自由，而且多了一些真誠的熱情，不知不覺之中延長了人的持久力。我們知道，創造幾乎和自由同義，也是自由有意以及無意的結果，因此不管如何艱辛危險，總少不了玩的成分，發出笑聲，帶著喜悅。然而，我們總是容易玩得太久，所謂的太久，指的是當我們已然窮盡其可能（包括我們自身能力的限制，也包括玩具的有限潛能），我們通常仍會延遲相當一段時日，或甚至再不回頭了，我們仍在玩，但意義消失了，甚至也喪失掉熱情，它只是成了一種「習慣」、一種百無聊賴，一種雞肋也似的依存綑綁關係，從最自由直接跳到最不自由，像那些打電動玩具的小孩。

虛構事物的特權，做為書寫的玩具，一樣還有另一個玩具式的固定風險，那就是現實感的不斷快速流失——但這裡，我們指的可不僅僅只是時間的單純虛耗而已，還得再重重加上另一個很人性的書寫特有陷阱。我們說，生命多艱多難，但絕大多數艱難既不是我們要的更不是我們召喚來的，不必也不能每一樣都跟它拚了、跟它誓不兩立正面迎戰到底。我們也許會很尊敬這樣的人，但我們其實更有理由害怕這樣的人，此類典型，我們所能想到最無害、最辛酸的人物，不過就是拉曼查的老騎士吉訶德閣下，讓我們成功的能以笑聲驅開害怕、不贊同和鄙夷，堪堪保護住了最透亮最乾淨的那一點核心。面對生命本身無休止的、大小不等的、理都理不完的困難，絕大多數時間我們摸摸鼻子避開就是了，這明智而且合情合理；但小說書寫這上頭不同，小說書寫者的困難不僅僅是自找的，而且正是小說書寫無可切除、少掉它就差不多等於喪失一切、不知所為何來的最重要部分。小說書寫，我們可以這麼說，是書寫者有意識的重返人們已忽略、已避開、已遺忘的事物及其時空處境，換句話說，戰鬥是他主動重啟的，戰場也是他挑的，但妙的是，小說書寫者本人往往不知道他打開了什麼不該打開的東西，無法預見自己到底惹了什麼，一場有限的戰鬥會引發一連串打不完的戰鬥，一個看似可簡單擊倒的小號惡魔後頭跟著、隱藏著波浪一樣源源不絕的大型惡魔，是的，葉公好龍而且叫喚個不休，龍也果真來了，帶著雷電霹靂和滿天風雨，以巨大獰惡的本來面目現身。當然，是有沒嚇得躲到床底的小說書寫者，比方福克納便咬著牙杵在現場不逃，他一生所繫的約克納帕塔法小說（包括十幾部長篇加二十幾個短篇）其實是開始於一次怎麼看都不危險不困難的浪漫召喚，而且發生在他三十歲不到的年輕書寫時日，當時他只想寫出他那位打內戰的、家族神話傳奇英雄的親祖父老威廉・福克納上校，卻從此一步一步踩進了兩百年時間黑白種族糾葛泥淖宛如詛咒的美國南方殘酷大地。最終，他足足寫了三十年還沒法脫困，而他那位年少傾慕的祖父也從傳說中被打回現實原形，不過就是個美國南方遍地都是、既是奴隸主也是暴烈種族主義者的殘忍白人老頭而已。

福克納從虛構的傳奇世界轉入寸步難行的現實來，這其實並不那麼「人性」，也因此才顯得如此輝煌。事實上，我們不成比例較常看到的是，面對書寫的困難，小說書寫者不僅會躲床底下，還會像闖了禍無法收拾的小孩般逃之夭夭。這種時候，虛構事物的特權便成了小說魔術師的最佳脫逃術，眼睛一轉身體一側，我們就跟著小說書寫者如卡爾維諾所說「躲入夢境，或是逃進非理性之中」。我們看過太多以作了一個夢、或以一則甜美的寓言（白天的、人造的夢）一次解除全部現實困難的化為一陣輕煙書寫方式，聰明是很聰明，某種有益的遺忘可能也讓我們當下心頭一輕沒錯，但小說的夢境，就跟所有的夢境一樣，它持續不了多長時間如最愛作夢、最支持作夢的波赫士都這麼講。

我想起馬拉美的這兩句詩：「鼓起我無羽的雙翼逃離／——冒著在永恆中失足墜地的危險。」

正是因為危險是延遲的，代價通常不會在第一時間被察覺，小說的年輕書寫時光因此總是最享受小說虛構特權的時光，一般而言，很難不進到放縱的地步。但我們曉得那些個個才氣縱橫、都像是天才的美國棒球小聯盟年輕投手嗎？——棒球場上，最迷人的欺瞞係集中於投手一人身上，或更正確的說，集中在投手握球的五根手指和一個手掌之際，藉由指尖和掌心的存在與不存在，接觸與不接觸，讓棒球在〇・五秒左右的快速飛行中同時發生空間的彎折和時間的疾徐變化。然而，任何一個小聯盟的投手教練都會嚴厲的告誡你制止你，你在這階段忙著愚弄這些經驗不足的小聯盟打擊手幹什麼？有什麼意義？你真正要瞄準的、設定對付的，是將來那些什麼樣變化球沒見過、不天天周旋、正是靠拆解這種種詭計吃飯的老妖怪級大聯盟打擊手，沒有足夠威力支撐、沒有足夠質量保護，一句話，沒有球速做為基礎和屏障的單薄變化球，你極可能連一輪九人三局球都騙不過去只是肉包只是找死不是嗎？而且，今天什麼變化球都不是祕技（一如小說書寫技法已無祕技），全是公開的、整理過的、建檔索引的，就連場邊喝啤酒觀戰稍微用心稍有知識的球迷都熟知其握法、基本軌跡、優缺點及其適用性，因此重點不在伸卡球、滑球、切球云云，而是誰投出的伸卡球、滑球和切球，以及什麼時機、什麼進壘點穿透進去、針對什麼打擊手的伸卡球、滑球和切球。同一顆圈式變速球，可以一文不值也可以標價數百數千萬美元，可以一次一次鬼魅的潛行過球棒狙擊也可以動不動就飛出牆外成為球迷收藏物，所以說來日方長，年輕投手要練的是速度、威力和球質，以及踏實的一點一點積累對球賽的解讀能力。

幾十年來（果然也就幾十年了），我從沒見過真正缺乏胡思亂想能耐的年輕小說書寫者，偶爾是有一兩個比較笨拙的，感覺上也比較像某種人格特質、某些生命習慣阻止他而不是沒有，幾乎要讓人相信這是一種年齡狀態。年輕小說書寫者難能一步登天的，是足夠的經驗材料，這需要多一點時間，以及在時間裡某種不懈的、追究的、心裡始終有事的態度，由此一點一點獲取對世界、對生命本身的豐碩解讀能力。這當然是小說書寫裡比較苦、比較無聊而且最緩慢不耐的部分，日復一日，光采盡去；也往往是小說書寫裡最悲傷、最容易瓦解年輕書寫心志和信念、不斷發生自我懷疑的所在。不單單是這個老世界總如此不美好而已，還有它的頑固，以及它迷宮般的實質構成，你一件事一件事發現自己毫無能力說服它修改它，甚至發現光是說清楚它都困難極了（波赫士有回這麼說：「這種事只有在現實中才有可能發生。」）。一定會有相當長一段時間，有些甚至是終其一生，書寫者會感覺到自身尺寸的不斷縮小（儘管我們說，不縮小自己怎麼進得了事物的幽微隙縫之中），原來以為自己已看得清清楚楚的，而今都改換了面貌，原來以為自己知道的，現在都不知道了，原來堅信如誓言的，現在模糊成一團。這原是小說書寫者一次又一次的必要經歷，我們甚至可以勵志點的說，尤其對於年輕、才要開始的小說投手，正是要這樣才可望一點一點改善自己的球速、威力和球質，並且豐富自己解讀小說和世界這場無盡球賽的能力。太早、太快、太放縱的使用虛構特權，你不會也不覺需要多瞧一眼人生現實的，這很大機率會養成一個危險的壞習慣，讓人沒耐心，讓人只想快快躲進虛構世界裡，在第一個困難到來時就飛走，召喚鬼神來取代鳥獸蟲魚，因此你知道的東西會很少而且愈來愈少，整個世界只剩一個簡易的印象，一個只用流俗成見和錯覺構成的單薄外殼，往後幾十年（如果撐得了這麼久的話）的小說只能在沒細節沒差異、沒神祕沒難解之謎、書寫者自己更什麼也不想知道的狀態下反覆塗寫，能製造驚異的只剩光禿禿的文字一項，這種書寫方式，理應在讀者受不了之前，書寫者自己先就厭煩不堪才是。

這裡，問題是究竟有沒有一種純粹的虛構？或我們鬆開點來說，純粹的想像？一種完完全全無須意識著現實、無關現實處境、不靠任何實質材料構成的想像？我個人以為沒有，但我們假設有看看。

如果有，那必定只能源源本本是純自然的、純生物性的，某種人心的自然流動，或某種神祕的本能運行，或思維無意識、無目的的縱跳云云，姑且不論人如何以這樣單子也似的非時間非空間純粹存在（這不可能，就連只此一人的亞當都有他的伊甸園現實以及鳥獸蟲魚，也因此才有了他獨居不好的孤獨），也姑且不論這樣的想像（其實用夢境還更合適）得如何實踐，如何展開，如何呈現，如何被看到、聽見並交談（這也不可能）云云。生物學報告告訴我們，百萬年來，人的身體幾乎不見任何有意義的變化，我們跟古遠的克魯馬農人在純粹的生物構成上並沒有什麼不同，此一根本前提至少意味著兩件事：一是，純生物身體的夢境，如果有，必定是反覆的、使用殆盡的，早已不見任何神奇的可能，應該比較接近人呼吸或人會打呵欠之類的；二是，這樣的凡人本能的有之、本能的皆能，當代小說書寫者有何優勢可言？你甚至還贏不了一個克魯馬農人，因為大家身體一樣，而他至少比你沒其他事情可做不是嗎？

我們今天試圖再理解人的本能行為，是研究它解讀它而不是使用它依賴它，這是一種當代的文明意識暨其思省，因著人對當下處境的質疑，真正用到的是當下才有的思維成果（結論、假設和由此而生出的想像）、技藝和配備。所以納布可夫對所有的原始藝術成果沒什麼好感，尤其對於當代原始藝術仿製的創作方式（非洲面具、爵士樂云云）嗤之以鼻，他以為純粹重返（或狡詐的模仿）生物本能的藝術創作是走不了多遠的，就跟後院子牆壁上的小孩塗鴉成果一樣，「藝術從來就不是簡單的」。要不要像納布可夫這麼激烈我們再說（但這確確實實是一劑有益而且痛快淋漓的解毒劑），我以為核心的意義在於，即使只是人的想像和夢境，其深刻寬廣豐碩準確與否，仍取決於人的處境及其意識而非人的身體。確定了這個，我們才能心思清明的一樣一樣回頭來看、來辨別挑揀，古遠的、原始的藝術成果，在遠比我們貧乏、簡易、現實材料和配備有限、展開時間也短的普遍不利基礎上，是否還是有一些我們不擁有或已拋棄已毀壞的東西，從而得到某些特殊的成果閃爍明滅於我們漆黑的思維死角？比方說某些奇特的自由？某種較親密的死亡意識及其宗教感？某些我們已不使用不生產但其富功利性之上意義的工具？某些已消失的經常性視野比方說滿天星斗的大片天空？

最近幾名寫作的朋友去了青藏高原，看那樣的天空和那樣的雪山，以及那樣生存條件和生命景觀，恍然大悟西藏人們奇妙的思維和嚮往——吉卜齡的詩講喜馬拉雅山是濕婆神的大笑聲音，這個說法真的好得驚心動魄。

所以朱天心近日來甚有感觸的公開講，她以為自己小說書寫的唯一優勢是當下。這是老小說家才說的話，有點波赫士晚年〈沙漠〉一文的味道（「這句並不巧妙的話十分確切，我想我積一生的經驗才能說出這句話。」）——年輕時，你意識到的總是跟你在同一個當下、你有的他大致也都有的儕輩，你也通常甚有道理的感覺到當下只是這個那個限制包括你時時感覺出身體的物理性限制（最近讀大陸年輕小說家謳歌極其動人的新作《九月裡的三十年》，學到這兩句話：「趁著還年輕，信它一回吧。」「想看看後頭還有些什麼。」），因此，書寫者總急著飛走，去另一個國度，另一個時間和空間，另一種歷史和文明。年輕時候你也只要多模糊知道一兩個名字（阿芙蘿黛蒂、赫拉克里特、德爾斐神諭、禁吃豆子的古怪畢達哥拉斯學派云云）就能領先儕輩敢於先一步飛走，像那種年輕、連丟臉都不怕了哪會怕死的背包客。然而一路寫下來，你腦子裡的名單會更換，從昔日和你同在的儕輩一個一個換成不同時間不同國度的大書寫者，逐漸的，他們成了和你想同一件事的人，而你也無可躲閃的發現，你怎麼可能會比賈西亞・馬奎茲更會寫馬革達萊納河？怎麼可能會比契訶夫更熟門熟路舊俄紛擾時刻的俄國小鄉小鎮以及住那裡的寡婦、農奴、車夫、藥劑師和唯唯諾諾滿頭大汗的下等文官？你心中那個「文字共和國」圖像確確實實的形成了，你不無些微沮喪但以更大的愉悅一一看到讀到並且知道了，每一塊空間、每一截時間，都有它不懈的、你豈止是放心而已的動人書寫者，由此，你也就相信你還留著空白的其他時空也必定是這樣，只是你還沒讀到、或某種不幸某種特殊偶然的現實理由（暫時）湮沒不聞而已。德國的鈞特・格拉斯寫了《我的世紀》這本小說，但這本書更特別的毋甯是它的書寫框架及其期待。格拉斯簡單把一整個二十世紀依日曆分割成一年一個共計一百個書寫單位，邀請全世界的小說家一起來寫，依各自的經歷、記憶、夢想和認知來裝填它，很像是波赫士所說「所有書寫者也許都是反反覆覆在寫著同一本大書」的一次積極實踐。因此，這完全無關那種討人厭的國族地域宣示暨其虛偽噁心責任，也無關淺薄的小說勝負成敗競爭，毋甯只是小說家對自身書寫的確確實實信任，以及對彼此書寫的確確實實理解，回過神來說，有這麼一點你被小說大神派駐在此的味道，你的書寫並不孤獨，因此不必虛張聲勢。

小說家的當下為他提供最趁手的書寫材料，但這不見得是優勢，只是不同而已（錯認為優勢是膽怯僥倖之心最容易栽進去的陷阱）；當下的真正優勢，朱天心頗正確的指出來，她以為是來自時間、來自歷史和記憶。這裡所謂的當下不是夾在過去和未來縫隙一線裡那樣一層其薄無比、數學式甚至無法確定它存在的鬼一般時間單位；當下是時間大河沖積而成的厚厚實實平原，是記憶的總合，而記憶極可能是人所擁有唯一堪稱清晰的東西不是嗎？如班雅明或福克納講的那樣。因此，你也許不如魯迅才氣縱橫，也許少了他生死一拋橫眉直視的專注，更加不可能像他張開著全身感知杵在百年前屬於他的生命現場，但你依然有你清清楚楚的優勢，那就是你多了這一百年時間，一百年時間揭開了不少祕密，當時的一部分猜測如今已被證實或者駁斥，某個夢想化成了現實或者噩夢，當時人們的信念和抉擇、人們的際遇及其困惑哀傷種種，會像在時間裡轉動起來，讓我們具體的、三維的看到它們原先被遮擋的另外面向。某種程度來說，你可能比他更適合這句話，「現在我知道我該看什麼了」，這甚至可以讓一個小說家直接重寫魯迅的時間和空間，當下意義的重新書寫。

根本上，小說家被單獨賦予虛構事物的特權，並不同時附帶著限制，這上頭世界是慷慨的，也是不懷好意的，它只從結果處來檢視你追討你——我們就繼續以飛翔這件事來說，在小說世界裡早已解決或說從不是問題，人可以不靠翅膀，不考慮空氣動力學，不必找上升氣流，隨時隨地隨心情隨需要，想讓誰飛上天就飛上天。然而，寫《百年孤寂》時的賈西亞・馬奎茲卻為了怎麼讓美人兒雷梅苔絲飛起來煩惱不已，還因此中斷了書寫好幾天，直到那一天下午在後院子裡，他看著家裡洗衣服的高大漂亮黑女人在繩子上晾床單，召風的床單嘩啦啦拉都拉不住，賈西亞・馬奎茲說他當下掉頭回打字機前，就是少這條床單，就是靠著這麼一條白色床單，「美人兒雷梅苔絲一個勁兒的飛呀飛呀，連上帝也攔她不住了。」

賈西亞・馬奎茲告訴我們，當時的美人兒雷梅苔絲除了飛上天，難有第二種去處，我們讀小說的人也確確實實同意，是的，她好像真的只剩飛走一途了，她「不得不飛」。而賈西亞・馬奎茲也講：「這麼寫，有事實根據嗎？有一位老太太，一天早晨發現她孫女跑掉了，為掩蓋事實真相，她逢人便說她孫女飛到天上去了。」

卡爾維諾喜歡的飛翔則是卡夫卡的〈空桶騎士〉，以一種掙脫重力的縱跳，借助的則是一個裝煤炭的空桶，因此這個發生於奧匈帝國統治時期的漂亮夜間飛翔同時是陰鬱的、狼狽的、窮苦的。空空如也的桶子讓我們想到浮力，卻也讓我們想到匱乏、想到高緯度地方冬天夜裡的極寒、也許還不由自主一併想起東歐人們嚴酷而且令人揪心的長期歷史命運。空桶騎士是為著乞討煤炭才飛的，但其結果總是失望：人可以飛，卻連並不很值錢的尋常煤炭都不可得，如此「極難／極簡」的錯置，很可能比他的獨特飛翔方式更讓人難忘，煤炭行的老闆娘像趕蒼蠅般將他趕走，桶子馱著騎士飛走，消失在冰山的另一頭。

由此我們再回頭來想馬拉美的「鼓起無羽的雙翼逃離」「冒著在永恆中失足墜落的危險」，也許就多了不少警覺——有時我們不得不飛走，但我們的確是光禿禿不長羽毛的人，我們得借助某個現實之物床單空桶云云才能飛（儘管小說大神告訴我們不必），這既是飛翔工具，也往往讓飛翔才有了真正的理由及其獨特內容。

最近，我自己最喜愛的一次飛翔是從波赫士書裡看來的，這其實不完全是飛翔本身，我們可以想成是某個飛翔者帶回來的信息——「十六世紀初，羅德維科•阿里奧斯托這麼幻想：一位勇士在月亮上發現了那些已經從地球消失的東西，如情人的眼淚和歎息，被人們消磨在賭場的時光，毫無意義的計畫，以及得不到滿足的欲望。」

已經從地球消失掉的東西，也就第一時間讓我們想到另外那些理應在地球出現卻沒真正出現的東西，它們不也就是同一物嗎？看看這些，情人的眼淚和歎息、被人們消磨在賭場裡的時光、毫無意義的計畫和得不到滿足的欲望，如果我們能夠信物般把它們一個一個拿起來仔細翻轉著看，未出現的不就正是已消失的另一個面嗎？由此，我們腦中會浮現一連串名字，排列成一紙無窮數列的名單，不僅僅是空想家的聖西門傅利葉而已，有柏拉圖、杜斯妥也夫斯基、拜倫和雪萊、馬克思、王爾德、葛林、福克納云云一直到我們自己的某一個年輕時光、某一個不寐之夜——所以波赫士這個我們以為最敢於向無窮遠處想像的人，他說想像其實只是一個誇大的詞，想像不過就是記憶和遺忘這兩樣東西而已，或者說這兩者合為的一物。

我們活著的世界究竟是一個怎麼樣的世界？晚年的萊布尼茲，帶著和解意味（和上帝、和命運、和所有世人）的說，我們實存的世界，正是可能存在的世界中最好的那一個。這個我們從生理上都難以接受的過分柔弱說法，被剛直的伏爾泰毫不留情的痛批——無聊的波赫士則接著扮演兩人的和解者，他以為萊布尼茲其實可以這麼回答，一個能夠擁有伏爾泰的實存世界，不就差不多可以稱之為最好的世界了嗎？

正經點來說，我們每個人對於實存世界時時有看法，其間也會有某些看法會以較虛張聲勢、只此一種的句型和語調說出來，聽起來像是生命結論，但通常仍然是個看法而已，連結著某一個下午、某種當時的天光雲彩、某一兩個鏡子般在你眼前的人、以及某個自己都捉摸不定的心緒。中國「刻舟求劍」這個愚人故事其實是個柔美的故事，不只是個單一意義的寓言，也沒那麼好笑，或者該說我們的生命處境的確有點不知所措的可笑，時間如大河般繼續前行，我們存活的世界也如小舟般繼續前行，我們要記下某一事一物，尤其是掉落不見的某一事一物，我們該在哪裡、用什麼方式留下記號？有一部分的想像（記憶和遺忘）的確會被我們刻得太深太用力，以至於彷彿和整個世界斷開了聯繫甚至對立起來，成為某種天國的描述，成為烏托邦——但生命仍持續流水向前，我們也還沒打算就此一死全然放棄掉這個世界及其他，我們往往只是不免笨拙的在前進中尋求某種針對性的靜止可能而已。

想像因此在不知不覺之中被加深了它和現實世界的對立感。我無意說如此功能、嚮往以及憤怒悲傷云云的想像不存在，我只說它通常比較適用兩種人，一是很年輕的人，他和世界相處的時日尚淺，牽牽扯扯的東西還不多，時間透明到近乎不存在，生命的行李很輕（或許因此才稱為「年輕」，連身體都是輕的），很容易一個縱跳就太高太遠；另一是真正有著巨大苦難的人，借由想像逃離這個世界是合理的，也是迫切的。但有趣的是，一些逃離世界最遠、最會想像天國模樣的人，其實是心最柔弱、最眷眷難舍世間的人，日後成佛的悉達多王子就是這樣一個眼看著被太多記憶壓垮的人，每一朵花，每一個乞丐，每一個老者和病者，每一個你知道才要在這可懼世界一樣一樣經歷、掙扎著活幾十年的初生嬰兒，都讓這個太敏感的人不寒而慄。生滅滅矣，王子的想像，於是有著最多棄絕記憶的成分，救贖的核心是遺忘，主動的、揮刀斬斷式的遺忘，先把自己從記憶的重重蛛網裡解救出來。但這個好心的人不只想解救自己而已，他把世間所有人都想成跟自己一樣（其實未必盡然，我們是經常性的、而非一次性的遺忘），他無法一併遺忘的是世人的存在，這裡的確隱隱有著某個溫柔的邏輯矛盾，所以說王子遺忘的想像仍然由記憶所推動所收尾完成，如此才得造出一方淨土一個信而有徵的天國，用那些「已消失的／應出現的」綻放的花、清涼的風、潔淨的水、鋪地的金沙、空氣中的香氣和樂音等等建造而成，想像的天國，塵世的建築材料。

死亡是休息、是大眠、是在廣闊星空下舒舒服服躺下來，時間告終，不會有更糟糕更疲憊的事再發生了。我們絕大多數人、絕大多數時刻心知它會到來，還知道這無可避免，但佛洛斯特說，入夜前我還有幾哩路要趕，入夜前我還有幾哩路要趕——

小說家跟我們一道，都是同一艘船上的愚人，我們都沒要真正叫停時間。事實上，小說家比我們尋常人更在意、更執迷於時間的存在，只因為「這是他的職業」（借一下海涅臨終遺言的句子，「上帝會原諒我的，因為這是他的職業。」），失去時間的小說是為寓言，不再變化不再追問不再等待可能，是小說斷然說出的遺言。小說家甚至在時間隱沒處重新找尋時間的腳跡，在時間斷裂處重新接起時間，這是一份對事物因果最不死心的工作。

有一位古生物學者說得極有趣傳神，他講人類的演化史，就他們真正在挖掘現場看到的，比較像是雄性的大牙齒和雌性的大牙齒，生出來一堆小牙齒而已。人身上的兩百多塊骨骼，抵抗時間的能耐不一，其中最堅硬有擋的是牙齒，也常常真的只剩牙齒而已，古生物學者往往得靠區區幾枚牙齒來復原完整的人身，乃至於當時他的生活實況和生命樣貌；換句話說，我們今天在博物館所看到根根不少（可能包括鼻梁軟骨）、組合完美的昔人骨骼，甚至有皮膚有毛髮還有首先被吃掉或自行腐爛分解的眼球，絕大部分是借用的、虛構的、是合情合理（程度不一）的贗品。

小說家時時面對的世界差不多就是這樣子，嚴格來說只更麻煩更混亂而且時間刻度更細微難辨，老牙齒新牙齒混一堆。整個世界隨機的記憶和遺忘，忘掉的遠比記得的多，從來無法也無意保留完整的故事，所以波特萊爾曾引述過某人（是大音樂家華格納吧）的想法，說我們的實存世界只是「一部大辭典」，記憶材料係以一截一段乃至於碎片狀、間隔極大不相聯繫的獨立文字詞條置放，我們以為的處處大片空白，對小說家而言是不斷感受到兩端彼此引力的其間必要失落環節，非得填補回去才能復原真相讓事情平息。所謂的失落環節也意味著此一填補作業無法是憑空的、任意的，它受著兩端的範疇限定，還受到兩端的材質限定，因此我們以為的想像及其虛構作業，對小說家而言往往是回頭到人類記憶倉庫的挑揀、借用、磨光調整到完成組合而已，我們已忘記的，小說家幫我們想起來。事實上經常還有一種情況發生，尤其在年輕書寫者身上，他以為自己獨立想像的發明，其實只是之前某個人的記憶，寫在大辭典裡不常被翻到的某一頁。

想像只是記憶和遺忘，我個人所知的一個極限例子是賈西亞・馬奎茲寫他的《一件事先張揚的凶殺案》（台灣為求巧妙失去精準的譯為《預知死亡記事》），這個故事前前後後被擺放了三十年等什麼呢？等人們遺忘。「小說中描寫的事情發生在一九五一年，……幾年之後我開始從文學的角度來思考這件事，但是只要一想到我母親看到這麼多好朋友、甚至幾位親戚都被捲進自己兒子寫的一本書去會不高興，我又猶豫不決了。不過，說實話，這一題材只是在我思索多年並發現了問題的關鍵之後才吸引住我的。問題的關鍵是，這兩個凶手本來沒有殺人的念頭，他們還千方百計想讓人出面阻止他們行凶，結果事與願違。這是萬不得已的，這就是這齣悲劇唯一真正的新奇之處；

當然，這類悲劇在拉丁美洲是相當普遍的。……事實上，小說描寫的故事在案件發生之後二十五年才算了結，那時候，丈夫帶著曾被遺棄的妻子回到鎮上。不過，我認為小說的結尾必須要有作案行為的細節描寫，解決的辦法是讓講故事的人自己出場（我生平第一次出場了），使他能在小說的時間結構上筆意縱橫，奔放自如。這就是說，事隔三十年之後，我才領悟到我們小說家常常忽略的事情，即真實永遠是文學的最佳模式。」

好玩吧。這部小說，阻止賈西亞・馬奎茲在事發當時就書寫的最主要的理由之一是因為它是事實，相關人等都還活著、都彼此記得並認得出彼此在事件中的角色和模樣，我想，這不只是賈西亞・馬奎茲的道德困擾而已，而且因為彼時仍有太多額外的情感情緒微粒雜質滲入空氣之中，會讓故事受到干擾，變得不乾淨不清爽。賈西亞・馬奎茲延遲了三十年，而整整三十年卻沒讓小說的事實成分在時間中擴張變形，黏附一大堆其他東西，反倒被時間大河沖刷得晶瑩透亮起來。賈西亞・馬奎茲以「記憶裡」的完整事實模樣寫出來，不僅包括凶案的來龍去脈角色人物、還包括作案細節，最終還一併包括這名觀看者記敘者也就是書寫者本人，都是完整事實的一部分。有沒有想像和虛構呢？除了事實和事實的縫隙那些微不足道的黏著劑，這裡我們看到的是，藉著時間中的遺忘，事實蛻變為想像，事件的真實細節也成了虛構，讓小說家得到了筆意縱橫奔放自如的自由；而且，正因為這樣的想像虛構本來就和事實是同一物，它由此克服了想像和虛構作業中最難最困擾書寫者的一件事，那就是想像、虛構和事實銜接的材質問題。這兩者的銜接處很容易被看出真假和裂縫，露出馬腳，因此認真盡職的小說家通常不仰賴憑空虛構，而是橫向的找尋適用的另一段一截事實、另一塊部位相同尺寸相符的骨頭，然而這裡面仍有隱藏的排斥問題，不是一顆活人的心臟就能不出問題的移植入另一具活人的身體裡面。事實永遠有著千絲萬縷難以一一列舉更難以預見的聯繫，某一部分甚至是驚心動魄的，時時讓小說家感覺到力有未逮，所以賈西亞・馬奎茲才如此感慨係之的再一次告訴我們這句並不神奇而且應該早有人講過的話，把它當成是自己最動人的發現，「真實永遠是文學的最佳模式。」

有沒有不必耐心等三十年之久的其他辦法呢？有的，小說是操弄時間的魔術，有各形各狀效果不一的詭計，比方愛倫・坡便把他化身的偵探杜賓橫移到大西洋彼岸的法國巴黎，這個有著「全世界情人的一盞明燈」之稱，好像在那裡什麼人都會有、什麼事都可能發生的大城（除了巴黎人自己絕不如此相信），藉由空間來產生時間差，快速製造出必要的遺忘，好擺脫掉他不要的那些事實雜質的糾纏，讓想像成立，讓想像自由——神奇的人從不出生在我們熟悉的方圓幾哩地，神奇之事也從不在此發生，殞石當然是外太空飛來撞擊的，先知也都是你不知其生平的異鄉來的。宗教歷史告訴我們，西亞一帶最後才承認穆罕默德的正是他自己的家鄉，一如賈西亞・馬奎茲這部遲到三十年的小說，得等到有事實記憶的那些人全死掉了，或至少失去了指證能力之後。

然而無論如何，這樣重新接起現實世界不在意的時間、重新拾起人們寧可拋卻的記憶，你可以說《一件事先張揚的凶殺案》這部小說是更完整、更有頭有尾乃至於更正義的事實，但它不會再是現實本身了，現實已永遠離開了，這裡永遠有一道小說家可望不可即的鴻溝。小說把真正的現實抬高了一層，甩開了現實的種種拘束（干擾、破壞、中止、遺忘云云），但也同時失去了針對性，成為某種人的普遍處境的一次揭示，一番具體且感性的說明，乃至於一次隱喻（但小說家滿足於這樣獲利甚豐的交換不留絲毫遺憾不留絲毫意猶未盡嗎？如同耶穌說的，還有一隻沒被拯救的羊？還是唯一現實的那一隻羊？）。也就是說，小說讓哥倫比亞的一樁凶殺案和我們不在南美洲、甚至不同時間的人驚心動魄聯繫起來，也和其他凶殺案深淺遠近的聯繫起來，但同時卻也讓一九五一年這一特定時間印記變得模糊而且不重要了（若不是書寫者事後主動提起，我們也許不會追問，甚至就當它是虛構）。如果說彼時這樁命案有冤獄的成分，小說家也救不了被冤曲的人，賈西亞・馬奎茲得以證人而不是小說家的身分去法庭，做出另一種陳述，這是兩件完全不同的工作。

真實（賈西亞・馬奎茲用了這詞）和現實怎麼區別？這是哲學家可以大展身手的老題目，儘可地老天荒說下去；但對小說家則可以如此簡單清晰，他心知肚明——他在自己小說裡可以處死或至少放任一個個人物死去（仍由人的真實材料包括借用的骨頭所構成），但基本上他不在現實世界殺人。

另外一面但同一件事是——他救得了真實的人，但他救不了現實的人。

我猜，而且相當有把握是對的，每一個足夠認真而且足夠書寫資歷的小說家遲早而且多多少少會察覺此事，並非只有那些心生不再寫小說念頭的小說家而已——察覺是持續性的，也是一次一次堆積加重的。而同一個發現、同一種感受，仍可以有激烈溫柔不等、聰慧笨拙不等的做法，我指的不是一個個不同的小說家排列而已，事實上，我們還可以（也更有意思的）在同一個小說家身上看出這樣不同時間、不同心緒的光影變化。其中最激烈的那句話（說出或不說出），更多時候顯示的毋寧是認知的強度和邊界，不見得是一個一去不復返的誓言，否則就太輕易太不具真實內容了。用佛家來比喻，知道地獄不空心懷悲憫的救世之人多了，絕非只有發願不寫小說的地藏王菩薩一人，正因為這樣，這個悲願才顯得如此鄭重而且沉重，青天霹靂也似擊中我們最深的心事。

立德、立言、立功，這究竟是列舉還是排序？我想，如果是後者，可能也就只是某一歷史時刻的某個人一次大而化之的主張而已。但的確，今天隱隱約約倒過來在意識形態占上風的「起而行」，也不見得比「坐而言」高貴有價值，尤其考慮到人身的物理限制時。只是，起而行的慷慨實踐別有一層道德光澤，來自於某種「犧牲／拯救」的生命動人賭注，很能夠適切安慰我們最樸素的那一善念、不願被讓渡掉被改裝替換的最後那一點不忍之心，這對長於坐而言且已寫夠多字、講夠多話一再觸及語言效用極限的小說家，的確更具召喚之力。

仔細想想這真的有點難，還有點荒謬——你浸泡現實、弄清事情來龍去脈、察究人心一輩子，而且「眼目沒有昏花，精神沒有衰敗」（借聖經最後描述咫尺天涯進不去迦南地的摩西之語），而現實就在那裡，活生生的人全在那裡，你要不要就跨腳過去呢？

這些忍不住試著跨過去的小說家最終結局會怎樣？會死，一定要想出一個一致性的最後答案的話，那我們只好說他們都會死，托爾斯泰、海明威、葛林不都已經死了嗎？——小說家張大春稱此為電視觀眾的好奇。生命從不是一部凶手是誰的推理小說，不是愛倫•坡說的全部意義只在最後一句的那種小說，這最後結局路人皆知，包括不願接受的秦始皇在內，有意思的、不確定的事發生在這之前。

這一步的確充滿著不確定的凶險，對小說本身，也對這些通常已備受讚譽的小說家聲名。越過了界線的小說還是不是小說呢？失去了小說基本書寫形式的規範和指引，這樣寫出來的「小說」會亂竄，會讓現實世界的混沌、隨機和無序沖垮小說最深刻的層級編碼，不是一般所說變得像散文，而是很容易流於橫向的浮泛、流於常識，喪失掉小說獨特的及遠能力和其及深能力。所謂的小說形式，絕不只是一種文體的外在分類標籤供書店和圖書館使用而已，它是一道限定的文字思索之路，限制意味著強迫性的集中和專注，也意謂著它的企圖和隱含的某種有效工作程序，指向著自身獨特的目標（也就是米蘭・昆德拉所說「只有小說能做的事」）。小說家使用這道路徑，同時也依循它接受它的提示和引導，由此把他攜帶進來散落的、能見度清晰程度不一的書寫材料整理起來、前後上下的有效編組起來，讓這些常識材料、這些一般性的感受和知覺，順利上達某個未曾有過的高度，顯露出尋常眼睛不容易看到的部分。因此，小說成果總有一種書寫者本人的始料未及，甚至讓小說家本人顯得比他平常時候、平常講話要聰明要深刻要多知道不少事。

不依循這條路徑，你有沒有另外的替代之路？失去小說形式的保護，你赤裸裸的直言是否本身就擁有它足夠的洞見和力量，仍能保有高度、深度和話語的動人光采，而不是某種常識意見的重複，吞沒於喧譁的街談巷語之中，這個社會多不多少不少一個說話的公民，更沒必要用一名了不起的小說家去換得——也因此，丟棄小說基本形式，對年輕書寫者通常很危險，即使只是耍帥說說而已，都容易假戲成真，更多結果不是你成功捉弄了小說，而是小說離棄了你。但發生在這些和小說相處了大半輩子生命最精華時光、個人的思維方式和小說思維方式幾乎已完全重疊的小說家身上就一言難盡了，這句最重的話從不是輕易說出來的，語調總哀傷而且猶豫再三，新的認知同時是自己一生所思所為的否定，因此他不會也無法就此丟開小說，而是一次兩次三次不死心尋求小說和現實世界新的和解可能。通常，如我們看到的托爾斯泰晚年或如今仍奮戰不休的米蘭・昆德拉和大江健三郎，他們會先縮減小說的形式本身，勻出空間好讓更多現實世界進來；並且把小說的想像虛構部分降到最低洗到最乾淨（這原來是他們一生聲名之所繫），甚至就讓現實時間直接就是小說進行時間，一併承受它的沉悶單調和處處斷裂不連續，最大可能的保有人和事物的現實樣態。凡此種種，這樣最低限度黏著、彷彿稍一震動就解體開來的小說，很難再是某一件通體完美、抽離真實時間、自身就是整個完足天地的藝術品，讓閱讀者可以整個人投身進去心無恚礙；這樣的小說比較像現實世界的一塊塊晶亮碎片，它不改變人和現實世界的比例關係，不把世界化為芥子，也就讓小說失去終極意義，永遠漂流在時間一截一段的暫時性裡。因此閱讀者還多了一種痛苦，他得自己面對現實巨大世界起碼弄清楚自己人在哪裡、東西南北在哪裡，過往的文學教養、過去的小說閱讀經驗不再如指南針給你方向感，小說更多的線索保留於巨大世界現場隱而不彰，閱讀者很容易迷路，尤其很容易弄不清小說家意欲何為，他為什麼要說這些激烈的話、說這些甚至是偏執的話，他幹嘛憤怒、幹嘛悲傷、幹嘛急急忙忙？是誰惹了他？

小說家把小說的想像和虛構最大限度限縮下來，留著空白，所以閱讀者必須辛苦而且不舒服的自己重新處理記憶和遺忘；閱讀者甚至得試著跟上去，也讓自己站到小說家此時此刻面向世界的位置去，試著想他所想，看他所看——這兩件事都不容易，需要意願，還要求能力。

寫出驚動世界的好小說，順便成就文學的巨大聲名，這是一般書寫者的一生夢想；但對於已是這樣子的這些老小說家而言，這如海明威所說「只是一頭死獅子」了，我心另有其他，甚至如賈西亞・馬奎茲所說的「成功毫無意義」，至少重複的、長得一模一樣已可預約的成功毫無意義了。說一個小說家願意拿一生聲名和人們的信任，去換取一個流浪漢或一隻流浪貓理所當然（但總有各式各樣現實的不可能）的存活權利也許稍嫌誇大，不太真實，但如果說這樣的聲名和信任不能用來救活眼前某一個人某一隻貓，卻也永遠讓一個小說家感覺非常沮喪，我這一生究竟幹了什麼的荒謬。

如此向著具體現實展開雄辯卻再無防護的小說，依機率，當然不成功的可能居多（或如海明威晚年的說法，「運氣好的話，他會成功。」），但說真的這有什麼關係呢？小說失敗的全部後果只由小說家自己以晚節不保、衰老昏聵的類似罪名承荷，我們甚至無須帶著期盼，保持冷血旁觀就可以了。既然如此，我們合理的憂煩乃至於生氣就只剩這一個了——那就是我們對小說基本形式的保衛。我們或許會擔心，在如今小說已風雨飄搖的歷史時刻，這些領頭的人是不是做出了很不好的示範？

我無來由的想起那個著名的「斯巴達人」故事，是有點不倫不類沒錯——當年戰況危殆的希臘某城邦向善戰出了名的斯巴達求援，他們想望的是潮水般湧來的大軍，但斯巴達王卻只派來勇士一名。幾千年後，我們彷彿還看得到這樣鬼一樣的畫面，一名孤獨的勇士赴死般從地平線那頭昂然走過來，荒謬，無濟於事，甚至有種一腳踩空掉、被誰捉弄的感覺，但也會有一種奇妙的震動。

有些話真的不容易講清楚。且不說這樣寫一輩子的小說家，就以我這樣一個只能讀不能寫、忽焉也積累了幾十年夜讀不寐時光的老讀者而言，我發現自己該說愈來愈分不清或說愈來愈不在意一般所謂的小說好壞成敗（比方我就從不感覺米蘭‧昆德拉有何衰老可言，我甚至更喜歡他近年的小說，他猶在合情合理的前行），尤其對那種通體布置完美、每一面都均衡寫到表演稱職的小說最容易失去耐心，這不是如水龍頭一開有寫就有嗎？過去的閱讀記憶成為今天閱讀的已知，過去的書寫成果成為今天閱讀的掌故但也是基礎，有些你知我知的東西就不必一一重來了（尤其是那些已無困擾的「擬真」部分），今夕何夕，我們就別浪費時間和有限的文字容量了，繼續往前走不好嗎？波赫士晚年喜歡以「虛張聲勢」這個詞自省，還在自擬的未來（二〇七四年）波赫士墓誌錄文字中再次強調「他生平就怕人家說他虛張聲勢和言不由衷或者兼而有之」。這裡所謂的虛張聲勢，指的正是過多的書寫詭計、過多的文學裝置、過多只用來嚇唬人的誇張文字及其架構云云。我不曉得這算寬容還是更大的苛求，但我們的確置身於一個小說形式用老、處處碰觸著書寫極限的時代，你難以奢求小說猶能潮水般揮軍前進，但至少，你希望書寫者能夠結結實實至少盯住一個點，敢於閃身寫進去，帶著你動起來，有所認識有所發見，至少仍保有小說詢問世界的意圖。至於這個點是否「創新」（一個無甚意義卻為害不小的詞）、是否有之前的小說家、有昔日哲人也曾問過無關宏旨，赫拉克里特的河不同於你眼前的河，不同時空、不同書寫者會賦予它不一樣的認識層次和感性，裝填了實質內容之後，重新書寫就不再只是單純的抄襲重複，它至少成為某種重新記憶、重新啟動，於是又有了未來的向度和能量。我們說，有些問題其實是每一代人、每一地域空間的書寫者必須一問再問的，這甚至是一種責任。波赫士被認為是我們此一小說極限年代拿出最多新東西的人，但他總說自己其實是個十九世紀的作家，他也只是提供自己一生的困惑，而這困惑，同時也是古希臘人的困惑，是巴克萊主教的困惑，是經院學者、休謨、叔本華的困惑。

我無意說這是小說的全部，有人孜孜勤勤打造它成鑑賞用收藏用的寶物精品，有人憤怒的揮舞它做為一種武器，也有人藉由小說書寫的展開和持續、宛如結伴同行的亦步亦趨的成為生之旅程、成為一輩子綿密對話思索認識之路——我們該分辨得出誰是玩真的，誰瞻望著極限如同看向星空深處，我們得給予他們相襯於其目標的特殊自由，包括某種敢死隊的自由，這裡，就像波赫士說的，對他而言民主毫無意義。小說最糟糕、最該避免的失敗是什麼？我會說是平庸，尤其是加進了我們時代特殊空氣分子，那種百無聊賴的平庸，人如船隻擱淺動彈不得除了腐朽什麼事也不會發生，康拉德船長說那是最悲慘的景觀。

小說是什麼？小說能做到什麼？今天我們對這個小說邊界問題也許已有某種世故的理解也有著基本覺悟，但這是不是Final呢？一日不死，還有時間，我自己仍會選擇相信卡爾維諾，他說文學從沒野心過大的問題，文學必須給自己不可能的目標。對於我們這樣書寫會不會瓦解小說本身的憂慮，卡爾維諾也一併做出回答：「只有當我們立下難以估量的目標，遠超過實現的希望，文學才能繼續存活下去。」

是的，難以估量、遠超過實現的希望。應該都知道那種敢死隊、祕密任務執行小組電影的定場詞吧，做為一個小說讀者，我們同樣有著該死ＣＩＡ的悠哉冷血位置——任務成功，記得把東西帶回來；任務失敗，那我們從頭到尾不知道這件事，政府會否認一切。還有，交代任務的這卷錄音帶會在十秒內自動銷毀。

最多，我們再加進一段伏爾泰的話：「只有真正的天才，特別是那些打開新途徑的先驅，才有權犯大錯而免於責罰。」

所以放心去吧，去把那隻貓、那個人、那個世界救回來——

在台北・世間的名字

伏爾泰說人類歷史上最了不起的人物是瑞典國王卡爾十二世，但波赫士說，如果我們可以使用最高級的形容詞的話，也許最了不起的人是卡爾十二世臣民中最神祕的一個人，伊曼紐・斯維登堡。

斯維登堡（1688-1773），是那種人還可能什麼都會時代中真的什麼都會的人，他是政治家，是戰爭英雄，是數學家，是天文學家，並精通解剖學和地質學；還早在後來的許多新發明之前就產生過這些念頭並實踐，比方說康德和拉普拉斯星雲假說。跟達文西一樣，他設計過天上飛的運載工具，跟培根預見的一樣，他設計過水下行走的工具，還成功設計出一種能讓船隻登陸的機器，實際運用在「卡爾十二世一次神話般的戰爭中」，伏爾泰要我們想像，那場戰役瑞典人沿著幾十公里海岸線搬運他們的戰艦，真的是神話般的畫面。

最重要的，斯維登堡是個教士，他創建一個新教，描述出一種絕妙的天國和地獄（是我人生到此唯一聽得進去而且願意嚮往的天國和地獄），波赫士以為，這本來可以取代天主教和基督教成為基督信仰的第三個宗教。

我自己，跟所有人一樣，聽都沒聽過斯維登堡此人，我所知道他的一切，都是間接從波赫士文章看來的（在波特萊爾等其他人文章裡，他只是個無色無味的名字）——波赫士為他寫過兩篇不短的文章，一首詩，還不斷在其他文字中提他名字、事蹟和話語，但仍然沒用。

那人比別人高出一頭，
在芸芸眾生中間行走；

他幾乎沒有呼喚
天使們隱祕的名字。

最後，波赫士為斯維登堡的湮沒不聞下了這個結論，是最近兩年我去中國大陸、去香港、還有在台灣經常引述的：「我想，這一切部分的歸因於斯堪第納維亞的命運，凡是發生在那地區的事情都好像只是個夢，都彷彿發生在水晶球裡似的，比如，北歐海盜比哥倫布發現美洲早了好幾百年，好像什麼事也沒發生過。寫小說的藝術本來起源於冰島的中世紀北歐傳統的《薩迦》，這一創新卻沒有流傳開來。我們可以舉出一些本應該成為世界性的人物——例如卡爾十二世，可是我們只想到了其他的征服者，而他們的武功戰績也許遠不如卡爾十二世。斯維登堡的思想本來應該引起世界各地教會革新，但由於斯堪第納維亞命運使然，僅僅是個夢而已。」

這幫我說出來了，之前我隱隱約約察覺出的台北歷史命運。

幾年前，我能說的（能力問題）只是，台北已經是未來華人世界的一座歷史名城了。我用的是完成式，因此不是言志，甚至不只是個有把握的猜想，而是俱成的事實，它的價值會在將來浮現，問題只在於人們將來願意記憶它多久時間而已。我的想法有較多不祥的成分（會不會失之冷酷呢？），像某種特殊的歷史時間已眼看著告一段落，像某個季節已止息，或者該說我們自身的能耐已盡力用到極致，「船只走過這裡」——我甚至不排除這個城市會衰弱下來，以某種停滯或重複、以某種百無聊賴、以某種不再有稜角的平凡，消失在全世界大同小異的大城市叢林之中。

我這樣想台北，並沒有包含著所謂的鄉愁，沒有絲毫諸如此類的地域性念頭，也並無焦慮。跟所有人一樣，我也有一個自己無法有意見的出生地點，但不在台北。我是十三歲才進來這城市，穿著國中二年級的冬季學生制服，書包一次塞齊上學期全部課本，以至於最薄的那本健康教育課本就此消失，永遠不曉得究竟遺忘在宜蘭老家裡腐爛還是掉落在北宜公路哪個彎角。我先在台北邊緣的三重住租賃公寓兩年，見識了彼時三重著名的夏天大水災和四季皆有的街頭械鬥，並且認定自己這輩子就是文學這條路了。那是激烈懷鄉的兩年，餘波盪漾到二十歲左右為止，或者說從此用光了。日後我讀到波赫士講他自己：「年輕時我喜歡假裝自己是憂傷的，而且通常我會得逞。」不好意思的大笑起來。

說作夢，奇怪的是那時候我從不作夢夢到宜蘭，那時夢另有去處和用途，可能人的感情還是有一定額度，用於白天就不留給晚上了；倒是這兩年我的夢有回頭的跡象，但仍不是宜蘭，就只是我們那間業已不存在的老房子而已，總是只有我一個人，或應該說都知道有家人存在卻不出現在夢的鏡頭裡面，因此總像是某一個星期天或暑假裡的下午，有一種只限於小孩的寬廣自由之感。我僅有的而且是不自覺的一點懷念（如果夢不騙人的話）凝結成為對一間屋子的回憶和遺忘，似乎意味著人的所謂幸福時光是具體的而且更為原初，是只對自己神奇但對他人平凡的全然私密，當然用不了一個市一個縣一個抽象地域的偌大空間。

雷蒙・艾宏晚年的訪談之書書名用了他自況的話，「入戲的觀眾」；小說家阿城也有過類似的生命感受，他稱之為「熱眼旁觀」——往後四十年我鮮少踏出台北，但大概就是這麼回事，一名熱切的觀眾，眼睛、耳朵、腦子和皮膚各自參與（我無法像以前未過敏未氣喘的朱天心、寫〈匈牙利之水〉那樣用氣味記憶事情的朱天心，我的嗅覺始終是很糟糕的），但絕大多數時候拉不動一整個人。這四十年雖然是人一生僅有的精華歲月，但跟整個大世界還是不對稱，還只是一粒小石子，滾落到嘩嘩不息的時間大河裡。

依我看，台北是個特別辛苦的城市，日後也因此必定有著較容易疲憊、較快速蒼老的危險，這很可能已在此時此刻露出徵兆了。我們說，在壓縮的歷史時間內同時要做完所有事、要如南美洲大解放者玻利瓦爾對那名白目法國佬咆哮的「要我們在短短二十年內做成功你們兩百年都處理不好的事」，這原是亞洲這些領頭華人大城共同感知而且各自認領目標和行動的歷史命運。台北最大的麻煩是它真的什麼都來，幾乎一樣不缺的、平行的、同時的發生。唯一倖免的，我想只有宗教的衝突問題——這個最原初做為一個所有人「異鄉」、總是有各種不得已理由才遠涉重洋抵達的孤島，只有在宗教一事上還保有它泛靈的模糊鬆弛樣態，但求神能護祐，不很計較祂究竟是哪個天堂掉下來的。

其中最沉重的也許是，長期以來，我們一直把一個大國的靈魂用力塞進到一個很小的島嶼裡頭，以至於台北原來的尺寸和地理位置比較接近香港，但花更大力氣的卻是今天北京才需要做以及還沒開始做的事——今天回想起來會很覺錯愕，但的確真有幾十年時間，這個小島曾經還是聯合國僅有五個名額的永久安理會成員之一，台北必須是這樣一種國都，和華盛頓莫斯科倫敦巴黎排在一起，像柏林羅馬東京上海以及你念得出名字的所有城市尚不在此列，這怎麼可能是真的，或說怎麼可能持久的相信。這個置身世界中心的自覺自許終究只能是幻覺沒錯，但確確實實是台北一度的真誠心志，日後它的發展（或說追趕）也一直攜帶著這樣大小比例錯亂、有點不自量力的殘餘心思。如此巨大的世界感，理所當然的，讓台北焦慮的遠比成就的多，因為目標相對於它的能力和條件絕不相襯；也讓台北難以回歸到它較為明智務實的區域位置和較為合適稱職的國際分工角色，像香港，像夢醒得很早的大城鹿特丹。

說起鹿特丹，我自己去荷蘭這個生動有勁的小國早在二十年前，藏身在侯孝賢等一干參加鹿特丹影展的人堆裡面。每天眾人每兩小時一場電影的趕，我自己一個在鹿特丹大街小巷亂闖亂走，還進去到它彼時可能就是全球吞吐量最大、醜得什麼也不是的貨櫃碼頭，在那兒抽了幾根菸鎮定心神，也應景的想想台北。我知道一點這個國家和這座大城的歷史，榮光但也不免傷痕纍纍，從歐陸才由中世紀掙扎復甦過來的重新啟蒙時刻，到日後宗教改革、大航海乃至於資本主義冒出來云云，這個小國家難以置信的持續扮演重大角色，還奇怪的跑到萬里之外的台灣和我們先人面對面打仗；我也知道從普法戰爭一路打到變成德法戰爭再到世界大戰這幾百年，這個不幸的低平之國如何持續扮演人家的戰場，掀翻它的土壤，炸斷它的大橋。鹿特丹的建物尤其不同於阿姆斯特丹和海牙，它全是新建的，原來的全毀於戰火和大壩的一夕決堤。也許這些他們藏得很好，內衣一樣不方便讓我們外人看到，但更可能是因為對比，是我自己太習慣台灣人的自憐自戀，我對當地人們印象最深的反倒是他們的開朗和踏實。我們說，荷蘭果然有很多風車，迎著北大西洋長風用作磨坊或抽水；台北也有很多風車，四面張向全世界，但只有我們自己看得見，我們披鎧甲騎瘦馬，手執長矛來攻打它們。

童話故事裡的愛莉絲夢遊過兩回，鏡子加棋盤那一次，不是樹洞加撲克牌那一次，好心領路、帶著她走出森林迷宮的是笨拙但溫柔的白騎士。波赫士說故事的結尾真叫人悲傷，因為白騎士知道自己只是愛莉絲夢出來的人物，而愛莉絲馬上就要醒了，而夢境一結束他就永遠消失了不存在了

——我在想，台灣一直以來過度的自傷（不是沒有過悲慟的、不公平的歷史經歷，而是太不合比例了），是不是有一部分其實來自這裡？來自於對真實自己的察覺？我們自己同時也是我們夢出來的人物，隨著時間，我們逐漸知道這是夢境，同時也逐漸知道我們終究會醒過來，醒來時我們會變小，而且身在一個世界邊緣的小島上頭。

同時逐很多兔的台北於是不容易得一兔，某種不上不下、某種不徹底好像是這個城市的奇特風貌——從有形的成果來看，尤其那些可用一兩句話講完、可化為具體數據的成果來看，同時期發展、總不免彼此看來看去的香港和新加坡，以及稍後甦醒過來大步邁進的上海北京，都比台北容易隨手找出鮮明的、可用為新聞標題的成就，財富、市容、規格、不斷更新的各式城市尖端配備、可見的未來潛能和企圖、乃至於發展的動能和速度感效率感云云。近年來，台北反而是從某些特別胸懷善意、來自其他華人城市的訪客朋友口中，得到一些自己並沒真正想過、模模糊糊的讚譽，說不清是什麼，更指不出來到底在哪裡，大致上只是一種完整的、大而化之的舒適感受，一種素樸人性層面的體貼、溫暖感受。我自己面對面聽過這些話好幾回，有些驚訝，想著台北糟糕的天氣、傷痕纍纍的城市身軀和總是猶豫不前的市民素質，適度的去除掉其中的禮貌成分，我猜想他們真正想說的是，相對於他們所從來的城市，台北，其實是歷史鬼使神差的結果而不是人的意志使然，沒（能）在現代化的高速追逐過程中凝結出較清晰、較單一性的意志，沒因此被迫切除掉太多東西凍結太多東西；這個城市零亂、沒效率、左顧右盼若有所思而且令人氣結的自我妨礙自我抵消，惟對應著我們總是複雜多面且矛盾的人性，台北相對的較為完整較不殘酷，這尤其對於那些生活於勇猛奮進城市、已習慣於犧牲自己整理自己的人而言，有著莫名的療癒效果，像復原了一部分人的本來面目，像重拾記憶，像想起來那些已捨棄、已一直被說為不宜、已消亡於集體意志裡的個別心思，像有著可以重新觀看世界並思省自己的自由，確信自己的存在。

一如玻利瓦爾對那名法國佬的失控暴怒，我們很容易感覺出來，這些被歷史催趕著前行的一個個華人大城，人們總有某種深埋的委屈之感。從二〇〇五年開始，我自己有三年多時間沒進到北京，只因為人在北京的阿城說，北京現在是一個準戒嚴狀態的大工地，等二〇〇八奧運完再說吧。城市的成就及其榮光來之不易，榮光有著相當的撫慰催眠效果，大部分時候堤防般攔得住人四下潑散泛濫的心思，人們也願意洗淨自己做出配合；但這總得是有盡頭的，至少有間隙、有停歇、有大家解散各自回家的時刻，畢竟再怎麼說，這種單一性、集體性的榮光不真的能取代人泛靈的、遍在的生命需求——我們比較容易留意到榮光對人們行為的凍結效果，但其實這是由裡到外的，像關水龍頭一樣，它向人揭示著某種特殊處境特別時刻，人的思維會先一步觸及它並配合它，告訴自己有些事現在不宜多想、先別忙著想下去。

念頭也許只是一個個火花，但燒起來得靠它；不想進去，背後那一整塊東西、那整片天地、以及到此為止人類有關於此的發現、認識和思維成果就不會來了。

長期以來，欠缺夠大夠明確的成果，台北一直難以自我說明，尤其要找出相襯於昔日大國夢境的宣傳更是難，那種雨傘產量世界第一、螺絲帽生產速率和品質世界第一、還有稍後球鞋、腳踏車和國會議員打架次數世界第一，多講兩次自己都覺得搞笑（說話當時，極可能生產的工廠已打包外移），而且說真的這跟我們的普遍生命處境有什麼有意義的聯繫呢？

但我曉得或說一直深深相信，到此為止（還能持續多久不知道），台北的確有個明明白白的第一，或比較正確來說，有個明顯超前所有華人城市一步之遙的東西，那就是台北的小說——我指的不只是小說的數量和品質而已，還指的小說書寫橫向展開的幅度和直向探問的深度，以及最難說清楚的（但認真的書寫者彼此心知肚明），在如今這樣一個小說發展已臨界書寫極限的年代，台北小說領頭撞牆及其不斷突圍的深刻時間意義云云。當然，這部分也是歷史不同際遇的緣故，現代小說書寫，大體上只有在台北沒被真正截斷過，沒被政治、經濟的諸般神聖理由判定為不宜、無效和無意義，小說書寫得以穩定的進行並積累，即離不定的呼應著時代的變化，拾遺補闕，駐足於每一個現場每一處廢墟，如同從沒缺席過的記憶者記錄者。

如此說台北的小說書寫成果，除了對這些小說家心懷敬意而外，並沒有絲毫誇耀的成分，事實上正正好相反，我認為這是個頗為辛酸的華人城市第一，恰恰好說明了台北滿目的、處處都有時時都是的不成功不成就；也是個不會有多少市民在意的第一，可以的話，我相信人們很樂意拿來換取比方說新加坡的國民所得和其無菌室般的秩序社會——我們知道，吸引小說家的通常不是人的成功，而是人的失敗暨其不滿、不舍、哀傷、瓦解和毀壞云云。成功是已完結的事了，是「一頭死獅子」，華美的毛皮已失去了所有生命奧祕的光采，小說家會第一個選擇掉頭離開；如果他還逗留這樣的現場，那他反而會站到最後，耐心等到第二天的無可遮蔽天光驅散徹夜狂歡的光鮮人們，等到真相畢露。他的目光會比平常更陰鬱，看的是成功背後或說丟下來的東西，想的是成功的某些無可彌補代價，被砍掉的樹，被驅役的人們，被廢置一地的價值信念，以及「成功之後人深刻的意志消沉」云云。小說，相當程度來說，是一門如此不祥的、也不討喜的行當。

姑且就說從二〇〇八年左右開始吧（社會的進展變化很難抓出數學點），我以為台北「正常」

了，或像終於下了決定了，從滿天神魔的自身夢境掙扎著甦醒過來，是的，惡魔趕走了，惟天使也無可避免一個個的跟著消失。這個城市的空氣為之一輕，也透明了，眼前的路變得明確起來，而且像進到一段直線加速道，未來的結果彷彿看得到，甚至已可以預約──我相信，「務實」將成為這個城市新的、最高的神諭，比方說一直困擾不完、病灶也似的政治，將降格成為「行政」，意思是這不再是個需要奮力思索的大題目了，它就只是一套精準有效率、而且把道德義涵凝縮到最小不妨礙計算的作業程序而已；我也相信，去除掉那些最困難最遙遠的問題、那些幾乎無望解決的問題、那些即便在同一個人身上也總是兩兩衝突無從解決的問題、以及那些只有真正的霸權大國（政治的、經濟的、文化的）才得被迫替世人思索而且思索成果才有效才被承認的問題，台北將會更安全，而且更輕盈，也就更易取得當下的具體成就和富裕；我也相信，人們會比較喜歡這樣，有一種終於、一種鬆了口大氣變聰明的感覺。

當未來從迷霧一團轉變成為指日可待，此時此刻，我們有一部分心思已可搶先一步飛到結果處，丹麥王子哈姆雷特那樣，回望現在（以及不遠的將來）如同已決定已無可修改的過去──說台北已結束太沉重了，也不是真的，頂多只是百無聊賴起來；但很多事的確像拍岸又退回去的潮水一般，至少已喪失了公共性，只能收回各自的人心，成為純個人志業的實踐。仍然懷抱諸如此類心志的不懈之人（我認識的比方說專注於外勞移工人權的顧玉玲到思索大問題不休的錢永祥等等），將會一次一次發現，他講給異國異地但有著類似心思的陌生人聽，遠比講給同一座城市、同在一個生命現場幾十年的熟人容易，而且容易很多。

有一個台北，已可以像波赫士說的，放進水晶球裡來看了。

這麼多年來台北怎麼了？這個台北，我以為如果我們比較準確的看對它、想對它、描述對它，也許很容易發現它的不幸和不智（願意的話，還有它的不仁不義不廉不勇……），但這樣一場可以不是徒勞。事實上，只有在某種成功哲學的要求底下，我們才會粗疏的判定這些是徒勞的、這裡是走了彎彎曲曲的冤枉路云云。否則，生命本來就由曲線構成，各自依循蜿蜒的、難能一致的路徑前行並試探。所以認真面對人權問題（乃至於非人但一樣是生命的動物權）並非徒勞，它只是本來就比較難以成功而已；為一株超過三十年的大樹，甯願多花錢多花工時繞過它，這樣不直的馬路其實是宜當的而且更好看；思考析辨善惡大戰問題不是徒勞（如錢永祥），寫沒GDP貢獻的詩和小說不是徒勞（如舞鶴），讀最難的書參與人類最深刻的發現和憂慮這些都不是徒勞（我認得不少這樣的人）。當然，吃口香糖抽菸嚼檳榔不僅徒勞而且算是惡習，但學習寬容抵禦禁絕，不讓法律恣意入侵，防止權力養成更大惡習，這雖不易，但也絕非徒勞。

想想，一座城市，幾百萬心思、際遇、夢境、生命主張不一致的人擠進來這裡，相互衝突彼此妨礙，的確是人類最容易擠壓最難能完整保有自己的所在，規範也是必要的。這裡於是有兩種判準，一是最大可能的一致，得到整潔、速度、力量和效率（這樣的城市容易受到注目和讚譽）；一是最大可能的容納，盡可能保有生命的複雜豐饒本來樣貌（這樣的城市必須付代價，容易被低估，甚或不耐的指責）。

很一段時日了，比較心急的、尤其是右翼傾向的那一部分台北一直有著學習新加坡的此起彼落聲音，謝天謝地絕大多數時候他們只是說說而已，並沒真的要付諸實踐——新加坡是最典型的直線構成城市，它原來是個國家，但它讓自己凝縮為只是一座城市，還進一步再簡化為一個企業一家公司，這是新加坡最有趣、也最決定性的一步，由此巧妙的改變，或正確的說，「倒置」了一個國家一座城市和其人民的基本關係（比方一個國家一座城市無法選擇它的人民，能被開除的是主事者掌權者，但一個企業當然可以而且通常被開除的總是員工；比方在一個國家一座城市裡，要求的主體是人民，但在一家公司裡，要求的主體則是公司本身），由此躲掉一個國家一座城市最沉重的那部分責任和最難以兌現的那些承諾。攤開數據來看新加坡成就驚人，一直是華人大城發展的典範，所有困難的問題在這裡看起來都是簡單的、有效率的（是的，包括設置大型賭場，由此也可見新加坡鮮明的道德色澤，其實只是工具理性的、精算師的「道德」），一般認為係來自主事者的堅毅、廉潔和聰明，這也許是真的，但我從不以為這是關鍵，真正的奧祕在於，我們說，可以化為算式、可計算的東西永遠是最簡單的，麻煩在於變數，每多考慮一個變數存在，計算的難度和複雜度便呈冪數增加，直到算式自身瓦解為止。因此，一座盡可能保有複雜豐饒生命可能的城市，不是橫向排列的有更多事要做、需要更多專業人員而已，而是為每一件事、每一個決定都增加一系列的變數，要求人們愈來愈稀有的宏觀能力以及在價值諸神衝突中尋求和解的韌性和耐心，乃至於堅定保有對人的同情。快速，正如安博托・艾可說的，往往才是最令人害怕的東西。

在熠熠浮現起來的這些華人大城中，新加坡極可能是避開最多難題的一個城市，這也意味著，如月亮有另一面，新加坡也極可能是最落後的一個城市，諸多曾經以及正在折磨台北、香港、上海、北京的問題，在新加坡甚至還沒開始，它能延遲多久呢？加進了這些變數，它的這些成功它的算式還成立嗎？——新加坡的動人啟示及其正確用途，其實在人類另一道更久遠的思維脈絡裡，它是赫胥黎「美麗新世界」的再進化版本和實踐，企業CEO思維取代了柏拉圖的老哲學家，也不用費神解釋幹嘛要驅趕詩人，因為，你所知道有哪家公司設有詩人這一職位的呢？

但回過頭來說，一個城市，在它發生最多事、在它最決定性的幾十年時間，沒有相襯的文學作品產生（我指的不是專業的文學成就問題，而是某種人的整體感受、思省和記憶形成），這不是很奇怪而且肯定哪裡不對勁了不是嗎？

相對於新加坡的當下典範，我以為，台北的這一趟現代化狼狽經歷（有限的成果和一連串的質地真實受挫經驗），如果能為後來的華人城市產生意義，也只能在下一階段發生──這下一階段是必然到來的，超英趕美的追趕會有盡頭，追趕的指標（財富統計、城市規格、現代化配備云云）遲早會一個個還原為實質的生活內容，以及某種文明的見解和主張。「我們究竟所為何來？」如果我沒看錯的話，這已經是進行式了，在各個華人城市已程度不等的開始了。

不必然發生的是台北可能的有意義影響，這有兩個明顯的障礙，一是台北不確定的歷史、地理位置，非人力的部分；另一是，台北要如何適切的說出它自己，這是我們自身的麻煩。

「台北的故事」，這是我拿來困擾自己已好些年的難題。我相信廣義的說故事形式是較好的捕捉方式，因為有價值的不是結果，而是這一趟趟旅程、一次次嘗試的寸心自知。但最困難的部分在哪裡？──你知道有兩種完全不同的傳記，很容易寫的和很不容易寫的，很容易的傳記比方說古代的英雄或當代的成功人士，他的生平高潮迭起有聲有色，但腦子裡空盪盪的可能兩句話就可講完（阿契力士不就是他那一丁點憤怒嗎？毫無深度毫無品質的憤怒）；不容易寫的傳記比方說波赫士或喬哀斯，他的人生乏善可陳，真正有價值的是他眼睛看到的和腦子所想的，全是深埋於心的東西。我自己始終在場的這四十年的台北，從不是個戲劇性的城市，沒戰爭沒飢饉沒瘟疫，死亡各別的發生，最接近災難的東西來自政治，但從另一個可能比較公平的角度來看，這也是一項頗英勇的嘗試，很明顯也孤單走在所有華人城市最前頭，只計較它可疑的結果其實是可惜的。很有趣的是，這一趟台北的政治之行最有價值的東西（理解、思省、被逼著學習的知識和被打開的視野云云），並不理所當然出現在叱吒於不同階段的政治人物身上，我自己多少接觸過一些從最高權力舞台退下來的人（台北很小，大家碰來碰去），我得誠實的說，通常的感覺都很糟糕，只覺得他們是一個個不幸被時代消耗殆盡的人，甚至還變成了他們自己年輕時要打倒的那種種人。他們被困在一己太特定對象、太強烈但窄迫（這兩者往往互為因果）的直接經驗裡面掙脫不出來，於是狼狽的往事只能直接得出狼狽的教訓，失意的生命經歷只能化為程度不等的虛無生命結論。應該說，他們比較像故事中人，是故事的材料，而不是說故事的人，一如《伊里亞德》或《奧德賽》不由阿契力士或猶力西士第一手講給我們聽（想像一下由他們來說會如何，尤其阿契力士，真讓人不寒而慄），說故事的是瞎了眼的詩人荷馬。

這樣的台北故事，於是碎片也似的散落，凝聚起來並不容易，需要多一點時間，還需要人的勞動，以及我以為最重要的，有人想弄清楚究竟發生了什麼事的耿耿一念。如果要由我來描述比較適合說出這樣台北故事的人，我會說像安博托・艾可筆下的見習僧埃森這樣的人，《玫瑰的名字》這個包含著宗教政爭和迫害、一連串謀殺案以及一場幾天幾夜大火燒去一切的故事，就是多年之後埃森講出來的。

《玫瑰的名字》最動人也寓意最豐饒的一段，不在事件途中，而是所有該發生的事已全發生、所有人死的死逃的逃、大迷宮圖書館已燒成廢墟的多年之後。多年之後，只有埃森一個人重回荒煙蔓草的現場，他深情款款的撿拾大火和歲月剩留下來的羊皮卷碎片，裝了好幾個袋子（為此而丟了一些有用的東西），而且在往後用更多的時間收存它們、整理它們、閱讀它們，認出它們原來是哪本書的一角、一句話，甚至循此找到它們的完整版本（埃森說他因此更加喜悅的閱讀它）。他於是造出了一個全由碎片組成的具體而微圖書館。

想弄清楚究竟發生了什麼事，你就需要比事件中人更久的時間，在所有人離開之後你還徘徊不走，在所有人遺忘或不堪回首後你還牢記；而且，比較容易忽略的是，你還需要比事件中人更多知識，幫你擊破、穿透事件特殊性、個別性的堅硬外殼，認出來我們的經歷原是人類整體經驗的哪一部分、哪一角、哪一句話、哪一種特殊變奏——不僅僅是因為台北的這趟現代化經歷，本來就包含著濃厚的知識成分，它同時也是我們一趟一趟啟蒙之旅；而且你只有把它們再置放回人類的總體經驗裡，我們才可能找到直向的歷史線索和橫向的比對樣品（全世界每個地方的人都參差不齊的面對著歷史進展，並做著自己聰慧愚昧不等的選擇），較正確較完整的看出來我們究竟做了什麼（以及也許更富意義的，沒做什麼）。歌德說世界上沒有只出現一次的東西，我也從不認為天底下有所謂的全然特殊經驗這種事這種天外飛來的怪物，就算有它也必定全然的不可解、全然的無意義和沒用處，這其實是民族主義拙劣的老把戲之一，只因為理解一定包含著檢驗，為了躲避檢驗只能放棄理解，因此除了短暫的自戀，更糟糕是長久的無知。我們一時一地的個別性特殊性，其實是當下現實限制加上我們不確定的選擇結果而已，也只有回到總體經驗裡，它才顯現出價值，因為人類社會進展的另一麻煩是它無法刻意的實驗，我們只能收集和保存。

十年前，當時我還是個出版社編輯，我試著把台北這一場經歷分解開來，從「國家的故事」

「憲法的故事」「社會的故事」「人權的故事」到「小說的故事」「電影的故事」「音樂的故事」等等，並分別找到它們各自的埃森來說出它們。現在想，也許是因為當時的台北仍如火如荼，台北仍有諸多其他可能云云，因此，此事以興高采烈始（每個埃森都很給面子的認為值得好好寫，侯孝賢還當場說了個美好的開頭，講他童年偷摘芒果困在樹頂上不尋常視角所俯瞰的尋常眾生相，是他最初的影像震撼，也是他一生電影的開始），以無疾而終——結果是只有我自己寫完了《文字的故事》和《閱讀的故事》，失敗得很寒傖很狼狽，的確有台北式的滑稽味道。

往後十年，其實是世界變化更大的十年，不僅台北一度蕭索到瀕臨破毀，逼人想更多事；更多時候，我反而從亞洲尤其是中國大陸一個個宛如甦醒起來的昂揚城市（但吉凶未卜），看清楚更多的台北，我見過但沒真正去想的台北——我自己的人生乏善可陳，我家門口的巷子跟任何人家門口的巷子沒兩樣，實際發生在我身上的具體往事泡一次澡就可以在浴缸裡全部想完；我依然而且愈來愈確信，我所擁有比較有意思的東西，是做為一個旁觀者得來的，球迷、讀者、聆聽者、坐咖啡館或城市中走來走去的人云云。我絕大部分的記憶其實是認識，當然還有認識有時而窮、認識必然撞牆之後綿延不絕的困惑。

這本《世間的名字》仍然是一次旁觀者的書寫，旁觀的位置當然仍在台北，因此可以說只是換一種捕捉形式、另一種回憶形式，視角再低一點細碎一點——它的理想形式也許應該是小說，可惜我沒有寫小說的本事，無法藉由小說之路自自然然的進入到他者（「陌生但相似的自我」），因此只能比較笨拙的把人分割開來，通過人的某個特殊身分（其位置、網絡關係、以及他所做的事），一次一個的想，一次進行一段回憶。旁觀有餘進入不足，所以很可能顯得嚴厲，做不到更深刻更綿密的同情。

我自己對這批文字的另一不滿在於，還是哪裡會冒出來不必要的感傷語調但已無從修改了——我讀章詒和的新書《這樣事和誰細講》更加確信這點，章詒和那樣的事才真的令人悲傷，台北這一場，我們努力保持心思清明其實就可以了。

《世間的名字》這本書並非百工圖（「神」也許如海涅所說還可以是某個職業，但「聾子」絕不是，它至多只是某種人的命運處境），橫向排列你得多考慮現實成分，書寫結構得符合社會的基本結構本身，因此既不容易抵達實存世界遺棄的，不承認不命名的地方，也很容易要你非寫結構需要的東西不可，而不是專注寫你真心想寫以及能寫的東西。我對實存世界的認識、判斷和評價輕重不一，而且絕不等值，也不願屈服；我自己不年輕了，沒必要虛張聲勢，更沒有足夠時間言不由衷，也一如波赫士的鼓勵，「虛張聲勢和言不由衷」正是我想洗脫的年少書寫惡習——也因此，這本《世間的名字》我只想到一種順序，即依照我最原初書寫的先後，順時間之流而下。我隱隱約約察覺這不僅僅是個純粹的偶然而已，即使某些意念如天外飛來，它也就遁入了原有的、連續的、日復一日的書寫時間之流裡，成為它的一部分。神秘一點來說，我愈來愈感覺時間是一切。

「路：帶狀的土地，可以在上面行走。公路之所以和路不同，不只是因為我們在上頭開車，還因為公路就是把一個點連結到另一個點的一條單純的線。公路本身並沒有任何意義；只有公路所連結的那兩個點才有。路的本身，每一段都具有意義，邀我們駐足其間。公路是空間貶值的勝利成果，如今，空間的存在只是阻礙人的移動，浪費人的時間，除此之外什麼也不是。……活著的時間縮減到變成只是障礙，我們必須用越來越快的速度去克服它。」這段也許我們或多或少也想過的話，是米蘭・昆德拉寫的，在他頂尖的小說《不朽》書裡，事實上，他先引了那個逃離家鄉憎惡家鄉的詩人韓波的兩句詩前導：

八天了，我蹭破我的短靴
在碎石子路上……

我以為，昆德拉講得更好的是下一段話，收斂著他的抉擇和譏諷，清明的指出路和公路隱含著兩種完全不一樣的美的概念：「在公路的世界裡，美麗風景的義涵是：一座美的孤島，由一條長長的線連結至其他美的孤島。／在路的世界裡，美是連續的，而且不斷在變動；我們每踏出一步，美就會對我們說『停下來吧』。」

在台北，我總是同時看到這兩種美的概念，並確確實實感受到這兩個世界的不同節奏、不同牽動力量和裂解力量，我對台北最深的同情大概就在這裡。

我倒是想起來另一個故事，是很多年前從某篇國外科學文章讀來的——我們曉得，人類一直想著外星智慧生物這事，也揮之不去地球末日這一念頭，因此，科學家們也有過某種瓶中書的浪漫想法，比方說把一艘無人太空船像拋入大海中射向宇宙深處，這艘太空船只裝載著人類在地球這顆藍色小行星幾百萬年的這一場經歷記錄。如果末日還沒來，那就算遞名片自我介紹，如果彼時地球已灰飛煙滅了，那就成了某種遺書某種墓誌銘或紀念碑也似的東西。但想到要說些什麼、說到什麼地步、要用何種語言形式來確實說出人類這如夢一場就頭痛了，幾經考慮之後，他們想到巴哈，只用巴哈的音樂來代表、來說明人的存在和生命。這個選擇讓所有參與的科學家很滿意——他們唯一的不安是，「他們（外星智慧生物）會不會認為我們人類實在太自誇了呢？」

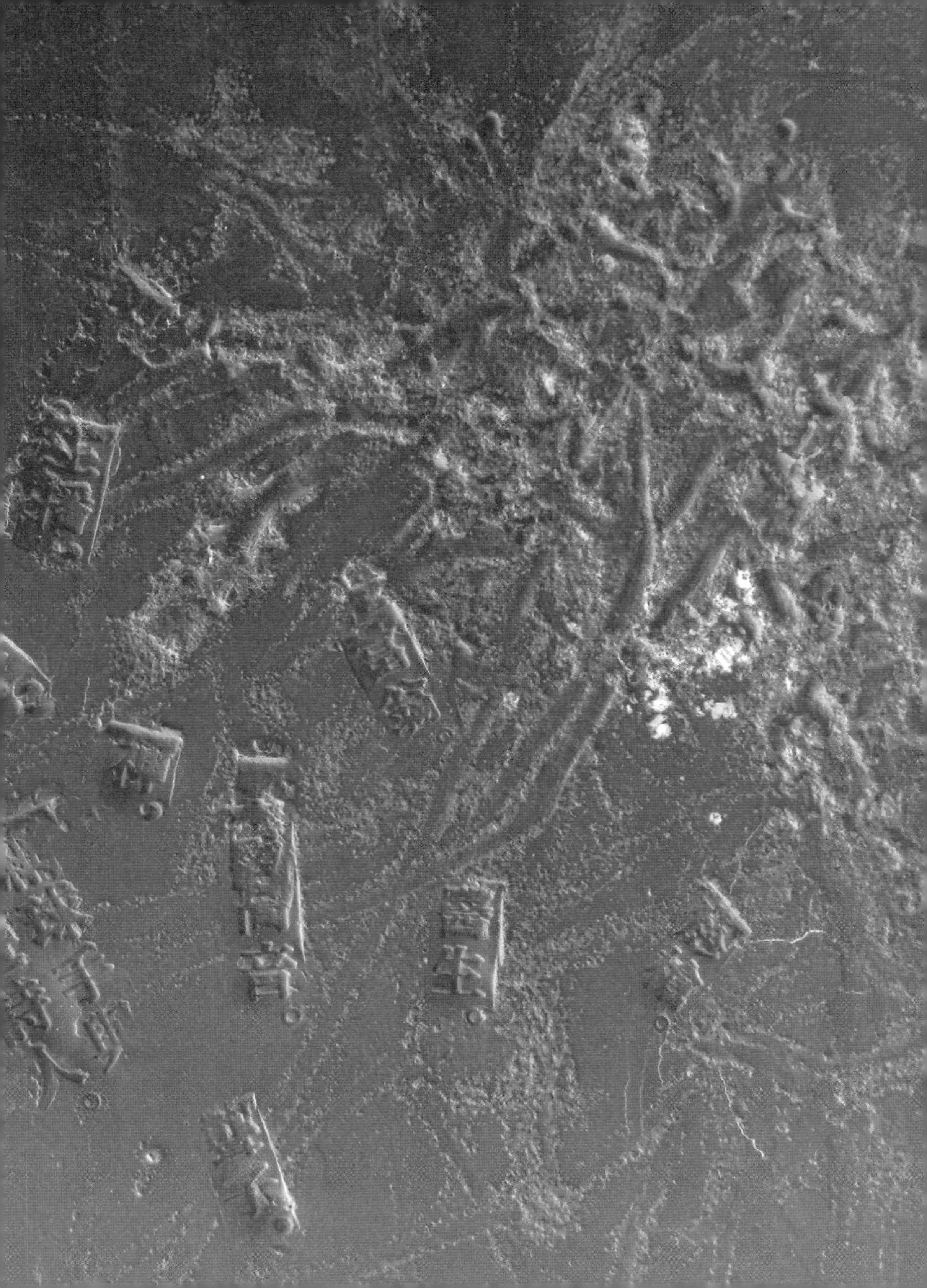

INK PUBLISHING 文學叢書 280

世間的名字

作　　者　唐　諾
總 編 輯　初安民
特約編輯　房慧真
美術編輯　黃子欽
校　　對　唐　諾　房慧真

發 行 人　張書銘
出　　版　INK印刻文學生活雜誌出版有限公司
新北市中和區中正路800號13樓之3
電話：02-22281626
傳真：02-22281598
e-mail : ink.book@msa.hinet.net
網　　址　舒讀網http : //www.sudu.cc

法律顧問　漢廷法律事務所
劉大正律師
總 經 銷　成陽出版股份有限公司
電話：03-2717085（代表號）
傳真：03-3556521
郵政劃撥　19000691 成陽出版股份有限公司
印　　刷　海王印刷事業股份有限公司

出版日期　2011年2月　初版
2011年2月25日　初版三刷
ISBN　978-986-6135-13-2
定價　420元

國家圖書館出版品預行編目資料

世間的名字 / 唐諾著；
--初版，--新北市中和區： INK印刻文學，
2011.02　面；17×23公分（文學叢書；280）
ISBN 978-986-6135-13-2 （平裝）
855　100000157